CRISTINA MELO

AMOR SÚBITO

1ª Edição

2019

Direção Editorial:	**Arte de Capa:**
Roberta Teixeira	Gisely Fernandes
Gerente Editorial:	**Revisão:**
Anastacia Cabo	Kyanja Lee
Fotografia:	**Diagramação:**
Fábio Neder	Carol Dias

CIP-BRASIL. CATALOGAÇÃO NA PUBLICAÇÃO
SINDICATO NACIONAL DOS EDITORES DE LIVROS, RJ
Vanessa Mafra Xavier Salgado - Bibliotecária - CRB-7/6644

M485a

Melo, Cristina
  Amor súbito / Cristina Melo. - 1. ed. - Rio de Janeiro : The Gift Box, 2019.
  294 p. ; 23 cm.   (Missão bope ; 2)

  Sequência de: A missão agora é amar
  Continua com: Resgatando o amor
  ISBN 978-85-52923-51-0

  1. Romance brasileiro. I. Título. II. Série.

18-54532
          CDD: 869.3
          CDU: 82-31(81)

NOTA DA EDITORA

A The Gift Box Editora e a autora Cristina Melo decidiram fazer algo a mais, em virtude da função social com relação às várias mortes de policiais nos dias de hoje. Comovidos com o projeto #basta e Natal Azul, optaram por contribuir de alguma forma para esta causa: 10% do que for arrecadado com a venda do e-book do livro "Amor Súbito" será doado para esse projeto tão especial, que encanta com a iniciativa de abraçar essas famílias que perderam seu maior bem.

Conheça o projeto #basta e o Natal Azul abaixo e escolha a melhor forma de ajudar.

O #basta é um movimento iniciado em 2009 pela jornalista Roberta Trindade, que tem o objetivo de tornar pública a quantidade de policiais mortos e baleados no Estado do Rio de Janeiro. Além disso, denuncia a falta de estrutura e condições de trabalho a que são submetidos os policiais e ressalta as boas ações. Ao constatar que todo final de ano ocorrem campanhas chamando a atenção para somente orfanatos, creches e asilos, o grupo teve a ideia de também despertar as pessoas para as crianças filhas da incerteza da profissão dos pais. O Natal Azul do #basta organiza uma festa natalina para os que já enfrentaram a tristeza de crescerem sem eles e que costumam ser esquecidos nessa época do ano e não serem lembradas no restante dele. Voluntários se mobilizam para apadrinhar ou amadrinhar essas crianças e doam roupas, sapatos, brinquedos e itens para a realização da festa. Em 2016, 40 crianças fizeram parte do evento. Em 2017 foram 102 crianças e a previsão é de que a edição de 2018 reúna mais de 200 órfãos.

Para apadrinhar alguém no Natal Azul, basta entrar em contato através do e-mail: natalazul.basta@gmail.com

PRÓLOGO

CLARA

Acordo com meu celular tocando. Quem será? Eu estou morrendo de sono, parece que acabei de dormir, depois de ter ficado até tarde estudando. Pego o celular, olho o identificador, e meu coração acelera. É ele.

Por que estava me ligando agora?

Há cinco meses, desde que saiu daqui sem nem ao menos se despedir, deixando apenas um bilhete para acabar de esmagar o meu coração, não me ligava ou sequer tinha enviado uma mensagem. Olho para o relógio que fica em cima da mesinha de canto, com o celular ainda tocando em minhas mãos. Eu não tenho coragem de atender, ainda por cima às 4 horas da manhã. Ele só pode ter ficado maluco ou deve estar bêbado.

Meu coração está disparado, não sei o que fazer. O telefone para de tocar e volto a respirar. Será que isso não vai acabar nunca? Não suporto mais viver assim, tenho certeza de que ele está seguindo com sua vida sem mim, eu mesma vi, e agora, do nada, me liga, ainda por cima de madrugada; ou talvez seja uma ligação errada. O telefone recomeça a tocar, e fecho os olhos com força. Como não para, mostrando que não vai desistir, então respiro fundo e atendo:

— Alô. — Escuto sua respiração pesada do outro lado.

— Oi, Clara, tudo bem? — Ele ficou maluco mesmo, me ligar às 4 horas da madrugada para me perguntar se está tudo bem. Ainda mais depois de tanto tempo sem dar nenhum sinal de vida.

— Estava, até você me acordar para perguntar isso. — Ele fica mudo por um tempo.

— Clara, me escuta... — Não acredito que ele vai começar com essa tortura de novo! Toda vez é isso: quando penso que vou conseguir, ele aparece outra vez.

— Carlos, por favor, para com isso. Eu não quero ouvir, você não vai começar tudo de novo — falo meio ríspida e cansada de tudo.

— Clara, me deixa falar. — Sua voz está muito estranha, e o meu coração, traidor, fica feliz em ouvi-la.

— Desculpa, Carlos, mas não vou, não quero ouvir — declaro bem exaltada.

— Droga, Clara, me escuta! — Levo um susto com seu grito e fico sem ação. — Desculpa por isso, eu não queria gritar. Agora fica calma e me escuta: é sobre o Gustavo. — Ao escutar o nome, meu sangue gela nas veias; minha respiração falha e as lágrimas rolam por meu rosto.

— Só me diz que ele vai ficar bem. — Meus olhos estão fechados, e o medo por sua resposta é desesperador.

— Ele já fez a cirurgia e está no CTI. Vamos acreditar que vai dar tudo certo, ok? Ele é forte, só tenta ficar calma, e qualquer novidade eu te aviso. — Seu tom está abalado, o que me faz ter certeza de que é muito grave.

— Eu não vou ficar aqui esperando, estou indo para o Rio agora, preciso ver meu irmão! Carlos, ele é tudo para mim.

— Então espera amanhecer para sair de casa, eu juro que vou te ligar assim que souber de mais notícias. — Até parece que vou ficar esperando alguma coisa.

— Eu não vou esperar nada, estou indo para o Rio! Preciso desligar agora, muito obrigada por ligar.

— Tudo bem, só tenta ficar calma e me avisa a hora do seu voo. Beijos.

— Ok, beijos. — Desligo o celular, pego uma calça jeans e uma blusa branca. Visto-me rapidamente, corro para o banheiro, ajeito o cabelo em um rabo de cavalo, escovo os dentes, pego meu casaco, a bolsa, e saio.

Vinte minutos depois, estou no balcão de atendimento do aeroporto, tentando conseguir um voo, e só consigo o das 13 horas. Eu vou surtar aqui até que embarque, mas não tem jeito a não ser esperar.

Sento em uma das poltronas do saguão do aeroporto, totalmente desesperada. Só me resta rezar, e é o que estou fazendo. Peço a Deus, com todas as minhas forças, para não levar o Gustavo.

— Por favor, Deus, não o tire de mim, é a ligação mais forte que tenho de toda a família. Ele é minha fortaleza. — Nisso, meu celular toca de novo e vejo que é o Carlos mais uma vez. Ai, meu Deus, que não seja uma notícia pior ainda.

— Oi — digo num fio de voz.

— Oi, e aí, já chegou ao aeroporto? — pergunta, parecendo preocupado.

— Cheguei, sim, mas só consegui voo para uma da tarde. Me liga se souber qualquer novidade, estou apavorada, Carlos! — imploro chorando.

— Vai dar tudo certo, não fica assim. Tenta se acalmar, e eu prometo que qualquer que seja a novidade, será uma das primeiras a saber.

Fecho os olhos me conformando de que no momento é o que pode ser feito, em seguida me despeço e desligo o telefone. Só quero ver meu irmão.

Chego ao hospital quase às 17 horas. Entro na emergência feito uma louca, quero ver o Gustavo e ter certeza de que ficará bem. Assim que entro, vejo meu pai e sigo em sua direção. Ele está ao lado de uma mulher que já sei quem é: Lívia. Meu irmão havia me mandado uma foto dela. Eles estavam brigados, até onde sei, então o que ela faz aqui? E quando olho para seu rosto, tenho a resposta: ela também o ama, e agora eu só tenho mais motivos para pedir a Deus que ele saia dessa – não é justo partir após tê-la encontrado. Nunca vi meu irmão gostar de ninguém como gosta dela.

— Como ele está, pai? Não mente pra mim — pergunto, muito ansiosa por notícias. Parece que demorei um mês para chegar até aqui.

— O pior já passou, filha, ele vai ficar bem. Você sabe que seu irmão não se entregaria assim tão fácil. — Abraço meu pai, muito aliviada, e volto a respirar.

Graças a Deus que meu irmão ficará bem. Lágrimas descem por meu rosto, mas agora não são mais de angústia e medo, mas, sim, de alegria. Ele ficará bem.

— Graças a Deus, pai, eu tive tanto medo! Ele é tudo pra mim, não sei o que seria da minha vida sem o Gustavo — desabafo com meu pai.

— Eu sei, filha, vocês dois também são a minha vida, também não sei como ficaria sem ele.

Estranho o modo como meu pai fala, sinto a dor em sua voz, então me afasto um pouco. Ele me pegou de surpresa. Claro que eu sabia que ele nos amava do seu jeito um pouco torto, mas ouvi-lo dizer isso me desestabiliza, parece outra pessoa que está ali e não ele.

— Essa é Lívia, a namorada dele — me apresenta Lívia; parece que meu pai percebe minha atitude e quer mudar de assunto.

— Ele me fala muito de você — revelo a ela, tentando ser amigável. — Eu viria para o Rio daqui a quinze dias, quando entrasse de férias, ele sabia disso e me disse que iria nos apresentar, afirmou que eu ia te adorar. Meu irmão é tudo pra mim, e só quero vê-lo feliz. E se você o fizer feliz, vai ter a melhor amiga que poderia ter. — Abraço-a e já gosto dela.

Realmente, sou sincera. Se Lívia o fizer feliz, para mim é o suficiente. Se não quisesse se relacionar comigo, não ligaria, só queria ver meu irmão feliz. Havia concordado em conhecê-la há dois meses. No entanto, semana passada, como me disse que estavam brigados, tinha até descartado a hipó-

CRISTINA MELO

tese de vir, e agora estou aqui por um motivo nada agradável.

— Obrigada, Clara, ele sempre falou da irmã com muito carinho, ternura e amor. Agora, te conhecendo, o entendo e já gosto muito de você. Sou filha única, e o sentimento que mais se aproxima disso para mim é com a Bia. É tão lindo ver irmãos assim tão unidos.

Pronto, já me conquistou, gostei dela e já entendo o porquê do meu irmão amá-la.

Ainda estou sorrindo quando olho para o outro lado e vejo Carlos. Travo, e meu coração dispara. Não importa o tempo que passe, toda vez que o vejo, sinto a mesma coisa. Nossos olhos se conectam, e ele não desvia o olhar em nenhum segundo. Minha vontade é pular em seu colo, abraçá-lo, mas eu não posso, não mais.

"Siga em frente, Clara, não esqueça disso."

Sento ao lado da Lívia e do meu pai, mas parece haver uma força invisível que me puxa para ele, e quando dou por mim, meus olhos estão presos nele de novo. Queria pelo menos lhe agradecer por ter me avisado, mas como farei isso sem que as pessoas percebam? A sala está cheia de amigos dele e do Gustavo, fora meu pai, Lívia e uma amiga dela que, pelo que vejo, está em uma relação com o Michel.

Uma hora se passa, e ainda estamos na mesma. Continuo olhando para ele, e ele para mim. Que coisa horrível isso! Parece tortura. De repente, um médico vem em nossa direção, fazendo meu coração acelerar.

— Ele acordou — declara, e sinto uma alegria sem igual. Abraço meu pai e a Lívia, todos nós comemoramos.

— Ele quer te ver — o médico diz à Lívia.

— Eu também quero vê-lo! — digo ansiosa. Preciso vê-lo para ter certeza de que está bem.

— Ele só pode receber um por vez, e por pouco tempo. Deixe-a entrar, e depois você entra, ok? — o médico fala para mim, e claro que não vou me opor ao fato de ele querer ver a Lívia primeiro.

Eu assinto para a Lívia, e é o suficiente para que saia correndo em direção ao corredor onde fica o C.T.I., então sorrio. Ela também o ama muito e não posso deixar de ficar feliz por isso.

— Eu vou até a lanchonete, pai, não demoro, já volto. — Ele assente, e saio da sala de espera.

No meio do corredor, meu braço é puxado e logo depois um abraço acontece. Ele me abraça tão forte que fecho os olhos e apenas aproveito o abraço. Minhas mãos estão em suas costas, meu rosto colado ao seu peito. Eu me embriago com seu cheiro, que é único e maravilhoso.

Em todo esse tempo, a lembrança do seu cheiro sempre esteve viva em meus pensamentos.

Estava com tanta saudade! Ele beija o meu pescoço e sinto-me fraquejar. Mas não posso me deixar levar mais por essas sensações e sentimentos. Havia tomado minha decisão e não colocarei tudo a perder de novo.

Afasto-me bruscamente ao ver que Michel que se aproxima e nos olha com ar confuso. Mas logo disfarça e segue para o corredor. Volto a encarar Carlos, que está com um sorriso no rosto. Eu, por minha vez, não sei o que dizer. Será que ainda existe alguma coisa para dizer que ainda não tenha sido dita?

CAPÍTULO 1

CLARA

Estou sentada em minha cama, pensando em como meu pai pode ser tão irredutível. Cara, ele simplesmente dita suas regras e todos nós temos que obedecer. Em função disso, o meu irmão foi embora, por não o aguentar mais.

E eu tive que aturar tudo sozinha todos esses anos. Pelo menos, enquanto o Gustavo morava aqui, ele intercedia por mim. Claro, com uma discussão pior do que a outra, mas, no final, meu pai acabava cedendo. Não sei se por remorso ou culpa, pois no fundo ele sabia que nós o culpávamos pelo abandono da minha mãe; na verdade, o Gustavo o culpava, já que eu era um bebê quando ela partiu. Com tantas discussões horríveis e acusatórias que presenciei dos dois, acabei escolhendo o lado do meu irmão, pois também sei como foi difícil crescer sem mãe e ter um pai ausente. Desde que Gustavo foi embora, eu tentava argumentar com meu pai, mas nada o fazia mudar de ideia. Agora ele colocou na cabeça que ainda sou uma criança e muito nova para ter meu próprio carro. Então, por que tinha me permitido tirar habilitação se não me deixaria dirigir? Esse foi todo o meu questionamento agora há pouco, e ele apenas respondeu que não mudará de ideia tão cedo. Por isso estou tão chateada!

Meu dia tinha começado da pior maneira possível.

Eu juro que procuro fazer tudo certinho para agradá-lo, mas nada adianta. Até troquei meu curso, como ele pediu, agora faço Engenharia Civil. Não sei o que mais preciso fazer para ser a filha perfeita para ele, poxa! Eu já não tive mãe, gostaria de ter pelo menos um pai que me entendesse e tivesse orgulho de mim, pois, no fundo, sei que sou uma boa filha.

Meu irmão faz muita falta, mas entendo que ele agora tem sua vida e não pode aparecer sempre. Ele trabalha muito e, desde que saiu de casa, nunca pediu um real para o meu pai; tudo o que tem, conquistou com seu esforço. A qualquer hora, se meu pai não mudar, vou fazer a mesma coisa, juro por Deus! Só assim acho que me dará valor; sei que até hoje ele não aceita muito a saída do Gustavo de casa.

Pego minha bolsa e saio, preciso dar uma volta para esfriar a cabeça ou vou enlouquecer!

Preciso mesmo comprar um presente para o Vítor, seu aniversário será no sábado. Nós já tínhamos combinado de ir a uma boate que fica perto da casa das meninas, em Jacarepaguá.

Chego ao shopping, que fica na Barra. Moro no Leblon, mas não gosto de frequentar muita coisa por lá, pois a maioria das pessoas se acha o dono do mundo.

Passo na livraria, para ver se chegou alguma novidade. Não tem jeito, sempre que vou ao shopping, tenho que dar uma espiada. Fico lá por cerca de uns 40 minutos e saio com um livro nas mãos; não podia ser diferente. Passo na frente de uma loja e vejo uma camisa que é a cara do Vítor. Pronto, está resolvido meu problema. Após comprar a blusa, já está na hora do almoço. Resolvo almoçar por aqui mesmo, pois não estou a fim de voltar para casa tão cedo.

Chego à praça de alimentação no momento em que meu celular começa a tocar. Continuo andando na direção do restaurante em que almoço sempre. Estou de cabeça baixa, toda enrolada tentando pegar o aparelho na bolsa – que, por sinal, é uma confusão só –, quando, de repente, trombo de frente com alguém. Só escuto o barulho de prato se quebrando e talheres caindo ao chão, e, claro, me sujei e molhei toda.

— Ai, está cego?! Não olha por onde anda? — exijo bem exaltada para o cara que já está abaixado, recolhendo a bagunça do chão.

Olho para minha blusa branca, que agora está suja de refrigerante e com macarrão grudado em toda parte. Até no meu braço tem macarrão. Putz, definitivamente hoje não é o meu dia!

Balanço o braço, e o macarrão cai no meio das suas costas, já que ele ainda está abaixado. Ai, que mancada! Também, quem mandou não olhar por onde anda? Termino de sacudir minha blusa e as bolsas que estão em minhas mãos, então me abaixo um pouco para retirar o macarrão que joguei sem querer nas costas do homem. Tento fazer isso sem que ele perceba, mas quando estou quase conseguindo, ele se levanta e bate o ombro com tudo em meu nariz.

— Ai! Que foi? Quer me matar? — pergunto com a mão no nariz. Estou começando a ficar com medo desse dia, só merda!

— Desculpa, mas você é que estava distraída e não me viu. E agora, o que estava fazendo curvada atrás de mim? — ele pergunta com ar confuso, e devo estar com cara de surpresa, abobalhada, porque o cara é um deus grego! É muita beleza para um homem só. Esse entrou na fila várias vezes e fico atônita por segundos. Ainda estou com a mão sobre o nariz, sem sequer conseguir formar uma palavra.

— Está tudo bem? — pergunta com as sobrancelhas enrugadas e com cara de quem acha que sou maluca.

— Tudo — é a única coisa que consigo dizer.

Ele se afasta para colocar a bandeja que estava segurando com os cacos em uma mesa ao lado, e só então acordo do meu momento hipnótico. Chego a balançar a cabeça de um lado para o outro.

— Acho melhor você sair do caminho ou vai atropelar outra pessoa, não quero que mais ninguém tenha a mesma sorte que eu — declara, me guiando pelo braço levemente até um canto que não atrapalhe ninguém. Ao sentir o toque de seus dedos, parece que uma corrente elétrica passa por todo o meu corpo.

— Lá se foi o meu almoço — constata, retirando um fio de macarrão grudado em meu cabelo. — Acho que isso é um sinal para eu começar uma dieta — diz com o tom um tanto divertido.

— Para quê? Você está perfeito assim! — Ai, meu Deus! Eu disse isso alto?

Ele sorri. Nem ele, que não me conhece, deve acreditar que acabei de dizer isso.

— Eu quero dizer... — Balanço a cabeça em negativa, pois nem sei o que quero mesmo dizer. — Desculpa por ter derrubado seu almoço, posso pagar outro pra você.

— Nem pensar, acidentes acontecem. — Ele faz uma careta e nega com a cabeça. Então me olha e balança a cabeça, parecendo querer tirar algo de dentro dela. Logo se aproxima mais um pouco, deixando-me toda arrepiada. Como um estranho pode ter esse poder sobre mim? Mas o cara é perfeito em seu porte atlético, tem cada músculo perfeitamente desenhado, sua boca completamente convidativa, os olhos num tom de castanho único, os cabelos negros, num corte que tem o comprimento exato para abrigar meus dedos; é moreno claro, deve ter por volta de 1,85 de altura, é o tipo de qualquer mulher, garanto. A atração é inevitável, não sei mesmo se um dia já estive com um cara assim.

Clara, você não está com ele, o atropelou, sua louca!

Ele puxa outro macarrão do meu ombro, e me apresenta seu perfume, que é uma delícia! Uma colônia masculina amadeirada. Encaro sua boca tão perto da minha. Juro, se ele me beijasse agora, eu nem ligaria.

Só posso estar ficando maluca, nem conheço o cara. Ele acabou de sujar toda a minha roupa, e eu aqui, querendo que me beije! E se for casado, noivo ou tiver uma namorada?

Pior ainda: e se for um psicopata?! Eu mordo meu lábio para não soltar mais nenhuma besteira. Já extrapolei, de tantas besteiras que disse.

Então ele desfaz o contato visual, fecha os olhos e respira fundo. Será que também queria me beijar? Claro que não, sua maluca! O celular dele toca, nos tirando do silêncio ensurdecedor que pairava entre nós. Ele olha a tela e atende.

— Já estou indo... Eu sei, daqui a pouco chego em casa. Estou levando o que você pediu.

Pela conversa ao telefone, alguém o está esperando em casa. Caramba! Só pode ser uma mulher. Ele é casado! Eu sabia que um deus lindo como esse não estaria disponível. Fico tão sem graça que olho para o chão.

— Olha, foi mal por ter esbarrado em você, mas eu também preciso ir, desculpa mesmo — digo já saindo de perto dele e seguindo para o banheiro feminino. Ele fica um tempo parado me olhando, com certeza sem entender a minha atitude. Deve ser desses caras que, mesmo casados, não respeitam as esposas.

Estou bufando e não sei o porquê exatamente. Certo, eu sei: estou com raiva de ter me encantado por um cara que não está disponível. Entro no banheiro sem olhar para trás.

Respiro fundo e me olho no espelho; fico assustada com o que vejo. Eu estou uma bagunça, pareço mais um prato de macarronada – tem macarrão em todos os lugares. Acho que ele estava, na verdade, tentando segurar o riso, por isso me olhava daquele jeito. Ainda bem que eu acabei de comprar um vestidinho para mim.

O banheiro está vazio, então ali mesmo, de frente às pias na área comum, tiro a roupa que estava vestindo – que era uma regata branca e um short jeans. Dou uma ajeitada no cabelo com as mãos e coloco o vestido.

Olho-me no espelho, tentando acalmar minha respiração, que ainda é irregular. Que loucura isso!

— Oi — cumprimenta uma senhora, me assustando. — Tem um rapaz aqui na porta, e ele me pediu para chamar uma moça loira que está aqui dentro, é você?

Travo com a pergunta. Não acredito que ele está me esperando. Puta merda, o que eu faço agora?

Pensa rápido, Clara! Eu não quero ter que olhar para ele de novo.

— Sim, sou eu, sim, mas a senhora pode dizer a ele que o banheiro está vazio? Por favor! É que ele está me seguindo pelo shopping, e achei que tinha conseguido escapar — digo, tentando passar o máximo de verdade possível, e a senhora me olha assustada.

— Minha filha, é melhor eu chamar a segurança, ele pode fazer uma maldade com você. — E agora, como eu iria sair dessa?

— Não! — Ela se assusta com meu grito. — Só diga isso, e se ele não for embora, a senhora chama a segurança. Eu tenho uma ideia! Diz que tem outra entrada, que o banheiro está vazio e que devo ter saído por lá. Por favor, acho que assim o despisto.

Ela assente e vai em direção à saída. Fico quietinha, sem ao menos respirar, com medo de que ele ouça. Na verdade, não estou com medo dele, mas sim, com medo de mim, pois ainda não entendi o que foi aquilo lá fora.

— Tudo certo, ele já foi. Parece que ficou um pouco chateado por você não estar aqui, mas não tinha cara de bandido, filha. Tem certeza de que não o conhece?

— Absoluta! Nunca o vi mais gostoso. — Ela me olha e faz uma careta. — Quer dizer, mais gordo — respondo toda atrapalhada.

— Tem certeza de que está bem, minha filha? — pergunta-me, intrigada. Forço um sorriso e começo a mexer no cabelo, tentando disfarçar o nervosismo.

— Claro, agora estou. Muito obrigada pela ajuda. — Aperto sua mão, enfatizando meu agradecimento, e ela entra em uma das cabines. Somente então respiro aliviada.

Sei que agi de forma infantil, mas não quero chegar perto daquele homem de novo, ainda mais agora sabendo que é casado. Eu senti algo por ele que nunca senti por ninguém.

 Pode ter sido por tudo o que aconteceu e a surpresa que tive quando ele se levantou, não esperava que fosse tão lindo desse jeito. Deve ter sido isso, pois não acredito em amor à primeira vista, isso não existe! Ainda mais com um cara casado, Deus me livre!

Saio do banheiro meio desconfiada. Será que ele foi mesmo embora? Olho para um lado e para o outro; nada. Desisto do almoço e deixo o shopping pela primeira porta de saída que vejo, ainda abalada. Sei que a possibilidade de vê-lo novamente é quase nula, e eu só não sei se fico feliz ou triste por isso.

Entro no táxi e vou direto para casa. Seu corpo, rosto, boca e olhos não saem de minha mente. O que está acontecendo comigo? Nunca fui de ter obsessões por ninguém, nem pelo Diego, por quem acreditei estar apaixonada. Não demos muito certo, mas continuamos amigos, sem ressentimentos. Fico com carinhas na frente dele, e ele a mesma coisa, com outras garotas. E agora eu vou me abalar desse jeito por um cara que nunca vi mais gostoso e que tenho certeza que não verei nunca mais?

Entro pela porta da cozinha, balançando a cabeça para espantar esses pensamentos. Abraço minha tia Maria por trás e dou um beijo em sua face.

— Que susto, menina! Você ainda vai me matar do coração — reclama, mas sei que é da boca para fora, pois conheço seu carinho por mim.

— É que eu te amo muito, tia, não consigo resistir. — Ela sorri, comigo ainda abraçada a ela.

— Ama a mim ou a minha comida? Aliás, precisa se alimentar melhor. — Como sempre, ela reclama que quase não como.

— Amo as duas e eu estou comendo muito bem, não resisto às suas gostosuras. Acho que vou até começar uma dieta — implico com ela, pois odeia quando falo isso.

— Só se for para entrar na garrafa! Você já almoçou? — pergunta preocupada.

— Ainda não.

— Trate de sentar aí, que vou preparar algo. — Ela balança a cabeça em desaprovação.

Sorrio e me sento à mesa da cozinha. Tia Maria é a cozinheira da nossa família desde que me entendo por gente, e é a relação mais próxima de uma mãe que eu tenho.

Termino o almoço que ela fez para mim. Subo para o meu quarto, tomo um banho e tento me concentrar em uma matéria que estou penando para entender. Mas esse filho da mãe não sai da minha cabeça e, em vez dos números no caderno, eu o vejo.

Puta merda! Eu não poderia ter esbarrado em um velho rabugento e fedorento? Não! Tinha que esbarrar no homem mais gostoso que já vi na vida, e olha que não sou nenhuma santinha! Sou uma jovem de 19 anos, normal e cheia de vontade de viver e conhecer a vida, mas claro que tudo em seu momento certo.

A quarta-feira chega, e eu devo estar com olheiras do tamanho do céu, pois não consegui dormir direito. Sonhei com aquele deus grego, que eu estava acreditando ser um bruxo que jogou um feitiço em mim. Meu pai, como sempre, já saiu para o trabalho, então sento à mesa para tomar meu café da manhã sossegada.

— Bom dia, minha filha! Alguma coisa especial para o café? — pergunta tia Simone, a copeira. Ela também me viu crescer. Tenho um carinho imenso por todos os nossos empregados, mas ela e a tia Maria são especiais.

— Não precisa, vou comer só essa maçã mesmo, estou sem fome.

— Minha filha, isso não dá sangue! — me responde com uma careta. — Você precisa se alimentar direito, senão, a qualquer hora, vai ficar fraca.

Sorrio. Ela e a tia Maria são as únicas que aturam meu pai, pois as babás não conseguiam ficar mais de um ano com a gente. Ele sempre foi muito exigente e chato.

— Pode deixar, que na hora do intervalo faço um lanche reforçado. Agora eu já estou muito atrasada.

Termino o último pedaço, mando um beijo para ela e saio. O motorista já está me esperando, entro no carro e seguimos para a faculdade, que fica em Botafogo.

Saio da faculdade com uma dor de cabeça horrorosa! Sei que tem o fator da noite maldormida, mas esse curso é muito complicado, e olha que eu sempre fui estudiosa. Cara, estou no segundo período e já achando muito difícil. Mas irei até o fim e provarei para o meu pai que sou capaz, ou não me chamo Clara Albuquerque Torres. Sempre fui teimosa, e quando cismo com alguma coisa, vou até o fim, doa a quem doer.

— Oi, quer carona? — Ouço a voz e viro-me para ver quem é.

— Não precisa, valeu. Meu motorista já deve estar chegando. — Sei que é meu vizinho, mas nem me pergunte o nome dele que não lembro.

— Nós vamos para o mesmo lugar, precisamente o mesmo prédio, então não me custa nada — argumenta, e sai do carro sorrindo, acho que para esperar minha resposta.

Ele até que é bonitinho, mas nem chega aos pés do meu estranho gostosão.

Não acredito! Aquele cara mudou meu padrão de qualidade! Eu estou muito ferrada – será praticamente impossível achar alguém do seu nível.

— Claro! — Aceito, entrando no carro.

Não vou deixar nada e nenhum sentimento me dominar, eu preciso esquecer que esbarrei naquele homem, e nada melhor do que conhecer pessoas novas e me distrair um pouco. Ligo para o Sr. Roberto e digo que estou com um amigo e que ele não precisa me buscar.

— Paulo — ele diz e me estende a mão antes de ligar o motor. Parece muito satisfeito por eu ter aceitado a carona.

— Clara. — Aperto sua mão estendida. Ele não para de sorrir e me olhar.

— Eu sabia que seu nome também era lindo. — Nossa! Que cantada mais ultrapassada. Sorrio para não o deixar sem graça, afinal estou de carona.

— Obrigada pela carona, Paulo — agradeço sorrindo, tentando parecer simpática.

— Será um prazer voltar para casa em sua companhia, e pode me chamar de Paulinho, todos me chamam assim. — Sério? Controlo-me para não fazer uma careta. Cara, Paulinho é bizarro!

Começamos a conversar sobre vários assuntos, desde baladas boas para ir, até a faculdade. Ele está no quinto período de Medicina, pretende ser cirurgião.

Vinte minutos depois, ele entra com o carro na garagem do prédio. Moro no quarto andar e ele no sexto, e só há um apartamento por andar. Moramos no mesmo prédio e estudamos na mesma faculdade e nunca tínhamos trocado nenhuma palavra até hoje. Eu gostei da sua conversa, ele parece bem legal.

— Posso te levar amanhã também? Adorei sua companhia, e a viagem é bem mais rápida quando estamos com alguém interessante — pergunta assim que chego ao meu andar, e o encaro antes de sair.

— Por que não? — revido com outra pergunta e ele sorri com os olhos brilhando, parece ter ganhado o dia.

— Às sete da manhã, então? — me pergunta animado

— Combinado! Te espero no estacionamento. Tchau e obrigada mais uma vez.

— Já te disse que foi um prazer. Até amanhã. — Pisca para mim, e sorrio ao sair do elevador. Seus olhos ficam fixos em mim até as portas se fecharem.

Após o almoço, passo o resto da tarde terminando um trabalho, e quando vejo, já são 22 horas. O dia voou.

A semana passa voando da mesma maneira. Fui de carona para a faculdade com o Paulo esses dois dias seguidos. Eu só o chamava assim, me recusava a chamá-lo de Paulinho. Descobrimos bastante coisas em comum, ele é bem divertido, e eu estou gostando muito de sua companhia.

— Então, você vai ao cinema comigo hoje? Eu quero muito ver esse filme, mas não existe nada mais triste do que ir ao cinema sozinho.

Ele estava insistindo nisso desde cedo. Quer saber, não tenho nada melhor para fazer, então eu vou. Não é meu programa preferido, mas pode ser divertido.

— Tudo bem, vou com você. — Ele dá um sorriso que chega até seus olhos. — Que horas pretende sair? — pergunto.

— Pode ser às 21 horas? Preciso começar um trabalho — pergunta receoso, e sorrio de sua expressão.

— Fechado! Vejo você mais tarde. — Saio do elevador, mandando um beijo para ele, que faz um gesto de pegá-lo no ar. Sorrio, ele é muito bobo!

— Nossa! Você está linda! — Paulo elogia quando me aproximo de seu carro.

— Obrigada! — digo satisfeita com o seu elogio.

Eu estou com uma calça skinny preta, uma blusa soltinha branca e, nas mãos, uma jaqueta de couro azul. Coloquei uma bota de cano curto, também preta, e um colar, brincos e a maquiagem que fecham o look. Meu cabelo, que tem um corte repicado bem moderno e bate no meio das costas, está solto.

Entramos no carro, e ele dá a partida. Está vestindo uma calça jeans e uma blusa polo cinza.

Paulo escolheu um filme de ação bem legal; é uma sequência, pena que não vi os outros, mas vou ver com certeza, pois adorei. Saímos do cinema, e estamos no carro a caminho de casa. Ele me conta os detalhes dos outros filmes, o que só me deixa mais curiosa. Começarei amanhã mesmo a assisti-los.

O carro para na garagem e Paulo me encara com aquele olhar de quem quer me dar um beijo. Não estou nem um pouco a fim de beijá-lo, não quero estragar o que estamos tendo, e sei muito bem que quando colocamos esse tipo de coisa em uma amizade, ela muito provavelmente não vai para frente. Por isso acho melhor não misturar as coisas, estou gostando de ter sua amizade, e também porque não me sinto atraída por ele.

— Eu preciso ir, já está tarde. — Tento fugir da situação e do clima que ele está criando, mas parece não escutar e se aproxima de mim. Como vou dizer que não quero beijá-lo?

CAPÍTULO 2

Clara

Ele se aproxima mais, e antes que eu consiga dizer alguma coisa, sua boca toca a minha. O corpo inclina-se sobre mim, uma de suas mãos envolve minha nuca, a outra na cintura. Me beija com vontade, e eu apenas correspondo, pois não sei o que fazer. Até que ele beija bem, mas não sinto nada.

— Você não sabe há quanto tempo eu sonho com esse momento — declara, olhando em meus olhos, quando termina nosso beijo e vejo admiração neles.

Era só o que me faltava, se apaixonar e grudar no meu pé. Eu não quero isso com ele, nem com ninguém, pelo menos por enquanto.

— Olha, Paulo, não vamos misturar as coisas entre nós. Estou gostando muito da sua companhia e não quero que crie expectativas em relação a mim. Não quero me envolver em um relacionamento agora. Não fica chateado comigo, estou gostando mesmo de ser sua amiga.

Sua feição agora é de quem não esperava essa reação. Mas tenho que ser sincera, não posso deixar as coisas irem para um outro rumo ou que ele se iluda.

— Não se preocupa, eu já sou bem grandinho. Vamos deixar que o tempo resolva as coisas, não esquenta a cabeça com isso, tudo vai continuar da mesma forma. Desculpa, apenas não resisti. — Assinto. Tomara que ele esteja sendo honesto.

— Está tudo bem. Agora eu preciso subir — declaro o mais natural possível, e ele parece acreditar.

Saímos do carro e entramos no elevador. Ele não diz mais nada, mas seu olhar não me abandona.

— Obrigada pelo cinema, adorei o filme. Boa noite, nos vemos por aí — digo ao sair do elevador, tentando agir da mesma forma de antes do beijo.

— Eu que agradeço. Boa noite e dorme com os anjos. — Sorrio. — Que inveja dos anjos! — Ouço-o murmurar antes das portas se fecharem.

Eu não sei se essa amizade ainda vai para frente. É uma pena, mas não posso forçar um sentimento que não existe.

Tomo banho, me deito e durmo quase que instantaneamente.

Acordo no meio da madrugada, muito ofegante. Que sonho foi esse?

CRISTINA MELO

Será que esse estranho vai continuar aparecendo por quanto tempo? No sonho, ele estava no lugar do Paulo, no carro; era ele quem me beijava, e que beijo! Estou muito chateada por ter acordado na melhor parte.

Passo o resto da madrugada acordada, pensando em como irei tirar esse cara da minha cabeça. Só consigo pensar em uma solução: terei que conhecer alguém tão gostoso quanto! Quem sabe hoje, na boate, eu terei sorte, pois o Paulo, coitado, não tem um terço da sua beleza e gostosura.

Vai ver que fiquei assim tão cismada pelo fato de o estranho ser misterioso. Afinal, isso já vem desde o início dos tempos, quando Eva não resistiu e comeu o fruto proibido. Pena que eu não posso comer o meu.

O que é isso, Clara! Está maluca? O cara é casado, e mesmo que não fosse, como iria encontrá-lo se nem ao menos sabe seu nome?

O Rio de janeiro é enorme! Seria como procurar uma agulha no palheiro. Mas se eu achasse essa agulha, seria fantástico!

Depois de tirar uns poucos cochilos após acordar do sonho quente com aquele estranho, eu tomo meu café.

Ai, para de pensar nesse homem!

— Bom dia, filha, acordou cedo! — diz meu pai, se sentando à mesa.

— Bom dia! Eu perdi o sono — respondo e ele sorri, em seguida se serve com seu café.

— Falou com seu irmão essa semana? — pergunta abrindo o jornal, sem nem me olhar.

— Não, pai, vou ver se ligo para ele hoje. — Ele continua com o jornal aberto. Nossa, como eu acho isso nojento, essa mania das pessoas tomarem café e lerem o jornal ao mesmo tempo. Gente, aquele papel é muito sujo!

— Qualquer coisa, me fala — pede sem ao menos me olhar, e isso me dá raiva. Será que ele não podia tirar pelo menos o tempo do café para conversar comigo decentemente?

— Acho que o Gustavo já é bem grandinho e sabe se cuidar muito bem. — Ele abaixa o jornal e me olha com as sobrancelhas enrugadas. Acho que acabei elevando um pouco meu tom de voz.

— Está tudo bem, Clara? — pergunta com um olhar inquisitivo. — Eu sei que seu irmão é bem grandinho, mas eu sou o pai dele e fico preocupado por causa dessa porcaria de profissão que escolheu. Ele se arrisca todos os dias; todos os dias temos notícias de policiais mortos em serviço. E eu simplesmente não entendo por que seu irmão ainda continua lá; não precisa disso, ele construiu uma empresa e também tem a minha, que é de vocês.

— O senhor já parou para pensar que talvez ele goste de ser policial? Está lá há oito anos, pai, ele sabe o que faz — revido irritada com sua mania de querer controlar tudo.

— Eu espero que sim, filha. Agora eu tenho que dar um pulo na empresa, mas volto logo. — Se levanta e sai. Ele só pensa em trabalho.

Termino meu café e ligo para a Ju.

— E aí, animada pra hoje? — pergunto.

— Muito, amiga, e você bem que podia chamar o seu irmão, hein, Clara?

Ai, não, nem pensar, Deus me livre de ir para uma balada com o Gustavo atrás de mim. Também acho que ele não curtiria essas coisas, está ficando igual ao meu pai, só pensa em trabalho.

— Poxa, Ju, até que era uma boa ideia, mas acabei de falar com ele agora e está de serviço hoje à noite, que pena. — Invento logo uma desculpa para que ela esqueça essa ideia maluca.

— Uma pena mesmo! — concorda desanimada. Ela é encantada com o Gustavo, mas sei que não faz o tipo dele, e eu que não vou ficar saindo com meu irmão.

— Você já falou com a Dani hoje? — pergunto a ela.

— Ainda não, ela e o Vítor costumam acordar tarde, depois do almoço eu ligo.

— Está bem, Ju, nos vemos mais tarde. Agora vou tentar concluir um trabalho da faculdade que está torrando meus neurônios.

— Vai lá, beijos. — Ela desliga com a voz murcha ainda, acho que tinha esperanças de que o Gustavo fosse conosco. Sem-noção! Amo meu irmão, mas sair com ele para uma balada, sem chances!

Falando em Gustavo...

— Fala aí, maninho, está podendo falar?

— Clara, sempre posso falar com você. Está tudo bem?

— Está sim, e com você?

— Eu estou bem. Quais as novidades? — pergunta num tom preocupado que é único dele.

— Nada novo, só liguei mesmo para saber se está tudo bem. Mas nem posso falar muito, pois tenho que terminar um trabalho da faculdade que está me tirando o raciocínio. — Ele começa a rir do outro lado. Um tempo depois, nos despedimos e desligo o telefone.

Às 8 horas da noite, enfim, termino o trabalho. Nem acredito que consegui. Essa semana, eu nem fui às minhas aulas de pilates, por conta desse bendito, mas agora estou livre, pelo menos até o próximo semestre.

Penso em que roupa vou usar. Escolho um vestido cor de uva, colado ao corpo, que tem um decote generoso nas costas e um decote em v na frente; escolho também uma sandália preta. Saio de casa às dez, não sei onde é a boate, então marquei de encontrar com o pessoal na casa da Dani, e de lá iremos todos juntos.

Chego ao portão da casa da Dani, e estão todos em um papo animado, acho que me esperando.

— Olha ela aí! Chegou quem faltava, agora podemos ir — Ju diz num tom animado.

— Não vai me apresentar sua amiga, Júlia? — pergunta um cara moreno que, só de olhar, percebo que é daqueles que se acha o gostosão do pedaço, mas agora que meu padrão de qualidade está mais elevado, será muito difícil eu me interessar por alguém que não se encaixe no perfil do meu estranho gostoso. Tudo por culpa daquele deus da gostosura! E esse aqui na minha frente não tem chance mesmo! Odeio esses caras que se acham!

— Essa é a Clara. Clara, esse é o Beto.

O quê? Nossa! Esse nome superou o Paulinho. Dou um sorriso educado e estendo a mão. Ele tenta se aproximar, mas me afasto. O perfume do cara é muito enjoativo! Como uma pessoa pode gostar de usar um perfume desses?

— É um prazer, Clara — declara num tom de Don Juan fajuto. Sorrio para não o deixar sem graça.

— Então, vamos logo ou vamos pegar uma fila enorme! — diz a Dani me puxando, acho que percebeu o quanto esse Beto está sendo inconveniente. Entro no carro com a Dani e o Vítor, que é o aniversariante e namorado dela, e a Ju. O tal Beto vai em seu próprio carro.

— Não liga para o Beto, Clara. Ele é meio afoito, mas é um cara legal — diz o Vítor.

— Está tudo certo, eu não ligo para essas coisas, fica tranquilo — digo sorrindo e faço um gesto com a mão para que ele relaxe.

Chegamos à boate e conseguimos entrar bem rápido, o que me animou, pois odeio ficar em filas.

— E aí, você mora perto? — O cara é chato! Será que não percebeu que não quero papo com ele?

— Leblon.

— Nossa! — Ele arregala os olhos. — E vem se divertir aqui? — Meu grau de irritabilidade está começando a subir.

— Me divirto onde eu quero e onde meus amigos estão. Agora, você pode me dar licença? Preciso de uma bebida — respondo e me viro para procurar o bar. Se terei que aguentar esse cara a noite toda, terei que encher a cara. Não demora muito, vejo a Ju do meu lado.

— Esse seu primo é um mala, hein?

— É sim. Ele é muito convencido! — Ela sorri. — Mas acho que depois desse fora, ele não vai mais falar nada, ficou lá com a cara de bobo quando você saiu.

Chegamos ao bar e pedimos duas garrafas de Ice. Voltamos para a mesa, mas logo vamos para a pista de dança.

O Vítor não desgruda da Dani, enquanto o tal do Beto parece um pavão querendo se exibir para mim. Finjo que nem noto e continuo dançando com a Ju, a música é bem animada – tocam de tudo aqui.

Eu e a Ju estamos revezando a ida ao bar, e de tantas idas em busca de mais bebida, já estou ficando um pouco tonta. Acho que já foram umas oito garrafinhas, mas eu vou dormir na casa dela, que fica aqui pertinho, então não terei riscos de vomitar no santuário do senhor Olavo. *Nossa, do jeito que meu pai é, se me visse só um pouquinho bêbada, ele pirava total!*

— Eu vou lá, Ju. Agora é minha vez! Vai querer outra rodada? — pergunto para ela.

— Claro! Estou só no começo. — Deixo-a dançando e sigo para o bar.

Já estou muito tonta, essa vai ser minha saideira, depois entro no suco, senão acho que vou começar a vomitar aqui mesmo. *Deus me livre, que vergonha seria!*

— Duas Ices, por favor — peço para o barman. Enquanto ele se afasta para pegar o pedido, começa a tocar a música *What's My Name*, da Rihanna e Drake, que eu adoro.

Sem que eu perceba, já estou dançando encostada ao bar, esperando o barman trazer as bebidas. Quando ele volta e me entrega, sinto o mesmo perfume do meu estranho. Não é possível!

Inclino-me um pouco por cima do balcão, para tentar sentir o cheiro mais de perto. O barman fica me olhando espantado, sem entender nada. Ele continua parado onde está, e eu tentando me aproximar, até que sinto uma mão em minha cintura. Esse Beto já está passando dos limites!

Viro-me com tudo, e quando vejo quem está atrás de mim, quase tenho um mal súbito.

— Te achei!

CAPÍTULO 3

CLARA

Eu simplesmente perdi toda a capacidade de raciocínio. Só posso estar muito bêbada e tendo alucinações. Fico sem fala, ali de frente para o meu estranho gostoso.

Ele coloca uma das mãos em minhas costas, me puxando mais para si, e eu ainda estou sem meus comandos. Ele se inclina e passa os lábios bem perto da minha boca, juro que vou ter um colapso! Ele continua até chegar bem perto do meu lóbulo.

— Dessa vez, não vai fugir de mim assim tão fácil — ronrona em meu ouvido.

Puta merda! Todo o meu corpo reage só de ouvi-lo falar assim comigo. Minhas pernas estão bambas, e agora já não sei se é pelo efeito do álcool ou da excitação. Que homem é esse?!

— Eu... não fugi de você. Eu nem te conheço, não tinha motivos para fugir — declaro sem certeza alguma.

Nem sei como consigo dizer isso e pelo seu olhar, sei que não acreditou em uma palavra. Ele respira fundo e continua sem desviar o olhar nem um segundo. A mão que está solta encontra minha nuca por baixo do meu cabelo, e ele me surpreende com um beijo voraz, que não me deixa ter nenhuma alternativa a não ser corresponder.

Eu sonhei com isso a semana toda, mas a realidade é incrivelmente muito melhor! O cara sabe o que está fazendo, seu beijo é de longe o melhor da minha vida. Minhas mãos buscam o seu pescoço e o puxo mais e mais para mim, sem conseguir parar de beijá-lo.

— O seu beijo é muito melhor do que eu havia imaginado. Claro que, com o molho do meu macarrão, também deveria ser tudo de bom, pena que não me deixou prová-lo — declara num tom sedutor muito sexy.

Caraca! Ele também queria me beijar! Estou totalmente desconcertada, nunca me senti assim antes. Olho para ele sem conseguir dizer nada, estou à mercê desse estranho. Como pode ter esse controle sobre mim? Isso começa a me assustar, então tento me afastar dele. Mas me segura bem firme, me colando mais ainda ao seu corpo.

— Eu preciso ir, meus amigos estão me esperando. Foi um prazer te conhecer — digo, tentando me afastar de novo. Eu estou sem controle nenhum, só pode ser por causa da bebida, estou até com medo de estar imaginando coisas.

— Você não imagina o prazer que pode ser, e eu já disse que não vou deixar você fugir de novo. — Agora ferrou tudo de vez!

Como vou escapar desse deus gostoso? E quem disse que quero escapar? Agora quem o ataca sou eu, e ele não deixa por menos: corresponde e vai andando junto comigo para um canto da boate, e aí o negócio só melhora.

Eu estou encostada a uma parede, sendo pressionada por ele. Agora já estou começando a descobrir o prazer que pode ser. Minhas mãos estão em suas costas, e aproveito para tatear cada músculo ali; ele me beija sem parar, enquanto uma das mãos passeia por todo o meu corpo. Nosso desejo é palpável. Minhas mãos sobem para o seu cabelo e eu o puxo levemente. Ele geme em meus lábios, e isso me deixa fora de mim.

Eu nunca tinha me comportado assim com um estranho. Na verdade, nunca me comportei dessa forma e nem senti o que estou sentindo agora com ninguém. Isso é efeito da bebida, todos falam que ela nos dá coragem, pois, para mim, está dando coragem e outra coisa. Eu o quero aqui e agora, perdi o pouco juízo que achava que tinha.

— Eu preciso de você, vem comigo? Juro que não sou perigoso, não da maneira que imagina — sussurra enquanto beija meu pescoço. Eu sei que não deveria fazer isso, mas como poderei dizer não para esse cara?

Concordo com a cabeça, ele ajeita meu vestido que já estava na altura da minha bunda e me puxa pela mão. Nesse momento, sinto o efeito da falta do seu corpo e, claro, o da bebida, e quase caio. Mas seus braços me envolvem na hora.

— Tudo bem? — pergunta-me. Eu confirmo, então começamos a andar de mãos dadas em meio à multidão.

— Eu preciso pegar minha bolsa — digo, me erguendo um pouco para que ele me escute. Ele assente, e vou em direção ao local onde está o pessoal. Pego a bolsa, aviso a Dani que estou indo e que amanhã ligo para ela. Seus olhos me encaram e parece preocupada com minha atitude.

— Aonde você vai, Clara? — exige, tentando manter o tom baixo, mas meu estranho está tão grudado a mim que não tem como ele não ter escutado.

— Fica tranquila, vou cuidar bem da sua amiga. Se quiser, pode tirar uma foto minha e me dizer o seu telefone. — Dani fornece o número a ele, como se tivesse sido hipnotizada; meu estranho pega o seu celular, e logo o telefone dela começa a tocar.

— Pronto, se ela não te ligar amanhã até o meio-dia, você pode chamar a polícia, já tem tudo o que precisa.

CRISTINA MELO

Ela o olha muito desconfiada, e estou assistindo a tudo isso sem dizer nada. Ele me desarma de todas as maneiras.

Voltamos ao nosso caminho, e logo passamos pela Ju, que fica me olhando intrigada, mas não diz nada. Eu dou um tchau para ela e continuo andando com meu estranho atrás de mim.

Chegamos ao seu carro e nos beijamos mais uma vez, colados à porta do carona. Estou muito ferrada, esse homem me enfeitiçou, só pode! Após uns vinte minutos em pé, encostados na porta do carro, resolvemos entrar. Nós não conseguimos parar, a química é explosiva.

Ele liga o carro, e quando começamos a nos mover, sinto o efeito real do álcool. Estou muito tonta, minha cabeça passa a girar. Ainda não sei por que teimo em beber, se toda vez é a mesma coisa – eu sempre vomito.

Eu não consigo me acostumar com o efeito do álcool, e esse balanço só está piorando a situação. Tento me concentrar e olhar para frente, mas a bile continua vindo. Apoio a cabeça no encosto do banco e fecho os olhos, mas não adianta, sinto que a qualquer momento o inevitável acontecerá. Faço um sinal com a mão para que ele encoste o carro ou abra o vidro, mas apenas me olha, acho que não entende meu gesto. Eu não me seguro mais e coloco tudo para fora ali mesmo, no chão à minha frente. Sinto o veículo parar.

— Por essa eu não esperava — ele comenta e sai do carro. Quanto a mim, continuo vomitando. Minha sandália já era, e acho que o carro dele também. Perda total!

Sinto a porta ao meu lado se abrir, e logo o vejo com uma toalha na mão. Eu já parei, mas permaneço de cabeça baixa, não sei se estou mais com vergonha ou mais bêbada.

— Está tudo bem, isso acontece — diz enquanto passa a toalha no meu rosto e depois começa a limpar minhas pernas. — Levanta um pouco o pé, vou tirar a sandália. — Ele retira uma por uma, limpa meus pés, me pega no colo e me tira do carro.

Pronto, agora ele vai me largar aqui, que homem aceitaria alguém vomitando em seu carro? Mas ele não faz isso; me coloca com todo o carinho no banco de trás.

— Já estamos bem perto da minha casa, não se preocupa — avisa e fecha a porta, entrando do seu lado. Nem cinco minutos depois, ele para de novo. Droga! Eu não podia ter esperado só mais um pouquinho? Não, vomitei todo o carro do cara, agora que ferrou tudo mesmo! No primeiro dia derrubo seu almoço e hoje dou PT em seu carro.

— Vem, chegamos. — Ele me retira do banco com todo o cuidado do mundo. Nossa, não sei como está aguentando, nem eu consigo aguentar esse cheiro insuportável de vômito. Ele bate a porta do automóvel comigo em seus braços e entramos em uma casa. Ele caminha até o banheiro, comigo ainda em seus braços.

— O que você está fazendo? — pergunto assustada quando começa a retirar meu vestido dentro do banheiro.

— Você precisa de um banho — é só o que diz, terminando de retirar meu vestido, e não ofereço nenhuma resistência. Ele fica uns bons segundos paralisado, me olhando. Eu estou só de calcinha preta.

— Eu posso tomar banho sozinha! — declaro, tirando-o do seu momento de paralisia.

— Acho que não pode, não. Aliás, como você iria embora nesse estado? Sabe-se lá quem poderia cruzar seu caminho, não deveria beber assim.
— Começa a me dar um esporro básico. Agora ele está parecendo meu pai ou o Gustavo. Guia-me para o boxe e liga o chuveiro.

— Ai! Está gelada! — Ele me segura embaixo da ducha, eu só de calcinha e ele ainda vestido, e a água gelada que nos faz companhia. — Me solta! Eu sei tomar banho sozinha!

Ele finge que nem escuta, então começo a jogar água nele, que nem se abala, continua me segurando embaixo d'água. Ele solta um pouco meus braços e retira sua camisa preta, encharcada de tanto eu jogar água, e, em uma reação repentina, espalmo as duas mãos em seu peitoral lindo e definido, dando vários beijos ali. Ele é lindo demais, e não resisti. Agora, nem sinto mais a água gelada, pelo contrário; pareço estar dentro de uma sauna.

— Acho melhor você parar — alerta, e eu levo um susto. Como assim, parar? — Não é bom começar o que não podemos terminar. — O quê, como assim? Claro que eu não iria parar. — Eu não vou transar com você nesse estado. Quero muito você, mas a quero com consciência.

— Eu estou com consciência, para de falar besteiras! — Coloco as mãos em seu pescoço e começo a beijá-lo ali. Sinto sua ereção contra minha barriga.

— É sério, vamos deixar para amanhã, eu não vou fazer isso. — Seu tom sai confiante, em seguida desliga o chuveiro, me enrola em uma toalha e coloca outra em seu pescoço. Quem ele pensa que é? Ninguém nunca me rejeitou assim!

— Se não estava interessado, por que me trouxe para cá? Eu poderia ter arrumado outro! — Seus olhos me fulminam.

CRISTINA MELO

— Você está bêbada e não sabe o que está dizendo. Agradeça por você ter vindo para casa comigo e não com um filho da puta qualquer. — Seu tom é sério, e seus olhos estão focados em mim.

— Pelo menos o filho da puta não iria me provocar e sair fora depois — revido toda cheia de mim.

— Vista isso! — Joga uma camiseta e uma cueca boxer na minha direção e sai do quarto, batendo a porta.

Encaro a porta fechada, sem reação. Quem ele pensa que é para falar assim comigo? Eu ainda nem sei o seu nome, e não sou mulher de aceitar ordens de ninguém. Retiro a toalha e a enrolo nos cabelos. Retiro a calcinha molhada e coloco a cueca que ele me deu, em seguida a camiseta. Sento-me na cama bem na hora que ele volta, e nossa! Será que eu irei ter um colapso toda vez que o vir?

— Toma, beba isso! — Entrega dois comprimidos e um copo de água. Eu nem pergunto o que é, faço o que pede. Ele pega o copo vazio e se vira.

— Aonde vai?

— Eu vou dormir no sofá, pode dormir aí.

— Essa é boa! Você me viu pelada, mas não quer dormir na mesma cama que eu?

Ele faz uma careta.

— Você realmente não deveria beber mais — declara irritado, cruzando os braços à frente do corpo.

— Acho que isso não é da sua conta, eu nem te conheço!

Ele concorda com a cabeça e sai batendo a porta atrás de si. Esse homem me tira do sério de todas as maneiras.

Acordo com uma claridade horrível no rosto. Abro os olhos bem devagar, e puta merda! Estou em um quarto que não conheço.

Permaneço deitada, tentando lembrar todos os detalhes. Logo tudo me volta como um baque. Essa é a casa do meu estranho gostoso, ai, meu Deus!

Cubro o rosto com as mãos, deixando a vergonha tomar conta de mim.

Eu havia vomitado em seu carro, e ele até me deu banho; se já não bastasse, ainda falei um monte de besteiras. Como ele teve coragem de me trazer para a casa dele? E a sua esposa? Caramba!

A mulher deve estar viajando, que cara safado! E como não me lembrei que ele era casado, ontem? Pudera, com toda aquela gostosura, como me lembraria? Mas como ele podia ser tão safado e certinho ao mesmo tempo? Não quis transar comigo só porque eu estava bêbada. Mas me trouxe para cá, onde mora com sua esposa ou, de repente, isso aqui deve ser só o seu abatedouro. Não posso mais ficar, Deus me livre da mulher dele me pegar aqui.

Olho para o lado e vejo meu vestido esticado em uma cadeira num canto do quarto. Tiro a blusa dele rapidamente e o coloco. Depois entro no banheiro que fica dentro do quarto, graças a Deus, faço um coque rápido no cabelo e limpo um pouco o lápis que estava borrado. Procuro minha calcinha rapidamente em todos os cantos do cômodo, mas não acho; teria que ir sem mesmo. Saio do quarto, que na minha visão é bem masculino para ser de um casal, mas vai que o cara é daquele tipo machista que tem que ser tudo do jeito dele. Entro em uma sala bem aconchegante.

E logo o vejo dormindo no sofá, que visivelmente é muito pequeno para ele. Minha bolsa está em uma poltrona próximo a ele, a sandália deve estar ainda no carro, mergulhada no vômito.

Vou andando na ponta dos pés até chegar à minha bolsa. Eu a pego, e quando dou uma última olhada nele, meu coração acelera de uma maneira que nunca tinha acelerado antes. Ele está só de cueca e esse homem é perfeito! Mas não é seu, Clara, foco!

Um dos braços cobre seu rosto e, puta merda, o que eu vejo agora me deixa estática em meu lugar. Aquela tatuagem? Ele é do Bope! Puta que pariu! Levo a mão à boca para conter um grito de espanto. Ele deve conhecer o Gustavo. Estou muito, muito ferrada, tenho que sair daqui. Gustavo vai pirar se souber que me envolvi com um de seus amigos, e ainda por cima casado. Me viro devagar e vejo uma porta, que pelo que noto é a entrada da casa. Eu vou embora descalça mesmo, não estou nem aí.

— Aonde você pensa que vai? — Travo no lugar ao escutar a pergunta.

CRISTINA MELO

CAPÍTULO 4

CLARA

Estou paralisada no lugar, sem saber o que responder a ele. A vergonha por meu comportamento me domina. Ele deve estar pensando o pior de mim, com certeza.

— Olha, eu nem sei como me desculpar pelas besteiras que disse, e também queria te agradecer pelos cuidados, mas, agora, eu realmente preciso ir — digo num fio de voz.

— Namorado? — Já havia se sentado e agora me encara de cima a baixo com o indicador sobre os lábios.

— Claro que não! Eu não teria vindo pra cá com você se tivesse um. Nem todas as pessoas acham traição normal, sabia? — revido ganhando minha coragem de volta, ele ergue as sobrancelhas, acho que surpreso por eu ser direta.

— Não entendi o comentário. — Se faz de desentendido, se levanta, para na minha frente e me encara. Deve achar que sou idiota.

— Olha, você não precisa se desculpar, a errada fui eu. É que eu estava muito bêbada e não me lembrei na hora que era casado...

— O quê? — pergunta nervoso.

— É isso mesmo, mas como não consumamos o ato, fica tranquilo que a traição não foi completa. Mas você não deveria fazer isso, deveria respeitar sua esposa. Se não a ama mais, é melhor se separar. — Estou cheia de atitude, o encarando de igual. Eu já estou com raiva dele e a favor da esposa, pois não iria querer uma situação dessas comigo. Não mesmo! Por causa de coisas assim que cresci sem mãe.

Ele balança a cabeça em negativa, mas não diz nada. Acho que está buscando uma daquelas desculpas esfarrapadas ou está arrependido. Mas não vou perguntar qual é a opção.

— Agora eu já estou indo, é melhor evitar confusão. Ah, não achei minha calcinha, depois você procura melhor, para ela não pegar seu flagrante. Tchau. — Viro-me, mas não dou dois passos, pois sua mão em meu braço me impede.

— De onde você tirou isso? — pergunta com o maxilar cerrado, me olhando.

— Eu ouvi naquele dia, quando falou com sua esposa ao telefone.

Ele balança a cabeça em negativa.

— Então foi por isso que fugiu de mim? — Ainda pergunta?!

— E você acha que eu tinha que ficar, sabendo que é casado? Eu não sou nenhuma vagabunda! — esclareço com raiva.

— Eu não sou casado, Clara! Estava falando com a minha faxineira, que pensa que é minha mãe, e sei que você não é nenhuma vagabunda.

Eu agora não sei o que dizer. Será que ele está falando a verdade?

— Eu nem acreditei na minha sorte quando te vi ontem na boate, nem quis saber se estava acompanhada, fui logo para cima. Não consigo parar de pensar em você, desde aquele dia no shopping.

Estou boquiaberta com o que escuto agora. Ele não é casado e também pensa em mim.

— Agora, você tem mesmo que ir embora? — pergunta, já com o braço em minha cintura, me puxando para ele e me colando ao seu corpo.

Apenas balanço a cabeça em negativa, e ele me ataca com um beijo delicioso. Deixo a bolsa cair no chão e coloco as mãos em seu cabelo, puxando sua cabeça cada vez mais para mim. Ele me suspende e me leva para o quarto de novo. Estou completamente rendida a esse homem, ele já me domina totalmente.

— Eu preciso saber seu nome — peço, interrompendo um pouco o nosso beijo.

— É Carlos, coração. — Até o nome é perfeito! Estou mesmo ferrada.

Ele retira meu vestido de novo e, dessa vez, não tem mais a calcinha para nos separar.

— Perfeita! Você não sabe o quanto tive que me segurar ontem, eu passei a noite em claro me segurando para não entrar nesse quarto e agarrar você.

Ele me deita sobre a cama e vem por cima de mim, beijando meu corpo em todos os lugares. Chega ao meu centro, e gemo sem controle com as mãos em sua cabeça. Que homem é esse? Ele sabe muito bem como fazer isso, pois estou quase conseguindo chegar lá. Não demora muito e meu orgasmo chega arrebatador! Eu grito sem controle, nunca tinha tido um orgasmo dessa maneira. Acho que os três caras com quem já transei não davam nem metade do Carlos, e eu não via a hora de tê-lo dentro de mim.

— Você é muito gostosa! Eu preciso estar dentro de você! — Ele pega um preservativo na gaveta ao lado da cama e coloca.

— Ahhhhh!! — grito quase sem fôlego quando ele me penetra.

CRISTINA MELO

— Caralho, você é muito gostosa! — Ele me vira em umas três posições diferentes; fico de lado, em cima dele, de quatro... Eu já tinha gozado mais uma vez e ele nada, o cara é uma máquina!

— Goza comigo, coração! — me dá o comando, e não resisto; gozo outra vez e ele me segue, olhando-me o tempo todo nos olhos. Nós agora estamos na posição que começamos. Ele me beija com carinho. — Você é uma delícia! — declara com a boca em meu pescoço.

— Você também dá para o gasto. — Ergue a cabeça e me olha, fazendo uma careta.

— É sério isso? Eu dou para o gasto? Só isso? — Ele sai de dentro de mim, retira o preservativo e se deita ao meu lado, me encarando, à espera da minha resposta. Eu continuo calada, então ele começa a acariciar meu corpo de novo, continuo me fazendo de desentendida e, sem que menos espere, passa a me fazer cócegas.

— Você não me respondeu se eu só dou para o gasto... — Já estou quase chorando de tanto rir — Responde! — exige e continua fazendo cócegas.

— Claro que não! Você é muito gostoso! Um deus da gostosura! — declaro e ele para na hora.

— Assim está bem melhor! Eu já estava ficando ofendido. — Eu ainda estou rindo.

— Respondi perante tortura, você não pode levar em consideração o que eu disse — digo, já me levantando e correndo para o banheiro. Tento fechar a porta, mas ele empurra na hora, ficando em pé na minha frente com aquela cara de predador, me olhando nos olhos o tempo todo.

— Pois então vou ter que te fazer confessar de outra forma. — Vem em minha direção e praticamente devora minha boca.

— Vamos acertar qual é nossa melhor posição. — Me vira de frente para a parede, e não demora muito a me penetrar de novo. Cada posição é melhor que a outra, esse cara acabou de me tornar dependente dele. Eu não posso me sentir assim, como se fosse sua e de mais ninguém. Não me apego dessa forma, e sei que um homem como ele também não. Ainda mais agora, sabendo que é policial – essa raça é a mais galinha do mundo –, tenho como exemplo o meu irmão, que nunca firmou compromisso com ninguém.

Ele me vira de frente para ele e me suspende. Cruzo as pernas em sua cintura, suas investidas estão cada vez mais fortes. Eu estou extasiada.

— Você é tão linda! E com o seu rosto assim, ruborizado pelo desejo, fica mais linda ainda. Agora goza comigo, vai, eu preciso te ver gozar de novo. — Esqueço tudo o que estava pensando e só me concentro na sua voz rouca de desejo e luxúria. Gozo olhando em seus olhos, e ele dá mais uma investida e goza também.

Ficamos assim por uns segundos, grudados um ao outro, e o que estou sentindo agora me assusta de uma maneira absurda.

— Eu preciso ligar para a Dani, ou ela vai colocar a polícia atrás da gente; ela é muito desesperada — digo quando terminamos o banho. Na verdade, eu preciso me afastar dele um pouco, já estou com medo de não conseguir fazer isso, pois nunca me senti assim, como se aqui fosse o meu lugar e todo o resto fosse o resto.

— Ok, vou ver o que tem para comer.

Saímos do quarto, e ele vai em direção à cozinha, que fica do lado oposto da sala. Pego minha bolsa, retirando o celular. Caramba! Há várias chamadas perdidas do meu pai, do Gustavo e até do Paulo. Quando estou para retornar a ligação ao meu pai, o telefone toca: Gustavo.

— Oi, maninho! — Tento disfarçar o nervosismo na voz.

— Onde você está, Clara? O papai me ligou muito nervoso, e estou te ligando há duas horas e você não atende essa porcaria! — exige bem irritado.

— Eu estou bem, estou na casa de uma amiga. Estava dormindo, por isso não ouvi o celular. — Ouço sua respiração do outro lado.

— Não custa avisar, não é, Clara? Liga para o papai agora, ele está muito preocupado. — Ai, que saco!

— Pode deixar que vou ligar, Gustavo. Já sou bem grandinha e sei o que faço — revido e escuto-o bufar do outro lado.

— Não parece, Clara. Liga pra ele, mais tarde eu te ligo. Vê lá o que está aprontando. Beijos. — Eu desligo o celular, revirando os olhos.

— Gustavo? — pergunta o Carlos, atrás de mim, me viro de frente para ele e vejo a desconfiança em seu rosto.

— Ele é meu irmão, você deve conhecê-lo, pois ele também é do Bope.

Ele joga para fora toda a água que estava tomando e me encara assustado, pisca sem parar, e por segundos tenta se recuperar de uma tosse seca. Será que vai ter um treco?

— Você é irmã do Gustavo Torres? — Confirmo com a cabeça, bem tranquila. — Puta que pariu! Eu estou muito ferrado!

Observo seu desespero, agora andando de um lado para o outro com as mãos na cabeça.

CRISTINA MELO

— Não precisa ficar nervoso, não vou contar nada para o meu irmão. Eu sei que o que tivemos foi só uma noite, já sou bem grandinha e respondo pelos meus atos, não precisa se preocupar.

Para na hora e me encara com os braços cruzados, parecendo mais irritado ainda.

— A questão não é essa. Ele é meu Capitão e, além disso, meu amigo. Não posso esconder isso dele.

Eu balanço a cabeça em negativa.

— Você não vai falar nada, não tem necessidade. O Gustavo é muito possessivo, sei que não vai gostar, vai acabar abalando o relacionamento de vocês por nada.

Ele me olha como se eu tivesse falado a pior besteira do mundo, mas concorda com a cabeça e volta para a cozinha sem dizer mais nada. É, acho que essa é minha deixa para ir embora. Não queria, mas tenho que ir, pois não é certo forçar algo, e o que eu posso cobrar dele? Vim para sua casa, bêbada, vomitei no seu carro e só falei besteiras. Tivemos uma manhã maravilhosa, mas sei que não vai passar disso.

Termino de colocar meu vestido e volto para a sala. Tenho uma tremenda surpresa: ele está praticamente sussurrando com uma morena de parar o trânsito, na porta.

— Poxa, lindo! Deixa eu entrar, juro que não vai se arrepender — insiste toda manhosa, passando a mão no peito dele, e juro por Deus, se meu estômago não estivesse tão vazio, eu vomitaria aqui e agora. Minha vontade é de voar nessa piranha! Mas sei que não tenho esse direito.

— Eu já disse para ir embora, Jaqueline. Estou ocupado — pede e tenta se afastar e fechar a porta. Ocupado? Ele estava ocupado? É isso que responde para essa vaca? Sobe-me uma raiva que sei que não deveria sentir, mas sinto, e só de vê-la com as mãos nele a raiva piora.

— Fique à vontade, lindo! Estou desocupando o recinto! — Passo pela porta como um furacão, depois de empurrar os dois. Nem sei como consegui fazer isso, mas consegui.

— Espera, Clara! — pede e vem só de cueca atrás de mim, mas já estou abrindo o portão.

— Eu realmente estou na minha hora, lindo! — digo com cara de deboche, e ele segura meu braço.

— Não é nada disso que está pensando. Entra, vou te levar em casa. — Ele tenta me puxar para dentro, mas me desvencilho. Sei que não me deve satisfações, mas não consigo controlar a raiva.

— Eu não estou pensando nada. Só deu minha hora e preciso ir. Foi uma manhã bem divertida, espero que a mocinha ali — aponto para a vagabunda que me olha com o ar de superioridade — também ache a mesma coisa da tarde dela. Tchau, foi um prazer te conhecer. — Puxo meu braço de sua mão, e ele está com cara de bobo. Acho que não acredita no que eu disse. Bom, nem eu acredito.

Atravesso seu portão e percebo que estou em um condomínio de casas; já ele volta para dentro, apressado. Trato de andar o mais rápido que consigo, estou quase correndo, só quero sair logo daqui.

Chego à rua e vejo um táxi passando. Faço sinal e, para a minha sorte, ele para! Entro no carro, e o motorista, que é um senhor, me olha preocupado, acho que pelo fato de eu estar de vestido de noite e descalça.

— Leblon, por favor. A sandália arrebentou, acredita?

Ele sorri com minha desculpa e segue com o carro. Olho para dentro do condomínio a tempo de ver uma moto vindo a toda velocidade. O carro avança e não consigo ver mais nada. Ainda bem que o vidro é escuro.

Inclino a cabeça no encosto do banco, pensando que nunca me senti como me sinto agora: usada. Sabia que não teria nenhum compromisso, mas ver outra mulher ali e imaginar que ele leva outras também, e que eu não passei de mais uma, me deixou muito chateada. Realmente, havia me sentido diferente e especial com ele. Uma coisa é saber que isso não iria para frente, outra coisa é ver. Sei que não tenho nenhum direito sobre ele, mas não posso dominar meus sentimentos, e isso é totalmente novo e desesperador.

— Chegamos, filha. — Só me dou conta disso quando o motorista fala. Estava totalmente absorta.

— Aqui, muito obrigada! — Deixo o troco para ele e subo, passo pela portaria de forma despercebida, para o porteiro não reparar muito no meu estado, e subo pelas escadas. Entro pela porta da cozinha, para não correr o risco de dar de cara com o meu pai. Entro no meu quarto, aliviada, e tranco a porta.

Como esse cara mexeu comigo dessa forma?

Tomo meu banho, ligo para a Dani e aviso que já estou em casa; volto para a cozinha para comer alguma coisa, já são duas da tarde. Passo pelo escritório do meu pai, explico que estava na casa de uma amiga e subo para o quarto de novo. Ainda bem que ele não falou muito, devia estar resolvendo alguma coisa do trabalho, como sempre. Deito em minha cama, e

CRISTINA MELO

quando começo a cochilar, escuto uma batida na porta. Ah, não, tomara que não seja meu pai, que resolveu dar o esporro atrasado. Levanto-me e abro a porta, encontrando tia Simone do outro lado.

— Filha, o porteiro interfonou e disse que tem um amigo seu lá embaixo, querendo falar com você.

Quem poderia ser? Será que é o Paulo?

— Ele não quer subir? Não disse o nome?

Ela nega com a cabeça.

— Não sei, filha, ele só disse que o rapaz está na portaria. — Eu, hein, agora fiquei curiosa.

— Está bom, tia, avisa que já estou descendo, só vou trocar de roupa.

Ela concorda e sai do quarto. Coloco um short, uma blusa de malha, uma rasteira, passo um brilho labial, pego meu celular e saio.

Ao chegar à portaria, quase infarto pela segunda vez em menos de 24 horas.

CAPÍTULO 5

Clara

A primeira pergunta que me faço é: como ele chegou até aqui? E a segunda é: ele é maluco?

Ele está bem no meio da portaria, de braços cruzados, me olhando. Vou em sua direção.

— O que você está fazendo aqui? — pergunto, muito surpresa e curiosa ao mesmo tempo. Ele só me olha muito sério e puxa minha mão até a saída da portaria.

— Ei, me solta! Quem você pensa que é para sair me arrastando assim? — Não responde e continua andando, até pararmos próximos a uma moto estacionada na frente do prédio.

— Coloca isso! — Me entrega um capacete e pega o outro.

— Eu não vou colocar nada e nem vou a lugar nenhum com você. — Devolvo o capacete a ele, que o pega e fica me encarando com a cara fechada.

— Por que foi embora daquela maneira? Eu iria te trazer em casa. Tem noção do que tive que fazer para descobrir seu endereço e de como fiquei preocupado com você? — Sua respiração está acelerada e eu não estou entendendo por que veio atrás de mim, se tinha sua festinha garantida. Claro, o Gustavo! Ele está com medo de eu contar para o Gustavo.

— Pode ficar tranquilo, estou bem e não vou falar nada para o Gustavo, se é esse o seu medo. — Jogo minha desconfiança em sua cara e ele franze as sobrancelhas. Acho que agora vejo raiva em seu olhar.

— Você acha que vim aqui por causa disso? — Concordo com a cabeça. — Você é sempre assim, tira suas conclusões e nem procura saber se estão certas ou não? Porque essa já é a terceira conclusão precipitada que tira ao meu respeito.

Ele coloca o capacete em cima da moto e se aproxima mais de mim. Pronto, já é o bastante para eu querer pular no pescoço dele e no resto também, mas me seguro dessa vez, afinal, eu não tenho mais a bebida como desculpa. Seu braço envolve minha cintura e logo encaixa o rosto em meu pescoço, e ali começa uma tortura deliciosa com beijos em cada milímetro.

— Vem comigo, Clara — pede com o tom carregado de desejo, e como eu iria dizer não? Sei que estou indo por um caminho perigoso, mas não consigo mudar a direção.

— Quem era aquela mulher? — Puta merda! Quando vejo, a pergunta já saiu, que mole!

— Garanto que não é ninguém importante, e você não precisa se pre-ocupar, pois o que aconteceu hoje não vai mais se repetir. Eu prometo. — Sua promessa me dá esperanças e uma alegria me domina.

— Não é nada disso que está pensando, eu não estou te pedindo satis-fações, só fiquei curiosa.

Ele sorri, me abraça mais ainda e beija meu rosto bem próximo à boca. Meu coração está descompassado.

— Aham... sei que é só curiosidade.

Olha, ele está se achando! Que gostoso mais metido!

— Agora vem comigo. Eu preciso muito ter você de novo — pede, me beijando bem próximo ao ouvido, e já estou totalmente entregue. Não dá para resistir, é muita tentação junta.

— Sim — é a única coisa que consigo dizer.

Ele se afasta um pouco, pega o capacete e o coloca em mim. Subo na moto, e ele arranca comigo em sua garupa, bem agarrada a ele. Nunca me senti tão bem assim com outra pessoa, isso está me dando um medo sem igual.

Chegamos ao condomínio onde mora. Ele para a moto em frente à sua casa e desço, retirando o capacete. Logo em seguida ele desce também e me beija. Carlos abre o portão sem desgrudar os lábios dos meus, fecha-o, e me jogo em seu colo, cruzando as pernas à sua volta. Assim que entramos na sala, ele se senta no sofá comigo em seu colo.

— O que você fez comigo, coração? Eu não consegui parar de pensar em você desde o dia em que derrubou meu almoço, e agora que provei o seu gosto, não sei, acho que você me enfeitiçou — declara com os olhos presos aos meus, enquanto levanta minha blusa. Não me seguro e começo a sorrir feito boba por conta da sua declaração. Ele retira minha blusa e beija cada pedacinho do meu corpo. Não disse, mas também me sinto da mesma forma, o feiticeiro deve ser ele.

Estamos no sofá por mais de uma hora. Carlos é insaciável; quando eu achava que iria parar, começava tudo de novo.

Permanecemos deitados em um espaço no qual mal cabemos nós dois. Minha cabeça descansa em seu peito, minha mão esquerda acaricia seu bí-ceps, que é lindo e muito definido.

Meus dedos contornam sua tatuagem, a de caveira, que é o símbolo do Bope. Ele beija meus cabelos e faz um carinho delicioso em minhas costas. Nunca me senti tão segura com alguém como me sinto com ele. Que absurdo! Eu acabei de conhecê-lo, mas sinto como se já o conhecesse.

Não tenho certeza se esse lance de vidas passadas existe, mas se existe, com certeza eu já o conheço e esse é um reencontro.

— No que você está pensando? Arrependida?

— Estou com cara de arrependida? — Eu o encaro.

— Não mesmo, nem um pouco — responde sorrindo e, dessa vez, quem o beija sou eu. Ele fica muito sexy ao sorrir, não resisti. Nós nos beijamos, e quando vejo, estamos começando tudo de novo, e o único som que se ouve agora é o dos nossos gemidos.

Estou sentada em seu sofá, enquanto ele está na cozinha. Olho para o celular e vejo que já são 20 horas. Eu não sei nada de sua vida, e estou aqui em sua sala, totalmente entregue. Escuto um barulho de celular, olho para o lado e vejo que é o dele que está tocando em cima da mesinha ao meu lado.

— Seu celular! — aviso-o. Não me seguro e dou uma olhada na tela. Vejo a foto de uma mulher ruiva com o nome de Marcela escrito. Nossa, ele é bem eclético com esse lance de mulher! Minha raiva chega sem pedir licença. Quando o telefone começa a tocar de novo, ele ainda não voltou à sala, então não me seguro.

— Alô — atendo bem irritada. Será que toda vez que estiver com ele aparecerá uma periguete diferente? Esse cara é o quê? Colecionador de mulheres?

— Oi, eu posso falar com o Carlos? — pergunta cheia de ousadia. Eu mereço!

— Ele não pode falar agora, quer deixar recado? — pergunto irônica.

— Quem é você? — revida, parecendo preocupada.

— A faxineira — respondo com deboche.

— Ah, certo, desculpa. É que estou esperando por ele, nós combinamos de sair agora à noite e ainda não apareceu. Sabe se foi trabalhar de última hora? — Sinto sua presença e, ao olhar para trás, ele está me olhando com os braços cruzados.

— Ele acabou de chegar, vou passar pra ele. — Entrego o aparelho para o pegador imbatível, muito puta da vida. Ele me olha parecendo sem graça. Mas é muito safado mesmo! Combina com a mulher, ainda tem a cara de pau de ir atrás de mim e me trazer para sua casa. Continuo com o telefone estendido, olhando para ele, e sei que minha cara não é das melhores.

— Não vai atender sua amiga? Isso é falta de educação — indago irritada. Carlos pega o celular da minha mão e coloca no ouvido, mas continua

CRISTINA MELO

me olhando sem dizer nada. Isso me deixa furiosa. Mais uma vez, ele está me fazendo sentir apenas mais uma. Acabou de estragar toda a tarde maravilhosa que passamos juntos.

Você esperava o quê, Clara? O cara é o maior galinha! Isso já ficou bem claro: ele vai te comer até enjoar e pronto.

Mas não vai mesmo! Não a mim! Começo a recolher minhas roupas do chão, estou só com a camisa dele.

— Oi, Marcela, eu posso te ligar depois? — pergunta para a vaca do outro lado da linha. Que filho da puta! Ainda quer ligar para a mulher depois. Naturalmente vai inventar uma desculpa para ela, para não perder a comidinha dele. — Eu sei, Marcela, prometo que vou ligar depois.

Quando escuto o tom meloso, bato a porta do quarto com toda a força que tenho, entro no banheiro e tranco a porta. Minhas mãos estão tremendo de nervoso. Como fui burra em voltar aqui com ele, eu já tinha passado por isso de manhã e agora de novo, e tudo em um único dia, mas agora chega. Ele pode ser gostoso do jeito que for, mas não vou ficar dividindo nada com ninguém, não preciso disso.

— Clara, abre a porta, vamos conversar? — pede com a maior calma do mundo do outro lado da porta. Deixa ele comigo, vou mostrar como é bom provar do próprio veneno. Faço um coque no cabelo, termino de vestir a roupa e envio uma mensagem para o Paulo, dizendo que preciso falar com ele. Coloco o celular no bolso e saio do banheiro com a cara mais tranquila do mundo.

— Me escuta. Sei que isso não foi legal.

Encaro-o com cara de paisagem, me concentro muito para não revelar o quanto estou irritada.

— Tudo bem, Carlos. Eu já entendi que você é bem concorrido, não esquenta a cabeça. — Pisco com um tom de deboche. — Sei como é sexo sem compromisso...

— Não! — me corta. — Você não é isso, te disse que não parei de pensar em você desde que esbarrou em mim naquele shopping.

— Isso porque ainda sou novidade. Já, já enjoa, liga não, eu entendo perfeitamente.

Ele me responde com uma careta, como se eu tivesse dito o maior absurdo do mundo.

— Olha para mim, Clara — pede com o tom alterado. — Eu tenho um passado e não posso apagá-lo, mas você é diferente de... — Meu celular interrompe o que ele ia falar. Que merda! Mas agora eu vou até o fim, ele verá que também não estou à sua disposição.

— Oi, Paulo! — Finjo uma felicidade que não existe. — Pois é, eu também senti sua falta. — Carlos me olha com as sobrancelhas enrugadas, e agora cruza os braços na frente do corpo, me olhando de cima a baixo. Não estou nem aí, agora vai ver como é bom.

— Hoje? É que estou um pouco longe de casa, mas a que horas pretende sair? — Carlos faz caras e bocas para mim, e percebo que começou a ficar puto de verdade com minha provocação. — Então se for às 23 horas, acho que dá tempo. Estou na Taquara, na casa de uma amiga... — Carlos pega o celular da minha mão, puto da vida, e o desliga.

— O que você fez? Agora ele vai pensar que desliguei na cara dele — digo com as mãos na cintura.

— Foda-se ele, que merda é essa? Amiga? Eu agora sou sua amiga?

— Eu ainda não sei em que definição você se encaixa — o encaro com as sobrancelhas erguidas —, e se dissesse que estava aqui, ele ficaria pensando besteiras.

— Eu vou te mostrar agora em que definição eu me encaixo — me puxa pela blusa e me cola ao seu corpo —, e esse imbecil pode pensar o que quiser, estou pouco me lixando.

Quando estou para revidar, ele me beija de maneira possessiva. Carlos envolve minha nuca com uma das mãos e me puxa cada vez mais para ele. Não consigo resistir e me entrego com tudo nesse beijo.

— Você não vai fugir de mim de novo, eu não vou deixar — promete com a boca grudada ao meu corpo depois de me deitar em sua cama, deixando-me toda derretida. Ele me beija com tanta vontade que nem parece que acabamos de fazer isso há pouco, lá na sala. Eu arranho suas costas, não sei se é pelo tesão ou se é para marcar território mesmo. Também queria que ele fosse meu, só meu.

Ele coloca um preservativo e logo me penetra com vontade, suas mãos na lateral do meu rosto impedindo que desviemos nossos olhos. Me olha o tempo todo enquanto me penetra, e eu, por minha vez, não me seguro e aproveito cada momento, gemendo sem controle. Esse homem tirou todo o meu controle, e não sei se irei recuperá-lo algum dia.

— Coloca uma coisa na sua cabeça, Clara: não quero estar com mais ninguém que não seja você. Me dominou totalmente, loirinha — declara enquanto me penetra bem fundo.

Meu orgasmo se aproxima cada vez mais. Eu quero muito que suas palavras sejam verdadeiras, e não palavras usadas apenas para agradar no momento da foda. É assim que esses homens fazem: nos deixam apaixonadas e depois partem para outra, como se fosse um jogo.

Claro que não estou apaixonada; estou impressionada com sua virilidade, é diferente, e não vou ser tão burra de me apaixonar e cair nesse joguinho barato.

— Goza comigo. Não existe nada mais bonito do que ver você gozar.

Investe mais fundo e não me seguro mais, gozo olhando nos seus olhos, e seu clímax chega junto com o meu. Carlos sai de cima de mim, retira o preservativo e continua me beijando. Ele beija meu pescoço, o rosto, até chegar ao ouvido.

— Você fica tão linda quando termina de gozar. — Suas mãos acariciam todo o meu corpo. Eu estou sentindo uma sensação tão boa! O cara está começando a me dominar com sexo, isso não é legal.

— Eu preciso ir mesmo, Carlos. Já está tarde, e meu pai nem sabe que eu saí de casa, deve estar preocupado. Além disso, amanhã tenho aula cedo.

— Liga pra ele. Fica aqui, eu te levo para sua aula. — Ele está querendo ditar o que eu tenho que fazer? Isso não rola comigo.

— É melhor eu ir, Carlos. Tenho que separar uns livros ainda — insisto, pois passar mais tempo com ele, só pioraria meus sentimentos.

— Engraçado... Agora há pouco você estava combinando de sair com um Zé Ruela qualquer que te ligou, e agora fala isso. Não sou idiota, Clara.

— Pensa o que você quiser, eu não lhe devo satisfações!

Ele me encara muito puto.

— Você vai ter coragem de sair com esse cara, depois de tudo o que rolou entre nós? — Só o que me faltava, ele achar que manda na minha vida.

— Eu saio com quem eu quiser, Carlos. Sou livre e desimpedida, caso você não saiba. — Ele sobe em cima de mim de novo e prende seus olhos nos meus. Minha vontade é de fechá-los, pois seu olhar parece me queimar por inteira.

— Eu sei que você está chateada devido ao telefonema, mas me escuta. Eu vou fazer de tudo para isso não acontecer mais. Tenho um passado, sim, eu tenho, mas a única que me interessa nesse momento é você! Deixa eu te mostrar que é você quem eu quero, me dá uma chance? Só uma, não me julgue pelo meu passado e sim pelo presente. Não precisa ter medo, pois eu nunca desejei tanto uma mulher como desejo você.

Eu não me seguro e o beijo. Só espero não me arrepender de dar a ele essa chance, pois eu me conheço e sei que não iria suportar uma decepção dessas. Estou morrendo de medo de ir muito fundo e acabar me afogando, mas, se não tentar, posso me lamentar pelo resto da vida. Sempre carreguei a teoria de que é melhor nos arrependermos do que fazemos, e não do que deixamos de fazer.

— Fica? — me pergunta, interrompendo um pouco nosso beijo, e confirmo com a cabeça. Sei que meu pai nem vai se dar conta de que não estou em casa.

Ele volta a me beijar, e recomeçamos tudo novamente.

Quando terminamos, tomamos um banho juntos e ele pede uma pizza. É a melhor pizza que já comi, não pelo sabor, mas pela companhia. Ele me conta várias histórias bem engraçadas, e começo a descobrir que nós temos algumas coisas em comum.

Um tempo depois estamos agarrados em sua cama, prontos para dormir.

— Ninguém nunca dormiu aqui. Viu, como você é especial? E estou adorando tê-la nessa cama. — Beija minha cabeça e me aperta mais ainda ao seu corpo. Estou sorrindo com sua confissão, mas Carlos não consegue ver. Eu não digo nada, só o abraço mais forte ainda.

— Coração, a que horas é sua aula? — Ouço a pergunta bem longe, sem querer abrir os olhos; nunca dormi tão bem assim. Ele começa a me beijar. — Coração? — Seu tom rouco é tão lindo, quer dizer, tudo nele é lindo.

— Hum... — respondo manhosa, abraçando-o.

Carlos tem um cheiro maravilhoso, parece um sonho estar aqui nessa cama com ele.

— Você vai se atrasar. Depois não vai dizer que a culpa é minha.

— É sua, sim, quem manda ser gostoso! — Ele sorri com minha declaração. Minha vontade é ficar aqui com ele, mas hoje eu não posso faltar, tenho um teste importante.

— A que horas tem que estar lá? — pergunta enquanto sua mão faz um carinho delicioso pelo meu corpo.

— Às 8, que horas são?

— Ainda são 6 horas, temos tempo para uma rapidinha. — Levanta minha blusa e a tira com agilidade.

— Agora entendi seu interesse — digo em tom de brincadeira e ele pisca para mim.

Desço da moto e olho o celular. Ainda faltam 20 minutos para a minha aula.

— Obrigada pela carona, gostoso. — Ele encosta na moto e eu paro à sua frente. Quando vou me aproximar mais para beijá-lo, ouço uma voz me chamar.

— Clara? — Puta merda!

CRISTINA MELO

CAPÍTULO 6

CLARA

— Clara? Eu fiquei tão preocupado! Está tudo bem? Caiu a ligação e não consegui mais falar com você. — Me olha, esperando minha resposta.

— Está tudo bem, sim, Paulo. Desculpa, minha bateria acabou e eu não tinha como te ligar.

Respira parecendo aliviado, acho que nem se deu conta que tem alguém atrás de mim.

— Nossa! Tirei um peso da cabeça. Estava quase indo à sua casa, mas resolvi esperar até hoje para ver se te encontrava aqui, já que disse que não estava em casa. — Ele apoia a mão em meu braço e se aproxima mais. Na mesma hora, Carlos me puxa pela cintura e me cola ao seu corpo.

— Fala, mas de longe e sem encostar, por favor. — Seu tom sai mortal.

Paulo me encara sem entender nada, e olho para trás desaprovando sua atitude, mas Carlos parece não estar nem aí para isso. Quem ele pensa que é? Meu dono? Eu falo e encosto em quem eu quiser!

— Não vai me apresentar ao seu amigo? — Carlos pergunta com o tom encharcado de deboche. Tento me livrar do seu aperto, mas não consigo. Parece até um cachorro marcando território, mas não vou aceitar isso mesmo!

— Paulo, esse é o Carlos, um amigo. — Paulo me olha meio decepcionado, e fico muito chateada por isso. Ele estende a mão para o Carlos e faz um gesto educado com a cabeça, o cumprimentando, mas não diz nada.

— Sabe, Paulo, na verdade, eu sou o namorado. Começamos a namorar faz pouco tempo, então ela ainda está confusa em relação ao meu status — diz todo dono si.

Quê? Viro-me para trás, sem acreditar no que Carlos acabou de dizer. Paulo, coitado, está muito chateado, vejo isso visivelmente. Engraçado, não me lembro de ele ter mencionado que tinha uma namorada para nenhuma das mulheres que o procurou. Ah, mas ele não me conhece!

— Bom, eu tenho que ir, já estou atrasado. Nos vemos por aí, Clara.

— Claro — é só o que consigo dizer. Estou muito puta com um certo alguém atrás de mim. Mas isso não vai ficar assim, mesmo! Viro-me de frente para ele, muito revoltada.

— Que história é essa de namorada? Quem você pensa que é para fazer isso?

— Seu namorado! — Vou revidar, mas ele me ataca com um beijo que me tira do eixo totalmente, e quando vejo, estou correspondendo. Estou muito ferrada! Esse homem já me domina, não consigo mudar isso e não sei nem se algum dia eu conseguirei.

— Está mais calma? — pergunta assim que termina nosso beijo, e a raiva volta a me dominar.

— Esse tipo de idiotice não funciona comigo, Carlos. Não vou aceitar, você não tem o direito de inventar uma coisa dessas para o Paulo. Ele ficou muito chateado, achando que é verdade.

Ele sorri, mas noto que é de nervoso, depois para e começa a balançar a cabeça de um lado para o outro.

— E você está preocupada com o que aquele Zé Ruela está pensando? — pergunta muito irritado.

— Estou! — respondo cruzando os braços e o encarando. Ele me olha de cara feia, mas não estou nem aí para seu aborrecimento. Não vou aceitar esse tipo de atitude, nem dele e nem de ninguém. Mal me conhece, não pode interferir na minha vida desse jeito.

— Não vai me dizer que você tem alguma coisa com aquele cara?

Arqueio as sobrancelhas em zombaria.

— E se eu tiver? Você não tem nada com isso! Nós tivemos uma transa e você já acha que está mandando no pedaço?

Ele passa as mãos pelos cabelos, e percebo que o tirei do sério.

— Para com isso, Clara! Você sabe muito bem que não foi só isso o que tivemos. Agora, se você quer fugir disso e ficar com um pela-saco como aquele, fica à vontade, você é quem sabe!

Ele coloca o capacete e sobe na moto. Me olha sob a viseira, como se esperasse que eu o impeça, mas não digo mais nada. Apenas o encaro, ainda sem acreditar em sua atitude grotesca. Eu permaneço parada, com um nó na garganta que nunca senti antes. Meus olhos se enchem de lágrimas, vendo-o partir. Continuo na mesma posição, olhando-o se afastar, até que não consigo mais vê-lo. Uma lágrima tenta escapar, mas não deixo. Nunca chorei por causa de nenhum idiota, e ele não será o primeiro.

Conto até três, respiro fundo e vou para a aula, já estou até atrasada. Não quero ver esse idiota nunca mais na minha frente. Ele se acha o cara mais gostoso do mundo, vou lhe provar que não é.

Saio da faculdade ainda muito chateada, não prestei a menor atenção na aula; o teste que fiz, com certeza, foi péssimo. Esse babaca não vai me desviar do meu objetivo principal. Meu curso é a coisa mais importante, tenho que focar nele, não serei apenas uma engenheira, serei a melhor! Farei com que meu pai me olhe com orgulho ao invés de indiferença e reconheça o quanto me esforcei para isso, portanto, não deixarei que distrações como essa me abalem.

Quando chego ao estacionamento, vejo o carro do Paulo já indo embora. Coitado, eu sei que deve estar chateado. Ele estava começando a gostar de mim, e agora estou me sentindo muito culpada por tê-lo usado ontem para atingir aquele babaca. Ele não merece isso; eu fui muito inconsequente e imatura.

Chego em casa e vou direto para o meu quarto. Não quero mais me lembrar que esse homem existe, ele pensa que é o dono do mundo e que vou fazer como aquelas outras lá que ficam atrás dele, mas está muito enganado!

Acordo às seis e meia com o despertador tocando. Eu me arrumo e desço para tomar um café rápido, pois minha intenção é esperar o Paulo no estacionamento, explicar a situação e pedir desculpas. É o mínimo que posso fazer com uma pessoa que tem sido tão legal comigo como ele foi.

Estou em pé em frente ao seu carro há vinte minutos, e nada de ele aparecer. Será que não vai hoje? Já estou quase desistindo quando enfim aparece.

— Será que você pode me dar uma carona? — Olho-o, esperando o que irá me responder, confesso que estou um pouco receosa.

— Claro que posso. — Ele sorri, meio tímido. — Mas olha lá, não quero problemas com o grandalhão do seu namorado.

— Ele não é meu namorado, Paulo. — Eu sorrio. — Aquilo foi maluquice dele, não esquenta, deixa ele para lá.

Ele sorri, agora sim um sorriso de verdade.

— Então, se você está dizendo, vamos deixá-lo para lá. Agora vamos, que hoje eu me atrasei e não quero atrasá-la também.

Chegamos à faculdade, combinamos o horário da saída, ele segue para a sala dele e eu para a minha.

A semana passou voando, já é sexta e estou aqui no estacionamento esperando o Paulo, que me passou uma mensagem avisando que demoraria um pouquinho. Encosto em seu carro, e de repente olho na direção do lugar que, na segunda-feira, eu havia chegado tão feliz sem imaginar o que viria depois. Preciso tirar esse cara da cabeça, ele não me procurou mais nem para pedir desculpas por sua babaquice. Quer saber, ele que se dane!

— Vamos? — Escuto Paulo e levo um susto.

— Oi! Já? Vamos, nem vi o tempo passar.

Entro no carro, e ele começa a falar de uma matéria que o está deixando louco. Juro que tento prestar atenção, mas quando vejo, meus pensamentos já estão em outro lugar, quer dizer, em outra pessoa. Clara, esquece esse homem!

— Clara? — Saio dos meus pensamentos com o Paulo me chamando. Poxa, que mancada!

— Oi, desculpa. Estou pensando em um trabalho que tenho que fazer também, que é bem complicado. — Disfarço bem dessa vez.

— Então, eu ia te convidar para ir a Búzios comigo esse fim de semana. É aniversário de um grande amigo e não tenho como deixar de ir, mas se você for, vou me sentir bem melhor lá. — Pisca para mim.

— Poxa, Paulo, dessa vez eu não vou poder. Obrigada mesmo, amo Búzios, mas combinei com uma amiga já tem um tempo e não dá para desmarcar em cima da hora. Mas na próxima eu vou, com certeza!

Ele me olha com uma expressão triste, mas aceita. Nossa relação está se transformando em uma grande amizade, pelo menos para mim. Ele ainda pode ter um encantamento, mas não tentou mais nada. Tenho certeza de que, com o tempo, verá que o que temos não passa de amizade.

— Você vai perder um belo fim de semana de sol, sabe disso, não é?

Sorrio, confirmando.

Já estamos no elevador agora. Quando chegamos ao meu andar, nos despedimos.

— Até segunda, então, e não apronta muito, hein? — digo, e ele sorri.
— Mentira, apronta todas! — Jogo um beijo para ele.

— Deixa comigo, dona Clara, até segunda. — Se despede, e as portas se fecham. Estou me apegando a ele de verdade. Paulo é muito gente boa.

Acordo com o celular berrando. Olho para a varanda e vejo que já escureceu. Caramba, eu apaguei!

Tiro os livros e os cadernos que ainda estão em cima de mim e pego o celular.

CRISTINA MELO

— Alô? — Ainda estou dormindo, nem olhei o identificador.

— Nossa! Eu nunca vi uma pessoa que dorme tanto como você, Clara. Acorda, hoje é sexta-feira, dia de balada. Vem pra cá, vamos àquela boate da semana passada, já até comprei dois convites para área VIP. Hoje vai ter um show bem legal, você vai adorar! — Juro que não assimilei nada do que disse, a não ser a palavra boate.

— Hoje não rola, Ju. Estou a fim de ficar em casa e dormir até sei lá quando. — Pelo menos, assim eu não me lembro daquele babaca.

— Ah, não! Você vai, sim! Quantas vezes você me fez ir a um lugar que eu não queria? Hoje é sua vez, e sei que quando chegar lá vai se divertir. Então, levanta dessa cama e vem logo pra cá, estou te esperando. Beijos. — Ela desliga e nem me deixa argumentar. Quer saber, eu vou mesmo!

Não vou ficar em casa em plena sexta-feira à noite pensando nele, já basta a semana toda.

Já chega, não é, Clara? Bola para frente!

Vou para o banheiro, tomo um banho demorado, escolho um vestido vermelho bem justo, coloco uma sandália preta, capricho na maquiagem, solto os rolinhos que tinha colocado em meu cabelo para fazer uns cachos, jogo o cabelo de lado e pego minha bolsa. Olho-me no espelho de novo, amando o que vejo. Como diz a Ju, uma loira fatal! Saio pela cozinha, encontrando a tia Maria lá.

— Nossa, filha! Você é linda, mas hoje está belíssima!

Beijo-a, toda boba com o elogio.

— Obrigada, tia. Vou em uma festa e devo dormir na casa da Ju. Então, se meu pai perguntar, a senhora fala com ele?

— O que não faço por você, menina? Mas toma cuidado, você está muito linda, e sabe como anda esse Rio de Janeiro, fico muito preocupada — alerta.

— Eu sempre tomo, tia, obrigada e fica tranquila. — Dou outro beijo nela e saio.

Chego ao portão da Ju trinta minutos depois. Encontro-a já me esperando. Liguei para ela, para aproveitarmos o táxi. Ela entra e seguimos para a boate.

— Uau! Você hoje caprichou, hein? — Ela é muito boba mesmo!

— Para, Ju! Você também está linda. — E é linda mesmo: morena clara, cabelos pretos bem lisos e olhos verdes, estatura mediana, o corpo perfeito com tudo no tamanho e no lugar certo.

Entramos na boate, que já está bem cheia, mas só consigo me lembrar dele. Não adiantou muito sair para não lembrar e voltar para o lugar em que nos encontramos. Eu estava com tanto sono que nem me liguei nesse detalhe, mas já que estou aqui, vou me divertir. A Ju logo avista um grupo de conhecidos dela e nos juntamos a eles. Nossa, de longe vejo um cara que é bem gatinho! Tomara que esteja sozinho, quem sabe rola alguma coisa e esqueço aquele idiota de uma vez por todas.

Vou para a pista de dança com a Ju e mais duas amigas dela, que são bem legais. O carinha se aproxima e começa a dançar comigo. Ele dança bem e está com um perfume muito gostoso. Moreno, sarado, com várias tatuagens, rosto também bonito, e o cabelo curtinho. Dançamos umas duas músicas, depois voltamos para a mesa. A área VIP tem a vantagem de ser bem próxima do bar.

— Henrique, muito prazer. — Estende a mão, se apresentando.

— Clara — respondo e aperto sua mão. Começamos um bate-papo bem interessante, ele até que tem conteúdo, me surpreendo.

— Quer alguma coisa? Eu vou até o bar e pego pra você — oferece, todo solícito.

— Um suco de acerola, por favor. Hoje não estou bebendo nada alcoólico.

— Não demoro. — Ele sai.

Sei que não deveria aceitar bebidas assim de ninguém, ainda mais suco, mas ele é amigo da Ju. Ela me disse no banheiro que é um fofo, e estou vendo que é mesmo, bem diferente daquele idiota. Já estou eu aqui me lembrando de novo, que saco!

O Henrique está demorando, será que está precisando de ajuda? Olho na direção do bar para ver se o avisto e mal posso acreditar! Não é possível!

Ele está lá, quer dizer, o Henrique eu já sabia, mas o que me causa o baque é ver o idiota do Carlos também. Henrique está em pé, de costas para mim. Já Carlos está de lado, no balcão, e me olha feito um falcão, deixando-me presa em seu olhar.

Ele leva um copo à boca e vira todo o líquido âmbar de uma só vez. Então o pior acontece: ele vem em minha direção com o maxilar cerrado. Continuo na mesma posição, paralisada, sem conseguir mexer um músculo sequer e, quando vejo, ele já está bem perto. Fodeu!

CRISTINA MELO

CAPÍTULO 7

CLARA

Meu coração parece que vai sair pela boca de tão acelerado. É um misto de raiva, saudade e desejo; tudo misturado.

Ele para à minha frente e me encara profundamente. Minha respiração está fora de controle, não tenho a mínima ideia do que dizer. Ele passa a mão pelo cabelo e tenta se aproximar, mas recuo, pois sei que se ficar um milímetro mais perto esquecerei tudo, voarei no pescoço dele e o cobrirei de beijos.

Não posso me render dessa vez, pois sei que esse jogo eu perderei. Ele cruza os braços e continua apenas me olhando, acho que espera que eu diga alguma coisa, mas como, se não sei o que dizer?

— Seu suco, linda! — Henrique chega e me entrega o copo e para ao meu lado.

Pego o copo por puro reflexo. Carlos o fulmina com os olhos. Se fosse o Super-Homem, Henrique já teria virado pó.

— E esse aí, quem é? — Sinto o cheiro forte de álcool quando pergunta sobre Henrique.

— Não é da sua conta, Carlos. — Tento parecer firme, mas meu tom me entrega. Ele faz um gesto afirmativo com a cabeça, seguido de uma careta.

— Nunca é! E aquele Zé Ruela lá, já dançou? — pergunta, alterado. Acredito que seja o efeito do álcool.

— Aqui não é o momento para isso, Carlos. Parece que você já abusou muito da bebida.

— E quando é o momento? — Sorri com desdém. — Me diz, porque eu ainda não consegui acertar — pergunta exaltado.

— Olha, cara, eu acho melhor você ir — Henrique pede e Carlos se vira na hora em sua direção.

— Tenta me tirar, seu babaca! Toma cuidado com essa aí. Ela enjoa rápido. — Ele perdeu toda a noção ao dizer uma coisa dessas, agora só consigo sentir ódio.

— É, Henrique, mas enquanto não enjoo, vamos aproveitar, quem sabe a culpa de eu ter enjoado foi o prato que era muito repetitivo. — Puxo Henrique para a pista de dança. Carlos fica lá, me olhando com os olhos arregalados, e parece não acreditar no que eu disse.

— O que eu perdi? — Henrique me pergunta com a cara de quem não está entendendo nada.

— Não liga não, ele é maluco, esquece o que ouviu, vamos aproveitar a noite?

Ele assente, e eu ainda não estou acreditando no que acabei de dizer.

Agora quem precisa de uma bebida sou eu. Ao me dirigir ao bar, vejo-o com um copo na mão novamente, encarando-me o tempo todo. Tento ignorar, me manter forte e não olhar na direção dele, mas não consigo; de vez em quando fraquejo. Vejo o momento exato em que uma mulher começa a se esfregar nele, e o pior: ele dá atenção a ela. Que filho de uma puta!

No mesmo instante, começa a tocar uma música bem apropriada, de Anitta, *Menina Má*. Vamos ao show!

Entrego-me à dança com tudo, desço até onde posso, jogando o cabelo, e logo Henrique também se empolga junto comigo. Acho que deve estar pensando que a minha performance é para ele, mas nem de longe é.

A Ju chega com as amigas e se junta a nós, aí é que me empolgo mesmo. Volto a olhar para o bar para ter certeza se a plateia pretendida acompanha o show, mas Carlos não está mais lá. Será que foi embora com a morena? Que safado! Me bate uma raiva, que extravaso na dança. Então Henrique se cola mais a mim, pensando realmente que danço para ele.

— Tira as mãos dela agora, seu bosta!

Olho para trás e vejo Carlos atrás de mim, bufando. Todos ao nosso redor param de dançar e o encaram.

— Isso é ela quem decide. — Henrique o encara de igual. Estou no meio dos dois. Agora deu ruim!

— Eu vou te mostrar como não é! — Carlos tenta avançar, e eu me jogo na frente dele tentando impedir a briga, e ficar tão perto assim tira toda a minha capacidade de raciocínio.

— Para com isso, Carlos! Você está sobrando aqui! — Meu corpo está praticamente grudado ao dele.

— Você não vai ficar se esfregando nesse cara na minha frente! — declara cheio de autoridade, como se fosse meu dono. Seu tom está alterado e embargado, claro, culpa da bebida.

— Então vai embora! — revido, e me olha com raiva.

— Você vai ficar aqui com esse idiota? É isso mesmo? — exige, como se tivesse algum direito de fazer isso; ele está visivelmente bêbado.

— Vou! — respondo petulante.

— Não vai mesmo! — Começa a puxar minha mão, mas travo em meu lugar.

— Ela já disse que não vai com você. Perdeu, cara, vá embora e a deixe em paz! — Henrique se intromete e a Ju o encara, mas não diz nada, acho que está tentando entender a cena que vê.

— Eu vou te mostrar quem perdeu! — Avança para cima do Henrique. Tento segurá-lo, mas o cara é muito grande e está muito nervoso. Henrique também parte para cima dele. Abraço o Carlos, fico à frente do seu corpo, grudada a ele. Estou prevendo que a qualquer momento eu vou acabar levando um soco, enquanto tento empurrá-lo para trás.

— Seu filho da puta, você vai aprender a respeitar a mulher dos outros! — Carlos ameaça Henrique, e minha cabeça está um pouco abaixo do seu ombro.

— Para com isso, Carlos! Por favor! Ele não fez nada, estávamos dançando! — peço ficando na ponta dos pés, com a boca em seu pescoço. Ele trava na hora e coloca uma mão na base da minha coluna.

— Se você não tem capacidade para segurar uma mulher como essa, a culpa não é minha! — revida Henrique e fecho os olhos. Agora que eu estava acalmando a fera, o outro provoca.

— Para com isso, Henrique! Não vai ficar arrumando briga! — Ju exige e o puxa um pouco para trás.

— E você acha que ela vai te querer, seu retardado? — Carlos começa de novo. Não tem jeito, vou ter que tirá-lo daqui antes que faça uma merda.

— Já chega! Vamos embora, Carlos! Já deu! — Começo a empurrá-lo para o lado, tentando tirá-lo dali. Por fim ele começa a andar junto comigo.

— Viu, seu bosta? É comigo que ela vai embora! — se vangloria. É sério isso?

— Já disse que chega, Carlos! — alerto bem séria e continuo puxando-o para longe de Henrique.

— Ju, depois te ligo! — grito para a minha amiga, e ela responde com um sinal de positivo. Passo pela mesa, pego minha bolsa e saímos.

— Cadê seu carro? — Nossa, ele está bem alterado, mal consegue andar, teria apanhado feio.

— Acho que está na letra A. — Ele acha! Legal, com um estacionamento desse tamanho, se não estiver lá, vamos ter que pegar um táxi, e depois ele que se vire para tirar o carro daqui.

— Aqui não, coração! — diz quando tento pegar a chave do carro do seu bolso. Babaca! Está andando abraçado a mim.

— Você realmente é um policial muito esperto, enche a cara e ainda por cima armado. O bandido te pega e não terá o mínimo de resistência! Já ouviu falar em Lei Seca? Como você, sendo policial, sai e enche a cara dessa maneira, e depois pensa em dirigir? — Continuo apertando o alarme para ver se acho o seu carro, porque ele não sabe mesmo onde está.

— Eu não sou tão burro assim. Só comecei a beber assim quando te vi, precisava criar coragem para ir até você. E nunca mais use esse vestido. Quer dizer, pode usar, sim, está muito gostosa nele, mas só quando estiver comigo, e manda aquele outro babaca à merda! — Essa é boa! Eu mereço esse papo de bêbado!

— Como se você estivesse ligando para isso. Nos encontramos hoje por acaso, e você acha que tem direito de interferir na minha vida?

Ele trava na hora, parando no meio do caminho.

— Eu fui lá, e você estava chegando com aquele Zé Ruela, toda sorridente. Nunca senti o que você me fez sentir aquele dia, como se fosse um bosta qualquer. Você é diferente, coração.

Caramba, ele tinha ido atrás de mim, e eu achando que não estava nem aí, que era apenas mais uma. Será que ele se sente como eu? Suas mãos envolvem meu rosto e me olha profundamente.

— Você está estragando tudo, não era para ser assim, o que está fazendo comigo? — O que ele quer dizer com isso? Só pode ser pelo fato de eu o estar afastando.

Mas só fiz isso por medo de ele estar jogando comigo, e depois, como eu ficaria? Seu rosto se aproxima mais do meu, seus lábios estão a milímetros dos meus quando nos assustamos com o alarme do carro que dispara. Achei! Não posso beijá-lo de novo, assim o puxo e começamos a andar em direção ao automóvel, que está bem perto.

— Fala só o nome da rua, o condomínio eu lembro — peço e ele me diz, então abro a porta do carona e o incentivo a entrar.

— Você não vai dirigir meu carro! Nenhuma mulher nunca dirigiu meu carro. — Que machista! Eu o olho, chateada com o seu comentário.

— E você tem uma ideia melhor? — Não diz nada, apenas me encara com as sobrancelhas arqueadas. — Então entra logo nesse carro e vê se não vomita! — exijo, dona de mim, ele sorri e obedece. Coloco o cinto nele e depois digito o nome da rua no GPS. Coloco meu cinto e ligo o veículo.

— Vai devagar, coração! — Começa a beijar meu braço e a passar a mão pela minha perna até chegar à minha calcinha. Porra! Como eu vou dirigir assim?

— Para com isso, Carlos! Quer causar um acidente?

— Eu quero causar outra coisa. — Puta merda, até bêbado é gostoso!

— Do jeito que está, vai ser difícil! Agora, senta direito!

— Você sempre discorda de mim! — constata num tom quase inaudível, e logo em seguida apaga.

Chegando ao seu condomínio, paro em frente ao portão, que está fechado. Olho para cima e vejo um controle. Aperto e o portão abre, para meu alívio. Entro com o carro e estaciono na frente de sua casa.

— Carlos? — Passo a mão nele, tentando acordá-lo, mas ele está em um sono muito pesado. — Carlos? — chamo de novo, e ele começa a se mexer. — Vamos entrar, já chegamos, eu não vou conseguir te carregar. Ou colabora, ou vai dormir aí no carro.

— Você é a mulher mais mandona que conheço — declara com o tom embolado e sai do automóvel com minha ajuda, é claro.

— Cadê a chave? — Ignora minha pergunta, me abraça e tenta me beijar enquanto estou travando o carro. — A chave, Carlos? — exijo, me afastando um pouco.

— No meu bolso — responde, e eu enfio a mão em seu bolso, e quando puxo a chave, vem junto com um guardanapo dobrado. Ao abrir, vejo o nome Érica e um número de celular escrito abaixo. Carlos me olha e sorri de lado.

— Dessa vez eu não tive culpa, ela que me deu isso aí — defende-se, e não falo nada, já que está bêbado e não vai adiantar. Também não tenho esse direito. Mas estou com raiva e não vou negar.

Abro a porta da sala e o guio direto para o quarto. Sento-o na cama, retiro sua camisa verde, tiro sua pistola da calça e coloco na mesinha ao lado. Assim que o solto, ele cai para trás. Carlos é perfeito, um deus da masculinidade!

Tiro seu sapato, meia, depois vou para a calça e tento descê-la, mas está muito difícil.

— Colabora, Carlos! — peço, e ele ergue um pouco o quadril facilitando a retirada do jeans. Ele fecha os olhos, relaxando o corpo que está atravessado na cama, com as pernas para o chão.

— Carlos, deita direito, você vai dormir mal assim. — Já era, pegou no sono. Pelo menos está em casa e em segurança. Volto para a sala, tranco a porta e sento no sofá, onde retiro minha sandália. Vou ter que passar a noite aqui, pois está muito tarde para conseguir um táxi. Ok, essa é uma desculpa, quero mesmo é tirar as coisas a limpo com ele de manhã.

Volto para o quarto, vendo que ele continua na mesma posição.

Abro seu armário em busca de uma camiseta para dormir, então me surpreendo ao ver minha sandália ao lado dos seus sapatos. Fico um bom tempo encarando a prateleira, e isso me causa uma certa alegria e até esperança de algo mais. Se fosse outro, teria jogado fora.

Enfim, pego a camiseta, entro no banheiro e removo um pouco da maquiagem. Saio, o cubro e ligo o ar. Não tem como eu ficar com ele aqui, por conta do espaço, e também porque não sei qual será sua reação ao acordar; vai que ele é desses bêbados com amnésia, então é melhor ficar com o sofá dessa vez.

Passo uma mensagem para a Ju, dizendo que estou bem. Apago a luz e me ajeito no sofá. O fato de ele ter guardado minha sandália mexeu mesmo comigo. Será que eu o julguei errado?

Resta esperar o que ele tem a me dizer ao acordar, porque estou disposta a tentar dessa vez e ver no que vai dar.

CAPÍTULO 8

CARLOS

Acordo com muita sede, parece que estou há muito tempo sem água. Estou só de cueca e atravessado na cama. Porra!

Passo as mãos pelo rosto e me lembro da noite de ontem. Que merda foi aquela?

Não estou me conhecendo, nunca fiquei assim por causa de nenhuma mulher, e olha que já peguei cada uma mais gostosa que a outra, e mesmo assim nunca me apeguei. Jamais fiz aquele tipo de cena que fiz ontem. Também, extrapolei na bebida, não acredito que me prestei a um papel desses.

Eu já havia até descartado a possibilidade de voltar a vê-la, ainda não sei como fui me enfiar nessa merda. Porra, a mulher é gostosa demais, completamente perfeita, seu corpo é escultural, não deve medir mais do que 1,70 de altura, seus olhos num tom de verde que me desarmam, os cabelos lisos com algumas ondulações nas pontas, alcançam o meio de suas costas, tudo nela parece feito sob medida e para mim, mas, mesmo assim, era para ser só uma transa, como sempre foi. Acho que fiquei meio frustrado desde o dia do shopping, quando ela fugiu de mim e depois inventou aquela desculpa esfarrapada de outra saída. Nunca precisei fazer esse tipo de esforço para comer uma mulher.

Naquele dia em que ela derrubou minha comida, fiquei muito puto da vida. Levantei do chão pronto para soltar os bichos na pessoa, mas ao ver como ela era linda e gostosa, me controlei. Só tive vontade de tirá-la dali e trazê-la para minha cama e descontar a raiva de outra maneira. Seria apenas mais uma, como todas as outras. Mas fiquei puto com sua infantilidade e deixei passar a chance indo embora.

Não acreditei na minha sorte ao reencontrá-la naquela boate. Nem me dei ao trabalho de perguntar se estava acompanhada; e mesmo que estivesse, eu daria um jeito de ganhá-la naquela noite.

Dessa vez não poderia deixar passar, tinha que levá-la para minha cama. No caminho de casa, ela simplesmente vomita na porra do carro todo. Respirei fundo ao lembrar da cena, meu carro alagado de vômito. Sabia que teria um trabalho desgraçado para tirar aquele cheiro. Encostei o automóvel na primeira oportunidade, a raiva me dominando. Estava tão perto da minha casa, mais dois minutos e teria vomitado na rua. Abri o porta-malas e retirei da bolsa que eu levava para o batalhão, uma toalha e segui para a porta do carona, muito revoltado. Se não sabe beber, por que bebe? Ainda por cima, saiu com um cara que nunca viu na vida, bêbada desse jeito. Questionei-me na ocasião se sempre fazia isso. Se eu fosse mau--caráter, ela já era. Abri a porta do carona totalmente transtornado, mas o olhar que ela me deu me desarmou de imediato, e toda a raiva se esvaiu instantaneamente. Então me abaixei e cuidei dela, como nunca cuidei de nenhuma mulher.

Depois segui, parando o carro em frente ao meu condomínio e a retirei do banco de trás, onde a tinha colocado havia pouco. Como ela estava praticamente inconsciente, a levei direto para o banheiro, retirei seu vestido com habilidade, pois já fiz isso inúmeras vezes. Mulher pelada é tudo igual! Só que não! Fiquei paralisado por longos segundos, olhando a perfeição do seu corpo; isso mesmo. Ela era perfeita!

Voltei a mim antes que eu fizesse uma besteira, liguei o chuveiro gelado, que a essas alturas não serviria só para ela. Segurei-a enquanto esperneava feito uma criança mimada embaixo da ducha gelada. Era o mínimo que merecia, para aprender a não beber desse jeito e sair com estranhos. Juro que mereço ir para o céu, porque até agora estou me perguntando como consegui não a comer naquele momento.

Após deixá-la na minha cama – isso mesmo, nunca deixei nenhuma mulher que fodi dormir aqui, e ela dormiu na minha cama –, passei a noite na porcaria do sofá! Precisava fugir da tentação, e não foi nada fácil, pode--se dizer que foi a pior noite da minha vida até aqui.

Ela acordou, veio com o papo de que iria embora e que se arrependeu. Está de sacanagem!

Não podia deixá-la ir assim, porra, meu tesão por ela já estava demais. Comecei com aquele papo de "cerca Lourenço", para enfim levá-la para cama. Já tinha falado um monte de blá-blá-blá para ela poder me dar. Quando começou a falar um monte de besteiras, tive certeza de que ficaria com ela só daquela vez, mesmo assim não podia abrir mão dessa oportunidade. Só não esperava que fosse tão gostosa e boa de cama. Depois que transamos, ainda estava longe de ficar satisfeito, e sei que ela também não. Mas eu a pegaria no máximo mais umas duas vezes e pronto; esse tesão todo passaria.

De repente, ela soltou a pior coisa que eu poderia ouvir naquele momento e situação: era irmã do Gustavo. Eu me vi totalmente fodido, por-

CRISTINA MELO

que com certeza, ele não ia gostar de saber que fodi com sua irmã. E sabe como é mulher puta da vida? Fala até o que não existiu.

Não tinha outra coisa a fazer, a não ser tratá-la da melhor forma possível para não foder minha vida. Imagina ela me colocar contra meu Capitão e amigo?

Então me fiz de mais bom-moço ainda e achei que a situação estava sob controle, até que a Jaqueline chegou. Cara, ela não me deixava em paz! Claro que, quando dava, eu não a dispensava. Era muito gostosa e sempre estava disponível, mas a garota-encrenca estava lá dentro, e se a visse aqui, tudo iria por água abaixo.

Como eu estava imaginando, não deu outra: ela chegou à sala, e eu que pensei que faria um escândalo, achando que já estávamos namorando ou coisa parecida, acabei surpreendido, já que ela simplesmente foi irônica, como se não estivesse nem aí para o que rolou há pouco. Que mulher faria isso?

Fui atrás dela, mas continuou sendo sarcástica comigo, e merda, isso me irritou de uma maneira que não achei possível. Era para eu ficar feliz com a sua atitude, mas não sei o que me deu, então ela foi embora e eu entrei em desespero.

Como ela ia embora assim, descalça e pensando só bosta de mim? Com certeza falaria merda para o Gustavo e ele, claro, compraria a briga dela, era exatamente o que eu faria se estivesse em seu lugar. Então corri para dentro, despachei a Jaqueline, falando que depois ligava para ela, dizendo que a compensaria pelo furo. Ela me olhou sem entender nada. Eu, correndo atrás de mulher? Ela sabe que não preciso disso, me conhecia muito bem, pois era minha vizinha há muito tempo e ficávamos juntos ocasionalmente.

Então coloquei uma bermuda, camiseta, peguei minha pistola e a chave da moto, já que a dona encrenca tinha vomitado no meu carro todo e estava sem condições de uso. Liguei a moto, saindo como um louco. Ela ainda devia estar perto, já que estava descalça, e até chegar à rua devia ter levado um tempo, mas quando cheguei fora do condomínio, não a vi. Dei uma volta na rua, e nada dela. Como desapareceu assim tão rápido?

Tinha que ter certeza de que não estava com raiva, pois não sabia do que ela era capaz de fazer. Apesar de ter dito que não falaria nada com seu irmão, precisava ter certeza, não queria me amarrar a ninguém naquele momento, ainda tinha muito pela frente. Não que alguém pudesse me obrigar a ficar preso a uma pessoa que não quero, mas, como falei, não queria ficar em uma situação ruim com o Gustavo.

Precisava conversar com ela, mas como iria achá-la? Fui tão burro que não peguei nem seu telefone, mas eu não fazia isso – as mulheres é que me pediam, e como ela não me pediu, acabei esquecendo.

Estou fodido!, pensei. Como poderia encontrá-la?

Só tinha um jeito. Fui para o batalhão e acessei a ficha pessoal do Gustavo. Isso não era muito legal, mas precisava descobrir onde ela morava. Investiguei sua ficha até achar o endereço do seu pai, e só podia ser o dela também. Fui direto para lá, pensando no que falaria. Ia ter que fazer uma cena, não ia ter jeito.

Fiquei esperando-a descer, andando de um lado para o outro na portaria do prédio. Eu também não estava entendendo por que estava tão nervoso. Quando levantei a cabeça e a vi, puta que pariu! Iria ser foda, cada vez estava mais bonita.

Não falei nada ali com o porteiro como testemunha, então a puxei pela mão e a levei até a moto. Iria conversar na minha casa. Já que eu tinha feito a merda, iria tê-la mais algumas vezes. Estava irritado com a situação, eu já a desejava de novo. Entreguei o capacete para ela, que recusou. Que porra é essa?

Mulher nenhuma nunca disse não para mim, ainda mais depois de uma transa como a que tivemos. Então, quis testar se ela estava tão imune assim. Encostei-me mais nela e senti seu corpo tremer. Sabia, ela também queria repetir. Isso até que podia ser interessante.

Nunca saí com irmã de amigo meu, mas agora não tinha como voltar atrás. Eu não sabia que ela era irmã dele, e se soubesse teria parado. Esperava conseguir convencê-la dessa vez que eu era um "moço sério".

Desci da moto sem conseguir mais me segurar; a beijei ali mesmo no portão, e ela correspondeu pulando em meu colo.

Naquele momento, esqueci até de quem eu era. Nem passei da sala; a possuí ali mesmo. Não conseguia parar, parecia que nunca estava satisfeito, a queria mais e mais.

Depois ficamos deitados no sofá, ela por cima de mim, fazendo um carinho em meu braço, enquanto eu acariciava seu cabelo e suas costas. Não queria sair dessa posição, que porra é essa? Ela se moldava perfeitamente ao meu corpo, nosso encaixe era perfeito, e isso me assustou. Precisei respirar e pensar com coerência, então me levantei e fui para a cozinha. Fiquei lá respirando, apoiado na pia. O que essa mulher estava fazendo comigo?

CRISTINA MELO

Ao voltar para a sala, a vi falando ao meu celular. Cruzei os braços e não acreditei que havia atendido meu telefone, e ainda cheia de atitude. Ela notou minha presença e me entregou o aparelho, cheia de marra. Ainda estava tentando assimilar o fato de ter atendido o meu celular.

Ela me forçou a atender, e assim que comecei a falar, passou a recolher suas roupas e foi para o quarto, batendo a porta; parecia que ia derrubar a casa.

Desculpei-me com a Marcela e prometi ligar e recompensá-la outro dia, inventei que uma tia adoeceu e tive que socorrê-la. Ela engoliu ou fingiu que engoliu, tanto faz.

Fui para o quarto a fim de acalmar a fera. Agora estava me sentindo estranho, e não tinha mais nada a ver com o fato de ela ser irmã do Gustavo. Fiquei com medo de não tê-la de novo na minha cama.

Que merda é essa, Carlos? O que mais tem é mulher para você comer por aí.

Eu a chamei, preocupado com a sua reação, mas ela não respondeu e isso quase me matou.

Ela saiu do banheiro com cara de paisagem, como se nada tivesse acontecido. Pensei que quebraria o banheiro e o quarto todo, mas não, ela não falou nada. Então, comecei a tentar convencê-la da minha inocência.

— Me escuta, sei que isso não foi legal. — Ela me olhou como se não estivesse nem aí, e isso me deixou puto ao invés de tranquilo. Porra, era o sonho de consumo de todo homem ter uma mulher assim. Então por que isso me irritou tanto?

E, incrivelmente, quando consegui convencê-la a ficar, senti-me o cara com toda sorte do mundo: era comigo que ela passaria a noite e não com o idiota que lhe ligara.

Suspirei, ainda perdido nas lembranças, enquanto pouco a pouco sentia minha cabeça ficando mais limpa dos efeitos do álcool que bebi na noite anterior.

Nunca permiti que nenhuma mulher dormisse aqui. Dormem uma noite, depois outra... Logo, começam a trazer coisinhas para sua casa com a desculpa de facilitar e, quando percebe, já estão morando com você. Por isso, minha regra número 1 é: nunca deixar uma mulher passar a noite comigo, nem que eu tenha que me ferrar todo, levando-a embora para os cafundós do Judas, mas dormir na minha casa, nunca! E eu tinha quebrado minha regra com ela, e o pior de tudo era ter gostado disso. Porra, estou me afundando feio na merda!

No dia seguinte, ao chegarmos à sua faculdade, ela estava com aquele sorriso de felicidade a iluminar o rosto, e eu, satisfeito por ser o responsável por isso. No momento em que ela se aproximou de mim, acho que para me dar um beijo, apareceu um imbecil, vindo da puta que pariu, e começou a falar com ela, todo preocupado.

Dei-me conta de que era o cara do telefonema de ontem. A raiva me dominou na hora, junto com um sentimento de posse. Que porra era essa? Nunca tive essas palhaçadas com ninguém, e quando ele se aproximou mais dela e ainda passou a mão em seu braço, minha vontade foi de arrebentá-lo na porrada, mas só a puxei, mostrando que ela estava comigo e que, se continuasse, a porrada ia comer.

Assim que o idiota se mancou e foi embora, ela se virou e me encarou muito irritada, e tudo só piorou. Discuti com ela, como nunca havia discutido com ninguém. Eu não ia ficar fazendo papel de palhaço, nem era para isso ter ido tão longe, não podia sentir o que estava sentindo agora, isso estava passando de todos os limites. Aquela discussão nem tinha cabimento, que ficasse com aquele bosta, então! Problema dela.

Subi na moto e a olhei para ver se tinha algum indício de estar mentindo, mas ela se manteve firme e não tentou me impedir de ir. Isso me enfureceu mais ainda, então arranquei com a moto, a deixando lá.

Cheguei em casa totalmente transtornado. Que merda foi essa? Nenhuma mulher iria me dominar dessa maneira, não, não iria! Liguei para a Marcela e combinei de ir até sua casa. Não podia me sentir assim, precisava tirar essa mulher do meu sistema, e para isso era só eu pegar outra gostosa e pronto: ela sumiria até das minhas lembranças.

Fui para a casa da Marcela, pois à noite eu estaria de plantão. Ao chegar, ela já começou a me agarrar na porta. Não fiz por menos, fui para cima com tudo, e quando estava quase gozando, foi o rosto da Clara que vi.

Que porra de macumba essa mulher fez para mim? Porque só pode ser isso! Eu estou fodido!

Nunca tive fixação com uma mulher. Para mim, mulher sendo gostosa, está tudo certo. Dei só uma mesmo, disse que tinha que trabalhar mais cedo e fui embora pior do que cheguei.

Saí do batalhão já de manhã e ela não tinha saído da minha cabeça nem um minuto. Quando dei por mim, estava no estacionamento da faculdade.

CRISTINA MELO

Precisava vê-la para ter certeza de que o que eu achava estar sentindo era uma grande besteira.

Estava com a moto parada, ainda pensando em como encontrá-la. Essa porra era enorme. De repente, olhei para o outro lado e a vi. Ela estava sorrindo, ao lado daquele Zé Ruela, parecendo bem feliz e satisfeita. Meu sangue ferveu, nunca senti a raiva tão intensa, minha vontade foi arrancá-la de perto dele, mas ela o queria, então não tinha o que fazer, que ficasse com esse bosta!

Liguei a moto e saí dali. Tinha acabado de provar uma coisa: a minha vida era perfeita do jeito que estava. Então, eu não tinha que procurar merda, tinha certeza de que isso iria passar. Só estava puto, pois ela o preferiu a mim.

Que se foda, não perderia meu tempo com isso.

Virei-me na cama, ainda sentindo os efeitos da bebida. Porra, como pude me descontrolar dessa forma? Desde quando eu brigava por mulher? Elas que brigavam para ter minha atenção, e não o contrário.

Enfiando a cabeça debaixo do travesseiro, continuo a lembrar como cheguei a esse ponto...

Passei a semana com um mau humor desgraçado. Nunca fui disso, nem eu estava me suportando.

Então, como era sexta-feira, decidi sair e me divertir um pouco. Mas não deu certo, porque o burro aqui escolheu a mesma boate da semana passada, onde peguei minha loirinha de jeito, e só de pensar que ela agora estava com aquele bosta, fazendo o que fez comigo, me deixou transtornado.

Cheguei ao bar e pedi uma dose de uísque. Ela não ia fazer isso comigo; logo, logo eu pegaria uma gostosa aqui e levaria para casa, já que essa semana eu tinha ficado na seca por causa dela, que parecia um fantasma, aparecendo a todo momento em minha cabeça.

Já estava ali havia meia hora e ninguém tinha chamado minha atenção. Isso não podia estar acontecendo, eu sempre me preservei e tomei cuidado para não entrar nessa de romance. Para mim, mulher sempre foi sinônimo de diversão, não de sentimentos, e essa dona encrenca não saía da minha cabeça. Só podia ser pelo fato de ter sido rejeitado. Claro que era isso, pois nunca levei um fora de ninguém. Modéstia à parte, eu me garantia, quer dizer, até conhecer essa loirinha.

Olhei para um canto da boate e vi uma loura de costas em vestido vermelho. Caralho, ela tinha um corpo perfeito, não consegui desviar os olhos de sua bunda. Será que estava acompanhada? Senão, seria com ela que tiraria aquela outra lá do meu sistema. Pedi outra dose e continuei observando por alguns minutos. E quando enfim se virou, tomei um susto. Puta que o pariu! Meu coração acelerou de um jeito assustador. Era ela! Só podia ser minha loirinha, nunca tinha conhecido uma mulher tão perfeita.

No instante em que peguei o copo, após o barman me servir, seus olhos se prenderam aos meus e ela travou em seu lugar. Não conseguia olhar em outra direção que não a dela. Perguntei-me se estaria sozinha. Que imbecil que ela tinha arrumado, que a deixava sozinha assim, em um lugar como esse? Virei a dose de uma só vez. Nunca me faltou coragem, até aquele momento, então aproveitei o efeito do álcool e fui em sua direção. Se aquele panaca viesse falar gracinha para mim, aproveitaria para descontar minha raiva e frustração na cara dele.

Parei na frente dela e minha vontade era agarrá-la ali mesmo. Nossa, ela estava mais gostosa do que me lembrava, e que vestido era aquele? Não sabia o que dizer, eu queria arrancá-la dali e levá-la para o seu lugar, que era minha cama. O seu cheiro era inebriante e mesmo em meio a tantas pessoas conseguia senti-lo. Ainda estava pensando no que dizer quando apareceu um idiota e entregou um copo com suco a ela.

— Seu suco, linda. — Já estava com outro? Que porra é essa? A única coisa que estava sentindo agora era raiva.

Assim que ela o arrastou para a pista de dança, me ignorando completamente, só conseguia pensar em como tivera coragem de dizer tais coisas? Fiquei ali, abismado com seu último comentário sobre o prato aqui em questão ser repetitivo, porque a única coisa que eu me lembrava era que tinha gostado e muito, e agora falou uma asneira dessa na minha cara. Ela que se dane! Voltei para o bar soltando fogo pelas ventas, pedi outra dose e tomei de uma vez. Fiz isso umas cinco vezes seguidas, enquanto ela continuava dançando com aquele idiota.

De repente, apareceu uma morena ao meu lado me dando mole, mas para falar a verdade, não prestei atenção em nada que dizia, meu olhar e atenção não saíram daquela loirinha marrenta na pista de dança. A mulher colocou um papel no meu bolso, mas não estava nem aí. Tentava manter o controle para não encher a cara daquele babaca de porrada, mas quando ela começou a rebolar e ele a se esfregar nela, cheguei ao meu limite e meu

CRISTINA MELO

controle já era. Fui que nem um furacão para aquela pista de dança.

— Tira as mãos dela agora, seu bosta! — berrei sem controle.

— Isso é ela quem decide. — Ia provar a ele que não...

Acordo das minhas lembranças com uma constatação me atingindo em cheio: ela veio comigo, me lembro que até dirigiu meu carro, então cadê ela que não está aqui comigo na cama?

Claro, deve ter ido embora, mas vou atrás dela, preciso vê-la e explicar o que aconteceu, e vai me ouvir.

Levanto, entro no banheiro, tomo uma ducha rápida e visto uma cueca. Preciso de um café para despertar, e logo em seguida irei atrás dela.

Quando chego à sala, meu coração transborda de alegria: vejo-a tão linda, dormindo em meu sofá com uma camisa minha. O desejo e a saudade vêm com força total, deixando de lado todos os meus questionamentos e ideais. Eu m e ajoelho diante do sofá e passo a mão em seu rosto, admirando como é perfeita até dormindo.

CAPÍTULO 9

CLARA

Desperto com o toque no meu rosto e, assim que abro os olhos, eles se conectam aos de Carlos, que tem o rosto a milímetros do meu. Meu coração imediatamente dá um salto, em expectativa.

Ele não diz nada, sua boca investe contra a minha, sedenta, e é o melhor bom-dia que já recebi. Carlos me beija com paixão, não pensei que reagiria dessa forma.

— Eu preciso de você, coração, na minha cama. Senti muito a sua falta — declara com o tom carregado de desejo.

Ainda estou sem saber como lhe responder quando me pega nos braços, seguindo em direção ao seu quarto. Seus lábios tocam os meus no caminho e só consigo beijá-lo de volta e ele interrompe um pouco o beijo e me olha com admiração.

Eu nunca me senti assim com ninguém. Ele me carrega com muito cuidado, como se estivesse carregando um tesouro e eu fosse a coisa mais valiosa de sua vida. Juro que não quero criar falsas expectativas, mas é o que sinto, como se eu fosse importante de verdade.

Ele me deita na cama com todo o cuidado e seu corpo vem por cima do meu. Logo me beija com carinho e emoção. Não é mais carnal, sinto nossa ligação real, e isso me assusta.

— Carlos, nós precisamos conversar — digo, interrompendo nosso beijo. Ele me encara com um olhar intenso e cheio de desejo.

— Agora não, eu preciso muito de você, por favor, não me negue isso.
— Puta merda! Pedindo desse jeito, como negarei?

E não posso negar que também preciso dele; essa semana foi insuportável, e só agora percebo o porquê: senti sua falta, como nunca senti de ninguém antes.

Admiro como está me olhando: carinha de pobre coitado. Não consigo resistir; beijo-o, e é um beijo diferente de todos os que já dei na vida, pois esse tem entrega. Sim, estou me entregando nesse beijo, meu Deus! Perdi esse jogo, não posso negar que ele o ganhou desde o dia em que o conheci naquele shopping. E ao constatar isso, não tenho outra coisa a fazer a não ser dar uma chance para esse sentimento totalmente novo e inesperado. Estou me apaixonando, e essa será minha condenação ou absolvição, mas enquanto o julgamento não chega, irei aproveitar o momento.

Ele levanta a camisa dele que eu estou vestindo e logo a tira completamente. Agora estou só de calcinha.

— Você é perfeita! — Sua boca beija todo o meu corpo com uma delicadeza que não me apresentou antes; beija cada pedacinho bem devagar. Este se arrepia todo de desejo e implora por mais e mais dele. Minhas mãos vão para seu cabelo, puxando-o para mim, querendo mais. Como senti sua falta! Falta do que só ele sabe fazer. Apenas Carlos me faz sentir assim, meu deus gostoso!

Ele termina sua tortura, retira minha calcinha, logo em seguida retira sua cueca, pega um preservativo e me penetra bem devagar, me olhando o tempo todo. Ergo a cabeça e o beijo. Pela primeira vez, sinto que estou fazendo amor e não só sexo, como era com os outros caras com quem já transei. Sinto que sou dele. Pensei que era apaixonada pelo Diego, mas isso aqui, agora, não chega nem perto do que já imaginei sentir. Nunca senti que era de outra pessoa como sinto agora.

Ele continua a me penetrar numa lentidão absurda, me olha como se quisesse me dizer algo com os olhos. Que louco isso! Será que também sente essa ligação?

Meu corpo não resiste mais a essa tortura e começa a enrijecer.

— Goza pra mim, Clara. — Não resisto ao seu comando e gozo com ele me olhando o tempo todo. Carlos não se segura mais e me segue.

Quando termina, retira o preservativo, se deita ao meu lado e me puxa, até que fico de frente para ele e colada ao seu corpo. Sua respiração está ofegante, a mão direita percorrendo as minhas costas e fazendo um carinho maravilhoso. Estou deitada em seu braço esquerdo, o rosto em seu peito, enquanto beija minha cabeça a todo o momento.

— Você ainda tem alguma coisa com aquele bosta? — Quê? Do que ele está falando?

— Não entendi a pergunta. — Levanto a cabeça para olhá-lo. Ele me encara sério.

— Você entendeu, sim. Estou falando daquele "Zé Ruela" lá da sua faculdade. — É claro, ele acha que eu tinha algo com o Paulo.

— Não. E se isso vai te deixar mais tranquilo, eu nunca tive.

Me olha intrigado e surpreso com minha resposta.

— Mas eu achei... quer dizer, vi vocês dois juntos, Clara. Não precisa mentir — exige em tom duvidoso e continua me encarando. Acho que querendo pegar uma mentira.

— Não. O que você deve ter visto foi ele me dando uma carona, pois é meu amigo e meu vizinho, nada mais, eu te garanto.

Não para de piscar, talvez processando o que eu disse.

— E o cara da boate? — Sério isso? Ele está me interrogando?

— Ninguém importante, o conheci ontem, é amigo da minha amiga.

— E ele sabe que não é ninguém importante? — Ainda me olha desconfiado. — Porque do jeito que se esfregava em você, acho que estava acreditando que levaria o prêmio — diz irritado.

— Ele podia até estar confiante, mas quem levou o prêmio foi você, e não pensa que me esqueci da morena que estava se esfregando em você naquele bar. — Viro-o e monto em cima dele, que agora está com um sorriso de lado.

— Eu nem me lembro do rosto dela, juro. Minha atenção estava toda em uma loirinha que estava me provocando na pista de dança. Dela, sim, eu me lembro. Nossa, muito gostosa! — Aperta minha bunda.

— E você fala isso na minha cara?

Ele me deita de costas na cama e vem para cima de mim.

— O que você fez comigo? Você é tudo em que penso e quem eu quero, só você, eu garanto.

Sorrio com sua declaração. Ele também se sente como eu, e isso me deixa muito feliz e confiante.

Logo estamos começando tudo de novo, e a sensação de que eu sou dele só fica mais forte.

— E agora, será que posso te chamar de minha namorada? Ou você vai fugir de novo?

Olho-o e penso no que responder. Por que não? Se ele me quer, e eu a ele, tenho que tentar.

— Só se eu também puder chamá-lo de namorado.

Responde com um sorriso lindo e me beija.

— E eu não quero saber de outras galinhas cacarejando no meu terreiro! — aviso em tom de brincadeira, mas na verdade falo muito sério. Não aceitarei nenhum tipo de traição de sua parte; um relacionamento para mim só funcionará se for sincero e honesto. Ele me dá um sorriso safado e beija meu pescoço.

— Não vai ter, coração, só você, eu prometo. Mas também não vou admitir outro galo, que fique claro!

Agora quem sorri sou eu. Claro que não haverá outro, pois ninguém conseguiu me fazer sentir o que ele me proporcionou.

— Não vai ter, pois esse terreno aqui — aponto para meu coração —

já está ocupado com o galo mais lindo e gostoso do mundo, e garanto que não tem espaço para outro.

Ele fica paralisado com minha declaração e piscando o tempo todo. Sei que não deveria me declarar desse jeito, mas agora já saiu. Ele me agarra, parecendo satisfeito, e quando vejo, estamos fazendo amor de novo.

Três meses depois...

Estou tão feliz, meu deus da gostosura é tudo de bom! Está sendo o namorado perfeito, passamos juntos todos os fins de semana, menos os dias em que ele está de serviço e, pelo menos duas vezes por semana, eu arrumo um jeito de ficar com ele.

Decidimos que vamos esperar até as minhas férias, agora no meio do ano, para contar ao meu pai e ao Gustavo. Estou apreensiva com a reação do Gustavo, mas sei que, no final, ele verá o quanto estou feliz ao lado de Carlos e me apoiará. Lembro-me que tenho que ligar para o meu namorado, pois as meninas combinaram um barzinho hoje, e como ele está de serviço, acho que não vai se importar.

— Oi, amor! Tudo bem? Está podendo falar?

— Coração, eu sempre posso falar com você — responde.

— É que esqueci de te falar que hoje vou a um barzinho com as meninas. A Dani e o Vítor estão se mudando no próximo mês para o Sul e marcaram uma despedida com uns amigos, e como você está de serviço, vou dar um pulo até lá com a Ju.

Fica mudo um tempo.

— E onde é esse barzinho? Aquele abusado do amigo dela vai? — Seu tom não está dos melhores ao fazer as perguntas.

— O barzinho é perto da sua casa, pois como já te disse, as meninas moram perto, e acho que o amigo da Júlia não vai, ele não faz parte do nosso círculo de amigos.

— Eu espero mesmo. E se ele for, que não chegue nem perto de você. Dessa vez eu juro que quebro a cara dele!

— Nossa, todo possessivo! — rebato em tom de brincadeira. Sorrio, mas não duvido que faça isso.

— Nunca escondi que era. Você é minha namorada agora e não vou deixar esses merdas encostarem em você — declara todo dono de si.

— Está bom, meu deus da gostosura! Agora eu preciso voltar para a aula, mais tarde te ligo. Eu te amo, beijos. — Sei que está sorrindo do outro lado da linha.

— Também te amo, muito! Vai lá, beijos, meu amor! — despede-se todo apaixonado, e me derreto. Desligo o telefone e volto para minha aula ainda com um sorriso no rosto.

Ao sair da faculdade, dou de cara com o Paulo. Carlos ainda implica com nossa amizade, mas não irei deixar de ser amiga dele por isso. Sempre foi muito legal comigo, então, mesmo contra a vontade do meu namorado, continuo pegando carona com ele de vez em quando.

— E aí, qual a boa para hoje? — me pergunta, acho que querendo puxar assunto.

— Hoje o Carlos está de serviço, mas vou a um barzinho com uns amigos.

Ele enruga a testa e me olha desconfiado.

— E o *Senhor Fortão* permitiu isso? — pergunta me sacaneando.

— Ele não é meu dono, Paulo, não tem que permitir nada.

— Avisa isso para ele, então, pois acho que ainda não sabe. — Ele sorri.

Dou um soco em seu braço. Estamos caminhando no estacionamento.

— Claro que ele sabe, e você podia vir comigo, o pessoal é bem legal, vai gostar deles.

— Acho melhor não, estou muito novo ainda para morrer!

Sei que está de sacanagem, pois desde que contei que estava namorando o Carlos há três meses, ele continuou falando comigo normalmente. Uma vez ou outra me sacaneia pelo jeito possessivo do Carlos, mas nunca deixou de falar comigo por causa disso.

— Vamos! Você vai gostar do pessoal.

Faz uma careta, me olhando meio em dúvida.

— Quer saber? Hoje é sexta-feira e ainda não tenho nada para fazer. Eu topo, e ainda vou te dar uma carona.

— Oba! Combinado, então! — Fico empolgada. Entramos no carro dele e vamos para casa.

Passo a tarde estudando, e por volta das 21 horas ligo para o Carlos, que já está indo trabalhar. Ele fica de me ligar quando terminar seu plantão. Desço para a garagem, onde combinei de encontrar o Paulo. Ele já está ao lado do carro, me esperando. Saímos para o barzinho; eu já tinha pegado o endereço com a Ju.

O local está bem cheio, fico um tempo tentando encontrar alguém conhecido. Vejo a Dani e vou em direção à mesa em que eles estão, seguida por Paulo.

— Oi, gente! Cheguei!

Cumprimento um a um e também apresento o Paulo. Na mesa estão o Vítor, a Dani, a Ju, mais dois casais que eu conheço de vista e amigos do Vítor. Quando vou apresentar o Paulo à Ju, ela o olha com aquela cara meio de boba, e este dá dois beijinhos no rosto dela e se demora para soltar sua mão, também a olhando com a mesma cara de bobo. Fico encarando a cena, ainda sem acreditar. Nossa, seria perfeito se meus dois amigos preferidos ficassem juntos. Então dou uma forcinha, colocando-o sentado ao lado dela na mesa, e me sentando do outro lado.

— E aí, Dani, por que o Sul? — pergunto curiosa, pois a decisão dela me pegou de surpresa.

— Então, amiga, a família do Vítor é de lá, e consegui uma bolsa ótima, então, por que não? Ele já ficou bastante tempo longe da família, e como se forma agora no meio do ano, decidi que posso ficar lá com ele, afinal nós amamos e queremos um futuro juntos — responde tão naturalmente que chega a me encantar.

Não sei se teria essa coragem de mudar de cidade, abandonar família e amigos por uma pessoa só; afinal, seria trocar vários amores por um. Mas eu estou feliz por eles, pois o amor deles é bonito de se ver. Desde que se conheceram, há um ano, nunca mais se desgrudaram, e agora tenho certeza que não poderá dar em outra coisa a não ser casamento. Estou muito feliz por eles.

— Então, um brinde à mudança e a esse amor lindo! — Ergo meu copo de suco, e todos na mesa fazem o mesmo.

Quando vejo, um dos casais já está se despedindo. Nossa, a noite passou voando. Olho para o lado, e Paulo continua em um papo bem empolgado com a Ju. Os outros começam a se despedir também, e agora só restam nós três, a Dani e o Vítor.

— Vamos, gente? Daqui a pouco vamos ser expulsos! — Paulo se levanta e puxa a cadeira para a Ju. É, estou vendo que ele nem se lembra de mim, sorrio comigo mesma. Pego meu celular e nada do Carlos, mas ainda são 3 da manhã, deve estar na operação.

Nos despedimos da Dani e do Vítor. Paulo, claro, oferece carona para a Júlia, que aceita, satisfeita. Sento-me no banco de trás e deixo-a ir na frente com ele. Quando Paulo entra na rua do Carlos, por instinto olho para o lado em que fica o condomínio de casas em que ele mora, e o que vejo me desestabiliza imediatamente.

CAPÍTULO 10

Clara

— Para o carro, Paulo! — grito, e ele freia na hora.

— Droga, Clara, o que foi? — me pergunta assustado, mas eu não consigo responder.

Saio do carro sem conseguir acreditar no que meus olhos veem, minhas mãos estão trêmulas. Filho da puta! Cretino!

— Posso saber que merda é essa? — grito, já sem controle.

Carlos me olha apavorado, com certeza não esperava me ver a essa hora da madrugada. Ele está parado na frente do portão do condomínio, ao lado de sua moto, com aquela piranha que vi na primeira noite em que dormi na casa dele. Ela passa a mão nele, e ele está com a mão no braço dela e muito próximos.

— Agora entendi por que não me ligou ainda, estou vendo que está muito ocupado. Você é um canalha! E eu, uma idiota por cair no seu papo — declaro muito puta da vida, com o dedo em riste para ele, e a vagabunda ordinária fica com cara de deboche para mim.

— Calma, coração! Não é nada disso que está pensando. Eu acabei de chegar, e a Jaqueline me parou aqui, pois estava sem sua chave. Tem cinco minutos que cheguei, estávamos só conversando, não é, Jaqueline? — Olha para ela pedindo que confirme sua história, e ela faz uma cara de tanto faz para mim. Piranha!

— É claro, deve estar escrito idiota na minha cara. Eu não sou burra a esse ponto, Carlos! Você acha mesmo que vou acreditar que está conversando aqui no portão a essa hora da madrugada? Me poupe!

Ele está visivelmente nervoso e parece não saber o que fazer. Que tem culpa no cartório, tem, senão não ficaria dessa forma, e estou me sentindo a mulher mais burra do planeta. Como fui cair nas mentiras dele? Meu olhar para ele é de ódio. E sei que percebe isso.

— Porra, Jaqueline! Explica pra ela o que aconteceu.

A piranha sorri com zombaria para ele e me olha de cima a baixo. Eu juro que vou voar nela se continuar com essa cara para mim.

— Olha, Carlos, não sei que tipo de jogo tem com essa garota, mas acho que já está exagerando. Eu não vou fazer parte disso, nem sei por que está preocupado com ela. Coitada, estou até com pena da cena que está fazendo, porque agora percebo o quanto você levou isso longe demais.

Escuto as palavras e não acredito no que estou ouvindo. É isso, então? Eu sou um jogo para ele? Claro que sim, e caí no seu jogo. Não sei se estou com mais ódio de mim ou dele. Por que ele me fez acreditar que eu era diferente? Burra, burra, mil vezes burra!

— Você está falando demais, Jaqueline, e está falando merda, cala a boca! — exige todo nervoso, e estou ainda sem saber o que dizer.

— Eu posso até estar falando demais, Carlos, mas merda você sabe que não estou dizendo — diz toda dona de si.

— Cala a boca, Jaqueline! Entra, porra! — grita com ela e para à minha frente, colocando as mãos em meus braços. Olho-o ainda sem acreditar no quanto me enganei.

— Não se iluda, querida, Carlos, nunca foi e nunca será homem de uma mulher só. Se ficar com ele, seja como eu, não fique enganada. Pode ter certeza que sei o que digo, o conheço há muito tempo.

— Caralho, Jaqueline, sai daqui, você está abusando da minha paciência! Entra, porra! — grita, a empurrando portão adentro.

— Depois não diz que não te avisei, querida! — alerta, me dando um *tchauzinho* de modo debochado. Estou totalmente sem reação, nunca fiquei assim antes. Carlos volta correndo em minha direção e para na minha frente de novo.

— Clara, vamos entrar, conversamos lá dentro. Não liga para a Jaqueline, ela é pirada assim mesmo, esquece o que ela disse, vem? — Acaricia meus braços. Olho para suas mãos e me lembro que ele fazia a mesma coisa com aquela piranha ainda há pouco. Minha repulsa triplica.

— Tira as mãos de mim! Não me toca! — exijo bem séria, e ele se afasta no mesmo instante, seus olhos transmitem desespero. Fingido!

— Para com isso, você não vai cair no jogo da Jaqueline, pelo amor de Deus! — diz, se fazendo de vítima.

— O único jogo em que caí aqui foi no seu, mas não esquenta, estou abandonando a partida. *Game over!* — Eu me viro e sigo em direção ao carro do Paulo, que está de plateia junto com a Júlia, assistindo à cena.

— Para com isso, eu te amo! Não acredita nessas baboseiras, ela está com inveja porque é você quem eu quero e não ela, me escuta! — pede, puxando meu braço para que me vire para ele. Agora estamos no meio da rua.

— Já disse para não tocar em mim. — Puxo meu braço de sua mão.

— E eu estou pouco me lixando se ela está com inveja ou não, isso não é mais da minha conta.

Olha para mim e balança a cabeça em negativa o tempo todo.

— Eu não vou deixar você ir embora desse jeito, você tem que acreditar em mim. Ela é maluca, não liga para o que ela disse — fala meio desesperado. Cretino!

— Você não tem que deixar nada, Carlos. Acabou! Vamos combinar que até que durou muito — digo com sarcasmo na voz. Ele está com o maxilar cerrado e continua balançando a cabeça em negativa.

— Você não vai sair daqui assim! Sei que está com raiva, mas eu posso te explicar tudo desde o início, só me deixa falar, por favor? — Ele me olha nos olhos e eu quase cedo, mas se entrar com ele, sei que vai me convencer e usar sexo para isso.

Infelizmente, eu o amo, e quando amamos é muito fácil ser ludibriado, porém preciso pensar com a razão agora. Se o deixar me levar com seus enganos e mentiras, será sempre assim, e preciso confiar nele primeiro e ter certeza que não vai me enganar, portanto, o melhor para mim agora é me afastar dele.

— Nada do que me disser agora vai mudar minha decisão. Acabou, chega! Eu não quero mais saber de nada, não me interessa! — Viro-me mais uma vez e, ao me aproximar do carro do Paulo, olho para ele e para a Ju.

— Vamos, gente? — Entro no veículo e bato a porta. Júlia também entra, e Paulo está dando a volta para fazer o mesmo. Olho para o lado e Carlos continua me encarando, como que em transe.

Quando o Paulo liga o carro, ele parece acordar e vem correndo. Tenta abrir a porta onde entrei, mas está travada, então bate no vidro.

— Para com isso, meu amor, por favor. Não faz isso, me deixa explicar? — pede com o rosto colado ao vidro escuro.

Ele soa sincero, mas não tenho certeza, não posso ceder com a dúvida que estou sentindo, senão meu coração não terá nenhuma chance de recuperação, será despedaçado para sempre. Então, é melhor eu não arriscar e pular fora enquanto é tempo.

— Vamos, Paulo! — peço nervosa. Ju se vira para trás e me olha.

— Tem certeza, amiga? Ele parece dizer a verdade, conversa com ele. — Até minha amiga está com pena dele, e olha que ela é dura na queda, muito pior do que eu.

— Absoluta. Por favor, Paulo, vamos.

Ele assente e acelera.

— Coração! — Escuto seu grito, mesmo com os vidros fechados. Olho para trás, observando-o parado no meio da rua com as duas mãos na cabeça, olhando na direção do carro.

Meu coração se aperta com a cena e uma dor aguda brota em meu peito. Sinto um vazio, e é como se tivesse aberto um buraco ali. Será que tomei a decisão certa não o deixando explicar? Será que vou conseguir ficar longe dele?

Minha angústia só aumenta a cada minuto. Se ele for mesmo um canalha, e eu irei sofrer de todo jeito, então melhor sofrer de uma vez. Ele não podia ter feito isso comigo, não entendo o porquê de me enganar dessa maneira.

Quase chegando à casa da Ju, eu ainda estou pensando em como conseguirei ficar sem ele, quando escuto uma buzina de moto. Olho para o lado e o vejo. Passo a mão no rosto para ter certeza de que não estou vendo e escutando coisas.

— Eu achava que seu namorado era maluco, Clara, mas agora eu tenho certeza. Que louco! Vai acabar provocando um acidente! — Paulo declara irritado, pois a moto do Carlos está colada ao carro. Então eu baixo o vidro.

— Está maluco?! Quer causar um acidente? — pergunto aos gritos a ele, que ainda por cima está sem capacete. Se cair, vai se machucar feio. Ele me olha.

— Eu quero você, meu amor. Só você, por favor, me escuta!

Meu coração dispara com suas palavras. Paulo começa a diminuir e logo encosta na frente do portão da Ju. Desço do carro, o Carlos para a moto e vem em minha direção. Ele para na minha frente e coloca as mãos em meu rosto.

— Olha pra mim, Clara. Acredita em mim. Eu te amo, juro que não tenho nada com a Jaqueline. Tudo que ela falou faz parte do passado, não sou mais assim desde que te conheci. É só você quem eu quero e desejo.

Abro os olhos, e no momento em que se conectam aos dele, eu me rendo. Não é possível que ele consiga mentir com essa verdade nos olhos. Seu corpo se aproxima do meu, e quando menos espero, me beija. Nesse momento, todas as dúvidas desaparecem; ele me domina completamente, eu não consigo ficar longe dele.

Ele interrompe o beijo e me abraça forte, beijando minha cabeça.

— Não faz isso com a gente. Não vou mais saber viver sem você, vem pra casa comigo? — Sinto como o seu coração está acelerado e também sinto sinceridade em seu tom. Se ele mente, está na profissão errada, porque seria um ator e tanto.

Eu não consigo dizer que sim, só confirmo com a cabeça, e ele me puxa pela mão. Monto na moto atrás dele e dou um tchau sem graça para o Paulo e para a Ju, que também acenam para mim da mesma forma.

Estou agarrada ao seu corpo, minhas mãos em seu peito enquanto ele pilota a moto. Sinto-me segura e em casa. Ele é minha loucura e minha sanidade ou um meio-termo disso.

Carlos para a moto em frente ao seu portão e descemos. Ele me dá a mão sem dizer uma palavra. Quando entramos na sala, simplesmente para à minha frente, volta a colocar as mãos no meu rosto e prende seus olhos nos meus.

— Eu te amo muito, nunca duvide disso. Sei que meu passado não é fácil, mas juro que é só você quem eu quero. Na minha cama e em todas as outras posições que possa ocupar na minha vida. Você me dominou totalmente, e não sei o que seria da minha vida sem você. Não existe uma fração de segundo do meu tempo em que eu não pense ou não deseje você, então, meu amor, não esquenta para as maluquices que a Jaqueline falou, pois isso ficou no meu passado, como te disse, inclusive para ela. Nunca tive nada sério com ela, juro. Ninguém nunca ocupou o espaço que você ocupa, e tenho certeza que esse espaço será sempre só seu, meu amor.

Sinto as lágrimas escorrendo por meu rosto. Ele as limpa com seu polegar e me abraça.

— Só não mente pra mim, Carlos. Não suportarei, também não te perdoarei, pois ninguém é obrigado a ficar com alguém. Apenas me prometa que vai me dizer quando não estiver mais interessado. Não me traia, sinceridade e respeito são fundamentais para mim. — Ele me abraça muito forte e quase não consigo respirar. Faço o pedido com todo meu coração, sou prova viva de que algumas consequências de traição duram para sempre. Sei que muito de minha insegurança e medo vêm por conta dessas consequências. Não fico remoendo isso, mas sei que cresci sem mãe por conta das atitudes erradas do meu pai, e não quero isso para meu futuro.

— Shiuuu, não existe essa possibilidade, eu sempre vou estar apaixonado por você e te respeitar, sempre! E por um motivo bem simples: eu te amo.

— Eu também te amo, Carlos, como nunca achei que amaria um dia, então não joga tudo fora — imploro, olhando em seus olhos.

— Eu não vou, meu amor. — Ele me beija, pegando no colo, me leva até seu quarto e retira meu vestido com todo o cuidado e delicadeza do mundo, me deitando na cama em seguida. Retira também a sua roupa e a pistola, e vem por cima de mim. Beija cada pedacinho do meu corpo com muito carinho, e logo estamos fazendo amor bem devagar, sentindo um ao outro por inteiro e em total entrega. Eu sou dele e ele é meu, só meu.

Acordo com um barulho de campainha tocando e passo as mãos no rosto para espantar o sono. Carlos nem se mexe, então me levanto e vou à sala, para ver quem está tocando assim com tanto desespero. Alguém morreu, só pode. Faço um coque no cabelo e abro a porta.

— Cadê aquele sem-vergonha? — pergunta uma menina que não deve ter 18 anos ainda.

— Ele está dormindo, posso ajudar? — pergunto, porque eu preciso entender primeiro o que está acontecendo, além do mais, como acabei de acordar, meu raciocínio ainda está um tanto lento.

Ela invade a casa como um furacão sem esperar meu convite e noto que está com uma mochila nas costas.

— Claro, é só me dizer onde está o sem-vergonha do Carlos — exige com as mãos na cintura, cheia de atitude.

— Ele está dormindo como já te disse, o que está acontecendo?

Ela me encara e me olha de cima a baixo.

— Nada de mais, só que ele ainda não depositou a pensão do filho este mês!

— O quê? — Meu coração quase sai pela boca.

CAPÍTULO 11

CLARA

Eu estou completamente sem reação olhando para a menina à minha frente. Como assim, ele tem um filho e não me disse nada?

Encaro-a com a mão na boca, sem saber o que dizer. Além de safado, ele é irresponsável. Como tem um filho e não paga sua pensão?

— E aí, posso falar com ele ou não? — pergunta impetuosa, me encarando com as mãos na cintura. Ainda estou pensando no que fazer enquanto ela continua a me olhar.

— Só não demora, porque meu filho nem leite tem — quando ela fala isso, eu acordo totalmente. Como deixa o próprio filho nessas condições? Que maldade! Eu nem sei mais o que pensar dele. Todas as promessas que me fez essa madrugada estão destruídas diante desse fato. Ele não presta!

— Eu não demoro, pode deixar que vou chamá-lo agora mesmo — declaro, cheia de uma determinação assassina, misturada com raiva e desprezo.

Se faz isso com o próprio filho, o que não fará comigo? E como, em três meses de namoro, não me disse nada? Deixo a menina na sala e vou para o quarto como uma bala de canhão. Que filho da mãe! É um canalha mesmo: se relacionar com uma menina tão jovem, engravidá-la e nem assumir o filho como um homem deve fazer.

— Acorda, seu mentiroso e irresponsável! — Jogo um dos seus tênis nele e um travesseiro; minha mira movida pela raiva é certeira. Minha vontade é explodir esse quarto na cabeça dele. Chego perto da cama, continuo dando uma surra de travesseiro nele, que acorda assustado.

— O que é isso, Clara? — pergunta, sentando na cama com o braço sobre o rosto para se proteger, porque eu não paro de bater nele com o travesseiro.

— Como você tem coragem de deixar seu próprio filho sem leite? Que tipo de pai faz isso? Você é um merda de irresponsável! E quando você ia me dizer?

Passa a mão no rosto e faz uma cara de quem não está entendendo nada do que estou falando. Cínico!

— Mas do que você está falando, meu amor? Está tudo bem com você? — Canalha! Ainda renega o filho.

— Deixa de ser cínico! A mãe do seu filho está lá na sala. Nem a pensão da criança você paga, como pode fazer isso?

Balança a cabeça de um lado para o outro, em negativa.

— Coração, você usou alguma coisa ontem, naquele bar? Sério, você não está bem, eu não estou entendendo nada do que está falando. Deve ter sonhado. Calma, eu estou aqui, está tudo bem.

Cachorro, cínico de merda! Começo a bater nele de novo, minha raiva só aumenta com seu deboche. Além de ser cafajeste a ponto de se relacionar com uma menina tão jovem, não é capaz nem de assumir o filho.

— Ai, Clara! Você está me assustando, para com isso! Eu vou te levar ao hospital. Ou você sabia o que estava tomando ou a enganaram, mas algo está errado. Eu não tenho filho nenhum.

Travo quando diz isso. Agora quem não entende nada sou eu.

— Então me explica como a mãe dele está lá na sala, cobrando a pensão que não depositou?

Ele me olha assustado e lhe dou outro tapa.

— O quê? Que droga é essa, Clara? — Se levanta, coloca uma bermuda e vai para a sala, comigo atrás dele. Quero ver negar agora.

— Ana, o que está fazendo aqui?

Ela sorri e corre para abraçá-lo, que corresponde e a suspende em um abraço apertado. Estou sem entender nada, há pouco a garota estava com muita raiva, e agora o abraça assim.

— Ei, eu posso saber que palhaçada é essa? Você estava toda nervosa e agora faz isso? E seu filho?

Carlos a solta na hora.

— Que história é essa de filho, Ana? — pergunta sério para ela, que faz uma careta e começa a rir. Que merda é essa? Eu cada vez entendo menos.

— Ops, desculpa aí, mano, foi só uma brincadeirinha. É que tenho que ensaiar a peça, e acho que fui convincente demais, tinha que ver a cara da sua namorada.

Como assim? Ela era irmã dele? A Ana, claro! Que filha da mãe, me enganou direitinho. Ele já tinha comentado da irmã, mas nunca me mostrou foto, disse que me levaria a qualquer hora para conhecer sua família, que era de Valença, interior do Rio.

— Eu apanhei por sua causa, sabia? — Carlos diz à irmã e vem em minha direção, me abraçando por trás. — Eu podia ter morrido, Ana, essa namorada aqui é muito brava! — Beija meu pescoço, enquanto Ana não para de rir.

— Desculpa, Clara. Foi mal. Amigas? — Estende a mão, que pego e dou um abraço nela. Como não seria amiga dela? Além de irmã do Carlos, ela é das minhas, muito doidinha.

— Você me pegou, e por pouco seu irmão não morre, é sério!

Ela não para de rir, está se divertindo muito com a cena que armou.

— Agora, mocinha, você vai me explicar direitinho como veio parar aqui. Veio com quem? — Carlos pergunta a ela, que interrompe o riso na hora e o olha muito sem graça.

— Eu vim com uns amigos do grupo de teatro, um deles tem uma tia que mora aqui perto, daí resolvi vir com ele e te visitar. Você nunca aparece, e estou com saudades.

— A vovó deixou você sair assim, com estranhos? — pergunta irritado, encarando-a.

— Ih, Carlos, eu tenho 17 anos, e já falei que eles são meus amigos do teatro. Nada a ver o que está dizendo, a vovó confia em mim, ela sabe que não sou irresponsável. E a galera é bem legal, vou ficar aqui com eles até amanhã, temos uma festa, depois vou dormir na casa da tia de um deles. Não se preocupa comigo, vim apenas te dar um oi, não quero atrapalhar.

Ele balança a cabeça em negativa.

— Negativo, você vai ficar aqui comigo, bem debaixo dos meus olhos. O Rio não é Valença, Ana. Aqui é muito perigoso, ainda mais para uma menina como você.

Ela o encara, seu rosto e sua postura mudam.

— Eu posso até ficar aqui, Carlos, mas nem pensar em deixar de ir a essa festa! Estou esperando isso por um ano, e você não pode e não vai me proibir — fala, toda dona de si. Essa é das minhas.

— Ok, não proíbo, mas eu e a Clara vamos com você.

Ela arregala os olhos.

— Não vou à festa com babá, nem pensar em pagar esse mico! — diz convicta.

— Então, sinto muito te informar, mas você não vai.

Ela faz uma cara de espanto e se senta no sofá.

— Carlos, você não manda em mim! — reclama chateada.

— Eu mando, sim, senhora. Você só tem 17 anos, não trabalha e não se sustenta, portanto eu mando e fim de papo. Ou vamos juntos ou não tem festa nenhuma, e vou te levar para casa hoje mesmo, você decide — ele alerta, se vira e vai para o quarto.

CRISTINA MELO

Eu me sento ao lado dela e coloco um braço em seu ombro.

— Eu sei como isso é um porre, acredita em mim. Meu irmão também é assim.

Ela me olha, e vejo que está muito chateada.

— Duvido que ele seja mais chato que o Carlos. Nossa, ele é insuportável, não sei como você o atura, sério, você parece ser uma pessoa legal. Por isso eu nunca o vi com uma namorada, ninguém deve aguentar a chatice dele. Se eu soubesse, nem tinha vindo, só vim porque estava com saudades e queria saber como estava. Há meses que não aparece, e minha avó pediu para eu passar aqui, mas estou arrependida. Quero muito ir a essa festa, e se chegar lá com meu irmão como guarda-costas, a galera não vai perdoar, vão me zoar direto.

Morro de pena dela, porque já passei por algumas situações parecidas com Gustavo há uns anos.

— Vamos fazer o seguinte: nós vamos com você, mas eu dou um jeitinho de distrair seu irmão e nem vai notar que estamos lá, acho que só tem essa maneira. É que as pessoas vão ficando velhas e se esquecem como é se divertir, e ele está apenas querendo te proteger. E aí, o que me diz?

— Tudo bem, fechado — me responde com um sorriso sem graça. — Eu não tenho outra saída mesmo, e sei que vai me ajudar a manter meu irmão bem longe de mim.

Sorrio e a abraço.

— Pode ter certeza, ele não vai chegar nem perto. Mas agora me conta um pouco: como você ficou tão boa em interpretar assim? Me pegou direitinho.

— Você achou mesmo? Então, faço aula de teatro lá em Valença, sabe, estou ensaiando para um teste que vai acontecer para uma peça de uma companhia bem grande. Será tudo de bom se eu passar, é meu sonho ser atriz — diz toda empolgada, e vejo como seus olhos brilham.

— Eu tenho certeza que você passa, é ótima, e burro é quem não a aprovar nesse teste, pois vai perder uma grande atriz. Eu já sou sua fã número um, pode ter certeza!

Ela fica muito feliz com meu comentário. Nós ficamos conversando mais uns minutos. Eu realmente gostei muito dela, tenho certeza de que seremos boas amigas.

Chegamos à tal festa, que é em uma boate em Copacabana. Ana entra na frente, e eu e o Carlos a seguimos. Ele está muito rabugento, e seus olhos perseguem a irmã o tempo todo.

Carlos se incomoda com cada menino que se aproxima para falar com a Ana, a cada um ele quer ir até lá e tirar satisfações; está tenso e mal nota minha presença.

— Bom, eu vou dançar, você está um chato! — Vou em direção à pista de dança, percebendo-o logo atrás de mim.

Danço com ele, que continua emburrado. Seu olhar vigia cada canto da boate. Beijo-o, e começamos uma dança só nossa. Enfim, ele relaxa e segue o ritmo do meu corpo.

Esse momento de paz é momentâneo, porque de repente começa um empurra-empurra e uma gritaria dentro da boate. Travamos na hora em nosso lugar.

— Porra, eu sabia! Ana! — Puxa minha mão e começa a procurá-la, desesperado.

Eu também a procuro, e nada de a encontrarmos. A correria só aumenta, estamos correndo contra as pessoas que passam por nós em total desatino.

— Ana! Droga! — Nunca o vi tão angustiado. Eu também estou pre-ocupada, já que a incentivei a vir. Começa a me bater certo desespero, pois a gritaria está cada vez maior. Procuro por ela e olho em todas as direções.

— Ali, Carlos. — Vejo-a em um canto da boate com um carinha bem próximo a ela, seu rosto transmite pânico, e ela também parece nos procurar.

Nós corremos em sua direção, e quando chegamos perto dela, percebo que está chorando e o menino tenta acalmá-la.

— Calma, flor. Eu te achei, vamos sair daqui. — Ele abraça a irmã, aliviado.

Ele me dá a mão e saímos em direção à porta. Está uma confusão também do lado de fora, ninguém sabe dizer o que aconteceu lá dentro e onde começou a gritaria.

— Calma, Ana. Já passou, está segura agora. — Eu a abraço.

Ela está muito abalada. Entramos no carro, e então ela vai se acalmando mais. Tadinha, deve ter ficado apavorada com essa confusão.

Ao chegarmos à casa do Carlos, ela já está bem melhor. Até agora não temos ideia do que aconteceu. Ela fala que está com sono e vai para o quarto. Iremos amanhã de manhã levá-la para casa.

Carlos não quis que voltasse com os amigos e também disse que está com saudades da avó, a quem era muito apegado. Ele me falou anteriormente que, depois do acidente dos pais, quando Ana tinha somente 3 anos e ele 11, ela e o avô terminaram de criá-los. Coitados, muito triste isso, perder os dois de uma vez só. Acabo, sem querer, pensando na minha mãe que simplesmente me abandonou recém-nascida.

Quando era criança, rezava todas as noites para ela voltar e prometia para Deus que, se voltasse, eu seria a melhor filha do mundo. O dia a dia de uma menina sem mãe é muito difícil. Olhava a mãe das minhas amigas e imaginava a minha. Sempre quis ter uma mãe, mas, com o tempo, essa carência foi passando, e hoje, se eu a encontrasse, nem saberia o que dizer. Meu pai nunca tocava no nome dela. Nunca se deu ao trabalho de me contar o que realmente aconteceu; na verdade, desconfio que ela não aguentou a barra de ter dois filhos e, ainda por cima, não ter um marido fiel e presente, como sempre ouvi o Gustavo dizer nas várias discussões que os dois tinham, quando a raiva o impulsionava a jogar sobre o meu pai a culpa pela partida de nossa mãe, deixando-nos com um homem frio que só se interessava pelos seus negócios.

Meu sonho é ser mãe, quero ter no mínimo três filhos, e vou dar a eles todo o amor do mundo. Quero uma casa cheia e bem movimentada, uma família feliz. Claro que isso irá demorar um pouco, preciso me formar primeiro e também quero que meu pai tenha orgulho de mim, pelo menos isso.

— Terra chamando Clara. — Saio dos meus pensamentos com Carlos sentando ao meu lado e me abraçando.

— Oi, amor. E aí, ela dormiu?

— Acho que sim, eu ajeitei tudo lá no outro quarto para ela. Nossa, eu nunca fiquei tão assustado, Clara. Fiquei apavorado, nunca mais quero sentir o que senti hoje.

Beijo-o e deito a cabeça em seu ombro.

— Já foi, passou, agora acho melhor irmos dormir, vamos acordar cedo e não vejo a hora de conhecer sua avó. Ela deve ser muito especial.

— Ela é a mulher mais maravilhosa do mundo, Clara. Meus avós são muito especiais, sem eles não sei se conseguiria suportar a morte dos meus pais. Eles nos deram amor em dobro, e acho que por isso eu superei. Meus pais também eram os melhores que poderíamos ter; infelizmente, foram arrancados de nós muito cedo, mas Deus sabe o que faz. Meus avós desempenharam o papel deles muito bem. Costumo dizer que fizeram um belo trabalho, nos deram até mais do que merecíamos. Eu sinto muito a falta deles, sabe, mas por conta da correria do dia a dia, acabo não aparecendo muito como deveria. Já estou aqui no Rio sozinho há quatro anos, desde que entrei para a polícia.

— Agora não está mais sozinho, meu amor, tem a mim, e não vou te deixar sozinho.

Estou deitada em seu colo, ainda no sofá, e ele está fazendo um carinho em meu cabelo. Cada vez eu me sinto mais especial em sua vida. Escutá-lo falando de si mesmo assim e se abrindo comigo sobre coisas tão íntimas, aumenta meu amor e nossa ligação.

Nosso namoro está cada vez mais sério. Amanhã eu conhecerei sua família, e saber que ele nunca levou alguém para conhecê-los só me faz sentir mais especial ainda. E quando enfim meu pai e o Gustavo também souberem do meu namoro, será muito melhor, tenho certeza.

Cada vez me sinto mais segura e confiante de que nossa relação terá futuro. A nossa ligação está muito forte e seria muito difícil se tivesse que me afastar dele. Não quero nem pensar nisso, pois já sinto que faço parte da sua vida, e ele da minha. Carlos me surpreende sendo o melhor namorado do mundo. Estou cada vez mais convencida de que é possível; é possível ter um relacionamento sincero, sem traições e mentiras. Preciso me livrar de toda bagagem e todos os pensamentos que me acompanham desde criança, de que não existe homem fiel capaz de ficar ao lado da esposa sem fazê-la desistir de tudo, até dos próprios filhos, devido à dor de uma traição.

— Eu sei. Também não conseguirei mais ficar sem você em minha vida, me amarrou, minha loirinha marrenta. Sou todo seu, para sempre, disso tenho certeza. — Ele se abaixa e me beija. Correspondo, muito feliz.

Quem diria que isso acabaria assim? Eu, completamente apaixonada e louca por esse homem, que também diz ser louco por mim. Nós vamos para o quarto e terminamos nossa noite de maneira perfeita: nos amando de uma maneira só nossa.

No dia seguinte, ao chegarmos à casa dos seus avós, fico boquiaberta: é linda, bem grande! Tem dois andares, é branca com azul, toda rodeada de varandas, com muitas flores espalhadas pelo jardim e pelas varandas e há um gramado belíssimo na frente. Estou encantada, é justamente a casa com a qual eu sonho para minha família, um dia.

Eu nunca tinha vindo a Valença, fiquei encantada com a cidade. Pequena, mas muito linda, e as ruas são tranquilas, bem diferentes do Rio.

CRISTINA MELO

— Ô de casa! — Carlos grita ao entrarmos, e logo vem uma senhora em nossa direção. Seu rosto só transmite amor e saudades.

— Até que enfim se lembrou dessa velha aqui, meu filho. Que saudades. — Abraça-o com muito amor e carinho. Ele retribui da mesma maneira.

— E essa moça linda aí, quem é? — pergunta, me olhando com um sorriso encantador.

— É a namorada dele, vó, acredita? — Ana responde antes do Carlos, e sua avó me abraça.

— Seja bem-vinda, minha filha! — O abraço é tão forte que me sinto muito bem-vinda, de verdade. Sabe aqueles abraços com os quais nos sentimos amadas e protegidas ao mesmo tempo? Pois é, ela tem esse abraço. Agora sei de quem o Carlos puxou isso.

— Obrigada, é um prazer conhecer a senhora.

Passamos uma manhã maravilhosa. Ana me mostra seu quarto, que é lindo, logo fiquei apaixonada. A casa em si é perfeita, acabo sem querer imaginando meus filhos com o Carlos aproveitando tudo por aqui.

Estou ajudando a Ana a colocar a mesa para o almoço, quando o Carlos me abraça por trás.

— E aí, gostou daqui? Bem diferente do Rio, não é? — pergunta, com o corpo totalmente colado ao meu.

— Muito, meu amor. Podíamos vir mais vezes. — Viro de frente para ele, que sorri com minha declaração.

— Você sempre me surpreendendo, loirinha. Quem diria que gostaria daqui? Eu apostei no não.

Beijo seu rosto, depois o canto da sua boca.

— Apostou errado. As aparências enganam, sabia? Não sou nenhuma patricinha mimada, achei que já soubesse.

Ele me suspende em um abraço apertado.

— Chega, gente, já está bom dessa *"pegação"*, não preciso ver isso — Ana reclama, e começamos a rir do seu comentário, sem cessar os beijos, claro.

Almoçamos à mesa, e isso me encanta mais uma vez. Pela primeira vez na vida, pude participar de um almoço em família com tudo a que se tem direito, desde histórias de infância a implicâncias do Carlos com a Ana. Terminamos o almoço, e também ajudo na louça. Os avós do Carlos são fantásticos, me receberam com tanto carinho que foi impossível não me apaixonar por eles de cara. Eu já me sinto parte dessa família.

Passamos a tarde na sala vendo um filme. A Ana ocupa um sofá inteiro, eu e o Carlos estamos em outro; ele sentado com os pés em um pufe e eu deitada em seu peito. Os avós deles foram tirar um cochilo.

— Nossa! Esse ator é um gato, não é, Clara? — Ana me pergunta.

— Bota gato nisso, Ana!

Carlos aperta minha cintura.

— Eu estou aqui, sabia? Você não vai ficar suspirando por outros caras na minha frente. — Continua apertando minha cintura, e a Ana não para de rir.

— Ai, amor! Você sabe que só você é o meu deus da gostosura, e também não tenho chances com aquele ali.

— O quê? Perdeu a noção do perigo? — Começa a fazer cócegas, e só para ao perceber que eu não aguento mais de tanto rir.

— Quem é o gato agora? — pergunta, já por cima de mim no sofá.

— Você, amor, só você! — Levanto a cabeça e nos beijamos. Só paramos quando uma almofada acerta nossas cabeças.

— Esse grude de vocês me enoja, eca! — Sorrimos sem parar com o comentário da Ana.

À tardinha nos despedimos de todos e voltamos para o Rio.

São nove da noite quando Carlos estaciona na frente da sua casa. O combinado seria ele me deixar em casa, já que hoje é domingo e amanhã tenho aula, mas insistiu tanto com aquela carinha de cachorro pidão que não resisti e acabei vindo para cá com ele.

Assim que entramos, ele já me agarra daquela forma deliciosa.

Chego à faculdade atrasada e muito cansada. Esse homem é insaciável; quando eu pensava que iria dormir, ele começava tudo de novo. Conclusão: muito sono.

Tomara que não me dê mal na prova, falta pouco para as férias e estou realmente precisando delas, já que esse período foi puxado. Despeço-me do Carlos depois de combinar de nos vermos só na sexta, pois terei prova a semana toda.

— E aí, como foi sua prova? — Aline, uma amiga de classe, me pergunta assim que saímos da sala.

— Eu acho que não fui mal, mas poderia ter sido bem melhor — digo, enquanto nos dirigimos para a saída do prédio. Sei que sempre me cobro

CRISTINA MELO

muito, mas é mais forte que eu.

— Como você consegue, Clara? Cara, estou quase mudando de curso, ainda não consegui me dar bem mesmo em nenhuma matéria, todas parecem que foram elaboradas por seres de outros planetas.

É hilária, não consigo parar de sorrir.

— Você consegue, Aline, sei que é bem difícil, mas a questão é não se deixar vencer e literalmente dar as mãos para as matérias, tentar entender o fundamento de tudo.

— Eu sabia! Você é de outro planeta! — acusa, me olhando boquiaberta, e eu sorrio mais ainda. Só eu sei como tenho que abrir minha mente para essas matérias entrarem lá.

— Agora que descobriu meu segredo, vou ter que te matar ou reiniciar sua mente — digo e sorrimos juntas.

— Agora é sério, Clara, estou pensando muito em mudar de curso, não sei se estaremos juntas nessa, no próximo período — comenta chateada.

— Uma pena, Aline, mas tem que ver o que será melhor para você e o que realmente quer.

Assente.

— E você, Clara? Tem certeza de que quer ser uma engenheira? — pergunta parecendo curiosa.

— É a única certeza que tenho na vida, Aline.

Depois de uns minutos, nos despedimos e saio da faculdade já pensando na prova de amanhã, pois a que fiz há pouco estava pior do que imaginei, mas como disse à Aline, acho que não me dei tão mal.

Chego em casa, coloco o telefone para despertar, pois ainda preciso estudar hoje; após almoçar, apago. Quando acordo, já são sete da noite. Caramba, dormi muito! Como não escutei o despertador? Realmente estava cansada.

Pego meu celular, que tinha deixado no modo silencioso durante a prova e esqueci de reativar o som de chamadas. Vejo que tem algumas chamadas perdidas, a maioria do Carlos.

— Oi, amor, tudo bem? Me ligou? — Escuto sua respiração do outro lado, já vi que está chateado.

— Poxa, coração, estou te ligando há horas, está tudo bem? Estava quase indo à sua casa. Por sinal, temos que contar logo para o seu pai, não aguento mais isso de ficar me escondendo. Você tem vergonha de mim? É isso? — Ih, deu crise.

— Claro que não, amor. Já conversamos sobre isso, estava cansada, só isso. Desculpa, esqueci de ligar, não precisa fazer esse drama todo — digo me espreguiçando e ainda tentando acordar. Que sono!

— Nossa, Clara, eu não sabia que me preocupar com a minha namorada era drama. E o que você está me demonstrando é que tem vergonha de mim; já estamos juntos há quase quatro meses e não faz esforço nenhum para contar ao seu irmão e me apresentar ao seu pai. Quero você de verdade, Clara. Não estou brincando; já você, às vezes, parece que não está nem aí e só quer curtição. Te disse que não quero isso com você, quero um futuro e poder ir à sua casa a hora que tiver vontade.

Mas de onde ele tirou essas merdas?

— Parece que está jogando comigo, é isso, Clara? Você está me enrolando e vivendo o momento, para depois arrumar um engomadinho qualquer, porque eu não faço parte do mundo em que vive? — Ele não está normal, nunca falou assim comigo antes.

— Amor, você bebeu? De onde tirou essas coisas? — pergunto confusa, só pode estar bêbado.

— Bebi um pouco, mas isso não tem nada a ver com o fato de eu achar que está me enrolando. Não sou idiota, Clara, me faço de idiota, mas não sou um. Posso ir aí agora? E aí contamos tudo para o seu pai e ainda me apresento como seu namorado? — Ele surtou, só pode.

— Claro que não, Carlos! Está maluco? Te expliquei que é melhor nas minhas férias, eu estou em provas e não posso me preocupar com isso agora — tento explicar o que já havia dito e ele tinha entendido.

— Eu sabia, estou em segundo plano na sua vida perfeita, não é? — Está muito alterado.

— Para com isso, amor, não é verdade, você sabe como é difícil lá na faculdade. Expliquei e você entendeu e concordou em esperar; agora falta pouco, só mais uns dias, por favor. Preciso estar com a cabeça tranquila, meu pai e o Gustavo não são fáceis.

— Eu já entendi que não sou assim tão importante para você quanto é para mim. Vou esperar o tempo da Madame, fazer o quê? Eu te amo — declara com deboche. Carlos nunca falou assim comigo, não estou entendendo o porquê dessas ideias malucas.

— Amor, para com isso. Essas coisas que está falando não têm um pingo de cabimento. Você sabe que eu te amo.

— Eu imagino. Não vou mais atrapalhar seu tempo. Eu te amo, tchau.

— Desliga, sem deixar eu me despedir também.

Ele está muito alterado e desconfiado, que merda aconteceu? Estava tudo perfeito entre nós hoje de manhã; devia estar descontando em mim algum problema que aconteceu após nos despedirmos, só pode, nunca me disse nada desse tipo. Então, como chegamos a isso?

Meia hora depois, ele não me ligou de novo e ainda estou assimilando suas palavras. Será que ele pensava isso mesmo? Que eu tinha vergonha dele? Bom, vou deixá-lo se acalmar e amanhã converso melhor com ele, pois não é possível que pense mesmo isso.

Olho o telefone de cinco em cinco minutos. O que ele disse não sai da minha cabeça. Como pode pensar isso com tudo o que temos vivido juntos? Tento ligar para ele e dá desligado; estou preocupada. Sei que hoje ele está em casa. Olho a hora: já são onze da noite. Que se dane, preciso mostrar para ele que eu o amo, e se ainda duvida disso, tirarei essa dúvida de sua cabeça, nem que seja à base de pauladas.

Ele não perde por esperar...

CAPÍTULO 12

CARLOS

Algumas horas antes...

Estou em frente a minha casa, dentro do condomínio, jogando uma água no carro. Acabei de deixar minha loirinha na faculdade e já estou com saudades.

Quem diria, Carlos Mendes Novaes, completamente apaixonado e até abobalhado, eu diria. Ontem fiquei completamente embasbacado e orgulhoso ao mesmo tempo. Vê-la tão feliz na casa da minha família só me deu mais certeza do meu amor e de que escolhi a mulher certa para minha vida. Tudo havia começado de forma despretensiosa e com um tesão inegável de minha parte; era para ser apenas uma transa, como sempre foi, nunca quis um relacionamento, e confesso que apenas fui atrás dela naquele dia por medo de como meu amigo e meu capitão reagiria.

Sei que fui um completo idiota no início, tentando negar o inegável, que ela me dominou completamente, quebrando minhas regras ao chegar aonde nenhuma outra havia conseguido chegar logo na primeira noite em que a tive, e se depender de mim, não a deixarei escapar de jeito algum. Ainda estou preocupado com a reação do Gustavo, mas tenho certeza de que, no fim, ele verá o quanto a amo e que o que mais quero é fazê-la feliz. O medo de perdê-la a qualquer momento não me abandona, mas vejo o amor em seus olhos e me sinto o homem mais feliz do mundo por isso.

Hoje, sei que mesmo ainda incerto da minha atitude em pedi-la em namoro, tomei a melhor decisão da minha vida. Não consigo mais me ver com outra pessoa e nem desejar alguém que não seja ela. Pela primeira vez, desde que me iniciei sexualmente, estou mais do que satisfeito em ter uma mulher só. É como se fosse mágica, nosso encaixe é perfeito e não canso de admirá-la.

Na madrugada de sábado, quando ela me viu no portão com a Jaqueline, o medo foi palpável. Fiquei em pânico, não podia perdê-la, e quando me disse que acabou, perdi o chão. Ao me imaginar sem ela, o que senti naquele momento me desesperou. Com certeza, não seria mais o mesmo sem ela, seria como se faltasse algo em meu corpo para sempre, pois ela já estava enraizada dentro de mim, e viver sem a Clara, seria o maior castigo de todos. Nunca fui agressivo com uma mulher, mas faltou pouco para proceder dessa maneira com a Jaqueline – a filha da mãe quase conseguiu me separar da Clara.

Deve ter ficado com raiva de mim, pois assim que cheguei da operação naquela madrugada, a louca estava me esperando na entrada do condomínio, impedindo minha passagem, e veio para cima de mim toda oferecida.

— Oi, lindo, fugindo de mim? — perguntou, e sua mão investiu sobre minha coxa.

Desci da moto, não sentindo nada; não era a mão da Clara. Fiquei de frente para ela, para esclarecer as coisas. Jaqueline tinha que saber que eu agora não estava disponível. Realmente, vinha fugindo de suas investidas desde que comecei a namorar a Clara; as outras também me ligavam de vez em quando, mas dispensei cada uma delas – minha loirinha deixava qualquer mulher sem graça para mim.

— Eu não estou fugindo, Jaqueline, não tenho motivos para fugir de nada, muito menos de você. Só que agora sou comprometido, e você não quer entender isso — disse olhando em seus olhos, para que não tivesse dúvidas.

— Não me faça rir, Carlos. Você sabe que aquela loira aguada não pode te satisfazer, qual o jogo com ela? Alguma coisa tem — perguntou, cruzando os braços com deboche.

— Claro que tem! — imitei o seu tom de deboche, e ela sorriu feliz, mas sabia que esse sorriso não ia demorar em seu rosto. — Eu a amo, Jaqueline, é isso que tem. E você está muito enganada, ela consegue me satisfazer como nenhuma outra conseguiu — disse sério, e sua feição se transformou. Sabia que acabava de ferir seu ego, mas ela que pediu.

— Você é uma comédia, Carlos, tenho certeza de que logo vai voltar às suas aventuras, eu te conheço, esqueceu? Você não namora, Carlos, isso não é para você! Deve estar deslumbrado, só isso, mas logo volta à ativa. Sei que não vai ficar nessa por muito tempo, e quando cansar, lindo, eu estarei aqui. — Ela se aproximou mais e começou a tocar meu peito com as mãos. Estava se oferecendo, e eu, que antes não negaria essa oferta de sexo sem compromisso, senti desprezo por sua atitude e por pensar dessa maneira. Quem ela pensava que era?

— Sinto muito informar, mas está errada. Sei muito bem o que sinto e não tenho que falar disso com você, Jaqueline, não lhe devo satisfações. E não tem possibilidade nenhuma de voltarmos a ficar; não vou trair a Clara, entenda isso, por favor. Na boa, eu a amo e é ela quem eu quero, só ela. — Peguei em seus braços para retirar as mãos de meu peito. Ela ficou com uma expressão que era um misto de surpresa e raiva, me olhando.

— Posso saber que merda é essa?

Eu travei em meu lugar. Como minha loirinha estava aqui? Caralho, agora fodeu!

Durante a discursão, pensei que fosse entrar em colapso a qualquer momento. O medo de perdê-la me dominava; nem a pior das operações me preparou para isso. Nunca me imaginei em uma cena assim e achava de verdade que se tratava de uma situação ridícula, até sentir na pele.

Jaqueline destilou seu veneno o quanto pôde, fazendo-me arrepender de ter transado com ela um dia. Ela sempre soube que o que tínhamos eram apenas momentos, nunca lhe prometi nada, então fazia o que fazia por puro recalque.

Mesmo depois de eu implorar, Clara saiu irredutível. Eu sabia que tinha culpa no cartório, não era nenhum santo, mas não podia perdê-la.

Ela tinha que me ouvir, não podia me deixar assim por culpa de outra pessoa. O carro começou a sair e eu me apavorei.

— Coração! — gritei, pouco me importando se estava fazendo cena para alguém.

Ainda corri um pouco atrás, na esperança de que o veículo parasse, mas não aconteceu, então fiquei ali na rua com as mãos na cabeça, sem saber o que fazer. Olhei minha moto e nem pensei; montei nela e parti a toda velocidade na sua direção. Tinha que fazê-la me ouvir.

Fiquei feliz quando avistei o carro. Colei nele e comecei a buzinar, tinha que chamar sua atenção e fazer com que me escutasse.

— Está maluco?! Quer causar um acidente? — perguntou ao abrir o vidro, e olhando seu rosto, vi sua preocupação. Tinha que convencê-la do meu amor, ela não podia me abandonar, eu a amava muito.

— Eu quero você, meu amor, só você. Por favor, me escuta!

O carro começou a parar. Encostei a moto e, assim que Clara saiu do automóvel, corri até ela. Coloquei as mãos em seu rosto e olhei em seus olhos, tentando fazer com que visse nos meus o quanto a amo. Mas ela fechou os dela, e me senti incapaz.

— Olha pra mim, meu amor. Acredita em mim. Eu te amo, juro que não tenho nada com a Jaqueline. Tudo que ela falou faz parte do passado, não sou mais assim desde que te conheci. É só você quem eu quero e desejo. — Seus olhos encontraram os meus de novo, e vi tanto amor neles que não resisti: aproximei meu corpo do seu e a beijei. Se não estava conseguindo mostrar meu amor com palavras, tentaria mostrar nesse beijo como a amava. Tudo nela, para mim, era perfeito, então ela só podia ser a única para mim.

— Não faz isso com a gente. Eu não vou mais saber viver sem você, vem pra casa comigo. — E quando Clara simplesmente confirmou com a cabeça, senti uma felicidade sem igual.

Puxei-a pela mão, e ela montou na moto com o seu corpo bem agarrado ao meu – não existia sensação melhor nesse mundo...

Saio das minhas lembranças com a Jaqueline encostando no meu carro. Ainda estou muito puto com ela, não quero nem olhar para sua cara. Se a Clara não tivesse me perdoado por algo que nem tive culpa, a Jaqueline veria como posso ser quando estou com raiva. Continuo lavando o carro sem encará-la.

— Vai me evitar, é isso mesmo?

Respiro fundo. Ela não vai me tirar do sério hoje.

— Não estou te evitando, Jaqueline, só não quero olhar pra sua cara, agora se manda daqui! — Encaro seu sorriso debochado e, puta que pariu, nesse momento desejo com todas as minhas forças que ela fosse um homem, porque mesmo sendo tão ordinária, não sou capaz de nenhum tipo de violência contra uma mulher, sou totalmente contra e tenho asco de quem é capaz disso.

— Sério que vai ficar com raiva de mim por causa daquela loira sem graça? Estou te desconhecendo, Carlos, o que viu naquela garota irritante?

Respiro fundo, tentando controlar a ira que começa a crescer. Esfrego o carro com tanta força que não ficaria surpreso se conseguisse arrancar a tinta.

— Isso não é da sua conta, e vou te pedir só uma vez: não chega perto da Clara, nunca mais, ouviu bem? Eu a amo, e você quase ferrou com tudo com suas merdas, então, não quero te ver perto dela de novo. Sei que a foda era boa, e está chateada por isso, mas me esquece, Jaqueline, não estou mais disponível, entende.

Ela me olha espantada e arqueia as sobrancelhas.

— E você acha mesmo que essa patricinha metida a besta quer algo com você que não seja diversão? Achei que fosse mais esperto, Carlos. Se enxerga! O pai dela é cheio da grana, ele não vai querer a filha com qualquer um que não tenha o mesmo padrão de vida dele. Você está sendo burro, ela está te enrolando direitinho, quando cansar de se divertir com a boa foda que você proporciona e chegar a hora de se casar, vai procurar um playboyzinho como ela e não um policial assalariado. Você viu bem o tipinho que estava com ela naquele dia? Se eu fosse você, teria aproveitado a ocasião e me livrado dela, sairia por cima.

Escuto cada palavra com um ódio que nunca senti antes. Claro que não, a Clara não é assim, me ama, por isso está comigo, sei que sim.

Sabe mesmo, Carlos?

— Vai fazer inferno junto com o capeta, Jaqueline, lá que é lugar disso! Eu não te pedi nenhuma opinião, já estou de saco cheio de olhar pra sua cara. Não existe nada pior do que inveja; além disso, você está sendo ridícula. Sai da minha frente! — grito a última frase extravasando um pouco da minha raiva. Ela se assusta com meu grito e me encara de cara feia.

— Depois não vem me pedir colo, lindo, e não diz que não avisei — diz com deboche.

Odeio isso.

— Não se preocupa, o seu colo é o último que eu pedirei, agora vai caçar uma louça para lavar.

Ela se vira e joga os cabelos, parecendo revoltada. Continuo lavando o carro e nem olho na direção dela.

Estou sentado na sala, checando alguns e-mails, e olho a hora. Já são três da tarde, a Clara já deve estar em casa, mas nem sequer enviou uma mensagem.

Pego o celular e ligo para ela. Chama até cair na caixa de mensagens. Envio mensagem, que também não responde. Por que não me atende? Ligo mais três vezes e nada. Levanto e pego uma cerveja na geladeira, morrendo de saudade da Clara. Nem parece que passou a noite comigo e faz apenas poucas horas que nos vimos. Minha vontade é ir até sua casa só para vê-la, nem que seja por alguns minutos, mas não posso, ela ainda não contou ao pai sobre o nosso namoro. Sei que combinamos de esperar até as férias, mas o que posso fazer se sinto sua falta? Estou sendo privado de vê-la quando tenho vontade, tem que ser sempre quando ela pode, e isso está me tirando do sério. Ela podia pelo menos atender o telefone, droga!

Já são 18h30 e eu continuo ligando incessantemente e nada de ser atendido. Tomo mais uma cerveja, já estou na décima latinha e nada me distrai, é da Clara que eu preciso. Que se dane, vou à sua casa, não estou nem aí se o pai dela sabe do nosso namoro ou não.

Meu celular começa a tocar em cima da mesa de centro. Pego-o, apres-

CRISTINA MELO

sado. Porra, até que enfim ela lembrou que eu existo.

— Oi, amor, tudo bem? Me ligou?

Porra, que pergunta, será que não viu um milhão de chamadas minhas em seu celular?

Falar com ela não diminui em nada minha insegurança e frustração e, quando desligo, sem pensar, jogo o celular na parede, descarregando minha raiva nele.

Merda, por que eu tenho que amá-la desse jeito? Pego outra cerveja e vou para fora. Preciso pegar um ar, respirar e entender um pouco como cheguei a esse ponto; mulher nunca foi problema para mim. Sento no meio-fio e fico olhando para o nada, enquanto tomo minha cerveja.

— Uau! Problemas no paraíso? — Ouço aquela voz, que se tornou uma tortura aos meus ouvidos.

— Volta para o inferno, Jaqueline! — exijo, e ela dá uma gargalhada.

— Estou vendo que acertei em cheio, hein, e você descobriu bem rápido.

Passo a mão pelo meu cabelo e respiro fundo para não fazer merda.

— Some daqui, já disse que não quero nada com você, nem que fosse a última mulher deste mundo. E não me dirija mais a palavra, você é maluca, cheia de inveja e maldade. Eu amo a Clara, porra, a Clara! Ouviu bem? Me deixa em paz!

Ela me olha assustada com meus gritos. Levanto, entro e bato o portão na sua cara.

Foda-se, ela pediu isso, nem na minha calçada eu posso ficar que ela vem me perturbar. Vou para a cozinha e viro mais uma lata de cerveja. Olho a hora, vendo que já são onze da noite. Só quero a minha loirinha aqui comigo, só isso.

Vou para o quarto, me deito na cama, pego o travesseiro e sinto seu cheiro.

Como eu te amo, Coração, não me engana, não faz isso comigo.

Repetindo isso como um mantra, caio no sono, embalado pelo cheiro dela no travesseiro e pela grande quantidade de álcool que consumi.

— Seu desgraçado, como teve coragem de fazer isso comigo?!

CAPÍTULO 13

CARLOS

Porra, acordo com gritos e com vários tapas pelo corpo. Que merda é essa?

Abro os olhos e vejo minha loirinha. Ela me estapeia e me xinga furiosa. Eu, por reflexo, seguro suas mãos.

— Seu canalha! Miserável, cretino! Como teve coragem de fazer isso comigo?

A primeira pergunta que me faço é: do que ela está falando e por que está me batendo? E depois me pergunto como veio para cá e por que não me disse que viria. Eu estava morrendo de saudades, ela podia ter me dito que viria. Teria ficado mais tranquilo e iria buscá-la.

— Coração, está tudo bem? Por que estou apanhando? — Em pé agora, na sua frente, seguro-a, parecendo uma fera. Nunca a vi desse jeito, será que ficou chateada com o que falei no telefone?

— Você é um filho da puta! Ainda me pergunta por que estou assim? Eu te odeio! — esbraveja e não para de se debater, seus chutes me atingem em cheio, está toda vermelha de raiva.

— Porra, Clara! Para de me bater e me explica por que está assim.

Para na hora e me encara, o olhar cheio de ódio.

— Eu deveria ficar feliz e achar normal chegar aqui e ver essa piranha na sua cama? — exige em um tom baixo e mortal.

Eu, que estava de costas para a cama, a solto e me viro bem devagar. Quando vejo a Jaqueline, erguida sobre os cotovelos, coberta com meu lençol, quase tenho um infarto. Ela sorri para mim, enquanto permaneço paralisado em meu lugar. Como essa vagabunda entrou aqui? Fico de lado e olho para a Clara, sem saber o que dizer. Meu corpo treme por inteiro, ainda estou tentando lembrar e entender o que está acontecendo. As lágrimas escorrem pelo rosto da Clara, porém ainda estou travado em meu lugar. Isso é um pesadelo! Claro que é! Começo a bater em meu rosto para acordar.

— Eu te dei tudo de mim, Carlos. Tudo, e você jogou fora. Por que fez isso comigo? — exige num fio de voz que só transmite dor.

— Meu amor, eu juro por tudo que é mais sagrado, estou tão em choque quanto você... Não sei como essa mulher veio parar na minha cama. — Tento me aproximar dela, e ela se afasta.

CRISTINA MELO

— Dessa vez não tem como negar, Carlos. Não tenho como acreditar em você! Ela está nua, na sua cama, e não em pé no portão! Apenas não me procura mais, esquece que eu existo — pede e parece estar no automático, suas lágrimas não param de cair, e agora sinto as minhas caindo também.

De repente, o medo e principalmente o ódio me dominam. Essa miserável está conseguindo ferrar com a minha vida. Vou para cima dela com tudo.

— Fala para ela, sua desgraçada. Conta logo que isso é uma armação sua! Eu não sei como entrou aqui, mas você vai dizer agora, e na frente da Clara, que não tenho nada com você! Fala pra ela, porra! — exijo, e me responde com uma cara de deboche e, sem se intimidar, nega com a cabeça.

— Eu não vou mentir, Carlos — diz virando-se para Clara: — Eu te avisei, querida. — Desgraçada!

— Coração, olha pra mim. Não sei como ela entrou aqui, está se vingando de mim porque a dispensei e disse que você é a mulher da minha vida e é só você quem eu amo e quero. Não acredita nessa mentira e encenação ridícula.

— Deixa essa patricinha pra lá, Carlos.

Meu ódio agora predomina e me domina. Vou em direção àquela vagabunda e a puxo pelo braço, a arrastando com toda força.

— Você vai sair daqui agora, sua ordinária!

A Clara arregala os olhos com minha atitude, e eu continuo arrastando Jaqueline pela casa.

— Ai, está me machucando!

Abro a porta da sala, depois o portão, e a incentivo a sair do jeito que está: pelada. Não a deixo pegar roupas, não era pelada que queria estar? Alguns vizinhos estão passando e ficam olhando a cena, curiosos.

— Arruma alguém para te foder, porque eu estou fora! — grito e ela fica lá, tentando se esconder, então entro e bato o portão com toda força.

Chego na sala e vejo a Clara sentada, com a cabeça baixa, chorando muito. Meu coração está despedaçado. Ela não pode acreditar nisso.

— Meu amor, olha pra mim — imploro, ajoelhado na sua frente, tentando tirar o cabelo do seu rosto. Minhas lágrimas não param de cair ante a ideia de perdê-la. Continua com a cabeça baixa, e chora copiosamente, chega a soluçar.

— Por quê, Carlos? Por que fez isso? — pergunta, e seus olhos encontram os meus, seu rosto só tem sofrimento.

— Acredita em mim, eu não fiz isso! Nem que quisesse, conseguiria te trair, pois meu corpo só quer o seu. Juro pelo que você quiser, eu não transei com a Jaqueline, ela armou tudo. Nem sei como entrou aqui... Ficou me provocando o dia todo, e à tarde, depois de te ligar, estava sentado lá fora, tomando uma cerveja, e ela veio falar merda pra mim, então dei um fora nela. Como eu disse que te amo, e se sentiu ofendida pela minha rejeição, com certeza armou isso. Vou descobrir como, mas ela armou! Só me lembro de ter te ligado e estar com muitas saudades suas e frustrado por não poder te ver; até quebrei meu celular. Depois fui para o quarto e dormi, foi isso que aconteceu, acredita em mim, pelo amor de Deus!!

— Sua frustração foi tanta que logo arrumou uma piranha e colocou na sua cama? Eu não vou cair na sua conversa dessa vez, Carlos. — Limpa um pouco das lágrimas.

Meu medo de ficar sem ela está muito além de pânico. Acho que nem existe uma definição no dicionário para o que estou sentindo agora.

— Pelo amor de Deus, coração. Acredita em mim, eu não faria isso com você, meu amor! Não acredita nessa merda. — Coloco as mãos em suas pernas, e ela as retira. O fato de não poder tocá-la me destrói e me causa uma dor absurda.

— Eu te amo tanto, Carlos! — declara, e meu coração pula de alegria. — Mas eu juro, pela minha mãe que nunca conheci, mas que amo demais, que vou arrancar esse amor do meu peito. Custe o que custar, eu vou te esquecer. — Me olha o tempo todo ao fazer essa promessa, e não sei o que lhe dizer. Meu choro agora é descontrolado, enquanto ela já não derrama mais nenhuma lágrima.

— Eu te juro, meu amor. Eu sou inocente, não fiz isso com você! Você é e sempre vai ser a única mulher que amei na vida. Deixa eu te provar que ela armou isso?

— Eu sinto muito, Carlos. — Nega com a cabeça. — Você procurou isso, te avisei. Não vou te dar outra chance para fazer a mesma coisa, estou fora! Ninguém nunca teve o que te dei, Carlos, mas a gente aprende com a dor, e eu vou aprender. — Começa a se levantar, mas não deixo, coloco as mãos em seu rosto.

— Não, não... Eu não vou deixar você fazer isso, meu amor! Você é a minha vida, não vou mais conseguir viver sem você. Me escuta, eu nunca precisei tanto de alguém como preciso de você... Não te traí, Clara, acredita em mim — declaro em total desespero. Ela me olha e vejo um desprezo insuportável em seu olhar. Se esquiva de novo do meu toque.

— Nunca mais toca em mim! Acabou! — Ela me empurra, levanta, pega sua bolsa e vai em direção à porta. Eu me levanto e vou atrás dela.

— Me escuta! Você não pode ir embora assim, não acabou nada. Eu sei que me ama, assim como eu também te amo, meu amor, não faz isso! — Seguro seu braço, tentando convencê-la. Clara para, olha para o braço e depois para mim.

— Já disse para não tocar em mim. E eu vi como você me ama, mas agora isso não me interessa mais. Você pode ter certeza que esse amor, que até poucos minutos atrás era seu, nunca mais será. Nem que eu tenha que arrancar meu coração do peito, vou te esquecer. Agora pode parar de fazer cena, pois não vai colar dessa vez. Tenho nojo de você!

Meu coração se aperta com sua declaração. Sei que está falando isso porque acha que eu a traí, mas o medo de ela manter a sua palavra me tira todo o raciocínio.

Ela se solta e abre a porta. Fica parada por uns segundos, de costas para mim. Ainda estou sem saber como convencê-la da minha inocência. Clara respira fundo, ainda com a mão na maçaneta, e se vira para me olhar.

— Agora entendi o porquê da desconfiança ao telefone: é que quando sabemos que a cobra tem veneno, ficamos com mais medo ainda de ser picados. Ou seja, seu medo era de que eu estivesse fazendo com você a mesma coisa que fazia e fez comigo. Mas, para seu azar ou sorte, eu nunca faria isso com você, pois te amei desde o primeiro momento em que te vi. Só que esse amor você nunca mais terá, eu te garanto!

Não consigo dizer nada com sua declaração, fico paralisado vendo a mulher da minha vida me abandonar. Clara sai, batendo a porta. Ainda estou parado, sem saber como ficarei sem ela.

— Clara, espera! — Abro a porta no momento em que ela está abrindo o portão. Ela se vira e me olha. — Não faz isso, meu amor, não me deixa, porra, acredita em mim! Eu não fiz isso!

Ela balança a cabeça em negativa e abre sua bolsa.

— Sua chave. — Joga em cima de mim, e a pego por reflexo.

— Essa chave é sua, meu amor, para com isso, por favor! — imploro, ela respira fundo e olha para cima. Parece querer evitar que as lágrimas caiam.

— Eu sinto muito, Carlos. Traição não dá para perdoar.

Vou para cima dela e a agarro. Ela se debate, mas eu continuo a abraçando e a beijo, preciso fazê-la sentir como a amo. Uma das minhas mãos envolve sua nuca e a outra, seu corpo bem junto ao meu. Ela continua se debatendo e eu continuo beijando-a, até que morde minha boca e me dá um soco na costela.

— Droga, meu amor! — Onde ela aprendeu a bater assim? Lembro do Gustavo. Claro que isso é coisa dele.

— Nunca mais toque em mim! — Ela me olha com fúria e limpa bem rápido uma lágrima que teima em cair. Clara se vira, abre o portão, mas seguro o seu braço de novo, impedindo-a de partir.

— Pelo menos deixa eu te levar para casa, já está muito tarde para ir sozinha. Prometo que não falo mais nada, mas deixa eu te levar, vou ficar mais tranquilo, por favor — imploro num fio de voz.

— Eu quero que você e sua tranquilidade vão para a puta que o pariu! — Puxa seu braço com força e sai pelo portão como um furacão, deixando-me com cara de idiota.

Volto para dentro correndo, coloco uma bermuda e uma blusa, pois eu ainda estava de cueca, pego minha pistola, carteira e saio correndo. Estou muito preocupado com o fato de ela ir embora sozinha nesse estado. Subo em minha moto e vou a toda velocidade para a rua. Quando ela sai do condomínio, sigo em sua direção. Aproximo-me dela, que continua andando.

— Deixa eu te levar, coração? — Estou andando com a moto ao seu lado, e ela nem me olha ou sequer me responde, só continua em seu caminho, parece que eu nem estou aqui.

Minutos depois, ela faz sinal para um táxi e entra nele, ainda sem me olhar.

Meu coração está destroçado. Se ela não me aceitar de volta, eu sei que não conseguirei mais colar esses pedaços.

CAPÍTULO 14

Clara

Assim que entro no táxi, desabo no banco do veículo.

Como ele pôde fazer isso comigo? A cena dele na cama com aquela mulher não sai da minha cabeça. Maldito! Eu nunca me senti do jeito que me sinto agora; a dor que me consome é insuportável, parece que meu peito está sendo esmagado por uma tonelada. Todo o meu medo se torna real; ele é igual ao meu pai, nem somos casados e já me traiu.

Ele não podia ter feito isso, nunca terá meu perdão. Meu choro sai sem controle, e o motorista me entrega uma caixa de lenços de papel. Eu nem consigo agradecer, só os pego e começo a limpar um pouco das lágrimas. Como fui burra, não vi os sinais, aquele mentiroso infeliz me enganou direitinho. Todos dizem que o amor nos deixa cegos, agora tenho certeza disso. Nunca mais ninguém me enganará da mesma forma, e eu não me entregarei a ninguém como me entreguei a ele, juro! Não vou deixar que outra pessoa me faça de idiota.

Vai passar, um dia essa dor tem que passar. Agora irei me dedicar à faculdade, serei a melhor engenheira que se pode ser e deixarei meu pai orgulhoso, ele verá meu valor; vou enterrar essa dor dentro de mim, tentar fingir que Carlos, nunca existiu, é isso que vou fazer. Não passarei pelo mesmo que minha mãe passou, não vou deixar que façam comigo o que meu pai fez com ela. Sua dor e desespero devem ter sido tantos que não viu outra saída a não ser abandonar tudo o que a fazia mal, mesmo que isso significasse abandonar Gustavo e a mim, ainda um bebê. Não vou deixar que ninguém me deixe chegar a esse ponto: eu tenho o controle da minha vida, e o poder de decisão sempre será meu; não formarei uma família com esse tipo de homem. Não mesmo!

Ainda bem que não o tinha apresentado à minha família; será mais fácil esquecê-lo sem perguntas e cobranças. Não quero vê-lo nunca mais.

— Fica calma, moça, eu sei que agora parece ruim, mas garanto que isso passa. Você é muito bonita e muito nova, tem tudo pela frente, acredita em mim, não vale a pena — o taxista fala comigo, acho que quer me consolar um pouco, pois vê meu sofrimento e desespero.

— Obrigada, mas dói muito — respondo entre um soluço e outro.

— Eu sei, minha filha, mas essa dor não é eterna e vai passar, você só tem que olhar mais para si e ver o que realmente vale a pena, e se ele te fez sofrer do jeito que está sofrendo, não deve estar nessa lista. Pensa nisso, tem uma fila de carinhas por aí que vão ficar radiantes em te fazer feliz. Acima de qualquer coisa, temos que nos amar em primeiro lugar. Pensa que amanhã vai ser outro dia e o sol vai voltar a brilhar de novo. Mesmo que o dia esteja fechado e ele não apareça, sempre está lá.

Eu realmente quero acreditar que seja tão fácil assim, que encontrarei um cara honesto, fiel e que me ame de verdade, mas sei que não é, e sei também que não será nada fácil esquecer Carlos. Confirmo com a cabeça; mesmo nunca tendo me visto na vida, sinto sua preocupação.

Não estou conseguindo controlar as lágrimas, juro que não quero mais chorar, mas não consigo parar.

Dez minutos depois, o táxi encosta em frente ao meu prédio. Agradeço, pago a corrida e desço do carro. Vejo Carlos parado em sua moto, me olhando. Viro a cabeça na hora e entro no meu prédio, fingindo que não o vi. Já não basta a merda que fez comigo? Agora ficará me seguindo? Ele escolheu; só espero que me deixe em paz, porque me amar, sei que não me ama, pois quem ama não trai – então, ele que se dane.

Chego ao meu quarto e desabo em cima da cama. Eu fiz uma promessa a mim mesma: chorarei tudo o que tenho para chorar essa noite, e amanhã seguirei com minha vida, e tentarei esquecer cada minuto que passei ao seu lado. Isso me serviu de lição e exemplo, nunca mais permitirei que um canalha como ele me engane.

De acordo com a promessa que me fiz há pouco, não consigo parar de chorar, e já não sei mais de onde saem tantas lágrimas. A dor de sua traição e de saber que eu nunca mais o terei em minha vida é muito grande, e a todo momento aquela cena volta à minha mente com toda a clareza – parece que vivo tudo de novo, desde o momento em que fui ao seu encontro.

Três horas atrás...
Saio de casa ainda sem entender o porquê da atitude do Carlos ao telefone. Ele não pode pensar isso de mim, eu o amo como nunca amei em minha vida, e o fato de não estar atendendo o telefone está acabando comigo.

Será que ele desligou por não querer mais falar comigo?

Ele já tinha entendido e aceitado falar com meu pai e com o Gustavo nas férias, não sei o porquê de estar agindo assim, se quando me deixou na faculdade de manhã estava tão feliz e animado. Não vou nem conseguir dormir essa noite se não esclarecer isso; não posso deixar que duvide do meu amor, nem por um segundo.

Só posso pensar que isso seja efeito da bebida, já que admitiu que estava bebendo. É loucura que, depois de passarmos um domingo e uma noite maravilhosa, esteja sentindo essa insegurança sem cabimento.

Chego ao seu condomínio quando o relógio já marca meia-noite. Abro seu portão com minha chave recém-adquirida – ele me presenteou com uma cópia no sábado. A porta da sala está só encostada e a luz da sala está acesa.

— Amor. — Vou até a cozinha e não o encontro, então sigo para o quarto, e quando abro a porta, meu coração quase sai pela boca de tão acelerado; eu juro que até escuto o som de suas batidas. O desgraçado está na cama com aquela piranha!

Ele dorme de lado, de costas para ela, que parece estar nua, só com o lençol por cima do seu corpo. O mesmo lençol com que eu me cobri, a mesma cama em que fizemos amor essa manhã. Maldito! A raiva me domina de uma maneira que me deixa insana. Por um momento fico paralisada, fecho e abro os olhos por várias vezes em alguns segundos, na esperança de que a cena diante de mim mude. Um nó gigantesco se forma em minha garganta; estou tremendo da cabeça aos pés e sinto um líquido quente escorrer por minha face. Coloco os dedos sobre o rosto e percebo que são minhas lágrimas que caem descontroladas. Ele me jurou que nunca faria isso, me disse que eu era única em sua vida e que me amava. Meu peito parece que vai explodir com uma dor aguda que vem de dentro para fora.

— Por quê, Carlos? — faço a mesma pergunta repetidas vezes, com um tom quase inaudível que nem reconheço como meu. Não sei quanto tempo exatamente estou aqui em pé olhando essa cena que embrulha meu estômago cada vez mais. De repente o nojo e a paralisia dão lugar ao ódio, e começo a xingá-lo com todas as minhas forças.

— Canalha! Cafajeste! Babaca! Imbecil, estúpido!!! Eu te odeio, desgraçado!!! — A puta logo acorda e erguendo-se sobre os cotovelos e fica me encarando com um sorriso de lado, debochando. A piranha bem que tentou me avisar, e eu, apaixonada, não quis enxergar que dizia a verdade, preferi acreditar no que me agradava mais.

Meu mundo desaba nesse momento, pois vejo que tudo que vivi até aqui foi uma grande mentira.

Vou para cima dele e começo a lhe dar vários tapas e socos. Ele se levanta num pulo e faz uma cara de assustado. Atorzinho de merda! Foi logo se consolar nos braços dessa piranha, eu o odeio! Bato com todo o meu ódio, ele nunca mais me enganaria, e esse amor que até agora só me cegou não me dominaria mais, não seria infeliz como minha mãe foi. Não ia me deixar enganar desse jeito.

— Você é um merda! É a escória da raça humana! Projeto de homem! Um galinha de merda! Um maldito, e maldito seja o dia que te conheci!!!

Eu chorava e batia nele. Desconto minha raiva, nunca bati tanto assim em alguém, quer dizer... nunca bati em alguém. Ele me enganou da pior forma que alguém pode ser enganado, na minha opinião, traição é a pior covardia que podemos cometer com alguém que lhe entrega sua confiança e amor, como entreguei para ele.

Chego à faculdade depois de uma noite em claro. Minha vontade mesmo era nem sair de casa, mas além de ter prova, é minha última semana de aula, e eu não o deixaria estragar essa parte da minha vida também, já basta como estou destruída por dentro.

Quando saio do prédio em que fiz a prova, dou de cara com a última pessoa que queria ver no mundo.

Ele está encostado em uma parede, de frente para a porta de saída do prédio onde estou. Braços cruzados, olha fixamente para a porta. Passo por ele e finjo que não o vejo. Ele vem atrás de mim.

Essa não, já não basta o que me fez passar ontem? Agora vai ficar me atormentando? Será que não enxerga o quanto me fez sofrer?

— Clara, pelo amor de Deus! Nós precisamos conversar, eu não preguei o olho essa noite, você não pode acreditar naquela merda!

Que coisa! Coitado! – penso com desdém e continuo andando como se ele não estivesse aqui, não vou ser idiota dessa vez. Sei que ele ainda tem um grande poder sobre mim, mas o que vi não tem como ser negado. Como gostaria que fosse mentira, mas não é, e não posso deixá-lo me convencer disso. Apenas quero que não apareça mais na minha frente; ter que olhá-lo é muito difícil, a dor é muito grande e eu estou tentando pelo menos ficar em pé e levar essa semana da maneira que der.

— Coração, olha pra mim. — Ele me para, puxando meu braço, e em seguida me vira para ele.

Quando olho em seu rosto, minha dor fica mais forte ainda, mas não vou chorar, não posso chorar. Começo a me concentrar no ódio que sinto

CRISTINA MELO

por ele agora, para que as lágrimas não desçam; não quero dar esse gostinho a ele.

— Já disse para não me tocar! Me solta, nós não temos mais nada para conversar, me deixa em paz! Já não basta a merda que me fez?

Ele balança a cabeça em negativa. Fingido!

— Acredita em mim, eu não fiz aquilo, droga! Eu te amo!

Não caia nessa, Clara, ele é um mentiroso e um traidor.

— Não me interessa mais o seu amor, só me deixa em paz! E não me procure mais.

— Me diz como eu faço isso, Clara? Porque eu não consigo nem imaginar minha vida sem você — finge um tom de sofrimento. Deve estar pensando que esse drama vai colar de novo.

— Eu não tenho que te dizer nada, não quero mais saber de nada que diz respeito a você. Esqueça que existo! Dessa vez não tem como você negar: eu vi, Carlos! Comigo não vai funcionar mais seu jogo. — Puxo meu braço, me viro e continuo andando sem olhar para trás. Ele não insiste mais e me deixa ir.

Chego em casa e desabo em minha cama. Prometi que não choraria mais, mas quem disse que eu consigo? Dói muito, toda vez que fecho os olhos e a cena de sua traição volta.

Chega a sexta-feira, e estou fugindo até do Paulo. Não quero falar com ninguém, só preciso acabar minhas provas.

Carlos tem ido todos os dias à faculdade, e fica lá em pé, me esperando sair. Sempre finjo que não o vejo, mas Deus e eu sabemos a dor que sinto cada vez que o olho, parece que tem alguém apertando meu coração. Ele tenta se aproximar e falar comigo, mas eu não permito. Não sei, de verdade, como conseguirei esquecê-lo, se não parar de me procurar. Por mais que o ame, traição não posso perdoar, sempre deixei isso claro. Sei que se o perdoar, serei como a mulher que nunca conheci, e não quero nem de longe me tornar como ela e ter uma relação destrutiva como a que teve com meu pai. Definitivamente não deixarei que minha vida siga esse rumo.

— Clara! — É ele de novo. Como conseguirei seguir em frente, com ele me perseguindo desse jeito?

— O que você quer? — pergunto, parando no meio do estacionamento da faculdade, muito chateada e magoada. Não quero sentir o que eu sinto por ele, e estou com raiva de mim por isso.

— Vamos conversar, meu amor, deixa eu te provar que sou inocente e que nossa separação não tem sentido. Eu te amo tanto, não consigo mais fazer nada direito, até no trabalho estou desligado. Só penso em você, Clara, e você simplesmente passa por mim e finge que eu não existo. Isso não é muito adulto da sua parte, vai me ignorar para sempre? Como não consegue ver meu sofrimento, meu amor? — Passa as mãos no cabelo. — Eu não durmo mais, não tenho apetite, e nem para minha casa eu tenho vontade de voltar e ficar, pois tudo lá me lembra você. — Agora vai se fazer de vítima? Absurdo! Quero até sorrir da sua cara de pau.

— Eu não tenho mais nada para conversar com você, Carlos. Se é maduro ou não da minha parte te ignorar, não faz diferença para mim. Não quero mais saber de nada que lhe diz respeito. É difícil de entender? Foi você quem procurou isso, agora aceita, esquece que eu existo, porque não vou voltar e estou pouco me lixando para você e seus problemas. Não é da minha conta! Me esquece!

Ele volta a passar as mãos pelo cabelo e fecha os olhos. Vejo uma lágrima escapar por seu rosto, porém não vou cair nessa; vai ver, esse lance de interpretar é de família.

Viro-me e faço meu caminho sem olhar para trás. Hoje é meu último dia de aulas, mas isso não dará certo se ele continuar me procurando e falando essas coisas; não sei se resistirei por muito tempo. Apesar de saber que mente, eu o amo, isso eu não tenho como negar. Está sendo muito difícil me manter firme e não cair em sua teia, mas sei que se passar por cima disso, ele fará de novo, pois como aquela piranha falou, não é homem de uma mulher só. Até consigo entender por um momento como algumas mulheres vivem sendo enganadas o resto da vida: esses cafajestes são quase irresistíveis, mas tenho que ser forte e escolher uma vida melhor do que a que minha mãe deve ter tido. Se o aceitar agora, é o mesmo que aceitar minha prisão perpétua de sofrimento e desconfianças.

Esse filho da mãe me deixou totalmente de quatro por ele, eu nunca serei de outra pessoa como fui dele. Disso tenho certeza.

Chego em casa e a tarde se arrasta, já que as provas acabaram e eu não tenho mais nada para estudar. Conclusão: nada para me distrair dessa dor que chega a me sufocar. Como sinto a falta dele... Não quero, mas sinto. Isso é assustador.

Pego meu celular, e só agora percebo que não mexi mais nele e nem liguei para ninguém desde segunda-feira. Está até sem bateria. Coloco-o para carregar, pois vou ligar para a Júlia, preciso conversar com alguém e me distrair um pouco, senão ficarei louca. Eu estou quase fazendo uma loucura e indo atrás dele, mas sei que essa ideia louca não tem cabimento algum, pois isso seria assumir papel de corna para sempre.

Olha só a merda que estou pensando? Preciso ocupar minha mente de alguma forma ou tenho certeza de que será exatamente isso que eu farei: ir até ele. Já não sei o que dói mais: sua traição ou não o ter. Que poder é esse que ele tem?

Para com isso, Clara! Está ficando louca? Claro que a traição dele é o que te dói mais, e você não vai se rebaixar a esse ponto, ele é um tremendo de um canalha, não te merece.

Mas como eu vou conseguir ficar longe, com ele tão perto e me procurando o tempo todo? Estou parecendo uma viciada, sei que a droga não me faz bem, mas não consigo ficar sem ela.

Calma, Clara, se você é uma viciada, só está tendo uma crise de abstinência, e isso passa com o tempo. Mas, e o tempo que não passa? Como vou conseguir?

Ligo para a Júlia:

— Oi, Ju, está podendo falar? — Escuto uma música ao fundo.

— Posso sim, pode falar, amiga.

— Podemos fazer alguma coisa hoje? Eu preciso me distrair e conversar um pouco, pode ser?

Fica muda por um tempo. O que está havendo com ela?

— É que estou indo viajar agora, amiga. Na verdade, já estou no caminho. — Como assim, indo viajar? Caramba, estou ferrada!

— Poxa, nem me chamou, né? — digo chorosa. Uma viagem agora viria a calhar.

— Desculpa, Clara, estava tentando falar com você e não conseguia, e o Paulo me disse que também não tem te visto. Além disso, como você está namorando agora, achei que não viria. — O quê? O Paulo disse a ela? O que eu perdi?

— O Paulo te disse? Estou boiando em alguma coisa, Ju? — Sinto que fica nervosa do outro lado da linha.

— Então, nós estamos ficando...

— Namorando, Clara. — Escuto o grito do Paulo. Que loucura!

— Namorando, amiga. Eu juro que tentei te contar, mas não consegui falar com você. Não fica chateada comigo, por favor — pede, parecendo sem graça e toda chorosa, enquanto estou em estado de choque e êxtase ao mesmo tempo. Essa me pegou de surpresa.

— Que máximo, Ju! Estou muito feliz por vocês, meus dois melhores amigos juntos, isso é perfeito! — Ouço quando ela solta o ar com força.

— Jura que não está chateada? — pergunta, ainda preocupada.

— Claro que não, sua doida! Eu torço muito por vocês e espero de verdade que dê tudo certo. E eu quero ser a madrinha, não esquece.

Ela sorri do outro lado, e eu estou muito feliz que tenha dado certo para eles, os dois se darão muito bem, tenho certeza.

— Obrigada, amiga, e quando eu voltar, marcamos alguma coisa. — Seu tom agora é mais tranquilo.

— Está bem, me liga. Ah, dá um beijo no Paulo por mim e aproveita muito. Beijos. — Desligo o telefone. E agora? Meu plano foi por água abaixo.

Resolvo ir à aula de pilates, faz quase uma semana que não vou. Tenho que arrumar algo para fazer ou vou pirar.

Chego mais relaxada ao meu prédio depois de uma hora e meia de aula. Quando estou quase entrando na portaria, sou puxada pela cintura e meu corpo é colado a um que eu conheço muito bem. Ainda estou de costas, mas sinto como sua respiração está alterada. Ele me cola mais ainda ao seu corpo, deixando-me sem ação. Como eu iria me livrar desse jeito, se a toda hora sou tentada?

Uma de suas mãos coloca meu cabelo para o lado e sinto em seguida o beijo no pescoço. Carlos me vira de frente para ele, e me sinto muito enfraquecida. Permito que me conduza até um canto da rua, suas mãos tocam meu rosto, e ao olhar em seus olhos, percebo como está abatido. Envolve minha nuca com uma das mãos, enquanto a outra envolve minhas costas, me travando a ele, então sou engolfada pela saudade.

— Meu amor, eu vou ficar louco sem você. Não faz isso, volta pra mim, aquilo é uma grande mentira, acredita em mim, coração.

Está tremendo, e seu tom embargado transmite apenas emoção e desespero; mesmo assim, é incapaz de admitir seu erro e teima em negar o que eu vi. Como eu confiarei nele desse jeito? Ele não confessa a merda que fez, pode até ser que esteja arrependido, mas amor sem confiança não adianta de nada, pois eu, por mais que o ame, não confiarei nele de novo. Isso não dará certo, pelo menos comigo não irá funcionar. E nada me tira da cabeça que, assim que estiver seguro, fará novamente. Deito minha cabeça em seu ombro, lamentando o futuro perdido e me embriagando do seu cheiro pela última vez. Ele aprofunda o abraço e absorvo a sensação de segurança por alguns segundos, me despedindo dele para sempre, então volto a mim e tento me afastar.

— Me solta, Carlos! Eu não vou voltar pra você, entenda isso. Foi você quem procurou, droga! Queria ver se fosse ao contrário, se acreditaria em mim. Me responde, acreditaria? — revido, e ele parece pensar por um segundo, me encarando bem sério.

— Eu não posso nem imaginar você na cama com outro, Clara. Eu sei que não é fácil, mas aquela desgraçada armou pra mim, meu amor. Sumiu, não aparece desde que a coloquei para fora, a casa dela está trancada.

— Não me interessa o paradeiro daquela piranha! Você perdeu o resto da noção em me dizer isso, só pode.

Arregala os olhos.

— Não, meu amor, estou tentando dizer que ela vai ter que esclarecer essa merda toda e te dizer que eu sou inocente, mas não sei onde encontrá-la.

Minha raiva vem com força total.

— Dane-se, Carlos! Eu quero que ela exploda! Não quero mais ouvir falar dessa vagabunda, entenda isso! Ver você na cama com ela já foi o suficiente para mim. — Tento me afastar dele, mas ele me puxa e não me dá espaço para que me afaste. — O mínimo que você poderia fazer agora é respeitar minha decisão, Carlos. Não sou aquela piranha e não gosto de dividir o que é meu.

Ele balança a cabeça em negativa.

— É isso que quero que entenda, meu amor, você não tem que dividir nada, eu sou seu, só seu — declara, e meu coração pula em meu peito. Não posso cair nessa, mas cada vez fica mais complicado resistir, ainda mais assim, com ele tão perto.

— Eu não tenho que entender nada, Carlos, não quero mais, acabou. Não vou conseguir levar isso adiante, te juro que queria ser diferente, mas não posso, não dá mais. Só te peço que entenda e me deixe em paz. Então, me deixa seguir com minha vida e siga com a sua.

CAPÍTULO 15

CARLOS

Só quero entender como seguirei com minha vida sem ela.

Não sei mais o que fazer, ela está irredutível. Como não consegue enxergar que estou sofrendo feito um louco? Que minha vida perdeu completamente o sentido desde que saiu pela porta da minha casa, me acusando de uma coisa que não cometi, sendo que nem sequer conseguia pensar em traí-la. E, de repente, o desespero em meu peito dá lugar à indignação. Por quantas vezes terei que ficar provando meu amor? O que mais poderei fazer para dar a ela a certeza de que é a única na minha vida?

Ela preferiu acreditar, mais uma vez, na palavra da Jaqueline do que na minha. Será que realmente eu conseguirei viver assim? Sem a confiança da pessoa que amo, minha vida se tornará um inferno. Tive um passado de muitas mulheres, sim, nunca fui santo, mas porra, pela primeira vez estou sendo sincero, e isso não está valendo de nada. Mesmo me humilhando e rastejando aos seus pés, e sendo inocente dessa vez, ela é incapaz de ver isso.

Não consigo trabalhar, estou sem comer, dormir, nem sei mais quem sou sem ela, estou completamente destruído. Não sei como e onde me acharei novamente.

Isso está me cansando e me irritando. Sei que não será fácil, eu nem sei se conseguirei não vir mais atrás dela, mas não posso mais lutar contra isso. Solto-a e me afasto um pouco; seus olhos me encaram surpresos e os prendo aos meus, para que veja que estou sendo sincero.

Ela não podia fazer isso com a gente, comigo, com o nosso amor. Uma tristeza profunda me abate; cansei. Sei o que fiz, o que sinto e nada vai mudar isso. Já não há o que fazer, a decisão agora é dela.

— Clara, eu não tenho mais o que te dizer. Se o que você vê em meus olhos não é o suficiente para você, sinto muito — declaro num fio de voz, tentando encontrar o pouco de força que me resta.

Ela pisca várias vezes, acho que não está entendendo minha mudança. Nunca na minha vida implorei nada, e eu estava implorando o seu perdão por um erro que nem sequer cometi, mas agora acabo de chegar a uma conclusão: será que vale a pena? Continuo encarando-a, e ao mesmo tempo em que espero sua resposta, tento convencê-la do meu amor com os olhos.

— Eu sinto muito, Carlos, mas nada vai mudar. Não posso, não dá mais.

CRISTINA MELO

Eu confirmo com a cabeça, e aquela dor aguda em meu peito aumenta. Clara apenas se vira e faz seu caminho até o portão, e de mãos atadas e sem nenhuma esperança, eu a observo entrar em seu prédio. Ninguém nunca morreu de amor, e eu não serei o primeiro.

Monto em minha moto para voltar para casa e acelero, pilotando como um louco. Ela acabou com tudo, mas nenhuma mulher ocupará o seu espaço.

É a única certeza que tenho.

CAPÍTULO 16

Clara

Chego ao meu quarto em total desespero. O que foi aquilo lá embaixo? Ele só pode estar mudando a tática de jogo, se fazendo de pobre coitado para que eu tenha pena dele.

Mas como consegue mentir tão bem assim, olhando nos olhos? Eu não sei como seus olhos ainda podem me passar tanta verdade, quando tenho certeza de que não é sincero, pois eu vi a sua traição. Caramba, ele é bom nisso! Está fazendo com que eu duvide dos meus próprios olhos.

De uma coisa tenho certeza: se continuar a vê-lo, não sei se resisto da próxima vez. Eu preciso dar um jeito de não vê-lo nunca mais ou pelo menos por um tempo. Mas como, se é ele quem vem atrás de mim? Mas depois do que declarou lá embaixo, tenho minhas dúvidas se ainda irá aparecer.

É claro que vai, Clara, você está caindo nesse jogo igual a uma patinha. Ele é experiente, está armando o bote, e você vai cair.

Não posso, como vou fazer para evitá-lo? Ele me cerca na faculdade, na minha casa, não tenho como fugir. Estou andando de um lado para o outro e nada me vem à mente. Eu poderia fazer uma viagem pela Europa, mas não quero largar a faculdade, não posso deixar meus compromissos de lado e nem deixá-lo estragar meu objetivo de vida. Então, uma ideia louca me vem à cabeça.

Será? Pode dar certo, eu só preciso conversar com a Dani primeiro. Achei loucura e muito corajoso de sua parte largar tudo por conta de um amor, quando me disse que iria para o Sul, mas agora estou considerando fazer a mesma coisa. Claro que será numa situação oposta à dela, pois vai para lá com seu amor, e eu, para fugir do meu e de mim mesma. É a única solução em que consigo pensar.

Eu quase não vejo meu pai, mesmo morando com ele. O Gustavo é a pessoa de quem mais sentirei falta, amo muito meu irmão, e será bastante difícil ficar longe dele, apesar de que ultimamente quase não temos nos visto por falta de tempo. Mas a segurança que sinto em saber que a qualquer hora poderei vê-lo não vai existir, estando longe. Isso é o que mais está pesando para mim, nunca fiquei distante dele por muito tempo. Minhas tias também me farão falta. Mas preciso desse tempo, vai ser bom para mim, morar sozinha e ter minha independência. Pelo menos lá eu já terei dois amigos e não me sentirei tão sozinha. É isso: tenho que ir embora, pois se eu ficar, sei que vou acabar caindo no papo do Carlos mais uma vez; nem sei como ainda estou resistindo.

Pego o celular e ligo para a Dani. Depois de quarenta minutos ao telefone com ela, decidi que irei amanhã mesmo com eles. Vão de carro, para levar algumas coisas. Como estou de férias mesmo, aproveito para verificar a transferência da faculdade e ver um apartamento para morar, pois não poderei ficar com eles muito tempo, já que não quero atrapalhar. Agora me resta descer e encarar o Sr. Olavo, e que Deus me ajude!

— Pai? Posso entrar? — pergunto da porta do seu escritório.

— Claro, filha, eu já terminei aqui.

Entro e me sento à sua frente, sem saber por onde começar.

— Então, pai, eu estou de férias na faculdade, e como uns amigos vão para o Sul, estou querendo ir com eles. São a Dani e o Vítor, já vieram aqui umas duas vezes.

Ele me olha desconfiado, pois não sou de pedir permissão e, sim, de comunicar.

— Olha, filha, se você está de férias e vai com amigos, não vejo motivos para não ir. Você tem o seu cartão, e qualquer despesa extra que não consiga arcar é só me avisar. Você vai ficar quantos dias? — Ai, ai, essa pergunta agora vai estragar tudo, pois sou péssima para mentir.

— A princípio, uns dez dias.

— Não entendi, filha. — Enruga as sobrancelhas e me olha desconfiado. Ferrou!

— Não sei ainda, pai. Vai depender, talvez menos, talvez mais, não sei se vou gostar.

— Ah, sim, vai gostar sim, filha, o Sul é lindo, muitas coisas para conhecer, tenho certeza que vai adorar. — Sorri para mim

— Tomara, pai. — Forço um sorriso para ele. — Vou amanhã bem cedo, nós vamos de carro e volto de avião. Vítor quer ir de carro, pois a família dele é de lá e vai ficar um tempo.

— Uma aventura e tanto, minha filha, espero que se divirta, e qualquer coisa liga, a hora que for. — Ele concorda com a cabeça.

Eu assinto, me despeço e corro para o quarto para arrumar a mala.

Eu não poderia lhe dizer que iria me mudar para lá assim do nada, pois ele faria um interrogatório sem fim. De qualquer forma, tenho que voltar ao Rio mesmo, para cuidar da transferência, não quero perder nem um período sequer, preciso do meu tempo ocupado e seguir meu objetivo.

Arrumo uma mala só; não seria abusada a ponto de levar excesso de bagagem em um carro, já basta eu ter me enfiado na viagem deles do nada. Se precisar de mais alguma coisa, compro lá, é melhor, não quero ser mais inconveniente ainda.

Às cinco da manhã, me arrumo e saio de casa; combinei de encontrá--los na casa da Dani. O motorista está me levando, e agora irei traçar o meu destino. E seja o que Deus quiser, apenas espero que a distância amenize um pouco meu sofrimento, porque não consigo arrancar esse amor do peito. Quisera eu fosse tão fácil assim, mas só de não o ver, acho que facilitará um pouco mais as coisas.

CAPÍTULO 17

CARLOS

Chego em casa totalmente desesperado. Nada do que faço ou digo a convence. Juro que vou pirar sem ela, nunca mais a terei.

Nunca mais terei seu corpo junto ao meu, nem o seu sorriso, nunca mais a verei dormir, e nem o jeito dengoso e cheio de preguiça ao acordar. Nunca mais implicarei com ela por conta do seu gosto musical ou de como ficava me provocando cantando essas músicas. Nunca mais verei como ela ficava enrolando seu cabelo até pegar no sono; nunca mais sentirei seu toque que é, de longe, o melhor que já tive. Nunca mais sentirei seu corpo agarrado ao meu enquanto eu pilotava minha moto. Eu a perdi, perdi tudo isso e nem sequer tenho culpa.

— Caralho! — praguejo em meio ao meu solitário desespero.

Se eu não tivesse bebido e não tivesse caído no veneno daquela filha da puta, nada disso teria acontecido.

— Desgraçada! — estou gritando como um louco sozinho dentro de casa. Pego duas cadeiras e as quebro na parede, chuto o sofá, derrubo dois vasos de plantas na sala. Estou fora de mim, me sentindo incapaz, me sentindo privado.

Eu a amo, droga! E ela simplesmente me diz que não tem jeito, que não iria me perdoar e que a deixasse em paz. Como, porra? Se nunca amei ninguém como a amo e nunca quis tanto alguém como a quero. Como ficarei sem ela?

Soco um quadro na parede e ele cai; em seguida, caio junto com ele. Choro como uma criança, sem controle, jogado no chão da minha sala, a cabeça apoiada sobre os joelhos, e me encosto na parede.

Eu choro por sentir sua falta, choro por ser inocente, choro pelo nosso futuro que se perde e porque não sei como ficarei sem minha loirinha. Não faz nem uma semana, e parece que estou há uma eternidade sem ela. Nunca pensei que me tornaria tão dependente de alguém como sou dela.

Podem se passar cem anos, que sempre me lembrarei dela.

Fico ali, sentado no chão a noite toda. Vejo o dia clarear, e até o alvorecer me faz lembrar dela, minha Clara, meu coração. No início lhe dei esse apelido sem nem saber o porquê, agora eu sei: meu coração é dela e sempre será.

Levanto, tomo um banho, pego uma muda de roupa e entro no carro.

Entrei de férias no batalhão na quinta-feira, pois queria conciliar com as de Clara, e agora estou indo sozinho para a casa dos meus avós. O que eu falarei quando chegar lá, ainda não sei – nem sei como essa merda toda foi acontecer com a gente. Olho para o banco do carona onde ela deveria estar sentada agora, e o vazio que me invade é indescritível.

Ligo o som do carro para me distrair um pouco, e puta que pariu! A música que começa a tocar é *Vagalumes*, do Pollo. É a nossa música, eu sempre a cantava para ela, e ela me respondia com aquele sorriso lindo; não há melhor letra para descrever o que sinto por ela. Toda vez que estávamos no carro, Clara a colocava só para me ouvir cantando, e agora eu já não tinha por que cantá-la, porque ela não estava aqui para me ouvir e me presentear com seu sorriso lindo seguido de um beijo.

> (...) Eu só quero amar você
> E quando amanhecer eu quero acordar...
> Do seu lado.

Enquanto ouço a música, penso em como não faz sentido algum eu caminhar sem ela e que foi justamente a maldade que nos separou. A única coisa que eu queria era amá-la e tê-la do meu lado agora e sempre.

Chego à casa da minha família e percebo, pelos carros na garagem, que está cheia. Puta merda, espero que minha avó não tenha convocado a família para conhecer a Clara; do jeito que ela é, não duvido.

Entro pela porta da cozinha, encontrando minha avó com a mulher do meu tio e mais uma que não conheço, mas pelo falatório que vem da sala, a casa está realmente cheia.

Estou lascado!

— Olha ele aí! — minha avó constata toda empolgada. — Acabei de falar de você agora, meu filho, mas cadê a Clarinha? Chame-a para apresentá-la às meninas. Estava aqui dizendo como sua namorada é um amor de garota, não é à toa que conquistou seu coração. — Minha avó não para de falar, e estou sem saber o que dizer.

— Ela não pôde vir, vó.

Ela me olha com uma cara de decepção.

— Você é muito burro mesmo, hein, Carlos? Deixou escapar uma namorada daquelas! — Ana me julga também por algo que não é minha culpa. Nem sequer a tinha visto quando entrei, e ela, em vez de me cumprimentar e perguntar o que houve, faz como a Clara fez: me julga e dá a sentença! Por que as pessoas têm essa mania de julgar antes e perguntar depois?

— Ana! Olha como fala com o seu irmão! Isso é falta de respeito.

Nem consigo rebater a Ana, pois a situação que estou vivendo já é merda suficiente, só me viro e vou para o meu antigo quarto e fecho a porta. Já estou vendo que foi uma péssima ideia ter vindo para cá. Meia hora

CRISTINA MELO

depois, ouço uma batida leve na porta.

— Entra.

É meu tio, irmão mais novo da minha mãe, ele tem 35 anos.

— E aí, Carlos, que cara de acabado é essa? Qual o nome dela? — me pergunta, sentando na poltrona de frente para mim. Como ele sabe que eu estou assim por causa de uma mulher? Quer dizer, da mulher da minha vida.

— É Clara.

Ele dá um sorriso de lado e coloca a mão sobre a boca.

— Essa eu tenho que conhecer! — declara empolgado, erguendo as sobrancelhas. Eu mereço! Será que não percebe o quanto estou destruído? Sério que ainda vou ter que aturá-lo me sacaneando? — Logo você, que disse que isso de se apaixonar era para os burros? — Agora ele vai descontar as idiotices que eu falava para ele.

— Olha, Lucas, se for para encher o saco, vá embora, não estou a fim.

Ele balança a cabeça em negativa.

— Qual foi a besteira que você fez, Carlos? Porque a mamãe é só elogios com sua namorada, até chamou a gente para passar o fim de semana aqui para conhecê-la. A Ana também a elogiou bastante.

Eu solto o ar com força. Mais um para me julgar.

— O pior, Lucas, é que não fiz bosta nenhuma, fui vítima de uma armação e ela acreditou.

— Para, Carlos! Para mim você pode dizer a verdade, sem grilo, eu não vou falar nada. — Ele dá uma gargalhada.

Só balanço a cabeça em negativa e depois conto a ele a história desde o início.

— Caralho! Você está fodido, Carlos! Cadê a vagabunda que armou isso?

Passo as mãos pelo cabelo, exausto de tudo isso.

— A desgraçada fugiu, deve ter ido para o inferno, onde é o lugar dela. Eu tentei fazer com que confessasse na hora, mas me desmentiu na minha cara. Minha vontade era de dar umas porradas nela, não bato em mulher, mas aquela merecia.

— É, cara, agora é dar um tempo e tentar mostrar para a Clara que você a ama e que não faria isso com ela.

— Ela não quer me ouvir, Lucas. Está irredutível, disse que não tem volta.

Ele me olha e faz uma careta.

— Olha, agora é paciência, sei que não é fácil. Já passei por isso com a Natália, ela terminou comigo e ficamos cinco anos separados, e puta que pariu, não tinha um dia que não pensasse nela. Mas foi preciso, eu era um babaca e muito infantil ainda. Quando ela resolveu me aceitar de volta... Porra! Foi o melhor dia da minha vida, e vivo tentando recompensar minhas babaquices. Até hoje, mesmo já tendo quase dez anos de casados e dois filhos lindos, a olho com o mesmo amor de quando a conheci. Ela é a mulher da minha vida, Carlos, eu acredito que só amamos de verdade uma vez, e se essa Clara é a mulher, meu chapa, acho melhor você não a deixar escapar.

— Eu fico feliz que para você tenha dado certo, Lucas, mas se eu ficar cinco anos sem a Clara, estou fodido, sei disso.

Ele assente.

— Sei que é difícil me entender agora, pois ainda está recente, mas nos acostumamos com a dor. O amor fica lá e não esquecemos, mas com o tempo nos acostumamos.

Olho para ele como se estivesse louco. Eu não iria conseguir ficar sem ela, sei que não.

— Então, o que você precisa é se cansar muito para bater na cama e dormir direto. Acredita em mim, sei o que falo. Vamos almoçar, porque saco vazio não para em pé. Depois vamos dar um voo de asa-delta, tenho certeza que tem muito tempo que não pratica. Ocupar o tempo e a mente é o melhor remédio.

Saio do quarto com ele, torcendo para que tenha razão. Nos sentamos à mesa e fico olhando a família do meu tio. Como é bonito ver o amor dos dois e o amor pelas crianças. Observando-os, o que até pouco tempo atrás não fazia sentido nenhum para mim, começa a fazer agora. Claro, só se fosse com minha loirinha; somente com ela esse lance de formar uma família faria todo o sentido do mundo.

Ninguém comenta mais nada sobre a Clara, acho que minha avó percebeu como eu estava para baixo e proibiu o assunto.

Meu avô me olha o tempo todo, mas também não comenta nada. Ele é muito calado, mas muito sábio, analisa primeiro e só depois dá sua opinião.

Chego em casa na terça-feira à tarde. Até que eu me distraí um pouco; voei de asa-delta, e lá em cima me senti melhor. Tinha muito tempo que não fazia isso, e decidi voltar a praticar.

Olho para minha sala, e encontro tudo em seu lugar, bem diferente do que eu havia deixado. A dona Elisa não deve ter entendido nada, coitada. Vou para o quarto e, ao entrar, todas as lembranças dela me invadem de novo. Vai ser foda ficar sem ela, não sei se aguentarei muito tempo sem procurá-la.

CRISTINA MELO

CAPÍTULO 18

CLARA

Estou no carro, indo para o Sul, para uma cidade cujo nome eu ainda desconheço, porque não faz diferença para mim.

Só quero fugir, preciso que essa dor seja arrancada do meu peito, meu desejo era nunca o ter conhecido ou que tudo isso fosse só um pesadelo e que ele me acordasse para fazermos amor, como fazíamos de manhã. Seu cheiro não sai da minha pele, do meu nariz e das minhas lembranças.

Idiota! Por que ele foi fazer isso? Cretino! Eu o odeio por ter me feito acreditar que um dia me amou, o odeio por ter me usado dessa forma tão baixa e sem escrúpulos, o odeio por ter se enraizado no meu corpo, cabeça e coração; o odeio por saber que nunca amarei alguém como o amo, e o odeio por não conseguir odiá-lo.

Olho para a estrada e lembro-me que era para eu estar viajando com ele agora, esse era o combinado, e aquele idiota estragou tudo. Passaríamos o fim de semana com sua família, depois iríamos para a região dos lagos e, por fim, Penedo. Iríamos aproveitar bastante nossas férias e, assim que voltássemos, jantaríamos com meu pai e o Gustavo, e agora eu estou sentada nesse carro há pelo menos seis horas, tentando entender sua burrice e a cagada que fez. Ainda ficou se fazendo de inocente, bem típico dos canalhas feito ele. Negam até a morte, mas não admitem seu erro.

Como você foi cair nessa, Clara? Como se deixou levar?

E justamente quando me faço essas perguntas, para as quais não tenho respostas, começo a prestar atenção na letra da música que está tocando. Eles tinham que escutar logo esse tipo de música? Não posso me meter, pois já estou abusando demais, e também ainda não conversei direito com a Dani, só disse que precisava sair de casa por um tempo e se poderia ir com eles.

A letra da música *Combustível*, de Ana Carolina, mexe muito comigo, parece realmente feita para mim. Ainda bem que estou de óculos escuros, pois quando percebo, algumas lágrimas escorrem por meu rosto.

> (...) Não tenho mais alternativa
> Esqueça o que você me deve
> Não quero mais ter recaída
> Melhor pensar que não me serve

Me machuquei, mas estou viva
Tudo que é seu vou devolver
Embora eu esteja prevenida
Preciso parar de te ver (...)

Eu tenho que conseguir ficar sem ele. Como? Ainda não sei, mas vou conseguir, e só o fato de não vê-lo por um tempo já será de grande ajuda, assim espero. Só quero esquecer que ele existiu um dia. Preciso ter forças e me preservar.

Meu celular começa a tocar, e no identificador vejo o número da Ana, irmã dele. Não sei o que fazer, será que é coisa dele? Só pode, Carlos deve estar mandando-a me ligar. Ou será que ela está tentando falar com o irmão e não está conseguindo? Ele me disse que tinha quebrado seu celular. Mesmo que não queira e não deva, uma preocupação me invade: será que aconteceu algo com ele? Resolvo atender.

— Oi, Ana. — Tento parecer normal.

— Oi, Clara, tudo bem com você? — Seu tom é preocupado, e meu coração acelera. Ele não pode ter feito nenhuma besteira.

— Tudo bem sim, Ana, o que houve? — pergunto com a voz trêmula.

— Eu que te pergunto, o que o burro do meu irmão fez pra você? — Se ela já sabia, sinal de que ele estava lá e bem. Respiro aliviada. Por mais que estivesse com ódio dele, não queria que nada de ruim lhe acontecesse.

— Não foi nada, Ana, nós só não demos certo, só isso.

Ela fica muda um tempo.

— Então foi você quem terminou com ele? — pergunta, e sinto tristeza em sua voz.

— Pode-se dizer que sim. — Não vou ficar falando mal do irmão dela. Justo para ela, sem cabimento.

— Por isso ele estava com aquela cara, nunca o vi assim. Mas não é possível, Clara, dá para ver como se amam, eu sei que você o ama e vi que ele está sofrendo bastante. Meu irmão está arrasado, Clara, por que terminar?

Eu não sei o que lhe responder. Como dizer que terminar era a última coisa que queria, mas que ele foi um filho da puta e me traiu, assim não tem como continuar dessa maneira?

— Nem sempre só o amor é suficiente, Ana. Às vezes as coisas são mais complicadas e não temos o que fazer, por isso terminei com seu irmão.

— Eu não entendo, Clara. Quando amamos de verdade, o amor supera qualquer barreira e, poxa, sei que o ama, também tenho certeza que ele te ama. Então dá mais uma chance, por favor.

CRISTINA MELO

Fecho os olhos. Como eu queria que fosse tão fácil assim...

— Olha, Ana, eu e o seu irmão não demos certo, mas nós vamos continuar sendo amigas; uma coisa não tem nada a ver com a outra.

— Jura? — me pergunta angustiada.

— Claro que sim, sua boba. — Tento parecer normal e tranquila.

— Então eu só espero que esteja bem, e qualquer coisa pode me ligar, viu? — Sua voz está mais tranquila.

— Pode deixar, e digo o mesmo pra você. Quando quiser, pode me ligar. Beijos. — Despeço-me com o coração na mão. Ela é um doce, e eu não quero perder sua amizade. Sei que não poderemos nos ver agora e nem tão cedo, mas falarei com ela sempre que der, só preciso de mais um tempo para cicatrizar um pouco essa ferida. Querendo ou não, é irmã de Carlos, e falar com ela me faz lembrar muito dele.

A única coisa que quero agora é que o tempo e a distância me ajudem a curar um pouco essa dor, pois sei que boa parte dela permanecerá um longo tempo.

Não consegui cumprir a promessa de chorar apenas aquela noite. Estou na casa do Vítor e Dani, tentando começar uma vida nova, só não sei como e por onde, estou totalmente perdida. Preciso achar a página 1 para reescrever minha história, mas não consigo. Esse livro que é minha vida está muito confuso e desordenado.

Perguntas sem respostas continuam surgindo em minha mente. Como é possível você simplesmente não se reconhecer sem uma pessoa que até pouco tempo atrás não fazia parte da sua vida? Eu sempre fui livre, sempre busquei e alcancei meus objetivos, e agora estou nessa situação, sem saber ao menos quem sou.

Sabe aquela teoria de física que diz que dois corpos não ocupam o mesmo espaço? Acabo de descobrir que é uma grande mentira, porque no mundo inteiro não existe nada mais certo do que eu e ele juntos no mesmo espaço, na mesma cama e sob o mesmo céu. Nossos corpos se uniam de uma forma que pareciam um só.

Como vou juntar cada pedacinho? Ele me quebrou em tantos pedaços e de tantas formas diferentes que nem sei por onde começar a catar.

— Bom dia, amiga! E aí, está melhor? — Dani me pergunta depois de entrar no quarto.

— Vou ficar, Dani, preciso superar, mas dói tanto! — Pronto, é o suficiente para as lágrimas ganharem vida em meus olhos. Dani se senta ao meu lado e me abraça.

— Você vai conseguir, Clarinha, sei que é uma dor desesperadora, mas te garanto que logo passa. Como vai saber que encontrou o cara certo se não encontrar os errados primeiro? Ele não te merece, amiga, pensa assim.

— A questão é essa, Dani, ele parecia tão certo! Era tão perfeito nós dois juntos — confesso, entre um soluço e outro. — Não consigo entender como ele não viu isso. Por que me trair? Por que me usar dessa maneira? Por que me conquistar, me tornar dependente dele e depois fazer isso? A única coisa que faço desde que saí da casa dele é repassar tudo na minha cabeça. Além de todas as perguntas, a que mais tenho feito é: o que faltou para que ele fizesse isso?

— Para com isso já, Clara! Você é uma menina linda, inteligente e outras mil qualidades que eu teria que ficar horas enumerando. O errado foi ele! Ele é um canalha! Te traiu e foi burro a ponto de não enxergar o tesouro que tinha ao seu lado. Então, que seja a última vez que pense isso: não faltou nada em você, e sim nele. Ele que é um mau-caráter. O que tem que fazer agora, amiga, é dar a volta por cima, levantar essa cabeça e fazê-lo se arrepender amargamente do que fez com você. — Ela falando parece tão fácil.

— Eu te disse que ele não parou de me procurar desde o acontecido, teima em dizer que não sabe como aquela vaca foi parar na cama dele. Parecia tão sincero que eu estava quase duvidando do que vi. Por isso tomei a decisão de vir com vocês.

— Típico canalha, Clarinha, são capazes de tudo para te convencer; ajoelham, choram, dizem que nunca mais vão fazer, juram até por um ente querido importante. Aí você acredita, achando que foi uma fraqueza momentânea e que na verdade é você quem ele ama e não vale a pena jogar uma relação bonita como a de vocês fora, então, o perdoa. E para o seu desespero, um tempo depois descobre que ele fez novamente, e pior: nunca sequer parou de te enganar. Acredita em mim, Clarinha, essa dor é muito pior do que a que está sentindo agora, porque além do mundo desabar na sua cabeça, você também se sente um lixo, se sente tão descartável que começa a acreditar que realmente o problema é você e que jamais será capaz de fazer alguém te amar, que a culpa de ele te trair é sua, e isso vai te consumindo e diminuindo a tal ponto que pensa ser melhor ter um pouco dele do que nada. Nesse nível, seus pensamentos estão tão confusos e sua autoestima tão baixa que o que tiver daí para a frente é lucro. Até o dia em que ele mesmo vai se cansar e te dispensar, como se não fosse nada e você não tivesse passado por cima de tudo, inclusive de si mesma, pelo sentimento que achava ser amor — declara olhando para o nada.

CRISTINA MELO

Sinto tanta dor em suas palavras que percebo que fala de si mesma, mas o Vítor não tem cara de que faz isso, pelo contrário, a idolatra. Aperto sua mão e ela volta a me olhar. Olho em seus olhos, que me passam a mesma dor de sua voz, mas ao mesmo tempo ela sorri.

— Eu sinto muito, amiga — ressalto sem saber o que dizer. — Mas como me disse, você também não deveria aceitar isso, merece mais, e não imaginava que o Vítor...

— Não! O Vítor não! Ele é um presente dos céus na minha vida, isso foi há muito tempo, Clarinha, e o Vítor veio depois para me ensinar e mostrar o certo e como o verdadeiro amor é de verdade. Por isso te disse que às vezes precisamos conhecer o errado para saber quem é o certo.

Confirmo com a cabeça, torcendo muito para todo esse pesadelo e essa dor passarem logo. Olho para minha amiga, que conheci há pouco mais de um ano, tão forte, decidida e mandona, e não consigo imaginá-la na descrição que acaba de fazer. Não fazia ideia de que também tinha passado por momentos tão ruins, mas, pelo que vejo, deu a volta por cima e encontrou uma pessoa maravilhosa como o Vítor. Eu espero pelo menos conseguir esquecer aquele imbecil; já será uma grande vitória.

— Agora vamos levantar e começar a aproveitar nossas férias! — ela fala mais contente. A Dani que conheci está de volta.

Resolvo levantar como ela disse; eu tenho de começar de algum ponto, e se não estou achando a página 1, começarei da página que der – recolherei cada caquinho e os colarei novamente.

Alguns dias depois...

— Dani! — chamo ao entrar no apartamento. — Pela primeira vez, durante toda a semana, estou sorrindo de verdade, e não o sorriso forçado que venho colocando no rosto esses dias, para não ser a menina sofrida e estragar um momento tão bom da vida dos dois.

— O que foi? Que aconteceu?

— Eu dei um pulo na faculdade que o Vítor me indicou, e quando chego aqui e olho para o mural perto dos elevadores, eis que vejo esse anúncio! — Mostro o papel para ela toda feliz, que pega das minhas mãos em seguida.

— Que máximo, Clara! Será fantástico se conseguir, seremos vizinhas! — diz empolgada ao ler o que está escrito no papel.

Ligo para o número indicado no cartão e marco uma visita para o dia seguinte mesmo.

Tomara que dê certo!

CAPÍTULO 19

Clara

Dez dias depois...

Estou de volta ao Rio e a caminho de casa. Não sei como meu pai vai reagir à notícia de que eu morarei agora no Sul.

Esses quinze dias que se passaram foram os mais difíceis de toda a minha vida; a falta que eu sinto do Carlos é absurda! Não consigo esquecê-lo, e agora tenho certeza de que minha ida para o Sul foi a melhor decisão que tomei. Sei que, se não estivesse lá, já teria ido atrás dele, pois umas duas ou três noites durante essa semana era só isso que eu queria fazer.

A dor de não o ter me venceu e o que me salvou foi realmente a distância. Se não fosse isso, teria ido até sua casa com certeza mendigar um pouco do seu amor. Justamente como a Dani relatou na nossa conversa. Nesses dias em que a dor ficou tão insuportável que pesei que era melhor tê-lo e esquecer tudo, consegui entender perfeitamente como ela chegou ao ponto que chegou no seu antigo relacionamento.

Pretendo ficar no Rio só essa noite mesmo, já estou até com voo marcado para amanhã à tarde; não posso correr o risco de ficar aqui muito tempo e ter qualquer tipo de recaída ou pensamentos iguais aos de algumas noites. Se eu o vir, será minha ruína. A saudade é grande demais, mas estou muito confiante que com o tempo isso vai passar. Tem que passar.

— Oi, pai, cheguei — falo entrando em seu escritório.

— Que bom, filha! E aí, se divertiu?

Hora da verdade. Como lhe contarei da minha mudança?

— Muito, pai, me apaixonei pela cidade, tanto que resolvi morar por lá um tempo — solto de uma vez só.

— O quê? Que besteira é essa, Clara? E a faculdade? — Ele está apavorado, sentado à sua mesa. Lembro-me que toda vez que me chamava em seu escritório, o assunto era sério, mas dessa vez quem está conduzindo o assunto sério sou eu. *Pois é, cresci, Sr. Olavo.*

Quando criança, eu achava esse escritório um mundo, com suas prateleiras cheias de livros. São três paredes repletas: uma que fica atrás de sua enorme mesa de vidro escuro, sempre lotada de papelada e projetos e, claro, seu notebook. Sua cadeira é de um vermelho quase vinho e tem três cadeiras à frente da mesa, combinando com a dele. Estou sentada em uma

CRISTINA MELO

delas, precisamente a da direita.

À sua direita também tem um sofá de couro preto, que faz jogo com duas poltronas e uma mesa de centro no meio, sobre um grande tapete persa.

Deixo de me distrair com a decoração do escritório e volto à realidade, encontrando meu pai ainda me olhando, muito pálido.

— Calma, pai! Eu já resolvi tudo, não vou parar de estudar, depois das férias já começo na faculdade de lá.

Ele balança a cabeça em negativa o tempo todo.

— Você não resolveu nada, Clara. Você não tem idade para resolver nada, fora de questão, não vou permitir que se mude para outro Estado e ainda por cima sozinha, nem pensar! — declara muito nervoso, suas mãos espalmadas sobre o vidro da mesa e enquanto ele me encara direto nos olhos, bem sério. Nunca vi meu pai assim tão alterado. Pelo menos não comigo.

— Eu vou fazer 20 anos no próximo mês, pai, portanto, sou maior de idade e posso cuidar de mim mesma e tenho o direito de ir e vir. Eu preciso fazer isso, por favor, só me entenda e me apoie — peço com a voz bem calma, e ele me encara com as sobrancelhas arqueadas. Tenho de deixar claro, sem muita discussão, que eu não estou pedindo e, sim, comunicando. Minha decisão já está tomada e nada do que disser mudará isso.

— Eu não entendo essa loucura, Clara. O quê? Você arrumou um namorado lá, e por isso quer ir embora? Porque eu não acho isso certo, sua vida é aqui; se ele quiser mesmo você, que se mude para cá, arrumamos um emprego para ele na construtora, mas não vai embora, filha — fala como sempre, ditando suas regras e já arrumando soluções para que as coisas fiquem à sua maneira.

Justamente o contrário, pai. Eu não posso dizer a ele o verdadeiro motivo de estar indo. Mas também não posso deixar de ir.

— Não é nada disso, pai. Eu não arrumei ninguém, eu só preciso fazer isso, tenho que crescer, conquistar minhas próprias coisas e lutar minhas próprias batalhas, me entenda. Preciso ter minha independência.

Ele passa a mão pelo cabelo e me olha por segundos sem dizer nada.

— Quando minha menininha cresceu? E como eu não vi isso? Você não precisa disso, filha, trabalhei a minha vida toda para que vocês tenham o melhor, e agora você vai me abandonar, como o seu irmão fez? Sei que fui ausente muitas vezes, mas tudo que fiz foi por vocês.

Uma lágrima escorre pelo meu rosto. Nunca vi meu pai assim, ele parece outra pessoa, e realmente magoado com minha partida. Eu nem achei que ligaria muito, já que como ele mesmo disse, sempre foi ausente e nunca pareceu se importar. Mesmo assim, eu o amo, é meu pai, e vê-lo desse jeito me desarma, mas não tenho outra saída, preciso ir.

Acredito que por um motivo como o meu ou outro qualquer, como autoconhecimento, liberdade, independência, cursar uma faculdade, seja lá o que for, chega uma hora em que os filhos precisam voar, e não tem como os pais impedirem. Olho para ele, que está com a cabeça baixa e apoiada sobre as mãos. Limpo minhas lágrimas disfarçadamente.

— Não fica assim, pai. Eu não estou te abandonando, prometo que venho para o Rio sempre que der, quero muito ir com sua benção.

Volta a me olhar e percebo sua angústia. Ele está me surpreendendo de verdade, nunca o vi assim.

— E onde você vai ficar?

Respiro aliviada diante dessa pergunta, pois sei que aceitou o fato de eu ir.

— Eu já aluguei um apartamento. Eles alugam por temporada, então está todo mobiliado, é uma graça, o senhor vai gostar.

Dá um sorriso de lado.

— Quando você se muda, minha filha?

Ele aceitou mesmo? Que bom, mais uma etapa concluída. Melhor que seja dessa forma, não queria que minha saída de casa fosse motivo para uma briga estrondosa, como foi com o Gustavo.

— Tenho que ir amanhã mesmo, pai, preciso dar entrada nos documentos na faculdade, não quero perder o período.

Ele assente, graças a Deus!

— Tudo bem, Clara, você sempre teve juízo, vou ver se seu irmão pode ir com você e ver se está tudo certo por lá, senão vou eu mesmo, preciso ter certeza de que vai ficar bem — ele fala já pegando o celular em cima da mesa.

— Tudo bem, pai, se prefere assim, está certo. Agora preciso arrumar minhas coisas, pois ainda vou me despedir de alguns amigos.

Saio do escritório e ainda escuto quando pronuncia o nome do Gustavo. Sei que passarei por outra inquisição com meu irmão. E será mais difícil ainda mentir para ele, pois o conhecendo do jeito que conheço, se descobrir que estou indo embora por causa de um cara e, pior ainda, que esse cara é seu amigo que fez o que fez comigo, o mínimo que ele fará será picá-lo em pedacinhos e depois passá-lo por um moedor de carnes. Ter que mentir para meu irmão está acabando comigo.

CRISTINA MELO

Chego ao meu quarto com o coração muito apertado. Mudar-me da casa onde nasci e cresci não é fácil, nada do que estou fazendo é fácil; irei para um lugar totalmente novo e desconhecido, muitas coisas diferentes: cultura, clima, faculdade. Se alguém me falasse há uns meses que isso aconteceria, eu juro que não acreditaria. Mas tenho que fazer isso por mim, para me preservar, não posso mais ficar aqui ou acabarei seguindo os mesmos passos da minha mãe, ficarei como ela.

Se alguém me perguntar se tenho certeza de que ela foi embora por causa disso mesmo, eu não terei como afirmar, mesmo porque nunca vi meu pai com uma mulher, então sua fama de "galinha" é questionável. Na época eu era uma recém-nascida, mas o Gustavo não, e sempre o ouvi acusando meu pai, dizendo que a culpa da minha mãe ter ido embora era dele, de sua indiferença e traições. E agora vejo que estou fazendo o mesmo que ela, para fugir desse estigma. Mas se for para fugir, que seja agora, e se alguém tiver que sofrer com minha atitude, que seja somente eu. Não posso, de maneira nenhuma, com um exemplo tão vivo e sofrido que ela deixou, me permitir envolver e acabar repetindo o que minha mãe viveu. Não posso perdoar a traição do Carlos e viver uma vida de mentiras e enganos. Cometerei o mesmo erro que ela. Acredito que só chegou ao ponto que chegou por se deixar levar pelo coração e não pela razão.

A dor da traição e da perda é realmente insuportável, e me conheço. Sei que se não fosse embora, não aguentaria e iria procurá-lo. Acabaria me rendendo a esse amor, que ainda é mais forte que eu. Por isso, preciso me afastar para não correr esse risco, tenho que me fortalecer primeiro e voltar a ter a autoconfiança que ele destruiu com sua traição; preciso pensar com a razão e voltar a ser só eu.

Você é forte, Clara, você cresceu sem uma mãe e sobreviveu, não pode ser tão difícil assim ficar sem ele.

Nunca experimentei o amor de uma mãe. Imagino como é, mas nunca o tive de verdade. Já ele, eu tive e parece que cada poro do meu corpo está contaminado com seu cheiro, e suas lembranças não me abandonam nem um minuto.

Depois de umas três horas termino de separar as coisas que levarei embora. Não dará para levar tudo o que quero, tive que resumir em três malas: algumas roupas, sapatos, objetos pessoais e meu cachorrinho de pelúcia, que ganhei quando tinha 4 anos. Meu sonho sempre foi ter um cachorrinho, mas meu pai nunca deixou, dizia que não daria certo um cachorro dentro de apartamento. Assim me deu esse Beagle de pelúcia, que já está muito velhinho. Ele se tornou meu companheiro desde então e eu o arrastava por todos os lugares. Não poderia deixá-lo para trás.

Coloco-o em cima das malas que estão em um canto e me sento na cama. Olho cada canto do quarto que sempre amei. É do jeitinho que eu queria. A cama, localizada quase no meio do quarto, é de casal, bem confortável, a cabeceira marrom e acolchoada. Acima dela, fica um quadro lindo, que adoro, e é cheio de corações vermelhos, bem mimosos; meu pai trouxe para mim de uma de suas viagens. As paredes são pintadas num tom de rosa bem clarinho, quase um salmão.

De frente para a minha cama fica a porta enorme da varanda, adornada por cortinas em tom perolado que vão até o chão, junto com o blecaute. Já na outra lateral da cama, a parede do quarto continua até a entrada do meu closet e banheiro – uma entrada larga, sem porta, e quando passo por ela já saio no meu closet. Este é enorme, cheio de armários e prateleiras para bolsas e sapatos. No centro há um pufe bem comprido, branco, e ao fundo, meu banheiro, que é bem grande e o adoro.

Eu sentirei falta dele; o quarto do apartamento que aluguei é bem menor, também lindo, mas muito simples: apenas com uma cama de casal com um criado-mudo na cor mogno, um armário, uma mesa para estudos também mogno, e na parede acima da mesa fica uma TV de 32 polegadas. Sobre a janela, há cortinas verde-água, e as paredes são pintadas de branco.

Pela primeira vez na vida, eu terei que me virar sozinha, nunca fritei nem um ovo sequer. Não vou ser hipócrita e dizer que não sentirei falta da mordomia e conforto que tenho aqui, na casa do meu pai. Mas não acho certo ir para lá e pagar empregada com o dinheiro dele; tenho minha poupança, que pretendo usar por enquanto, para as despesas, mas penso em arrumar um emprego e realmente conseguir ser independente. Preciso crescer e sair de sob a proteção do meu pai, e essa é a hora.

A inquietação e saudade voltam a me afligir com força total, busco meu celular e escuto a mensagem enviada há alguns dias; sua voz é como uma droga, e meu coração implora por uma chance, então fecho os olhos e contrario toda a minha razão, logo me colocando de pé e pegando minha bolsa em cima da cama.

Minha cabeça não tem outro pensamento a não ser Carlos; só penso qual será sua reação ao me ver. Espero que hoje esteja em casa e não trabalhando. Se estiver, assim que chegar à sua portaria ligo para ele. Preciso de um ponto final, não posso entrar em um avião amanhã, mudar toda a minha vida sem deixá-lo falar e estou disposta a tudo para fazer essa dor parar.

Estou dentro do táxi a caminho da sua casa e confiro o relógio: são 16 horas. Estamos próximos, meu coração parece uma bateria em plena Sapucaí de tanto que bate no peito. A expectativa está me matando, só consigo me perguntar se ele também sente essa saudade que chega a sufocar de tão insuportável.

O táxi enfim para em frente ao seu condomínio, então desço e logo aproveito a entrada de um morador para entrar junto. Minha ansiedade é tanta que minhas pernas chegam a estar bambas. Paro a alguns metros de distância quando o visualizo de costas em seu portão, uma lágrima teimosa, desce por meu rosto e antes que consiga prosseguir em meus passos, uma gargalhada invade meus sentidos, meu coração se despedaça em um milhão de pedaços; rapidamente me posiciono à lateral de um muro como uma fugitiva faria. Estou completamente estática, olhando a cena.

Ele está abraçado com uma linda morena que acaba de sair de seu portão. Ela, com uma felicidade tremenda no rosto, sorri sem parar. Não consigo ver a reação dele e muito menos se a corresponde com aquele sorriso de lado que eu amava, o mesmo sorriso que me faz tanta falta. A mão dela toca seu ombro enquanto joga os cabelos para o lado, visivelmente satisfeita com o que acabou de ter lá dentro. Sinto-me destruída, arruinada e muito mais quebrada, toda expectativa e esperança desabam em cima da minha cabeça, não consigo sequer raciocinar. Apenas dias depois, já está com outra. Que amor é esse?

Você o mandou seguir em frente.

E ele seguiu rápido demais. Para quem disse que eu era a mulher de sua vida, esqueceu-me em poucos dias.

Realmente é um mentiroso e cafajeste.

Saio do condomínio como uma bala. Não tenho outra alternativa a não ser esquecê-lo e seguir minha vida. Ele sempre será assim. Não posso me enganar mais e muito menos ter falsas esperanças.

Faço sinal ao primeiro táxi que passa.

— Leblon, por favor — peço ao motorista ao entrar no carro.

Chego ao meu apartamento minutos depois. A dor no meu peito é tanta que não me deixa ter certeza por onde começar, pois não há uma parte de mim que não esteja doendo. Dessa vez, nem cacos sobraram; ele conseguiu destruir o pouco dos destroços que ainda estavam de pé – foi como uma bomba atômica. A Dani tinha razão. Mesmo sabendo que eu o mandei seguir em frente e que dessa vez não foi traição, me sinto devastada e condenada. Agora afundei até a cabeça e não via chance de salvação.

Tenho que conseguir esquecer, sei que não estou nem perto de achar um caminho, mas vou encontrar, ah, vou!

Acabo o resto da noite chorando muito e repetindo essa promessa a cada minuto. Preciso convencer meu coração e fazê-lo entender que eu não tenho outra saída a não ser esquecer e viver essa nova vida.

Estou agora com Gustavo na sala de embarque do aeroporto do Rio. Ele irá comigo para ver tudo lá, mas tenho certeza que não vai só porque meu pai pediu, mas sim porque realmente quer ter certeza se estou e ficarei bem. Ele sempre foi mais meu pai do que o próprio, tudo que eu queria ou precisava era com ele que falava primeiro.

Ele tinha ido comprar uns chocolates que pedi numa lojinha aqui na frente. Meu irmão é o melhor irmão do mundo, muito mandão e ciumento, mas o melhor que uma garota poderia ter. No final, ele sempre faz o que eu quero.

Eu tinha almoçado com o Paulo e a Júlia. Eles estão em um relacionamento sério e apaixonado, é lindo ver como combinam em tudo. Ficamos na casa do Paulo mesmo, pelo menos consegui ficar um pouco animada com a notícia, já que minha noite havia sido mais uma vez de muito choro por culpa daquele imbecil. Paulo me contou como conquistou a Ju, no mesmo dia em que se conheceram. Depois que fui embora com o Carlos, após aquela briga toda, ele disse que simplesmente agarrou a Ju e lhe deu um beijo. Desde então estão juntos, e, pelo que notei, há muito amor entre os dois. Fiquei muito feliz por isso, pois são perfeitos juntos.

— Oi, só tem esse, não tinha aquele com amendoim de que você gosta — Gustavo fala se sentando ao meu lado, me entregando o chocolate.

— Está ótimo, Gu, é chocolate, isso que importa. — Ele sorri enquanto eu já começo a abrir a embalagem. Estou fazendo de tudo para que ele não se concentre muito em mim e acabe descobrindo que não estou indo para lá por uma escolha normal e bem pensada.

— Tem certeza que está tomando a decisão certa, Clara? Até concordo com o fato de querer morar sozinha, ter sua independência, como me disse, mas outro Estado? É muito longe, vai ficar sozinha lá. Tem certeza de que é isso mesmo que quer fazer? Eu te ajudo a ver um apartamento aqui no Rio, pelo menos estarei mais perto. Não vou poder ir sempre para o Sul, sabe que abri minha empresa tem pouco tempo, e o trabalho na polícia também é puxado.

Ai, meu Deus, e agora? Eu sabia que ele não cairia assim tão fácil. Claro que eu não tenho certeza alguma, e o Gustavo já está desconfiado disso, já que me conhece como a palma da mão. A única coisa que sei é que preciso me manter afastada do Carlos.

— Eu sei que você é muito ocupado. Não precisa se preocupar, vou ficar bem. Sempre que der, eu venho ao Rio, e prometo que se não me adaptar, volto no fim do ano quando terminar o próximo período, mas eu preciso fazer isso; preciso tentar. Também não estarei rodeada de desconhecidos: a Dani e o Vítor moram no mesmo prédio que aluguei o apartamento, vai dar tudo certo. — Tento passar o máximo de segurança possível.

Ele me olha por um momento, desconfiado, mas logo me puxa para um abraço, mesmo sentado, e beija minha cabeça.

— Só não deixa de me mandar notícias, e se precisar de mim, é só me ligar que dou um jeito e pego o primeiro voo para te encontrar.

Aperto mais ainda meu abraço. Mesmo antes de nos separarmos, já sinto sua falta.

— Eu sei, por isso que eu te amo.

Ele beija minha cabeça mais uma vez.

— Eu também te amo muito, Clara, e só quero que dê tudo certo para você e que seja feliz.

Fecho os olhos, minha cabeça descansando em seu peito. Eu também só quero que meu plano dê certo, mas a última coisa que eu estou é feliz.

Chegamos ao aeroporto de Porto Alegre, pegamos um táxi e um tempo depois chegamos à minha casa nova. O prédio é um empreendimento novo, todo moderno. Gustavo me ajuda com as malas no elevador. Aperto o 14 e o elevador fecha as portas.

— Tão alto assim, Clara? — Gustavo me pergunta.

— Era o que tinha para alugar, Gu, você vai ver como é muito fofo meu apartamento.

Ele sorri no mesmo instante em que o elevador para. O meu é o 1405, abro a porta e o Gustavo arregala os olhos.

— Caramba, Clara! Já começou bem, hein? Quando saí de casa, meu *apê* não chegava nem aos pés desse, e ainda tinha que dividir com amigos.

— Ele coloca as malas em um canto e passa a olhar cada cantinho do apartamento, parece investigar tudo; coisas de Gustavo.

É realmente tudo muito lindo e bem decorado. Claro que o apartamento em que eu morava com meu pai era um mundo se comparado com esse, mas amei esse aqui.

Ele está encantado, olhando cada detalhe da cozinha. Voltando para a sala, à frente da mesa de jantar um sofá de três lugares em um tom claro de cinza, acima do qual um quadro enorme de uma mulher loira, pintado à mão. Sobre o sofá há várias almofadas, umas amarelas e outras em uma estampa de onça, mas bem delicadas, nada berrante.

No final da sala, próximo à poltrona e à mesinha de canto, fica a porta da varanda, onde nos deparamos com uma vista linda. Em vez de cortina, uma persiana na cor preta, que fica suspensa acima das portas de correr de vidro. E o mais importante, que foi o que me fez fechar com esse *apê*, é o tapete que pega toda a área do sofá até o *home*, bastante parecido com o que eu tinha no meu quarto, bem fofinho, num tom bege.

— Nossa, Clara, eu gostei muito, parabéns. Os dois quartos têm um tamanho muito bom e essa vista aqui é linda — elogia, já na varanda.

— A cidade é linda, Gu. Eu me apaixonei, vamos dar uma volta por aqui e te mostro alguma coisa.

— Claro, mas primeiro temos que ir a um mercado, você não tem nada em casa. Agora vai ter que aprender a cozinhar alguma coisa, Clara.

— Tem um aqui na esquina. Tem certeza que quer ir ao supermercado, já está tarde...

Ele arqueia as sobrancelhas para mim.

— Você vai ter que aprender a se virar um pouco. Tenho certeza que não sabe fritar nem um ovo. Isso vem com a independência, garota. Vamos lá no mercado, e quando voltarmos, vou te ensinar umas receitas bem fáceis, não saio daqui sem ter certeza de que pelo menos não morrerá de fome.

— Como você é exagerado! Eu não vou morrer de fome, sempre existe os *fast foods*, e tem o fato de eu e a cozinha não combinarmos, sei que isso não vai dar certo. — Eu sorrio para ele e saímos para o mercado.

Um mês depois...
Hoje é domingo, o dia está muito chuvoso e faz frio. Estou enrolada

CRISTINA MELO

embaixo do edredom, deitada no sofá, procurando algo para ver na TV.

Coloco em um canal de filmes, e ao ver o que está passando, não tem como não me lembrar do Carlos. É o mesmo filme que assistimos juntos na casa da sua família e ele ficou com ciúmes quando, junto com a Ana, elogiei o ator.

Estou levando a vida da maneira que dá. Até que a faculdade aqui é legal, conheci algumas pessoas bem simpáticas, já tenho até um grupo de amigos, com quem saí uma noite.

Fiz algumas entrevistas de emprego e estou esperando ansiosa conseguir um lugar para trabalhar, preciso ter meu próprio dinheiro.

Não tive mais notícias de Carlos. Apesar de Ana ter me ligado algumas vezes durante esses dias, não tocou no nome dele, e eu também não perguntei. A raiva e a falta que sinto são enormes.

Não existiu um dia durante essas semanas em que não tivesse pensado nele e me perguntado o porquê de ter estragado tudo. Estou tentando levar a vida normalmente, mas sei que de normal não tem nada, mesmo assim preciso tentar superar. Já ele, está de volta à ativa, quer dizer, ele nunca saiu. Mesmo estando comigo, continuou com suas putarias, e a prova disso foi sua traição. Na verdade, a única a sofrer nessa história sou eu, a essa altura ele nem deve mais se lembrar de mim.

CAPÍTULO 20

CARLOS

Estou há mais de um mês sem nenhum contato com a Clara. Meu coração está dilacerado, sei que não irei aguentar muito tempo, só Deus sabe como me segurei esses dias sem ir atrás dela. Ela não me deu nem um telefonema sequer, nem mesmo uma mensagem. Será que já me esqueceu?

Não pode ser, ela ainda deve estar com raiva. Como gostaria que acreditasse em mim e que pudéssemos voltar.

Eu não consigo nem olhar para outra mulher. Parece loucura, mas estou na seca há mais de um mês, desde que ela me deixou por causa daquela desgraçada, desde o ocorrido, não deu mais as caras pelo condomínio que por sinal não é mais o meu endereço. Anunciei a casa e para minha sorte vendi rapidamente para recém-casados, sendo que a esposa cuidou de tudo já que o marido estava em uma viagem fora do país. Eles ficaram satisfeitos com o imóvel enquanto eu só conseguia sentir inveja da felicidade deles. Não consegui mais ficar em casa de bobeira, tomando uma cerveja, no computador ou assistindo a um jogo de futebol na TV. Cada canto daquela casa está marcado por lembranças da Clara, ela parecia até um fantasma, a via em cada canto. Dormi na sala todos os dias, até vender a casa, no quarto as lembranças eram muito mais fortes. A cama não era mais minha, pois toda vez que entrava no quarto a via deitada de bruços, como gostava de dormir, ou revia uma cena nossa fazendo amor. Era muita tortura permanecer lá; nunca imaginei que fosse amar tanto uma mulher desse jeito.

Outra questão era o meu ódio que só crescia, se encontrasse a Jaqueline do jeito que estou, acabaria fazendo uma merda que estragaria minha vida para sempre.

Nunca fiquei tanto tempo assim sem sexo; meu limite eram dois dias, pelo menos eu achava que era. Desde que voltei de férias, estou pegando todos os plantões extras no batalhão para me manter ocupado, como disse meu tio. No pouco tempo livre que sobra, eu pratico os voos, corro e procuro um novo lugar para comprar. Estou de favor na casa de um amigo enquanto não encontro um lugar para morar.

Mais um mês se passa...

Estou em frente à sua faculdade, com um buquê de rosas nas mãos. Hoje são 26 de agosto, dia do seu aniversário, e não consegui me segurar mais. Tive que vir, preciso vê-la. Já me segurei muito para atender ao seu pedido de não a procurar mais, mas cheguei ao meu limite: dois meses sem ela foi uma eternidade.

Ela pode até me escorraçar, mas eu lhe darei os parabéns pelo seu aniversário, não vou deixá-la pensar que não me importo mais. Eu a amo e ela precisa ter certeza disso. Estou parado próximo ao prédio em que Clara tem aula, e todo mundo que passa olha para minha cara com uma expressão divertida e curiosa, devem estar achando a cena engraçada ou patética, já que estou segurando um buquê enorme com rosas brancas, que são suas preferidas.

Se estou pagando mico ou não a essa altura, isso é o que menos me importa; apenas quero a mulher da minha vida de volta. Olho no meu relógio e vejo que já se passou quase meia hora do horário da saída e nada de ela aparecer. O fluxo de pessoas já diminuiu muito, quase não sai mais ninguém de lá. Mas não desisto, continuo na mesma posição, minha ansiedade para vê-la é demais; estou parecendo um adolescente no primeiro encontro com a menina mais bonita do colégio. Olho no relógio de novo: mais dez minutos se passaram e nada. Será que ela não veio hoje?

— Oi, cara.

Olho para o lado e vejo o Zé Ruela do amigo dela.

— Oi — respondo seco e fico esperando para ver o que quer.

— Olha, tem um tempo que estou te vendo aí, e eu sei que não é da minha conta, mas não consegui ir embora e deixar você nessa situação. Você está esperando a Clara, ou estou enganado?

Encaro-o bem sério. O que ele tem com isso?

— Sim, estou a esperando, algum problema? — pergunto puto.

— Calma, cara, só estou sendo solidário — diz, se fazendo de bonzinho.

— Então me diz logo o que quer — exijo sem paciência.

— É que a Clara não estuda mais aqui.

Fico sem entender nada. Como assim, não estuda mais? O sonho dela era terminar essa faculdade.

— Ela parou de estudar? — pergunto, sedento por mais informações.

— Não, não parou, fica tranquilo. Ela pediu transferência para outra.

Respiro aliviado.

— E onde é essa faculdade? — pergunto agoniado.

— Ai, ela vai me matar, mas também não me pediu segredo, estou vendo sua angústia, e eu no seu lugar também iria querer saber. Ela foi embora, cara, se mudou, agora mora no Sul, está estudando lá.

Estou paralisado com essa informação.

— Ela se mudou com o pai? Ele teve que ir pra lá e a levou junto?

Ele nega com a cabeça.

— Não, ela foi sozinha mesmo.

Eu não sei o que dizer. Meu mundo, que já estava destruído, agora desmoronou de vez. O amor da minha vida está a milhares de quilômetros de mim. Ela realmente levou isso a sério, já está vivendo outra vida, e eu aqui destruído.

Nem me despeço do Paulo ou sequer agradeço pela informação. Como vou agradecer o fato de a mulher da minha vida estar bem longe de mim nesse exato momento?

Só me viro e saio, faço meu caminho até o carro no automático. Coloco as flores em cima do primeiro latão de lixo que vejo, em seguida o chuto com toda força.

— Vão se foder! — vocifero para três idiotas que passam por mim e encaram a cena, e eles não são burros o suficiente para revidar, apenas continuam andando. Passo as mãos pelo cabelo querendo arrancá-lo, a dor me sufoca de uma maneira que me tira o ar. Merda, loirinha, por que fez isso, por que jogou tudo fora?

— Eu te amo, porra! — grito para o alto, como se ela pudesse escutar, completamente fora de mim, e pouco me importando se estou tendo algum tipo de plateia.

Eu me jogo no banco do carro, fecho a porta e desabo. Acabou, ela foi embora, fugiu de mim, e para ter feito isso, é porque me odeia. Isso eu não vou conseguir suportar. Uma coisa era estar longe dela, mas sabendo que a hora que eu quisesse a veria, mas agora nem essa possibilidade eu tenho; não tenho nada, ela realmente está seguindo sua vida sem mim.

E eu? Como seguirei a minha? Eu choro como uma criança, meus soluços saem sem controle. Agora tenho certeza, nunca mais terei a única mulher que amei nesse mundo e nunca mais amarei alguém como eu a amo. Soco o volante seguidas vezes até que consigo sentir a dor em minha mão, não sei como não o quebro. Por quê, amor, por quê? Meu rosto está lavado em lágrimas, tento alcançar a aceitação, mas ela não vem.

Ainda estou completamente transtornado ao ligar o carro, então o desespero dá lugar à raiva.

Que porra é essa? Não posso me permitir ser dominado dessa maneira. Se era isso o que queria, ok, vou continuar vivendo, dona Clara! Engato a primeira e acelero o máximo que consigo. Alcanço a marca de 180 km por hora, pelas vias, estou pouco me importando com multas ou se acabarei morto. Na verdade, é exatamente o que estou: morto, tem dois meses que meu mundo deixou de ter graça. Mesmo o som dentro do carro, no último volume, não consegue espantar os pensamentos e nem as lembranças dela, então quando passo por uma rua conhecida, não penso duas vezes ao retornar...

— Carlos? — Cinthia me encara confusa assim que abre a porta de seu apartamento.

— Saudades de mim? — pergunto de forma sedutora.

— Sempre — responde, e pressiono minha boca contra a sua, sedento.

Ela corresponde como sempre, muito receptiva, retira minha camisa com pressa e não me dou ao trabalho de levá-la para seu quarto, a fodo aqui mesmo, atrás da porta de sua sala, descontando toda minha frustração, atraso e raiva.

Enfim gozamos e ao encarar seu rosto suado e sua expressão saciada, a culpa me absorve de uma forma que faz com que eu me sinta um lixo. Estou dez vezes pior do que quando cheguei, o prazer físico não me ajudou em nada.

Fecho os olhos e parece que todas as palavras me foram arrancadas.

— Desculpa, Cinthia — peço enquanto aboto a calça.

— Pelo quê? — pergunta ainda sem fôlego.

Por eu ter te usado para tentar esquecer a única mulher que realmente me completa e me faz feliz em todos os sentidos.

— Por isso. Fomos rápidos demais. — Claro que não daria a resposta anterior a ela.

— Desde quando se desculpa por ser gostoso? Sabe que gosto de você exatamente assim — diz sedutora e pisca para mim.

— Não é isso, Cinthia, eu não devia ter vindo, você foi ótima como sempre, o problema sou eu — confesso.

— Você era um dos que eu apostava que seria um pegador convicto até os 50 anos pelo menos, mas errei de novo. — Sorri e veste sua camiseta. — Ela é uma mulher de sorte, rolou uma invejinha da minha parte, não entenda mal, estou feliz da forma que estou. — Ergue as mãos, se defendendo. — Mas espero que sejam felizes.

— Oi? — pergunto confuso, ela é vidente e eu não sabia.

— Você me chamou de Clara, pelo menos três vezes. — Merda! — Está apaixonado, Carlos, assume isso, trair não é a solução — declara com a mão no meu ombro, e nunca estive tão sem graça.

— Desculpa, Cinthia, eu não sei o que te dizer... — Conheço-a há dois anos e fazia uns meses que não a procurava. Nos conhecemos na academia e, de vez em quando, ficávamos juntos. Cinthia é avessa a compromissos, e isso fez com que nos entendêssemos de cara.

Sento em seu sofá e começo a desabafar com a mulher com quem acabei de transar. Ela apenas escuta com a maior paciência do mundo, acho que percebe o quanto estou desesperado e perdido.

Puta que o pariu, a Clara fodeu minha vida de vez.

Dois dias depois...

Estou trabalhando direto há 24 horas na mesma operação. Estamos em uma comunidade totalmente dominada por traficantes; Nessa aqui nem as UPPs — Unidade de Polícia Pacificadora — existem. Na verdade, não se trata de uma comunidade só, e sim de um complexo de comunidades que está totalmente dominado pela bandidagem. Nossa missão dessa vez é achar os responsáveis e resgatar um policial militar cujo carro está abandonado na entrada da comunidade. Pelo que já passou na mídia e algumas testemunhas nos disseram, ele foi arrancado do automóvel após uma tentativa de assalto e, logo em seguida, ao ser reconhecido como policial, foi levado pelo bando para dentro da favela. Se já estava morto? Pelo tempo, a essa altura, não temos dúvidas. Por isso essa operação: para tentar achar quem fez isso e, pelo menos, entregar o corpo à esposa, que está grávida e desesperada por notícias. Bando de covardes desgraçados!

Estamos seguindo uma pista de onde o possível corpo possa estar. Para chegarmos a essa pista, já efetuamos algumas prisões, e eles que nos disseram. Claro que só depois de usarmos de toda "educação" com eles. Para o Bope é assim: missão dada, missão cumprida! Só a damos por encerrada após cumprida com sucesso; fracasso não existe no nosso dicionário.

Aproximamo-nos mais ainda do ponto indicado. Pelo que nos foi informado, é uma espécie de tribunal do crime: ali julgam e executam quem eles acham culpados.

CRISTINA MELO

Fomos treinados para entrar na surdina e sempre pegar esses vagabundos de surpresa. Apesar de que, pelo tempo que estamos aqui, com certeza os covardes já fugiram; são iguais a ratos. Mas não desistiríamos até pegar os responsáveis por esse ato tão cruel e covarde, já prendemos quatro deles, mas queremos chegar ao mandante.

Estamos em posição para invasão e reconhecimento da área indicada. O capitão faz sinal para esperarmos seu comando. Mesmo em meio à tensão do momento, as lembranças de Clara me dominam.

— *Amor, às vezes fico imaginando como deve ser "na real" seu trabalho. Me conta um pouco como é de verdade correr atrás de bandidos. O Gustavo sempre foge do assunto, diz que é muito para minha cabeça, apesar de ele ser muito mandão e possessivo, ao mesmo tempo é tão doce e carinhoso, que não o imagino na posição de Capitão. O mesmo vale para você, é tão fofo comigo...*

— *Não me chama de fofo! Homem nenhum gosta de ser chamado assim! E o que menos sou é fofo.*

Ela me respondeu com aquele sorriso lindo que me derrubava, em seguida começou a beijar meu pescoço.

— *Você é sim, amor, o fofo mais lindo e gostoso desse mundo!*

— *Me chama de gostoso, garanhão, "o pica das galáxias", menos fofo, coração. Se algum amigo escuta você me chamar de fofo, eu estou fodido! O resto da minha vida serei alvo de chacota.*

Ela gargalhou, e esse som tinha virado o meu preferido em todo mundo.

— *Está bem, meu lindo, espetacular e fantástico deus da gostosura!* — *Ela, que estava ao meu lado na cama, montou em cima de mim e começou com seus beijos que me levavam à loucura. Aliás, tudo nela me levava à loucura.*

— Sargento! — Sinto a pancada no meu braço, dada pelo Michel, e volto à realidade. — Está no mundo da lua, cara? O capitão já fez o sinal e você está aéreo, olhando para o nada. O que anda acontecendo com você? Se liga! Foco!

— Eu estou bem, só me distraí um pouco, só isso, acho que é o cansaço — minto.

Ele assente, e sigo atrás dele para o nosso alvo. Venho trabalhando como um louco desde que voltei de férias, nem folga eu tirei ainda. Estou seguindo os conselhos do meu tio, mas sei que minha distração vai muito além de cansaço. Na verdade, o que anda faltando é um pedaço de mim, e enquanto esse pedaço não voltar, não serei completo.

Não existe um minuto do meu dia ou noite que não seja ocupado pela

Clara, pela falta que ela me faz e pelo vazio que me deixou. Vazio: essa é a palavra que mais me define depois que ela se foi.

Uma hora depois, chegamos ao desgraçado que comandou a tortura ao policial e, como imaginei, agora há apenas um corpo para resgate. O policial só saiu de casa para exercer e cumprir com seu dever e, infelizmente, confirmaremos à esposa o seu pior pesadelo – mais uma família foi desfeita precocemente.

Novembro...
Estou saindo do vestiário do batalhão quando Michel me chama.

— E aí, vizinho, que tal uma festinha para inaugurar o *apê* novo? — ele me pergunta todo empolgado. Eu queria voltar a sentir essa empolgação, mas não consigo.

Comprei um apartamento no prédio do Michel, mas já estou até arrependido. Não de ter me mudado, mas de ter comprado no seu prédio, pois ele só quer saber de farra e vive me chamando, e eu vivo fugindo.

Nada sem a Clara faz sentido. Estou vivendo como dá, tive que recomeçar do zero. Nunca mais a vi, estou sem ela há cinco meses, e naquele dia que fui à sua faculdade e recebi a notícia de que ela tinha escolhido outra vida, ali eu soube que não a teria de novo. Mas mesmo tentando muito e seguindo os conselhos do meu tio, não consigo esquecê-la. O que posso fazer se não paro de pensar nela e esse amor não me abandona?

— Nem pensar, Michel! Na minha casa não, meu apartamento não é lugar de putaria — respondo sério, indo em direção ao estacionamento. Ele faz uma careta para mim. — Não quero mulheres na minha casa, a preservarei, não cometerei os mesmos erros.

— Você anda muito estranho, Carlos. Logo você, o mestre das putarias, agora ficou puritano?

— Isso não é da sua conta, Michel. — Encaro-o de cara fechada. — Apenas não quero mais esse tipo de bagunça na minha casa, só isso. Conheço muito bem as festas que você organiza. Na minha casa não vai rolar.

Ele me olha com expressão divertida.

— Já vi que daqui a pouco está casando. Cuidado, hein, desse jeito certinho que está, já, já, vem uma e te amarra.

Mal sabe ele que isso já aconteceu.

— Não se preocupa comigo, Michel, eu sei me cuidar, fica tranquilo. Vou nessa, quer carona? — pergunto, entrando no carro.

CRISTINA MELO

— Agora é sério, cara, a parte da festa no apartamento era brincadeira, mas hoje à noite vai rolar uma festinha na casa do André. É aniversário dele, e ele me mandou te convidar. Vamos?

Eu penso logo em dizer não, mas não estou saindo muito nesses últimos cinco meses e preciso encarar a realidade. Minha esperança de voltar para a Clara não existe mais, ela deve até já estar namorando outra pessoa. Caralho, não gosto nem de pensar nessa possibilidade. Mas deve ser a verdade.

— A que horas é a festa, Michel? — Preciso tentar esquecê-la e, para isso, tenho que voltar a ter uma vida social.

— Umas 20 horas nos encontramos na garagem, tudo bem?

— Até mais tarde, então, vou nessa.

Saio com o carro e vou direto para casa. Estou na merda após um plantão de 36 horas, só quero dormir e sonhar com minha loirinha – é a única coisa que ainda posso ter com ela: os sonhos.

Horas depois, estou na casa do André, sentado à mesa. Em outra época, eu estaria me divertindo bastante no ambiente descontraído. Tem muita mulher, mas nenhuma chega aos pés da minha loirinha. Até o Gustavo veio, ele não é muito dessas festas, mas está conversando com um grupo próximo à área do churrasco, com uma loira a tiracolo, enquanto eu permaneço sozinho mais próximo à piscina. Levanto e vou ao banheiro. Não estou bebendo, não consigo mais, pois boa parte da culpa de ter perdido a Clara foi pelo fato de eu ter bebido. Se não tivesse mergulhado na bebida além do limite, tenho certeza de que aquela safada da Jaqueline não armaria para mim.

Quando estou saindo do banheiro, esbarro em alguém e vejo uma loira muito bonita.

— Desculpa, eu estava distraída — diz parecendo sem graça.

— Tudo bem, eu também estava, empatamos. — Dou um sorriso meio forçado para ela, que responde com um sorriso para mim.

— Amanda, muito prazer. — Estende sua mão.

— Carlos, igualmente. — Estendo a mão e aperto a dela, que se aproxima e me dá dois beijos no rosto.

Ela se convida para ficar sentada comigo. Depois de uma hora de um papo bem descontraído, resolvo que está na hora de ir embora. Ela pede meu telefone para anotar seu número, mas minto e digo que estou sem no momento, então ela anota o dela em um guardanapo e me entrega. Eu, por educação, coloco no bolso.

Em outra época, ela já estaria indo para casa junto comigo. Não é de se jogar fora, seu corpo é escultural, mas está muito difícil agir como antes da Clara. Foram apenas algumas transas nesses últimos meses, e toda vez me sentia péssimo depois, como se estivesse traindo a Clara, mesmo sabendo que não estava. Preciso voltar a viver a vida sem culpas, assim como ela já está vivendo a dela. Mesmo tendo consciência disso, hoje não será esse dia. Despeço-me dela e depois do pessoal. Para mim já deu, não estou pronto ainda.

— Ei, Carlos! — Estou chegando ao meu carro quando escuto o grito; é a Amanda me chamando.

— Oi? — O que ela quer?

— Eu esqueci uma coisa. — Assim que termina de falar, pula no meu pescoço e me puxa para um beijo. Fecho os olhos e só me vem uma pessoa na cabeça... Minha fantasia vai tão longe dessa vez que meus braços rodeiam seu corpo.

— Clara... — chamo num sussurro antes de aprofundar o beijo, que até agora era só um selinho.

— Ei! Meu nome é Amanda! — Ela se afasta na hora e eu saio dos meus devaneios.

— Desculpa, Amanda. Eu não posso fazer isso, ainda amo minha ex--namorada.

Ela concorda com cabeça, meio sem graça, parecendo chateada também.

Entro no carro e vou embora. Estou ferrado, nunca conseguirei esquecê-la.

CAPÍTULO 21

CLARA

Cinco meses se passaram e eu continuo exatamente na mesma em relação aos meus sentimentos pelo Carlos.

Estou tentando entender a quanto tempo as pessoas se referem quando dizem que este cura tudo, porque, no meu caso, o tempo só tem piorado tudo. A saudade que sinto dele é fora do normal.

Estou focada nos meus estudos, consegui um emprego no RH de um hospital, por indicação do Vítor. Ele intercedeu com o diretor do hospital, que é seu pai, e assim consegui um trabalho só de meio período, para não atrapalhar a faculdade. Estou conquistando independência financeira, quase não conto mais com o dinheiro do meu pai. Tenho certeza de que é só questão de tempo: assim que conseguir o estágio também na minha área, não precisarei mais de sua ajuda, pelo menos essa parte da minha vida vai bem.

Estou quase entrando de férias de novo, mas não irei para o Rio. Se fosse, seria só por um fim de semana, por conta do trabalho, e também porque não posso correr o risco de vê-lo, apesar de saber que a essa altura do campeonato, não lembra da minha existência. Mesmo assim, não consigo esquecê-lo. Aquele desespero inicial até que diminuiu, mas a dor de não tê-lo é grande demais. Tenho plena consciência de que não devo sentir o que sinto, que não há jeito de esse relacionamento voltar de onde parou, que Carlos não será de outra maneira só porque eu quero, que ele não é o homem que me dará um futuro, nem o homem que me amará como eu devo ser amada, o cara a me provar que o relacionamento dos meus pais era a exceção e que o nosso é o certo a seguir. Infelizmente, ele não é o meu "bom", como disse a Dani.

Já é noite, e estou estudando quando meu celular começa a tocar.

— Oi, Ana, e aí, tudo bem? — Tento parecer o mais natural possível. Levanto da mesa de jantar onde estou e vou para o sofá.

— Tudo ótimo, Clara. Você não vai acreditar...

Ai, meu Deus, tomara que não seja nada com o Carlos, tipo, que ele vai casar ou algo do gênero. Não suportarei, melhor não saber.

— Então não precisa me dizer. Já que não vou acreditar, não me conta, ué — digo em tom de brincadeira, mas, no fundo, se for do Carlos, é isso mesmo que eu quero: não saber.

— Sua boba! — Ela ri. — Sabe aquele teste que eu fiz há um tempo, que tinha comentado com você?

— Sim, lembro. Você me disse que passou e estava esperando eles fazerem contato.

— Pois eles me ligaram hoje, e amanhã eu começo os ensaios para a peça que estreia no próximo mês — conta toda feliz.

— Que máximo, Ana! Parabéns, sabia que daria tudo certo, estou muito feliz por você, de verdade. — Ela batalhou por isso, merece.

— Obrigada, vou te esperar na minha estreia, Clara. Não aceito não como resposta! Você, depois da minha avó, foi a primeira pessoa que acreditou em mim de verdade.

Nem pensar, eu não posso correr esse risco.

— Olha, Ana, eu não vou poder. Me desculpa, mas não vai dar, quem sabe na próxima? Estou morando muito longe agora, mas vai que sua peça vem para minha cidade, aí vou te assistir na primeira fila, combinado? Eu juro que vou ficar aqui com o pensamento positivo. E quando terminar a peça, você me liga e me conta tudo.

Ela fica muda ao telefone.

— Não vou aceitar um não como resposta, Clara. Nem que eu tenha que desfalcar minha poupança te dando uma passagem de avião, para fazer você me assistir. Por favor, você tem que vir, e sei que vai estar de férias na faculdade. A estreia vai ser num sábado, já sei que não trabalha no hospital nesse dia, então você acaba de ficar sem desculpas para me dar.

Como falo que, na verdade, não posso ir porque não quero voltar a ver o irmão dela? Ainda não consigo encará-lo de frente sentindo o que sinto.

— A questão não é o dinheiro, Ana. Você sabe. Só me entenda, por favor, eu não posso.

— Você vem, Clara. Não entendo, e se você não vier, não falo mais com você, é sério. Eu te ligo antes do Natal, agora preciso desligar, vou sair com o pessoal daqui para comemorar. Beijos.

— Ana! — Já tinha desligado e nem me deixou falar. Meu Deus, e agora, como vai ser isso?

Não quero decepcioná-la, mas acho que não dou conta de vê-lo de novo, porque tenho certeza de que ele também estará lá. Mas o teatro é grande, e também não posso fugir a vida toda, sei que nós dois não ficaremos juntos nunca mais.

Primeiro, por culpa da sua traição, que não aceitei até hoje; segundo, porque agora eu sei o tipo de cara que ele é e não serei mais enganada. Como aquela vagabunda tentou me alertar: não é homem de uma mulher só, e ele só me traria sofrimento atrás de sofrimento. E terceiro que, não estou preparada para vê-lo com outra a tiracolo. Após tanto tempo separados, eu não devo passar de mais um nome na sua agenda. Já larguei minha vida inteira por causa dele, não preciso de mais uma decepção – só eu sei como está sendo difícil ficar sozinha aqui. Mas um dia vou acordar e descobrir que não existe nem a lembrança do que ele significou. Pelo menos é o que espero; enquanto não acontece, vou levando como posso.

Janeiro...
Hoje é sexta-feira, 22 de janeiro, e estou embarcando para o Rio, para assistir à peça da Ana, que será amanhã em um teatro na Barra.

Não consegui convencê-la e ela não aceitou nenhuma desculpa, nem um resfriado que inventei ontem a convenceu.

Não tive coragem de perguntar se ele iria, e essa dúvida está me matando. Não sei ao certo se não queria que ele fosse, pois a saudade e a curiosidade em vê-lo e saber como está são grandes demais. Mas se tiver que vê-lo, que seja de longe, ainda mais se estiver com outra. Pedi à Ana para não comentar sobre minha presença e que depois ligaria para ela dizendo o que achei da peça – essa foi minha condição para aceitar o seu convite, e concordou. Disse que deixaria meu convite na portaria com o meu nome.

Eu não contei para o meu pai que viria, não queria que ficasse me esperando, pois não tinha certeza ainda, já que só resolvi hoje de manhã. Assim, o surpreendi com a minha chegada à noite. Estou de férias, e como só trabalho meio período, combinei de trabalhar nos horários da colega do outro turno para ficar livre esses dias, então está me sobrando muito tempo livre, algo a que não estava mais acostumada a ter. A Dani está enrolada com o casamento; ela e o Vítor resolveram casar, marcaram a data para agosto. Por isso não aceitaram o convite para vir ao Rio comigo esse fim de semana.

Estou com muitas saudades do Rio, não voltei para cá desde que fui embora. Meu pai e o Gustavo passaram o Natal lá em casa. Eu disse que era meu primeiro ano na casa nova e queria passar essa data ali, e eles foram. Nosso Natal foi bem legal, meu pai estava mais maleável, o que ainda me causa certa estranheza, mas eles voltaram para o Rio no dia 25 mesmo, depois do almoço.

O sábado chega e estou terminando de me arrumar no meu antigo quarto, na casa do meu pai. Ou eu desacostumei com esse calor do Rio, ou esse ano realmente está demais. Ligo o ar, pois do contrário não conseguirei me arrumar e nem fazer uma maquiagem. Estou suando muito, mas acho que agora é mais de nervoso.

Faço uns cachos no cabelo e uma maquiagem com o olho bem marcado; coloco um batom nude, escolho um vestido em um tom perolado, com uma manga curta. Tem um pouco de transparência na parte de cima, marcado na cintura, o comprimento é na altura das coxas, a saia bem solta conta com umas aplicações em renda na barra e nas mangas. É lindo, e o tecido bem delicado.

Coloco um sapato tipo *scarpin* bem alto, azul, com abertura na frente. Pego uma bolsa de mão em um tom neutro, dou uma última conferida no visual e saio. Eu já estou até um pouco atrasada, espero não pegar trânsito; não tem nada pior do que entrar num espetáculo depois de ter começado. O táxi já está me esperando na portaria, entro e respiro fundo. Seja o que Deus quiser.

Chego ao teatro faltando apenas dez minutos para o início da peça. Apresento-me na portaria com minha identidade, e eles me entregam o convite. Nossa, segunda fileira. Que máximo!

Os lugares são numerados. Assim que entro na sala para procurar minha poltrona, as luzes se apagam e toca a campainha. Ai, meu Deus, que mico! Vou pelo corredor até chegar à frente, ainda procurando. De que lado fica o meu número?

Só eu estou de pé, o que me deixa envergonhada. Uma pequena luz se acende no palco, e vejo que a letra que procuro é do lado direito, então entro na fileira, pedindo licença e me desculpando a todo momento, enquanto procuro pelo número 24. Ainda bem que ninguém pode ver meu rosto, pois devo estar da cor de um tomate.

Escuto as pessoas fazendo aquele barulho irritante com a boca, quando estão putas com alguma coisa. *Que se dane, gente, eu tenho que chegar ao meu lugar.* Não enxergo nada mais além de sombras, até que acho minha poltrona. No momento em que vou me sentar, a luz fraca se apaga e a campainha toca de novo, me dando um baita susto e, sem querer, eu bato com minha bolsa de mão na cabeça da pessoa sentada ao meu lado. Merda! Eu me sento na hora, e quando coloco a mão em sua perna para pedir desculpas, meu coração para de bater.

Eu estou imóvel, sem fala. Meu coração parece que vai pular pela boca, minha barriga se comprime com aquele famoso friozinho de que todos falam, sem conseguir olhar para o lado.

Fico com o olhar fixo em algum ponto da escuridão, não vejo nada, mas sinto tudo, paralisada na mesma posição em que sentei, minha mão não abandona sua coxa, não consigo.

Eu estou embriagada com seu cheiro. Não tenho dúvida de que é o amor da minha vida sentado ao meu lado. O homem que me deu toda a felicidade e toda a tristeza do mundo, e agora, mesmo sem vê-lo, eu consigo comprovar o que já sabia: que todo aquele amor ainda não passou.

CAPÍTULO 22

Carlos

Estou sentado, esperando a estreia da Ana, muito orgulhoso por ela ter conseguido. Minha avó não conseguiu vir, pois pegou um resfriado, mas pediu para que lhe contasse tudo nos mínimos detalhes.

O teatro está lotado, a não ser por um único lugar vazio ao meu lado. A maioria das pessoas presentes aqui devem ser convidados dos atores, pelo menos nas primeiras fileiras.

A primeira campainha toca e uma voz avisa que na terceira se iniciará a peça. Na segunda, as luzes se apagam e, logo em seguida, uma fraca iluminação acende no palco. Estou muito ansioso, pena que não se pode filmar a peça, como é minha vontade. Meus olhos não saem do palco, não quero perder nem um segundo. De repente, começo a ouvir um bochicho e um estalar de bocas. Olho para o lado de relance e vejo uma sombra vindo em minha direção. Noto que o vulto é de uma mulher. Deve ser a dona da cadeira vazia.

Tudo se apaga e a terceira campainha toca. Desvio o olhar da pessoa que se aproxima e volto a olhar para frente, porém, após dois segundos, sou atingido com alguma coisa na cabeça, tirando minha atenção do palco. Mas o que é isso? Já vou reclamar com a atrasada, quando sinto sua mão em minha perna. Eu paro de respirar. Não é possível; esse toque e esse cheiro são dela, minha loirinha.

Viro a cabeça para a direita, lentamente, e confirmo o que os meus sentidos já sabiam. Apesar da escuridão, consigo vê-la. Meu coração está além de disparado e engulo em seco a todo momento, minhas mãos estão suando. Obrigado, meu Deus!

Toda a saudade vem com força total, minha vontade é agarrá-la agora mesmo, mostrar-lhe como me fez falta, como sou incompleto sem ela, que ficar tanto tempo longe me destruiu de várias maneiras, que meu coração, mente e corpo lhe pertencem de tal forma que eu sou nada mais nada menos que uma extensão de seu corpo que venero e ainda me lembro de cada detalhe, porém não sei como agir, e o local em que estamos não ajuda. Depois de todos esses meses de angústia, estar sentado ao seu lado é uma dádiva. Sua mão continua em minha coxa, e só esse simples toque transforma todo o meu corpo, e eu pareço um vulcão adormecido que acabou de entrar em erupção.

Minha mão vai por cima da sua, meu corpo parece ter vontade própria e não obedece ao comando do meu cérebro; aperto sua mão e ela continua em silêncio na mesma posição. Minha vontade é beijá-la, abraçá-la, dizer que a amo mais que tudo e que senti muito a sua falta. Só pelo fato de estar segurando sua mão, minha dor é um pouco anestesiada. Só ela tem esse poder, só ela é minha cura.

Ela continua com a cabeça virada para frente e sem se mexer. Já eu, estou olhando seu perfil, que até na escuridão é lindo.

CAPÍTULO 23

CLARA

Puta merda! Sua mão ainda está em cima da minha e eu perdi toda a capacidade de reação. Não consigo me mexer, não consigo respirar. É tanta saudade! Minha vontade é pular no seu colo, abraçá-lo e beijá-lo até aliviar um pouco desse sofrimento todo. Esse homem ainda me domina totalmente. Como é possível?

De repente, as luzes se acendem e a peça começa com um ator bem famoso entrando em cena, mas agora eu não consigo me concentrar em nada que não seja a pessoa ao meu lado. Continuo olhando para o palco, mas, na verdade, não vejo nada, minha concentração está na presença dele, mesmo não tendo coragem alguma de olhar em sua direção. Sei que se fizer isso, meus olhos me entregarão, mais do que meu corpo já está me entregando, pois tremo da cabeça aos pés.

Ele levanta o braço da poltrona que nos separa e me puxa para um abraço, a mão que estava em cima da minha agora toca meu braço. Como é bom senti-lo assim tão perto! Não sei o que fazer, nem onde colocar minhas mãos.

Ele me puxa mais para si e beija minha cabeça. Ainda não tive coragem de olhá-lo, mesmo estando tão próxima. Quando dou por mim, estou com o rosto colado ao seu peito. Seu queixo apoiando-se no topo da minha cabeça.

Fecho os olhos e me delicio com seu cheiro. Sua mão direita faz um carinho no meu rosto e, em seguida, o levanta para que eu possa olhá-lo, e quando faço isso, fico presa em seu olhar. Está diferente, bem abatido, seus olhos transmitem desespero.

— Eu senti tanta saudade! — declara num sussurro, e eu não digo nada, só afirmo com a cabeça, querendo dizer o mesmo. Escuto a voz da Ana e me viro, desfazendo o contato com seus olhos.

Ana interpreta com o ator famoso. Nossa, que máximo! Realmente é muito boa, estou muito orgulhosa. Eu me ajeito um pouco, tentando me afastar dele, que não deixa, então fico como dá, com Carlos abraçado a mim. Seu braço direito passa por cima dos meus ombros e sua mão começa a fazer carinho em meu braço. Deixo minhas mãos no colo, segurando a bolsa com força e tento me concentrar na peça. Uma comédia, e todos no teatro riem muito.

A sensação de estar assim com Carlos é tão boa, e nada faz mais sentido do que isso, mas infelizmente sei que é uma ilusão. Por mais que o ame, sei que não posso me deixar envolver de novo, sofreria mais ainda. Ele permanece calado, assistindo à irmã. Eu, para dizer a verdade, não consigo nem assimilar a história da peça, pois meu coração parece uma bateria de escola de samba. Por que a maioria dos cafajestes são tão irresistíveis?

Vejo quando o ator desce do palco e vem em minha direção. Não ouvi nada do que falaram na peça, percebo que ele está de calça jeans, descalço e sem camisa. Logo para na minha frente e estende a mão para que eu a pegue. O teatro é uma gritaria só, acho que ele quer que eu participe da cena com eles. Quando estendo a mão para pegar a sua, Carlos imediatamente abaixa minha mão, mas de forma delicada. Ele está fuzilando o ator com os olhos.

— Escolhe outra — Carlos declara em um tom mortal para o ator, que sai disfarçadamente da minha frente e vai para a fileira de trás.

— Qual o seu problema? — cochicho. Ele me olha sério.

— Você ouviu o que ele queria fazer com você? — pergunta com a boca colada ao meu ouvido. Só balanço a cabeça em resposta, realmente não tinha a mínima ideia, e também não vou discutir isso com Carlos dentro do teatro, e ainda por cima nas primeiras fileiras.

Logo o ator sobe no palco com uma menina da plateia e começa a fazer uma dança dessas de *strip* para ela, que está sentada em uma cadeira. Ele se esfrega na menina, coloca as mãos dela em seu peitoral, fazendo a mulherada do teatro gritar, eufórica.

A Ana está de pé no cenário, olhando de cara feia para o ator, de braços cruzados, parece que ela faz o papel da namorada ciumenta, não tenho certeza, porque eu não havia prestado atenção em nada, nem sequer sei do que se trata, só que é uma comédia, mais nada.

— Sacanagem você não me deixar ir lá, olha o que eu perdi — reclamo em meio à gritaria.

— Quê? Você só pode estar de brincadeira, se acha que eu assistiria a isso sem agredir aquele atorzinho de bosta.

Quero sorrir por conta da sua reação, mas me controlo, acho até que falei demais e puxei uma conversa que não deveria, mas não resisti, tive que provocá-lo.

Que merda você está fazendo, Clara? Vai dando corda para ver o que vai acontecer e aonde vai parar.

Não digo mais nada. Uns minutos depois a cena termina, mais alguns minutos, a peça também. Todos aplaudem de pé, inclusive nós dois. Ana sorri para nós enquanto está lá em pé recebendo os aplausos do público, junto com seus colegas de cena. Eles saem do palco e todos no teatro começam a ir embora. Pego minha bolsa e ando na direção do corredor, para me dirigir à saída. Sinto quando o Carlos coloca a mão em minha cintura e passa a me guiar com seu corpo colado às minhas costas. Como vou me livrar dele?

Não posso me deixar levar por meu amor e desejos. Ter seu corpo junto ao meu é tudo o que quero agora, mas sei que nem tudo que queremos devemos fazer ou ter, ficar com Carlos nunca significaria apenas sexo. Chegamos à porta de saída, e uma menina para à nossa frente.

— Oi, a Ana mandou chamar vocês, me acompanhem, por favor.

Não, tudo menos isso. Não posso ficar mais tempo com ele ou vou acabar agarrando esse homem. Eu não sou de ferro, e ainda tem o fator amar muito, saudades, desejo, tesão e seca.

Porra, eu estou há esse tempo todo sem nem beijar na boca, e ele me alisando desse jeito, como vou resistir? A raiva que vinha alimentando dele parece tão pequena e idiota agora, em meio a tudo o que sinto por ele. Seguimos a menina por um corredor e ele me guia com uma de suas mãos nas minhas costas. A menina abre uma porta e entramos.

— Ah, você veio! — Ana me abraça eufórica. Eu retribuo, estou muito feliz por ela.

— Depois da sua intimação, não poderia deixar de vir, né?

Carlos olha surpreso de mim para a Ana. Percebo aí que ele não sabia que eu viria. Apesar de ela ter me colocado sentada perto dele, constato que foi fiel ao meu pedido de não contar nada.

— Você foi muito bem, sua pestinha. Pena que não podia filmar. — Ela sorri para o irmão e o abraça.

Olho ao redor, verificando o ambiente, notando a sala cheia, com uma mesa enorme com canapés, frutas e várias bebidas. O ator que fez a peça com ela se aproxima.

— Ana, estão chamando para fazer a foto. Olha, desculpa ter chamado sua namorada para participar da peça, foi mal — ele se desculpa com Carlos, e quando eu vou desmentir, Carlos sai de perto da Ana e me abraça por trás. Cacete, toda minha capacidade de raciocínio se esvai.

— Desculpado, mas na próxima apresentação tenta pegar as mulheres que estão desacompanhadas, só uma dica. — Ele está com algum problema? Desde quando estou acompanhada por ele?

— Vou ficar ligado, pode deixar, e mais uma vez, desculpa. Vamos, Ana? — Ele puxa a Ana, e seguem até um grupo que já os espera.

Carlos continua agarrado às minhas costas e beija meu pescoço. Ai, meu Deus, como isso é bom. Eu não posso fazer isso, é loucura! Jogaria todo esse tempo longe dele fora, não posso permitir. Dou um solavanco para frente e me afasto dele.

— Eu preciso ir.

Ele me olha com cara de quem não entende nada. O que ele pensa que é? Um *supergostoso* e irresistível?

Na verdade, ele é isso e mais um pouco, por isso precisei ir para tão longe para me manter afastada, e não vou jogar tudo fora agora apenas por um momento com ele, já que para mim seria um grande sofrimento depois.

Você já passou pela abstinência, Clara, não vai ter recaída agora. Não vale a pena, ele é como uma droga, lembra?

O prazer que se tem é apenas momentâneo, depois vem o arrependimento e o sofrimento. Ele ainda está parado me olhando. Saio da sala como um foguete, nem me despeço da Ana, decidindo ligar para ela depois. Sinto que ele vem atrás de mim e ando o mais rápido que posso.

— Clara, espera, precisamos conversar. — Puxa meu braço e me para no meio do corredor.

— Não temos nada para conversar, Carlos — digo olhando para ele, que balança a cabeça em negativa e me puxa pelo corredor até um canto recuado e deserto.

Encosta-me na parede e fica na minha frente, depois coloca uma mão de cada lado do meu corpo, me impedindo de sair. Abaixa a cabeça e me olha nos olhos.

— Você sabe que temos muito o que conversar, meu amor. Eu quase pirei esse tempo sem você. — Suas mãos vão para o meu rosto, sua boca agora está tão perto da minha, que posso sentir sua respiração.

Agora estou à sua mercê, ele parece ter o dom de me hipnotizar, não consigo me mexer e nem dizer nada, e quando menos espero, quer dizer, quando mais espero, ele me beija. E que beijo; um beijo avassalador. Minhas mãos vão para a sua nuca, o puxo mais e mais para mim; as dele em minhas costas me colam totalmente ao seu corpo. Como eu senti falta disso, falta dele!

Sinto sua ereção e todo seu desejo por mim enquanto me beija e abraça com uma vontade que me desarma inteira. Ele geme em minha boca, e minha vontade agora é que ele me possua aqui mesmo onde estamos.

Você só pode ter ficado louca, Clara! Não cai nessa cilada de novo, ele não presta!

Não posso passar por isso outra vez, piorando mais ainda minha situação, pois continuo passando e sofrendo muito. Retiro minhas mãos do seu pescoço e o empurro com toda minha força.

— Não faça mais isso! Não vou cair nessa de novo, me deixa em paz! — exijo, ainda ofegante, e ele arregala os olhos. Acho que pensava que eu já estava no papo, que me levaria para a cama e tudo estaria resolvido.

— Coração, não faz isso. Passei o pão que o diabo amassou, achando que você não me amava mais e que tinha me esquecido, mas agora eu sei que não. Depois desse beijo, tenho certeza de que também me ama e não vou desistir de você, não vou desistir do nosso amor! Eu sonho todos os dias com você, meu amor, penso em você a cada segundo do meu dia. Eu te amo, Clara, minha vida virou de cabeça para baixo depois que me deixou, e quando soube que foi embora, eu pirei! Só pensava que você tinha me esquecido e já estava vivendo outra vida.

— Cala a boca! Para de mentir, esse jogo não vai funcionar mais comigo, Carlos. Com certeza deve ter tido muitas mulheres te consolando, não sei por que faz tanta questão de me ver sofrer. Nunca te fiz nada, eu só te dei amor e você jogou tudo fora!

Ele me olha, e sua expressão é de quem não acredita no que eu estou dizendo.

Não quero mais saber disso, ele não vai mais me fazer mal, não vou permitir. Saio quase correndo dali, e ele fica lá parado, acho que percebeu, enfim, o quanto me fez sofrer. Quando chego à rua, está caindo um temporal, aquelas tempestades de verão. Puta merda, era só o que me faltava!

Olho para o ponto de táxi que, para completar minha falta de sorte, está vazio, sem ninguém à vista. Então ando um pouco até um ponto de ônibus mais à frente, onde decido esperar um táxi, protegida da chuva. A pista está vazia, passa um carro ou outro, mas nada de táxi ou ônibus. Estou encharcada por culpa da caminhada que fiz até aqui sob a chuva, e ela não para de cair. Mal vejo dois palmos à frente.

— Você está ficando maluca? — Ouço o tom irritado atrás de mim. — Vai ficar aqui no meio desse temporal? Acha mesmo que algum táxi vai passar agora? Deve estar tudo alagado por aí, sem contar que já passa da meia-noite.

— Isso não é da sua conta! — revido mais irritada ainda, ele passa as mãos pelos cabelos e respira fundo.

— Engano seu, é muito da minha conta, e você não vai ficar aqui no meio desse temporal e ainda por cima a essa hora — diz determinado e se aproxima mais de mim.

— Eu não quero saber, sai daqui! — grito e me viro de costas para ele.

— Porra, Clara! Para com isso! Essa sua birra não passa nunca? Eu não vou te deixar aqui e ponto final! Você está encharcada, vai acabar pegando um resfriado. Sem contar que não existe a mínima possibilidade de ficar aqui pelada desse jeito. — Ele fica na minha frente de novo e me olha muito puto.

— Eu não estou pelada, mas se estivesse, também não seria da sua conta!

— Com esse vestido aí todo transparente é como se estivesse, mas não vou ficar discutindo com você no meio desse temporal — me responde com um sorriso zombeteiro.

Solto o ar com força. Até que enfim entendeu e vai me deixar em paz.

— Se não vai por bem, vai por mal, mas aqui não fica! — Se abaixa e me joga no ombro como um saco de batatas.

— Ah, me solta, isso é sequestro! — Bato nas suas costas com minha bolsa, mas ele continua andando.

— Chame do que quiser, mas não vai ficar aqui. Você vai embora comigo e vou te deixar em casa e em segurança, goste você ou não!

Uma de minhas mãos confere minha bunda, e percebo que está um pouco de fora.

— Minha bunda está aparecendo! Me solta!

Ele puxa um pouco o vestido e fica com uma mão ali, segurando o tecido encharcado. A chuva cai sem dar trégua. Ele chega ao seu carro e me coloca no chão, abre a porta do carona, me coloca lá dentro e bate a porta. Ele está dando a volta, e apenas o espero, pensando em como sairei dessa.

Ao entrar, fecha a porta com uma pancada. Eu estou tremendo, não só de frio, mas de nervoso também.

Ele retira sua camisa encharcada. Puta merda! Isso é muita tentação. Disfarço enquanto ele se vira para pegar alguma coisa no banco de trás, começo a enrolar meu cabelo e olho pela janela.

— Toma, Clara. — Estende uma toalha e uma camisa preta. — Tira logo essa roupa molhada ou vai ficar doente. — Encaro-o sem saber o que dizer durante uns segundos.

— Eu não vou ficar pelada na sua frente.

Ele começa a rir.

— Não tem nada aí que eu já não esteja vendo ou que não saiba de cor. Então, não vejo por que ficar com essa roupa molhada e tremendo desse jeito.

Filho da mãe! Se acha o último biscoito do pacote. Pego a blusa e a toalha de suas mãos, enquanto ele coloca sua arma no console à frente e começa a retirar a calça jeans. Fico paralisada vendo a cena. Que deus grego!

Ele termina e começa a retirar a cueca.

— Ai, meu Deus! Você não vai fazer isso! — declaro assustada, mas ele apenas dá um sorriso de lado para mim.

— Acho que também não tem nada aqui que você já não conheça bem. Que cachorro! Sem-vergonha!

Retira a cueca e coloca um short preto e uma camisa de malha, também preta, com o símbolo do Bope – pequeno – do lado esquerdo. Fico parada sem sequer piscar, olhando. Que vontade de pular em cima dele e matar toda essa saudade que está me consumindo. Mas não posso fazer isso, seria como um alimento para o meu sofrimento.

— Quer ajuda com o fecho? — pergunta normalmente. Como consegue esse controle? Eu estou aqui toda esbaforida.

Viro de costas para ele, que desce o fecho do vestido até o final. Sinto seus lábios na minha pele me dando alguns beijos bem suaves. Ai, ai, como vou resistir a essa tortura?

— Para com isso, Carlos!

Pego a toalha e começo a secar meu corpo e cabelo. Ainda estou de costas para ele, que agora solta o fecho do meu sutiã. Eu fecho os olhos e tento me concentrar.

Não, Clara, você não pode e não vai ceder.

— Já pedi para parar — exijo, bem alterada.

— Desculpa, coração, força do hábito — defende-se e se afasta um pouco.

Retiro a parte de cima do vestido, ainda de costas, depois o sutiã e logo visto a camisa que ele me deu. Levanto um pouco para acabar de descer o vestido molhado. Sei que não devia, mas retiro também a calcinha e desço a blusa em seguida, ouvindo sua respiração ficar mais pesada atrás de mim. Eu me endireito no banco e continuo secando o cabelo. Ele pega outra toalha e me entrega para que eu sente em cima, pois o banco está todo molhado. Assim o faço, e ele continua olhando de mim para a calcinha em cima do vestido no chão do carro.

— Querendo me provocar? — pergunta com a voz carregada de desejo.

— Acho que não tem nada aqui que já não conheça de cor. Ah, na verdade tem sim, mas agora você não pode ver mais. — Ele suspira e se aproxima mais. — Quando escolheu me trair, perdeu esse direito.

— Meu amor, eu juro pelo que você quiser que não fiz aquilo. Estou sofrendo pra caralho desde que me abandonou, você não faz ideia.

Claro que faço, quer dizer, isso se ele estivesse falando a verdade, mas como sei que não está...

— Não me interessa, Carlos. Isso agora é passado, eu já te esqueci e agora tenho outra vida e estou muito feliz com ela. Você pode ligar o carro e me levar para casa, por favor?

Ele me encara por uns segundos e assente, ligando o veículo em seguida.

— Se você quer mentir para você mesma, Clara, tudo bem, mas eu sei que ainda me ama, senti no nosso beijo e agora nos seus olhos. Eu não vou desistir de você; um dia vai ver a burrice que está cometendo e o tempo que perdemos por conta da sua estupidez em não querer enxergar a verdade.

Sai com o carro do estacionamento, contudo a estrada que dá acesso até minha casa está alagada, nenhum carro passa.

— Droga! E agora? — pergunto a ele.

— Não vai ter outro jeito.

— Você não vai entrar dentro dessa água, seu louco! Vai afogar o carro.

Ele assente com a cabeça e engata a ré no carro.

— Você está certa, eu não vou entrar. Vai ter que passar a noite lá em casa.

Nem pensar eu irei para a casa dele, não vou conseguir voltar àquele lugar.

— Eu não vou lá e, pelo o que estou vendo, a estrada para o lado da sua casa também está alagada. Não estou vendo nenhum carro passando.

Ele continua concentrado no que está fazendo e parece não me ouvir.

— A estrada de trás do teatro não enche, e ela dá direto na rua em que moro. Em dez minutos, no máximo, chegamos.

— Quê? Surtou? — pergunto sem entender nada.

— Quase isso. Não consegui mais ficar naquela casa, tudo lá me lembrava você, então a vendi e comprei esse apartamento aqui.

Estou engolindo em seco o tempo todo. Meu coração está a mil por hora. Fecho os olhos e não digo nada sobre sua revelação, ainda não sei o que pensar.

Não acredito que está caindo novamente nesse papo de canalha barato!

Um tempo depois, ele entra em uma garagem de um condomínio, localizado em uma rua a alguns quarteirões de distância da casa do meu irmão. Para o carro em uma vaga. Meu estômago parece conter um monte de mariposas voando.

— Me dá sua roupa para eu colocar nessa bolsa plástica junto com a minha; se deixar aqui pode mofar.

Pego as roupas e entrego a ele.

— Tem algumas peças de roupas suas no meu armário, você deixou lá em casa, lembra?

Apenas confirmo com a cabeça. Ele trouxe minhas roupas na mudança e sabe exatamente onde estão. Por que não deu ou jogou fora? Sei lá, nem é muita coisa assim. Saio do carro, e ainda bem que sua blusa é bem comprida, considerando que estou sem roupa íntima. Ele pega a sacola de roupas, meu sapato, o tênis dele, minha bolsa e coloca a pistola em uma bolsa de viagem pequena que pega também, enrolando tudo nos braços.

— Deixa eu te ajudar. — Vou em sua direção, que bate a porta do seu lado do carro com o quadril.

— Pega só a chave aqui e tranca o carro pra mim, o resto eu dou conta. — Pisca.

Pego a chave que estava quase caindo de seus dedos e tranco o carro. O elevador já está parado, e nós entramos.

— Aperta o nove, coração.

Aperto e as portas se fecham. Parece uma eternidade aqui dentro.

— E a Ana, Carlos? Ela não vai dormir aqui? — Com essa confusão toda, nem me lembrei da irmã.

— Não, fica tranquila. Ela ia para uma festa de comemoração e depois vai dormir na casa de umas amigas. Não concordo muito com isso, mas minha avó deixou, e ela também já tem 18 anos, não tenho muito o que fazer.

Respiro aliviada. Pensei por um momento que ele tivesse esquecido dela.

— Agora só pega a chave da porta aqui, amor, e abre, por favor.

Olho para onde ele aponta com a cabeça. O chaveiro está enganchado no elástico do short. Safado! Por isso não me deixou ajudá-lo. Finjo que não entendi, pego a chave e abro a porta. Fico parada do lado da entrada, esperando-o entrar. Ele acende a luz da sala com o cotovelo e vai para outro cômodo, e eu fico parada no mesmo lugar, sem saber o que fazer.

Olho tudo em volta. A sala tem um bom tamanho, um pouco mais larga que a minha. Toda a mobília é diferente, ele tem um grande sofá agora na cor marrom, recostado em uma parede, e um *home* com TV na outra; uma mesa de jantar redonda com 4 cadeiras na cor tabaco, com cadeiras creme acolchoadas e um aparador na lateral. Na parede ao lado da mesa tem um papel de parede listrado num tom grená com creme, as outras paredes são brancas.

Vejo alguns porta-retratos em cima do aparador e a curiosidade me vence, fazendo com que eu me aproxime para olhá-los.

Fico paralisada: a maioria das fotos são minhas. Eu sozinha; eu, ele e a Ana no dia em que fui na casa da sua família; eu junto com ele; e apenas uma dele com a família. Ainda estou em estado de choque quando sinto sua mão em meu braço.

— Eu vou te mostrar o quarto e onde estão suas coisas, acho que vai querer tomar um banho.

Viro lentamente de frente para ele, e quando o olho, vejo que está sem camisa e só com o short. Sei que não devo, mas foi muita coisa junta, e eu não consigo mais segurar a saudade, então faço a única coisa que não deveria fazer.

CAPÍTULO 24

CARLOS

Chego à sala depois de colocar as roupas na máquina de lavar, menos o vestido dela – esse eu só estendi –, acho que não pode ser lavado na máquina, e se eu o estragasse era mais um motivo para ela ficar com raiva. Paro atrás dela, que está olhando suas fotos em cima do aparador, admirada. Que vontade de agarrá-la agora mesmo, mas não posso colocar tudo a perder, preciso lhe mostrar que a amo de verdade e que nunca a traí ou sequer seria capaz disso um dia.

— Eu vou te mostrar o quarto e onde estão suas coisas, acho que vai querer tomar um banho.

Ela se vira lentamente e me olha por dois segundos, e sem que eu espere, voa no meu pescoço e me beija.

Puxo-a contra mim e a aperto num abraço cheio de desejo, saudade e amor, muito amor!

Suspendo-a e ela cruza as pernas no meu quadril; minha ereção está a toda desde que a vi no teatro. E quando me falou que tinha algo novo nela que eu ainda não conhecia, aí que não consegui mais controlar o menino aqui. Caminho com Clara agarrada a mim enquanto nos beijamos.

Foi muito tempo sem minha loirinha, não vou liberá-la tão cedo hoje, é muito atraso para recuperar! Quase sete meses longe.

Entro com ela em meu quarto e nós gememos sem parar. Coloco-a na cama e arranco a minha camisa que ela está vestindo, deixando-a completamente nua, e não existe visão melhor que essa.

Espero que isso não seja mais um dos meus sonhos. Não pode ser, tudo é muito real, dessa vez é verdade, ela está aqui comigo. Tiro meu short e vou para cima dela. Começo a beijar sua boca sem controle algum; eu estou mais ansioso do que no dia em que perdi minha virgindade.

Começo a descer por seu pescoço, dando beijos bem delicados e esfomeados ao mesmo tempo, sentindo suas mãos tatearem minhas costas, braços e costelas.

— Estou muito curioso para saber a qual novidade você se referiu há pouco no carro — declaro com o tom carregado de desejo. Ela sorri.

— Curioso, não? — Morde meu pescoço. Caralho, essa mulher me deixa louco!

— Muito, coração, me fala. — Peço, mesmo já tendo notado a pequena tatuagem do infinito acima de seu quadril, que a deixou muito mais sexy – se é que é possível.

Ela me beija, sedenta.

— Acho que agora você já viu — esclarece e volta a me beijar.

Pelo que vejo, estava com tanta saudade quanto eu. Ainda me ama, tenho certeza, e isso me enche de esperança e alegria.

— Eu preciso olhar direito, não consegui ver bem. — Ela me dá aquele sorriso que eu amo, e desço bem devagar, beijando todo o seu corpo no caminho. Meus lábios se demoram em sua tatuagem recém-adquirida, a reverenciando. Ficou perfeita nela e me sinto um filho da puta de sorte por essa chance. Logo chego ao seu centro e ela já está gemendo sem controle. Não demoro muito e ela goza sob as minhas carícias. Levanto a cabeça e a vejo se contorcendo de prazer. Esse é o meu limite, preciso estar dentro dela agora.

Faço meu caminho de volta, beijando seu corpo, e só então me lembro. Caralho, onde estão os preservativos? Saio de cima dela e procuro na gaveta ao lado da cama; não estão. Porra, só falta essa, é muito azar! Abro a porta do armário, e nada! Corro para o banheiro, mas também não estão lá. Onde a faxineira enfiou meus preservativos?

— O que foi? Alguma coisa errada? — Clara pergunta, apoiada sobre os cotovelos.

— Desculpa, meu amor. Eu não acho meus preservativos. — Minha vida sexual andava um caos justamente por culpa dela.

— Você está querendo dizer que anda fazendo sexo por aí sem preservativo? Está louco? — pergunta muito irritada.

— Claro que não, meu amor. Eu estou te dizendo que nenhuma outra mulher esteve aqui.

— Você jura que quer que eu acredite nisso? — Clara começa a rir. — Só falta me dizer que não transou durante todo esse tempo. Virou santo?

Olho sério para ela, que para de rir e me encara.

— Você transou? Quantos foram? — exijo com raiva, mesmo sabendo que não posso recriminá-la e que nada mudaria, mas é instintivo.

— Não, Carlos, não estive com outra pessoa desde nós. — É machismo bobo, eu sei, mas um alívio percorre todo o meu corpo. — E você, é capaz de me dizer a mesma coisa? — exige irritada e nego, me sentindo indigno dela.

CRISTINA MELO

— Foram apenas três mulheres durante esses sete meses, Clara, e te juro que em todas as vezes era com você que eu estava de verdade e jamais outra esteve aqui em casa ou muito menos na cama em que você está.

— Não precisa dizer essas coisas para parecer bom-moço ou amenizar algo que não faz mais diferença para mim — declara em um tom fraco.

— Eu estou te dizendo a verdade, Clara. Não precisa acreditar se não quiser, estou cansado de você não acreditar em nada do que eu digo, não tenho necessidade de mentir pra você.

Ela está com a respiração ofegante e me olhando fixamente. Sei que está tentando pegar uma mentira, mas eu nunca fui tão sincero com ninguém como sou com ela.

— Droga, Carlos! Você sempre estraga tudo! — Levanta-se da cama e vai em direção ao banheiro, batendo a porta ao entrar.

Eu a empurro antes que consiga trancar, entro no banheiro e vejo que ela está chorando.

— Será que pode me dar licença? — pede, porém me aproximo dela e a abraço. Ela começa a se debater e me bater ao mesmo tempo, e eu a aperto mais no meu abraço.

— Você é um idiota!! Estragou tudo! Por que tinha que fazer aquilo? Por que tinha que me trair? — pergunta entre um soluço e outro. Beijo sua cabeça.

— Eu não fiz, meu amor. Acredite em mim.

Ela encosta o rosto em meu peito e sinto quando suas lágrimas me molham, então o ergo pelo queixo e lhe dou um beijo, tentando com ele passar todo o meu amor. Ela corresponde e logo começamos a nos beijar com mais urgência, como se dependêssemos disso para viver. Suspendo-a e a coloco na bancada da pia e a penetro em seguida. Caralho!

— Como senti falta disso, meu amor.

Ela não diz nada, apenas fecha as pernas em volta do meu quadril e geme sem controle, me beijando o tempo todo. Puxo um pouco seu cabelo para que ela incline a cabeça para me olhar.

— Eu te amo, coração, é com você que eu quero ficar para sempre, nenhuma outra pode ocupar seu lugar — declaro, completamente sincero, as únicas transas que tive depois dela, eu só consegui ir até o fim depois que imaginei que era a Clara ali; com ela não é apenas carnal, acho que nunca foi. Seus olhos se prendem aos meus e geme mais ainda com minhas palavras. Sinto que está perto e aumento a velocidade. Quando seu corpo começa a estremecer, eu não consigo me segurar e gozo junto com ela. Depois que terminamos, a abraço e acaricio suas costas, e ela fica quietinha, aproveitando o momento.

— Vamos tomar um banho, meu amor?

Ela beija meu peito e confirma com a cabeça.

Depois do banho, estou deitado com a mulher da minha vida, e não tem nada melhor do que isso, depois de ter feito amor também no chuveiro e mais duas vezes na cama. Não achei mesmo o preservativo, mas como eu nunca havia transado sem camisinha e ela me disse que estava tomando pílula... Ela ainda é minha e me ama como a amo. Não chegou a verbalizar seu amor por mim, mas sei disso. É muito transparente e não consegue mentir.

Ela já dormiu, e estou aqui acordado feito um bobo, velando seu sono e pedindo a Deus que esse momento dure para sempre. Ela é tudo o que preciso para ser feliz. Passo a mão devagar por seu rosto. É linda, e a única coisa que quero é poder tê-la em meus braços assim, todos os dias da minha vida.

Aperto-a em meu abraço e ela se vira de frente para mim, retribuindo de forma tão deliciosa! Ainda dorme, e logo joga uma perna por cima de mim. Tem um espaço generoso do seu lado da cama, enquanto eu estou bem na beirada. Como eu senti falta desse jeito espaçoso de ela dormir.

Meus olhos estão pesados, mas estou brigando muito para não pegar no sono; sei que em algum momento ele me vencerá. Ajeito o edredom sobre nós, fecho os olhos e me embriago com seu cheiro que é único e o melhor de todo o mundo.

CAPÍTULO 25

CLARA

Acordo e me vejo agarrada ao Carlos. Meu Deus, o que fui fazer?

Eu não podia ter me deixado vencer, confesso, porém, que foi impossível resistir, juro que tentei, mas não sou de ferro, caramba! Foi muito tempo longe, e não aguentava mais de tanta saudade. Mas sei que o que aconteceu essa noite não pode e não vai se repetir, não posso me entregar de novo a ele.

A primeira coisa que preciso fazer agora é sair daqui, pois se ele acordar e começar com seus beijos de bom-dia, tenho certeza que não vou resistir. Uma noite não chegou nem perto de matar minha saudade, mas não posso. Preciso me afastar enquanto sou capaz – pelo menos é o que acho.

Então reúno o pouco de forças que me resta e saio da cama bem devagar, abro a porta do armário que ele me mostrou quando saímos do banho, pego a primeira blusa minha que vejo, um short e uma calcinha. Vejo meus chinelos arrumadinhos em cima dos dele. Sorrio com tristeza por tudo que se perdeu e por tudo que deixaremos de viver. Não haverá um futuro para nós, infelizmente. Pego os chinelos, abro a porta do quarto bem devagar, chego à sala, visto a calcinha correndo, o short jeans e a blusa de alcinha branca.

Calço o chinelo, pego minha bolsa sobre a mesa de jantar, que agora não combina nem um pouco com o que estou usando, mas isso é uma emergência, pelo menos não estou pelada. Viro a chave da porta da sala, o coração na boca, já que estou parecendo uma fugitiva de verdade. E sou, e mais uma vez estou fugindo dele e principalmente de mim mesma. Não posso ser a mulher que vive apenas de momentos bons, pois apesar de ele negar, sei que é só isso que tem a me oferecer. Não posso negar que são momentos fantásticos, mas será que terei como pagar o preço que me custarão? Já passei por isso e sei que o preço é alto demais. Se me deixar envolver novamente, com certeza não existirá mais nenhuma luz no fim do túnel para me salvar.

Entro no elevador, e só então respiro; começo a ajeitar o cabelo, fazendo um coque para disfarçar o fato de não o ter penteado depois da noite intensa que tivemos. Limpo um pouco o rosto, saio do seu prédio, olho para um lado e para o outro e vejo um ponto de táxi na esquina. Vou caminhando até lá o mais rápido que consigo, e só fico mais tranquila quando entro em um deles.

Chego em casa e entro pela porta da cozinha, indo direto para o meu quarto onde passo a arrumar minhas coisas. Preciso voltar para Porto Alegre agora mesmo, sei que não vai demorar muito para vir atrás de mim, e se o vir agora não resistirei, aceitarei o que tem a me oferecer. A noite, apesar das desavenças, foi linda! Mas eu ainda não posso esquecer o que me fez, e sei que mesmo que esquecesse, voltaria a fazer. É a velha história do escorpião e do sapo: essa é sua natureza.

Confesso que fiquei muito balançada com o fato de ver minhas fotos em sua sala, isso eu sei que não tinha como ser uma armação, pois pela sua surpresa em me ver naquele teatro, ele não fazia a mínima ideia de que eu viria. Pelo menos ali, no seu apartamento, sei que não tinha levado outra mulher; com todas aquelas fotos minhas expostas, seria descabido se fizesse isso, até na mesa de cabeceira dele havia uma foto nossa, e o carinho dele em manter minhas roupas no seu armário, arrumadas em uma gaveta. Por que ele faria isso?

Olha você acreditando em coelhinho da Páscoa!

Nada fazia sentido se não fosse verdade que realmente me ama, e não vou negar que vi esse amor em seus olhos e no modo como fez amor comigo com desespero. Ele não precisava disso, poderia ter a mulher que quisesse. Mas a sua traição não me saía da cabeça e, mesmo tendo certeza do seu amor, não consigo perdoar. Pode até estar arrependido, mas quem me garante que se eu voltar, depois de um tempo, não fará de novo?

Não posso e não vou viver com essa insegurança. O pior já passou, e vou continuar com minha vida sem ele.

A quem você quer enganar, Clara? O que foi que passou? Você continua amando esse homem e não conseguiu esquecê-lo nem um minuto em todo esse tempo.

Mas eu vou esquecer.

Saio para o aeroporto uma hora e meia depois de ter chegado em casa. Despedi-me do meu pai e disse que é aniversário de uma amiga lá e eu havia prometido que iria. Nem consegui falar com o Gustavo, pois ele estava de plantão ontem. Também não poderia passar na sua casa do jeito que me encontrava. Com certeza, ele iria perceber que algo estava errado, e meu irmão é fogo, não sossega enquanto não descobre, e eu não ia dar esse mole. Depois ligo para ele.

Chego em casa e já é quase noite; só então respiro aliviada. Estou segura agora. As lembranças da noite passada não saem da minha cabeça. Tinha sido maravilhoso, como era bom com ele! Eu sei que demorarei muito tempo para me

CRISTINA MELO

entregar de novo para outra pessoa e que também não confiarei tão facilmente.

Por que o amor é tão complicado? E por que eu tinha que amar a pessoa errada?

— Dani, está ocupada? — pergunto ao interfonar para o seu apartamento. Preciso desabafar ou ficarei louca!

— Clara, que bom que chegou! Estou subindo, preciso que me ajude a decidir os arranjos do casamento. Vítor está aqui grudado na TV, o time dele está jogando, ninguém consegue sua atenção quando está vendo futebol — diz e desliga o interfone.

Uns minutos depois a campainha toca, abro logo a porta sabendo que é ela. Dani passa pela porta feito um furacão, as mãos lotadas com revistas, tablet e celular.

— Amiga, eu estou tão indecisa! Pensei em rosas vermelhas, tulipas e lírios. Qual você acha que combinaria mais com o local da cerimônia? Sem contar as flores da igreja, não consigo decidir. — Olha para mim como se eu fosse capaz de decidir por ela.

— Não sei, amiga, todas são lindas, se bem que eu gosto de rosas.

— Era a que estava pensando também — ela sorri —, mas por outro lado, eu estava pensando se não ficaria um excesso para a igreja. O que acha?

Juro que queria me envolver na conversa e ajudá-la a decidir, mas não consigo nem assimilar muito o que está falando. O Carlos não sai dos meus pensamentos, eu voltei à estaca zero novamente, não consigo controlar meus sentimentos.

— Clara! Está tudo bem? Você está me ouvindo?

— Eu tive uma recaída — confesso, e ela me olha, mas parece não entender o que eu disse.

— Com o Carlos, nós fizemos amor — esclareço, e ela continua me olhando, mas não diz nada. — Juro que tentei resistir, mas foi mais forte do que eu. Ele me levou pra casa dele... Tudo bem que foi culpa da chuva; antes de tudo, até ficou pelado na minha frente e, mesmo assim, consegui ser forte, mas quando entrei em seu apartamento e vi minhas fotos ali, não sei o que me deu, o agarrei, e ele, claro, correspondeu. Já tinha rolado um beijo no teatro, ele me disse tanta coisa linda; você não vai acreditar que meu lugar no teatro era bem ao lado dele. Fiquei paralisada, ainda me domina totalmente, nós fizemos amor praticamente a noite toda, era tanta entrega, me pareceu tão apaixonado, nós juntos fazemos tanto sentido que me assusta! Voltou a me dizer que não tinha me traído, sabe, mesmo eu tendo visto sua traição, ele pareceu tão sincero, me olhava o tempo todo com veneração, fez amor comigo de uma maneira que me fez sentir a única em sua vida — disparo tudo junto, meio sem coerência, pois na verdade falava mais para mim mesma; tudo isso estava entalado na garganta desde que saí de sua casa.

Olho para Dani, que está com a expressão de que nada do que eu disse é novidade. Fico esperando o que me dirá, mas continua calada.

— Eu sei o que está pensando, Dani, mas juro que foi só uma recaída, saí de sua casa correndo assim que acordei. Isso é normal, quem nunca teve um lance com um ex? Eu mesma já fiquei outras vezes com o Diego, depois de dizer que não ficaria mais — tento justificar, e ela continua me olhando, não diz nada, e isso está me agoniando, então a encaro esperando uma resposta.

— Não vou dizer o que você quer ouvir, Clara. E você não quer ouvir o que eu acho.

Engulo em seco. Eu comecei, agora vou ter que ir até o final na conversa.

— Você é minha amiga, Dani, claro que quero ouvir o que tem a dizer.

— Clara, você está caindo de novo, esse cara vai te destruir de uma maneira que você nem acha possível. Não sou eu quem vou dizer se deve ou não perdoá-lo, ou se ele se arrependeu ou não, a questão aqui é você. Você é minha amiga, e não quero que passe pelo mesmo que eu e me sinto na obrigação de alertá-la, só isso. Pelo caminho que está indo e pelo histórico dele, não será diferente do que foi para mim, Clara. Olha tudo que já fez por causa desse cara! Você mudou de cidade, agora trabalha, tem sua independência, está mais madura. Não regrida, amiga, pelo seu bem, todas essas fases e promessas, passei por cada uma delas, sei o que estou dizendo. Ele não te merece, logo o cara certo vai aparecer, você é linda e merece coisa melhor.

— Mas e se ele for o meu melhor? — pergunto num tom tão baixo que penso que ela não ouviu.

— Ele veio atrás de mim...

— Quem?! — pergunto com certo desespero. O que o Carlos queria com ela?

— O Max, meu ex.

Respiro aliviada por não ser o Carlos, enquanto ela está com o mesmo olhar vazio do outro dia.

— Me procurou um pouco antes de eu aceitar vir para cá com o Vítor, mesmo depois de ter me dispensado como um objeto sem valor, simplesmente apareceu e disse que se arrependeu e que me queria de volta, que a vida dele não tinha sentido sem mim ao seu lado. Acredita que mesmo eu sabendo que era o Vítor quem eu queria e amava, quase caí na ladainha dele, até que ele soltou que sabia que eu tinha outra pessoa? Aí entendi que não me amava coisa nenhuma, só não gostava do fato de ter me perdido e de eu realmente estar mais feliz sem ele. E foi nesse momento que minha ficha caiu por inteiro. Eu era feliz com o Vítor, ele era meu bom. O que veio antes dele foi só aprendizado. — Ela segura minha mão e me olha, e seu olhar agora é sereno e confiante.

— Eu quero esquecê-lo, mas não consigo, Dani. Entendo tudo que me disse, de verdade, eu mais do que ninguém entendo. Ele é a última pessoa no mundo que queria amar, estou tentando muito deixar de amá-lo, mas é mais forte que eu, e depois de ontem parece que todos esses meses que estive longe dele só serviram para aumentar mais ainda meu amor e não o contrário, como esperava.

— Clarinha, só estou tentando proteger minha amiga, mas sei que não tenho o poder de mudar seus pensamentos e sentimentos, só você pode decidir e escolher o que quer para sua vida e o que é melhor para si. Isso se chama livre-arbítrio. O que é bom ou ruim para mim, pode não ser para você. Agora tenta acalmar seu coração, que o tempo resolve tudo, minha avó sempre me dizia isso, e agora tenho plena convicção de que é verdade.

Dou um sorriso desanimado para ela. Eu tinha dois exemplos: o da minha mãe e agora o dela. Exemplos de que se eu continuasse com esse amor e essa relação, despencaria penhasco abaixo sem qualquer chance de ter uma corda ao paredão para me segurar. Então por que isso ainda não era suficiente para me convencer e fazer esse amor sair de mim?

Após um tempo, ela se despede e vai embora, ainda com dúvida sobre as flores, e eu ainda na mesma.

Em seguida, olho para o meu celular e vejo que ele nem sequer tentou me ligar. Ele me disse tantas coisas bonitas ontem, queria tanto que fosse verdade, queria tanto acreditar que ele é o cara certo e que tudo que aconteceu foi apenas um terrível pesadelo, mas infelizmente não é.

Eu queria entendê-lo, mas seus atos contradizem suas palavras. Essa é a dura realidade.

O que será que pensou quando acordou e não me viu?

Será que está pensando em mim agora, como penso nele?

Para com isso, Clara! Ele não é o cara certo para você, por mais que queira, não é ele.

CAPÍTULO 26

CARLOS

Estou sentado no sofá da sala tentando ver um filme. Não consigo parar de pensar na noite anterior. Ela ainda me ama, e isso não sai da minha cabeça.

Estou rindo feito um bobo o dia todo. Vou fazer o possível e impossível para tê-la de novo em minha vida. Todo aquele desespero que eu estava sentindo por achar que ela tinha me esquecido, depois de ontem, não existe mais. Ela ainda é minha, só minha.

Quando acordei hoje e não a vi ao meu lado, já sabia que tinha fugido mais uma vez, acho que por isso lutei tanto contra meu sono, porque a conhecia e sabia que seria justamente isso que faria, por isso queria prolongar meu tempo com ela o máximo que pudesse. Mesmo assim, valeu cada segundo que fiquei ao seu lado a noite passada.

Eu lutarei por ela e por esse amor com toda a minha força. Irei conquistá-la de novo, e sei que cada esforço que fizer vai valer a pena. Por ela vou até a lua se for preciso. Vou provar que a amo e que nunca seria capaz de traí-la; ela vai entender que mesmo se eu quisesse fazer isso, não conseguiria. Desejo-a com todas as minhas forças, e a quero comigo para passar o resto da minha vida amando e venerando cada pedacinho dela e todo o conjunto da obra.

A campainha começa a tocar e levanto para atender. Será que minha loirinha voltou? Abro a porta e deparo com o mala do Michel.

— Cara, deu ruim com a primeira-dama! Pega a pistola aí, vamos, temos que correr para a rodoviária, o Gustavo me ligou desesperado.

Meu coração acelera. Aconteceu alguma coisa com a Clara! Eu começo a tremer por inteiro.

— O que aconteceu, Michel? Fala logo! — exijo, e meu rosto deve ser de pavor, porque é justamente o que estou sentindo.

— É a Lívia, cara, a aspirante a Capitão, do dia da operação do Guilherme, lembra?

Confirmo com a cabeça e solto o ar que estava segurando. Lembro-me como o Gustavo foi o assunto do Batalhão há alguns dias. Nenhum de nós entendeu como ele permitiu que ela falasse com ele daquela forma; sempre foi linha-dura, não admitia erros e muito menos que alguém contrariasse suas ordens e comando. A mulher simplesmente o desafiou e bateu de

CRISTINA MELO

frente com ele, que para nossa surpresa ficou totalmente desconcertado. Aquele não era o Capitão que conhecemos, e tudo se confirmou quando ele passou o comando para o Fernando, coisa que nos deixou perplexos. Gustavo não é o tipo que se distrai por uma mulher bonita; em uma operação, nada tirava seu foco e controle, mas ela tirou. Por isso todos nós começamos a zoá-lo, dizendo que ficamos na dúvida de quem era o Capitão no comando, se ela ou ele, daí o apelido dela: aspirante.

Graças a Deus a Clara está bem. Pego minha pistola, a carteira e saio com o Michel.

— Qual o problema com ela, Michel? — pergunto, mais aliviado por não ser a Clara; não que eu quisesse algum mal para a menina, quer dizer, a aspirante.

— Parece que está sendo mantida refém dentro do ônibus, e o Gustavo está desesperado. Temos que chegar à rodoviária antes do ônibus, que parece já estar na altura de Santa Cruz.

Ela realmente tinha mexido com ele, que merda! Não posso nem imaginar se fosse a Clara; eu piraria. Penso na minha loirinha e agradeço por ela estar em segurança.

Estamos no carro a toda velocidade, com o Fernando, Daniel e o André também a caminho. Quando chegamos à rodoviária, Gustavo já se encontra ali. Nunca o vi tão nervoso dessa forma. Ele parece outra pessoa. Antes de nos aproximarmos, vejo-o andar de um lado para o outro, seu desespero é palpável.

— E aí, Gustavo? Alguma notícia? — pergunto a ele, que nega com a cabeça, me olha e vejo muita angústia em seus olhos e postura.

— O ônibus deve encostar aqui a qualquer minuto, temos que pegar esse desgraçado de surpresa. Se ele perceber alguma movimentação, pode fazer alguma merda com a Lívia. Eu vou matar esse desgraçado se fez algo com ela, ou se tiver encostado um dedo que seja nela, acabo com a raça dele! — Está muito transtornado, e agora vejo pânico em seus olhos.

Pelo jeito, essa mulher o fisgou mesmo. Todos percebemos como ele se abalou no dia em que a conheceu, nunca o vi daquela forma, mas agora percebo que ela o abalou muito mais do que imaginamos.

Fernando chega junto com Daniel e André. E seus olhares para o capitão também são de estranheza. Nos entreolhamos e ninguém precisa verbalizar o que está pensando: Gustavo está de quatro por essa mulher.

— Michel e Carlos, vocês ficam ao lado daquele ônibus ali parado; Fernando e André, no recuo daquele corredor, Daniel, é o melhor na pontaria, fica atrás da pilastra e eu fico atrás daquela placa ali. Vamos, tem um ônibus entrando, deve ser ele — ordena, totalmente transtornado, a frieza e o controle que sempre foram suas características simplesmente não estão lá.

Vamos todos para as nossas posições e ficamos esperando o momento certo para a abordagem. O ônibus para e as pessoas começam a descer. Vejo o momento em que Lívia desce com um sujeito colado às suas costas; em questão de segundos, o Gustavo voa em cima do cara e o joga no chão. Nós corremos e damos cobertura. Nossa, ele está com muito ódio e bate sem dó no infeliz e só para quando a Lívia o chama. Então larga o vagabundo aos nossos cuidados e vai até ela, e percebo que ele não estava só com os pneus, mas o carro inteiro arriado – completamente apaixonado. Ele logo vai embora com ela, que parece muito abalada, e nós levamos o cara para a delegacia.

Chego em casa algumas horas depois. Já tinha ligado para o Gustavo e dito quem era o meliante que estava com a mulher dele. Ainda bem que o pegamos, porque, pelo que vi, o miserável não estava para brincadeiras. Sua ficha criminal era bem suja e extensa.

Tomo meu banho, e quando olho a hora, vejo que já é meia-noite e meia. Pego meu celular e não resisto a digitar uma mensagem para ela.

Eu nunca enviei nenhuma mensagem em todo esse tempo separados. Primeiro porque queria respeitar o seu pedido, e depois, eu achei que a tinha perdido e que ela não me amava mais. Mas agora que tenho certeza do seu amor, começarei minha luta por ela.

Envio a mensagem e vou deitar pensando em como conquistar minha loirinha para sempre, porque depois que a tiver de novo, nada e ninguém nos separará nunca mais. Tenho que pensar em algo para desarmá-la um pouco e começar minha reconquista.

CAPÍTULO 27

CLARA

Estou virando na cama de um lado para o outro, pensando naquele deus da gostosura. Eu meio que já tinha esquecido um pouco de como ele era gostoso.

Para, Clara! Tinha esquecido nada!

Tudo bem, não tinha esquecido, mas também, eu estava na seca, isso deve contar alguma coisa. Tudo bem que estava nessa situação justamente por não conseguir esquecê-lo e ficar com outra pessoa não fazia o mínimo sentido para mim. Eu tinha que ter resistido; agora, em vez de aliviar minha saudade e dor, só piorou tudo, minha cabeça está uma bagunça, não sei mais o que pensar. Como toda recaída, essa também não foi boa, quer dizer, boa foi, isso não posso negar. Mas não posso entrar nesse caminho sem volta, preciso esquecer, não vejo outra maneira se não me mantiver bem longe dele.

Meu celular apita com o som de mensagem. Eu me estico para pegá-lo na mesa ao lado da cama, preocupada. Receber mensagem a essa hora não deve ser coisa boa. Abro e não consigo acreditar no que vejo: é dele.

> Oi, coração.
> Estou aqui pensando em você e sentindo muito a sua falta. Espero te encontrar nos meus sonhos, já que é a única coisa que posso ter no momento. Mesmo assim, é melhor ter um pouco de você do que não ter nada. Você é tudo de que preciso. Ainda sinto seu cheiro em minha cama, e não existe fragrância melhor no mundo. Eu te amo, boa noite e sonha comigo. Nem sei se vai ler essa mensagem hoje, se por acaso verá só amanhã ou na próxima semana, quem sabe no próximo mês ou no próximo ano. Fique sabendo que tudo que está escrito aqui não mudou e nem mudará, sempre foi você e sempre vai ser, passe o tempo que passar, eu sempre vou te amar.
> Beijos, seu Carlos.

Leio e releio várias vezes. Quem é esse Carlos? O fato de estar tão resignado e não me pedir nada em troca e nem que eu volte para ele, ou algo do tipo, mexe comigo. Ele só está me dizendo como se sente e o quanto me ama, sem amarras e cobranças. Será que ele mudou a tática? Não, ele não precisa fazer isso, realmente deve estar arrependido. Mas a grande questão é que certamente deve ser um arrependimento momentâneo, daqueles que sentimos quando perdemos algo, não de uma mudança verdadeira. Mas, mesmo assim, meu coração fica apertado a ponto de doer. Sem que eu perceba, meus dedos já estão digitando uma mensagem em resposta.

> Eu te amo tanto, meu amor! Também não paro de pensar em você, é tanta saudade que chega a doer, mas eu simplesmente não consigo, sua traição ainda dói demais, e sei que, se ficarmos juntos, não terei paz. Cada vez que tentar falar com você e não conseguir, acharei que está com outra, nossa vida será um inferno e acabaremos nos magoando mais. Eu preciso confiar, Carlos, sou assim. Me perdoa, mas eu não consigo, só o amor que sinto por você não é suficiente. Juro que queria esquecer, juro que não queria ter a bagagem emocional que tenho, seria muito mais fácil, mas essa sou eu.
> Clara

Termino de digitar e me arrependo um segundo depois de enviar. Coloco o celular de volta na mesa, e lágrimas brotam dos meus olhos. É uma dor que não passa nunca, e agora, sabendo que ele, à sua maneira, também está sofrendo, só piora minha situação. Era melhor quando eu achava que ele não ligava, pois isso acabava sendo meu combustível para seguir em frente.

> Mesmo estando tão longe de você nesse momento, sou o homem mais feliz do mundo apenas por ainda ser dono do seu amor. Vou te provar que não fiz aquilo, loirinha, e que a quero como nunca quis nada. Nós vamos superar tudo isso, amor, e seremos muito felizes, te garanto. Seu.

Ele me responde e, meu Senhor! Eu não poderia estar mais confusa. Afinal, ele é ou não um cafajeste? Ou será que é só meio cafajeste? Ou pode ser também do tipo que não aceita perder, como disse a Dani há pouco. Vou surtar com tantas dúvidas e questionamentos. Não quero ser como minha mãe, mas também não quero viver a vida com o vazio de ter deixado o amor da minha vida escapar. Pela primeira vez durante todo esse tempo, depois de sua traição, começo a duvidar se eu fui pelo melhor caminho. Será que fugir foi a melhor saída?

Na dúvida, prefiro não retornar sua mensagem, pelo menos não hoje.

CAPÍTULO 28

CLARA

Uma semana depois...

É sábado à tarde, acabei de chegar da casa da Dani, pois estava ajudando-a a se resolver com alguns detalhes do casamento. Ela estava uma pilha de nervos e muito indecisa, toda hora mudava de opinião, cada hora queria uma decoração diferente. Depois de tanto discutir, resolvi subir, já que o apartamento deles fica no terceiro andar.

Estou saindo do banho quando a campainha começa a tocar. Aposto que veio me mostrar outra ideia. Enrolo-me no robe e abro a porta, mas não tem ninguém. Quem foi o palhaço?

Já vou fechar a porta, mas escuto um chorinho de cachorro, e ao seguir o som, vejo uma caminha no chão, bem na frente dos meus pés, com um filhotinho dentro. Eu me abaixo na hora e o pego no colo.

— Ai, meu Deus! Como você é lindo!

Ele lambe meu rosto e eu o aperto muito. É um filhote de Beagle lindo, igual ao meu de pelúcia, mas esse é de verdade e muito fofo, ainda por cima está com uma gravatinha linda.

— Ainda bem que gostou! — O som que sai do canto, ao lado da minha porta, me paralisa.

Não é possível! Como chegou aqui? Ele se abaixa e pega a caminha do chão, enquanto permaneço paralisada o encarando. Isso não pode ser real.

— Como? — pergunto estática. Ele está com um sorriso lindo no rosto.

— Eu estava te devendo um presente de aniversário e Natal, achei mais do que justo trazê-lo pessoalmente, e pelo que estou vendo, acertei no presente — esclarece bem tranquilo, mas não responde ao que perguntei. Na verdade, eu queria saber como descobriu meu endereço.

— Não vai me convidar a entrar? — pergunta parado na entrada da porta, encostado no batente. Ele tem uma sacola grande em uma mão, a cama dessa coisinha linda em meu colo na outra e uma mochila nas costas. Veste uma calça jeans e uma camisa de malha preta. E eu estou apenas com meu robe vermelho e mais nada por baixo, e nos braços o melhor presente que já ganhei na vida, que agora mordisca meu queixo.

— Como você descobriu meu endereço? — pergunto, agora com mais clareza.

— Segredo de estado. Agora, eu posso usar o banheiro? — pergunta com cara de menor abandonado.

— Claro, no final do corredor à esquerda — respondo no automático e dou uns passos para trás para ele entrar. Assim que o faz, fecha a porta atrás de si, para na minha frente e me beija; só um selinho rápido, como se estivesse tudo certo e ainda fôssemos um casal. Depois de sua primeira mensagem na semana passada, continuou me enviando mensagens todos os dias, mas não tive mais coragem de respondê-las. Fico sem reação com meu filhotinho no colo.

— Já falo melhor com você, coração. É que agora eu preciso muito usar o banheiro.

Quê? É completamente louco! Deixa a mochila e a sacola no sofá, como se já conhecesse a casa, e dirige-se ao corredor. Meu queixo está no chão, tanto pela presença dele aqui quanto por essa fofura linda em meu colo.

— Você é muito lindo, sabia? — Logo me distraio com essa coisinha linda e gostosa. Coloco-o no tapete, sento sobre os joelhos e o admiro como uma criança, brinco com ele, que é lindo e muito esperto. Ele começa a cheirar o tapete e a chorar.

— Você está com fome, né? — pergunto a ele, como se fosse me responder. — Vamos ver o que tem nessa sacola.

Pego a sacola em cima do sofá, atrás de mim e, quando abro, vejo um pacote de ração, dois comedouros, brinquedos de vários tipos, bifinho, ossinho, roupinha, coleira, um pacote grande que eu não sei o que é, mas quando leio para saber, está escrito tapete higiênico.

— Acho que isso é o seu banheiro, então já sabe, nada de xixi no meu tapete, você tem o seu — advirto, apontando o dedo para ele. — Agora deixa eu colocar sua comida, você deve estar com sede também?

Pego um dos comedouros e me levanto para colocar água, sendo seguida por ele.

— Está gostando da sua casa nova? — Ele para no meu pé enquanto eu encho o comedouro com água do filtro, o coloco em um canto da cozinha e ele vai logo bebê-la. Coitado, estava mesmo com sede. — Pronto, aí vai ser o seu cantinho da comida, vou pegar sua ração.

Volto para a sala e ele fica lá bebendo água; pego o outro potinho e coloco um pouco da ração e levo para a cozinha, colocando ao lado do pote da água. O filhote come tudo, guloso.

CRISTINA MELO

— Come devagar, seu guloso, vai engasgar desse jeito! — digo enquanto, toda boba, o observo comer. Ele termina e eu vou para a sala, pego um tapete higiênico da embalagem e levo para a área; coloco-o no chão e ajeito meu lindinho em cima.

— Pronto, agora pode fazer seu xixi aí. — Não demora muito e ele faz, deixando-me toda boba, e começo a bater palmas — Muito bem! Você é muito esperto, parabéns, bom menino! Agora vamos lá para a sala.

Pareço uma criança que ganha o presente de Natal mais esperado; é o sonho de uma vida sendo realizado.

Ele vem atrás de mim correndo. O tapete já está uma bagunça com todas as coisas dele espalhadas. Sento, pego a caminha azul toda fofinha, que ainda tem um travesseiro.

— Deita na sua cama. — Coloco-o na cama, pego dois brinquedinhos e coloco perto dele. Um é um ursinho de borracha e o outro, em formato de cachorro-quente, também de borracha. Ele se ajeita e logo está dormindo.

Estou sentada no tapete, admirando meu primeiro cachorro, quando sinto um corpo atrás de mim me abraçando. Havia por uns momentos esquecido dele. O abusado está sentado atrás de mim, ajeitou-se de forma que fiquei no meio das suas pernas. Ele me abraça pela cintura e começa a beijar meu pescoço. Fecho os olhos com a sensação, ainda achando que é um sonho.

Só pode ser, Clara, aproveita, ele não teria como estar aqui e ainda por cima te trazer um presente desses.

Fico triste quando penso que, se estiver mesmo sonhando, ao acordar meu cachorrinho não estará mais aqui e nem ele, é claro. Ainda estou de olhos fechados, aproveitando a sensação dos seus beijos na minha nuca, quando sinto seu membro rígido na base da minha coluna. Abro os olhos, olho para a sua perna desnuda, logo em seguida viro-me para trás e vejo que está só com minha toalha rosa enrolada na cintura.

— Não acredito em como você é cara de pau! — acuso e ele me responde com um sorriso sexy, logo aproveitando para atacar minha boca com um beijo ao qual eu não consigo resistir e retribuo com muita saudade. Ele, por sua vez, me vira de frente, deixando-me sentada em cima dele. Sinto seu membro em meu centro, pois não tem nada nos separando, já que com o movimento de me sentar sobre ele, sua toalha se abriu.

— Carlos... — Tento parar o que estamos prestes a fazer, mas ele não me deixa falar, me cala com outro beijo. Como vou conseguir parar desse jeito?

Eu estou completamente rendida e sem forças para impedi-lo. Poxa, gente, não é fácil resistir a um homem desses, lindo, gostoso e pelado embaixo de você no chão da sua sala e, além disso tudo, o amor da minha vida, o mesmo cara que me fez largar tudo por culpa dele. Ele desfaz o laço do meu robe e agora estou completamente nua à sua frente.

— Que saudades, amor! — declara com um olhar de veneração. — Eu te amo tanto, está cada vez mais difícil ficar longe de você. — Ele beija cada pedaço do meu corpo que consegue alcançar. Rendo-me aos seus carinhos, não consigo resistir com ele assim tão perto, então minhas mãos o agarram pela nuca e o puxam para mais perto. Preciso dele agora, depois eu vejo como resolvo, mas agora a única coisa que quero é ele dentro de mim.

Apenas ergo um pouco o quadril e ele já me entende, nossos olhos falam por nós. Ele me penetra com certo desespero e estou mais do que pronta para ele. Nossos gemidos são abafados pelos nossos beijos. Não demora muito tempo, meu orgasmo chega e o dele também.

Um tempo depois, ainda estamos no chão da minha sala, simplesmente não conseguimos parar. Sério, já fizemos amor quatro vezes e não conseguimos desgrudar um do outro, não saímos daqui para nada. Terminamos a quarta rodada e ele ainda continua me beijando com cara de quem não pararia tão cedo.

— Você vai me matar desse jeito! — digo para ele, que está deitado em cima de mim, beijando o meu pescoço.

— Eu estava numa seca ferrada, coração. Se prepara que é só o começo.

Não aguento e sorrio. Ele cala meu sorriso com um beijo e começa a me penetrar mais uma vez. Uau! Não duvido de sua seca, não consigo ter dúvidas disso. Estou quase chegando ao clímax novamente quando ele começa a falar:

— Não faz mais isso, Clara. Não foge de mim, me deixa ficar na sua vida de novo, por favor — implora enquanto me olha o tempo todo nos olhos. Uma lágrima escapa dos seus olhos, e isso me abala muito.

Sei que não estou nem perto de conseguir voltar de onde paramos, pois enxergava nosso relacionamento como um cristal que havia quebrado e não tinha mais como colá-lo, e ainda havia todas as dúvidas que passeavam por minha cabeça. Preciso ter certeza de que não fará aquilo novamente e de um futuro sem incertezas e cobranças; preciso ter certeza do que quero, mas vê-lo assim – arrependido e sofrendo – me desmonta por inteiro. Afinal, ele não tinha nenhum motivo para sair do Rio de Janeiro e vir para o Rio Grande do Sul se não me amasse de verdade, mas ainda não

CRISTINA MELO

consigo perdoá-lo e passar por cima de tudo.

Beijo-o para fugir da minha resposta, não quero acabar com esse momento. Ele se entrega no beijo, e mais uns minutos chegamos ao clímax juntos.

Estamos deitados de lado e faço o seu braço de travesseiro mantendo-me de costas para ele.

— Ele é tão lindo, Carlos. Obrigada, é o melhor presente que já ganhei na vida.

— Eu sabia que iria gostar — diz, convencido. Ele levanta um pouco a cabeça e beija meu ombro. — E que nome você vai colocar nesse pestinha?

— Não o chame de pestinha! Olha como está dormindo e nem perturba. Carlos sorri.

— Ele veio fazendo bagunça do Rio até aqui, quase que me expulsam do avião por causa dele. Não consegui nem ir ao banheiro.

— Não fala mal dele, tadinho! — defendo meu filhote lindo, e o Carlos beija meu pescoço em resposta.

— E qual o nome que você vai dar pra ele? — pergunta, e na hora me vem o único nome que eu poderia dar.

— Adônis. Ele é lindo, não pode ter outro nome que não esse.

— Adônis? — pergunta, fazendo uma careta.

— Adônis é o deus da beleza, e como ele é lindo...

— É, estou vendo que fiz um mau negócio te dando ele, está até tomando meu codinome.

— Você é o deus da gostosura, não confunda os deuses — falo rindo, não aguento, e agora ele está sorrindo, me olhando.

— E quem seria o deus da gostosura? — pergunta ansioso.

— Na verdade, não existe um deus específico, mas eu diria que você seria o próprio Zeus, muito galinha e mulherengo. Ele usava todo o seu poder de sedução e até metamorfoses para conquistar todas as mulheres — esclareço descontraída, mas ele me devolve uma expressão de poucos amigos.

— Quando você vai acreditar e entender que não sou mais assim? — pergunta sério, e vejo mágoa em seus olhos.

— Não estou te acusando de nada, Carlos. Não precisa ficar assim, estava só brincando.

Ele respira fundo, levanta e vai em direção ao corredor. Então vou atrás.

— Carlos, para com isso, não precisa ficar dessa maneira por causa de um comentário bobo — peço, e ele para na porta do banheiro e me encara.

— Eu não sei mais o que fazer, Clara. Não sei como te provar que você é a única mulher que eu quero e amo. Me diz o que tenho que fazer para acreditar no meu amor? Eu juro que faço, é só me dizer — pede, olhando nos meus olhos com uma intensidade e verdade absurda.

Está exaltado, sua respiração forte, ofegante. É verdade, ele realmente me ama. Nesse momento me sinto a mulher mais feliz do mundo e triste ao mesmo tempo, pois mesmo tendo certeza do seu amor, ainda não tenho certeza se o viveremos.

— Eu não tenho mais dúvida do seu amor, Carlos, minha dúvida não existe mais.

Ele me encara com a boca aberta, piscando várias vezes.

— Então por que fugiu de mim de novo? — pergunta enquanto me olha fixamente, e não sei o que dizer. Na verdade, eu sabia o que dizer, só não sabia como.

— Carlos... — Travo, isso é muito difícil. Como vou explicar todas as minhas dúvidas e meu ponto de vista a ele, depois de tudo que deixei rolar na sala há pouco?

— Você não me ama mais, Clara, é isso? — pergunta angustiado.

— Claro que eu te amo, Carlos! E muito, eu te amo tanto que tive que fugir para não jogar fora os ideais de uma vida inteira, não teria chances de cumpri-los se ficasse perto de você, eu acabaria virando a pessoa que sempre jurei que não seria! Não posso ser essa pessoa, e estar perto de você faz tudo parecer tão pequeno diante do amor que sinto, mas não é. Não consigo esquecer, eu preciso confiar, confiar em você, confiar em mim e confiar no nosso amor.

Quando menos espero, lágrimas descem pelo meu rosto. Ele se aproxima mais e me abraça, beijando minha cabeça, enquanto eu choro em seu peito.

— Shiuuu, vamos começar de novo, meu amor. Eu espero o tempo que for preciso, sei que um dia você vai entender e perceber que eu nunca seria capaz de fazer aquilo com você. Mesmo que quisesse, o amor que sinto não me deixaria.

Eu não digo nada, só o abraço bem forte, aproveitando o momento, pois sei que nosso relacionamento agora não passará de momentos. Eu me conheço e sei que não vou conseguir passar por cima da sua traição. Mesmo o amando e sabendo que me ama, as dúvidas continuam lá e eu só queria ter o poder de fazê-las sumir.

— Agora vamos tomar um banho, e você vai me levar para conhecer a cidade — diz, mudando de assunto.

CRISTINA MELO

— Eu também não conheço muita coisa, não saio muito, estou dedicando todo meu tempo livre para estudar, pois cada período parece que fica mais difícil.

— Então vamos conhecer juntos. Já para o banho! — Dá um tapa na minha bunda e entramos no banheiro.

Uma hora depois, estamos caminhando pela rua de mãos dadas. O clima é bem fresco, a noite está linda. Eu ainda não consegui assimilar tudo o que tem me acontecido e como parece tão certo nós dois juntos assim. Olho para o outro lado da rua e vejo o barzinho em que estive umas duas vezes com a Dani e o Vítor. É bem animado, acho que ele vai gostar.

— Vamos naquele barzinho ali do outro lado, estive aqui algumas vezes e é bem legal.

Ele me puxa para um beijo.

— Isso porque quase não sai e não conhece muita coisa — resmunga com o tom ciumento que eu conheço muito bem.

Faço uma careta, como quem diz: me pegou. Ele me dá outro beijo e não fala mais nada. Logo depois atravessamos a rua e entramos no barzinho que está um pouco cheio, mas nada absurdo.

Achamos uma mesa para dois e sentamos e logo vem um garçom para anotar o pedido. Pedimos dois sucos e uns petiscos. É uma decoração bem rústica e romântica ao mesmo tempo, e a maioria dos frequentadores no momento são casais. Há até uma banda bem legal tocando MPB.

Carlos está sentado ao meu lado, com o braço por trás da minha cadeira, me fazendo um carinho no braço. Está tudo tão perfeito!

— Vamos dançar? — pergunta, já se levantando e puxando minha mão.

— Só uma música — falo para ele, que concorda com a cabeça.

Chegamos à pista improvisada, onde os casais estão dançando, e começamos a dançar também. A banda dá uma parada.

— A próxima canção é especialmente para a Clara — anuncia o vocalista da banda.

Fico completamente sem reação, olhando para Carlos, que sorri para mim. Eu vou matá-lo! Ele só pode ter feito isso quando me disse que iria ao banheiro, pois não o vi pedindo música nenhuma. Ainda bem que não me chamaram lá na frente, pelo menos ninguém sabe que eu sou a Clara. Ele cola meu corpo mais ao seu e continuamos dançando. Não consigo dizer nada sobre o fato de ele ter me oferecido uma música. Ele olha nos meus olhos o tempo todo, como se quisesse atestar o que diz a letra da música *Janeiro a Janeiro*, de Roberta Campos e Nando Reis, que é linda.

> (...) Olhe bem no fundo dos meus olhos
> E sinta a emoção que nascerá quando você me olhar
> O universo conspira a nosso favor
> A consequência do destino é o amor
> Pra sempre vou te amar
>
> Mas talvez você não entenda
> Essa coisa de fazer o mundo acreditar
> Que meu amor não será passageiro
> Te amarei de janeiro a janeiro
> Até o mundo acabar (...)

— Vou te amar para sempre, meu amor, de janeiro a janeiro, durante todo o resto da minha vida — declara-se no meio da pista de dança, depois que a música termina, e apesar de eu ver e saber que é sincero, isso não é suficiente.

Eu agora só tenho um desejo: poder esquecer toda aquela merda, diluir todas essas dúvidas e angústias, ter a certeza de que ele é o meu bom, e viver esse amor sem medos e amarras. Mas não consigo, é mais forte que eu, as lembranças estão muito vivas em minha cabeça; sei que não vou conseguir viver com esses fantasmas entre nós. Estou em guerra comigo mesma, pois meu coração quer seguir por uma direção e minha cabeça, por outra.

— Podemos ir embora? — pergunto. Ele me olha e vejo decepção em seus olhos, acho que esperava que eu dissesse a mesma coisa.

CRISTINA MELO

CAPÍTULO 29

CARLOS

Chegamos ao apartamento dela, e ainda está calada. Ela abre a porta e o Adônis vem nos receber. Clara o pega no colo e segue para o quarto, deixando-me ali na sala. Eu não sei mais o que fazer, ela não consegue enxergar que aquilo que viu foi uma armação. Já tentei de todas as formas e não consigo mostrar para ela que eu não fiz aquilo.

Essa é a única barreira para ficarmos juntos, tenho certeza, e só de pensar nisso, meu ódio por aquela ordinária da Jaqueline só aumenta. Sei que não posso culpar a Clara, pois não sei qual seria minha reação ao pegá-la na cama com outro. Na verdade, sei sim: eu surtaria, essa é a última cena que quero ver na vida. Simplesmente não consigo me conformar com essa separação absurda, pois eu a amo e sei que me ama, e isso não tem cabimento algum.

Estou sentado no sofá, com a cabeça baixa, apoiada nas mãos. Eu sempre fugi de sentir essa porra, nunca quis me apegar a ninguém dessa maneira e muito menos me apaixonar, mas aconteceu. Ela me pegou de jeito, não sei dizer em que momento exatamente me apaixonei, só sei que a amo e não tenho ideia de como será minha vida se ela não conseguir passar por isso e acreditar em mim. Esses meses longe me provaram uma coisa: sobreviver eu consigo, mas viverei com esse vazio para sempre, nunca mais serei a mesma pessoa sem ela.

— Carlos? — Sinto quando se senta ao meu lado no sofá. Levanto a cabeça e olho para ela, que está me olhando com uma feição séria. Já sei que por aí não vem boa coisa.

— Oi — respondo olhando em seus olhos.

— Eu não posso fazer isso, Carlos. Não dá mais, temos que seguir em frente. Juro que queria esquecer o que aconteceu, desfazer todas as dúvidas do meu coração, me libertar de todas as amarras e fantasmas, mas não consigo, e todo o amor que sinto por você não é suficiente. Por favor, me entenda, não quero ter metade, não posso ter só momentos com você, o quero por inteiro, mas não consigo passar por cima de tudo. Cada vez que o olho, além de todo o amor, também vêm as lembranças que tanto me machucam e por mais que eu queira deletar, não acho o botão.

Olho para ela e, infelizmente, vejo sinceridade nas suas palavras.

— Você tem certeza disso, Clara? — Encosto-me no sofá, colocando as mãos no rosto. Não tem jeito, não tive a mesma sorte do meu tio, não tenho ideia de como será daqui para frente. Só tenho uma certeza: ninguém nunca ocupará o lugar que é dela, meu coração será sempre seu.

— A única certeza que tenho é que não quero iniciar algo sem uma base sólida.

— Me diz o que preciso fazer para que tenha certeza.

— O problema sou eu, Carlos, preciso confiar e não posso conviver com esse fantasma entre nós.

Encaro-a por segundos, ela ainda acredita naquela merda, também não quero viver apenas de momentos, quero-a por inteiro em minha vida.

— Eu posso tomar um banho? — pergunto a ela.

— Claro — responde meio que de surpresa.

Levanto e entro no banheiro, fechando a porta em seguida. Pela primeira vez na vida, eu não sei como agir, mas se é isso que ela quer, vou tentar. Vou seguir em frente. Se em todos esses meses ela não mudou de ideia e nem o fato de eu ter vindo até aqui a convenceu, agora sei que acabou de verdade.

Tomo meu banho, e mesmo sem querer, algumas lágrimas descem pelo rosto. Preciso esquecer, não posso sofrer assim a vida toda.

Saio do banheiro e a encontro parada na porta. Fico parado, só com a toalha na cintura. Ela me encara com aquele olhar de desejo que eu conheço muito bem, mas também há dor neles. Por que não aceita de uma vez que fomos feitos um para o outro e que ficar longe não é a solução? Finjo não perceber como me olha, pois sei que se eu fosse para cima dela agora, cederia, e depois deixá-la seria bem pior. Sei que me ama e não resistiria, mas não vou mais insistir, agora é com ela, cansei. *Quem diria que esse dia chegaria, Carlos? Você fugindo de mulher, ainda mais da que ama.*

Passo por ela e vou para o seu quarto, onde eu tinha deixado minha mochila. Abro-a e retiro uma cueca, e quando começo a colocar, olho para o lado e a vejo me olhando com a respiração ofegante. Seus olhos agora estão marejados e ela não desvia o olhar. Visto a cueca e pego a mochila. Queria abraçá-la e dizer que tudo ficará bem, mas não tenho forças para consolá-la, ela que escolheu esse caminho, então só ela pode se desviar dele. Para mim, o que me resta é aceitar o que me pediu.

— Carlos? — ela me chama em um tom quase inaudível.

— O quê?

— Por favor, não faz isso...

— Fazer o quê, Clara? — exijo, e ela se aproxima, me abraça e não me responde. — Você está pronta para passar por cima do que pensa ter visto e viver nosso amor como ele deve ser vivido?

Ela apenas nega com a cabeça.

— Ok, também não estou pronto para ter só parte de você, então acho que o melhor é seguirmos com nossas vidas. — Estou muito puto com a idiotice dela.

— Preciso de tempo...

— Ok, entendi, fique com o seu tempo, posso ficar no outro quarto? — pergunto a ela, que ainda está paralisada me olhando.

— Carlos... — Seus olhos imploram por uma resposta que não tenho. — Eu vou pegar um edredom pra você, porque de madrugada costuma esfriar muito — diz diante do meu silêncio e segue para o seu armário.

— Do jeito que estou quente, acho difícil sentir frio. — Seus olhos voltam para os meus e vejo quando ruboriza e engole em seco. — Mas agradeço pela preocupação. — Eu me aproximo dela, que está parada, o desejo nítido em seus olhos. Pego o edredom de sua mão e saio do quarto, fingindo não notar; não darei mais armas para meu sofrimento.

Entro no outro quarto e fecho a porta. Deito na cama e tenho certeza de que o resto da noite será longa. Ter a mulher que amo tão perto e tão longe ao mesmo tempo é angustiante, não desejo isso nem para o meu pior inimigo. Planejei ficar até quarta-feira, mas depois do que ela me disse, não tem nem como, não vou mais remar contra a maré. Assim que amanhecer, eu vou para o aeroporto e tento trocar a passagem. Se não conseguir, compro outra. Ou ela quer ou não quer, não vou mais me humilhar por algo que não fiz.

Levanto às cinco da manhã, termino de me arrumar e fecho a mochila. Vou para a sala, tomada pelo silêncio, sem nem a presença do Adônis, que deve estar no quarto com Clara. Sorrio ao pensar nisso. Pelo menos ele teve sorte e a terá em sua vida, tenho certeza de que será um cachorro muito feliz. Vejo um caderno em cima da mesa e resolvo escrever um bilhete de despedida.

Oi, coração,

Eu sinto muito por tudo, nem sei o que escrever, nunca fui muito bom em fazer isso, nunca fui muito bom com palavras. Eu não sei como, e se vou conseguir, mas tentarei seguir em frente. Eu só queria que soubesse que nunca amei ninguém como eu te amo e sei que nunca amarei. Sempre serei seu, de janeiro a janeiro, enquanto eu viver, mas sei que essa luta eu perdi. Vou lembrar para sempre cada segundo que passei ao seu lado.

Só espero que seja muito feliz.

Eu te amo.

Carlos

Deixo o bilhete em cima da mesa e vou embora. Sei que dessa vez é para sempre, não sei nem se a verei de novo um dia, mas de uma coisa tinha certeza: eu nunca mais a teria, não se não fosse por inteiro.

CAPÍTULO 30

CLARA

Acordo com o ganido do Adônis, que chora e arranha a porta do quarto para sair. Coitadinho, deve estar querendo usar seu tapete. Vejo que é muito cedo, pois ainda está escuro. Tive uma noite muito ruim, nem sei em que momento peguei no sono.

Minha vontade era abrir essa porta e me jogar na cama do Carlos, pois saber que ele estava dormindo no outro quarto e eu nesse, sozinha, era absurdo! Não esperava essa atitude dele, juro que achei que ele entraria no quarto a qualquer momento, mas isso não aconteceu, ele realmente tinha se magoado com o que eu disse sobre seguirmos em frente, separados.

E é isso mesmo que quer, Clara? Pelo amor de Deus, você ama esse homem! Então passa por cima disso, ele está arrependido e jura que não fez aquilo, vai ver nem se lembra, ainda estava bêbado quando o fez. Você vai jogar sua felicidade fora por conta de um erro? Vai deixar que erros de uma vida que não era sua, definam o que deve ser, seguir ou viver?

É aqui que ele está, ele viajou quilômetros para te ver e ainda realizou o seu sonho de ter um cachorro. Ele se lembrou da conversa que tiveram logo no início do namoro sobre o fato de ser louca para ter um animal de estimação. É lógico que você é importante para ele, não tem como duvidar mais, esse cara te ama e é você quem ele quer. Hora de deixar todas as dúvidas e malas que não são suas e seguir sozinha, seguir a sua vida da sua maneira e não em cima de modelos que criou. A vida é feita de riscos e surpresas, não tem como anteceder o futuro. Se o coração diz que deve arriscar e que ele é o seu bom, por que não tentar? Acha mesmo que será melhor sem ele?

Levanto da cama com ímpeto, o Adônis não para de chorar. Abro a porta do quarto e ele vai direto para a sala, e eu vou para o quarto onde o meu amor está. Tentarei passar por cima do que vi, afinal, eu não suporto mais ficar longe dele. Ficar longe acabou sendo pior do que toda a dor momentânea que tive. Abro a porta do quarto muito feliz e decidida. Quando vejo a cama vazia, o sorriso morre em meu rosto. Cadê ele?

— Carlos? — chamo na porta do banheiro e nada; abro e ele não está. Vou para a sala e só encontro o Adônis chorando na porta de entrada. Será que saiu para correr ou algo do tipo?

Pego o Adônis, pois do jeito que chora, vai acordar os vizinhos. Quando passo pela mesa, vejo um papel que não estava ontem.

AMOR SÚBITO

É um bilhete. Começo a ler, e meu coração se aperta de uma maneira que me faz pensar que irá explodir no peito. Imediatamente lágrimas brotam em meus olhos. Ele foi embora e nem se despediu, a única coisa que deixou foi esse bilhete atestando tudo o que disse ontem à noite. Havia aceitado tudo sobre seguir em frente, só quem não aceitou fui eu. Toda a alegria e esperança que estava sentindo agora há pouco, sobre uma reconciliação, se esvaem junto com minhas lágrimas que não param de cair.

A dor da perda volta com força total, até o Adônis está sentindo o seu abandono, pois continua chorando na porta, enquanto eu choro agachada, encostada na parede de entrada da sala. Choro descontroladamente, fico assim por quase uma hora, até que me dou conta de que talvez não fosse para ser mesmo. Isso deve ser um aviso do destino, dizendo que lá na frente eu iria sofrer mais ainda, como me alertou a Dani.

Então, dona Clara, hora de fazer o que pediu a ele e disse que faria: seguir em frente.

Uma semana se passou e eu ainda sinto seu cheiro pela casa. Ele não me ligou ou enviou uma mensagem sequer, e estou aqui me readaptando ao vazio que era minha vida sem ele.

Pelo menos, agora tenho um companheiro que entende a minha dor. Ele está mais tranquilo e mais apegado a mim; depois de passar dois dias inteiros chorando na porta de entrada, sentindo a falta do Carlos, conseguiu se acostumar com a falta que ele nos faz. Quanto a mim, continuo na mesma, sobrevivendo.

Mais uma semana se passa e eu não consigo arrancar de dentro de mim essa angústia que parece me sufocar. A dor de sua perda só faz aumentar, não estou mais conseguindo me concentrar nem na faculdade, e no trabalho então, nem se fala. Não sei mais o que tenho que fazer para acabar com todo esse sofrimento.

Na verdade, você sabe sim, dona Clara, só não quer aceitar.

Mas eu aceitei, perdoei sua traição e afastei minhas dúvidas e fantasmas, porém ele foi embora e nem se despediu. Se tivesse ao menos me dito que iria embora, não deixaria, lhe diria que ele era tudo o que queria e precisava, mas agora é tarde. Faz quinze dias que se foi, deixando só aquele bilhete que não tenho mais coragem de reler ou sequer jogar fora. Querendo ou não, é uma lembrança sua, mesmo que dolorosa, é uma lembrança de que ele realmente existiu.

Os dias, semanas e meses que vieram depois não foram diferentes. O vazio é insuportável, e a dor ensurdecedora que me cerca é sufocante tanto que chega a beirar o desespero. Meu trabalho, a faculdade e o Adônis são o que me animam a seguir em frente. Minha rotina é basicamente estudar, trabalhar e cuidar do Adônis. Saio algumas vezes com alguns amigos da faculdade, mas nada me distrai o suficiente. O barzinho ao qual fui com ele é um que me recuso a ir, as lembranças das minhas memórias e do meu apartamento já são suficientes, não preciso de mais nenhuma tão viva.

Acordo, e o tempo mais uma vez se parece com meu estado de espírito. Está uma manhã de junho fria e nublada. Mais um dia: é assim que eu estou vivendo nesses últimos meses.

Chego ao trabalho às oito em ponto e logo sou recebida com desespero pela Débora.

— Bom dia, Débora, o que aconteceu? — pergunto, pois mal entro na sala, me puxa e volta para trancar a porta.

— Você não soube? — pergunta agoniada.

— Não, o que houve? — Pelo seu desespero deve ser algo muito sério.

— Estava agora no banheiro, e a Nair, secretária pessoal do Doutor Ricardo, entrou. Eu estava em uma das cabines, por isso ela deve ter achado que não havia ninguém no banheiro. Então a escutei dizer... — Ela faz uma cara de indecisa, do tipo se fala ou não. Mas agora começou, vai ter que ir até o fim.

— Fala logo, mulher! — a encorajo.

— Ela disse que uma de nós duas seria mandada embora, devido aos cortes de efetivo que estão sendo feitos. E como sabemos que você é indicação do filho dele, já sabemos quem será demitida: eu — diz com lágrimas nos olhos, e meu coração se aperta. Ela é viúva, com dois filhos ainda pequenos. Não preciso nem pensar muito, minha decisão vem na hora.

Às 10 horas da manhã já estou em casa, triste por perder o emprego, mas aliviada porque a Débora e sua família não passarão por uma situação ruim.

Eu não tive outra alternativa. Meia hora depois, quando o Doutor Ricardo chegou, entrei em sua sala e pedi demissão, aleguei que a carga horária junto com a faculdade estava pesando para mim e precisava focar nos estudos. Agradeci a oportunidade e me despedi do meu primeiro emprego.

Agora me sobraria mais tempo livre do que preciso. Na próxima segunda procurarei outro emprego, não quero voltar a ser totalmente dependente do meu pai.

São onze da noite e ainda estou estudando, as provas começam semana que vem, e preciso manter a média boa que venho tendo até agora. É tanta coisa para estudar que às vezes piro.

Olho a hora novamente: já passa de uma da manhã. Adônis está totalmente apagado ao meu lado na cama.

— Bela companhia você, Sr. Adônis! — falo bocejando, pois o sono está me vencendo também...

Desperto no susto, com o som do meu celular...

CAPÍTULO 31

CARLOS

Não tem sensação melhor nesse mundo do que sentir a Clara em meus braços. Eu estava me segurando muito para não a agarrar na sala de espera, me doeu tanto não fazer isso, ver o desespero dela e não poder consolá-la acabou comigo.

Sei que concordei em seguir em frente, mas só eu sei como tenho vivido esse tempo todo sem ela. São uma dor e um vazio que não passam nunca. Eu me segurei muito para não voltar mais à casa dela. Então, para tentar preencher o vazio que ela deixou comigo, enfiei a cara no trabalho. Entrei como sócio com o meu tio, e agora organizo voos de parapente aqui no Rio, fora o trabalho no batalhão, é claro. Como meu tio me disse, quanto menos tempo livre e mais cansado, melhor para conseguir levar isso e amenizar o vazio dentro de mim.

Confesso que tentei seguir em frente de outro modo também. Eu saí com uma menina lá do meu condomínio algumas vezes, mas não deu certo. Chegava na hora da transa, eu sempre inventava uma desculpa. Pode parecer loucura, principalmente para um homem como eu, mas não conseguia transar com mais ninguém depois que reencontrei Clara naquele teatro e soube que ela ainda me amava. Não parava de pensar na minha loirinha, e percebi que a Tamires estava se prendendo muito e esperando algo que eu ainda não podia dar a ninguém. Ela é muito legal, temos algumas coisas em comum, mas não passa disso, por isso já tem uns dias que estou fugindo dela. Não quero magoá-la, já que na maioria das vezes nossos assuntos terminavam com o nome da Clara.

E ontem aconteceu essa tragédia com o Gustavo, e meu destino volta a se cruzar com o amor da minha vida. Tinha que ser eu a avisá-la, então tomei coragem e liguei. Minha vontade era estar ao seu lado quando desse a notícia, poder abraçá-la. Mas a distância não me permitiu e segurei esse abraço até agora. Estou me embriagando com seu cheiro, mas ela se afasta bruscamente, na mesma hora em que o Michel passa por nós. Clara o encara apavorada, logo em seguida me olha da mesma forma, só que eu estou com um sorriso congelado em meu rosto. Apesar das circunstâncias, estou muito feliz em vê-la de novo.

— Fica calma, ele já sabe que tivemos um lance. — Tento acalmá-la, todo seu corpo ficou rígido, assim que notou Michel. Meio que contei para ele quando escutei a Lívia pedindo para ele ligar para a Clara. Eu disse que ela já sabia, acabei falando alguma coisa por alto, e o resto eu explicaria depois. Michel, por sua vez, fez questão de me lembrar que quando o Gustavo soubesse, iria me matar. Mas eu não poderia ter castigo pior do que já estou tendo; ficar longe dela é pior do que tudo no mundo.

— Um lance? Foi isso que tivemos? — exige, com os braços cruzados, me olhando, e pelo seu rosto, sei que agora não está mais sem graça e sim com raiva. Caralho, falei merda!

— Não, claro que não, foi só modo de dizer, só isso. Não fica assim.

Ela respira fundo, fecha os olhos, apoia a cabeça em meu ombro e permanece em silêncio por segundos, em que aproveito para me embriagar do seu cheiro que me alucina.

— Obrigada, por me ligar... — começa com tom ameno, um de seus braços rodeia minha cintura e estou pouco me lixando sobre o que as pessoas vão interpretar pelo fato de eu estar fardado. Sinto falta dela a cada segundo do meu dia. — Eu senti tanto medo... — Meu telefone a interrompe e ela se afasta um pouco para que eu atenda, seus olhos vão para o aparelho antes mesmo que eu consiga ver a imagem com clareza e puta que o pariu! Devolvo o aparelho ao bolso, mas tenho ciência de que ela viu a imagem de Tamires abraçada a mim, já que a chamada foi pelo WhatsApp. Todas as palavras parecem que foram arrancadas de mim.

— Clara, eu... — não sei por onde começar a explicar a foto que acabou de ver.

— Tudo bem, Carlos, não me deve explicações. — Seu tom sai apático e não me encara.

— Sei que... — Passo a mão pelo cabelo buscando em minha cabeça o melhor jeito de falar sobre Tamires.

— Você fica lindo de farda, mas devo confessar que prefiro sem. Uma pena você já estar em outro lance — declara com o tom frio e acusatório, então se vira e sai como um foguete pelo corredor.

— Clara! Desculpa, não é nada disso, droga! — Puxo seu braço mais uma vez para que me olhe e me escute.

— Não me interessa, Carlos! — Ela me encara com ódio. — Não estou aqui por sua causa; não temos nada um com o outro, já acabou, não é? Não importa mais, já deixou isso bem claro, agora eu tenho que ir, preciso ver meu irmão, dá licença.

Puxa o braço do meu aperto e vai a toda em direção à sala de espera. Sigo-a, não posso deixá-la pensar isso. Estou bem atrás dela quando meu braço é puxado e eu travo em meu lugar.

— Aqui não, cara, depois vocês conversam. Eu não sei em que pé anda a relação de vocês, mas a Clara está nervosa por conta da situação, então alivia aí. Estamos em um hospital, é um momento bem delicado, não é hora pra isso.

— Eu a amo pra caralho, Michel, não sei mais o que fazer, toda vez que acho que vamos nos aproximar de novo, uma merda acontece — desabafo com desespero e ele ergue as sobrancelhas, surpreso.

— Tem quanto tempo que estão saindo ou estavam?

— Tem muitos meses e a quero para a vida toda, Michel, nunca amei ninguém como a amo, mas ela não consegue acreditar nisso — digo completamente frustrado.

— É, meu amigo, você está muito, mas muito fodido quando o Gustavo ficar sabendo disso. — Michel dá um tapa em minhas costas.

— Eu a amo, Michel, não escolhi isso.

— Sei que não, bem-vindo ao clube, mas eu não queria mesmo estar na sua pele quando isso chegar aos ouvidos do Gustavo. Vamos nos concentrar na recuperação do nosso amigo, tudo se ajeita no tempo certo. — Bate em meu ombro e faz seu caminho pelo corredor.

Eu passo as mãos pelo cabelo, derrotado. Sigo atrás dele até a sala de espera. Clara não está mais ali, deve ter entrado para ver o Gustavo, já que a Lívia está aqui. Eu me sento e fico esperando-a sair. Essa porra irá durar até quando? Não aguento mais essa situação!

Vou até a cantina, preciso me acalmar um pouco ou farei uma besteira, como agarrá-la aqui, na frente de todos. Caramba, ela é muito complicada!

E cada dia que passa, eu a amo mais, em vez de esquecê-la. Será que dessa vez ela me esqueceu? Foi escolha dela não ficarmos juntos, não foi? Então por que está tão irritada? Acha que eu queria estar longe e sentindo falta dela a cada segundo? Hoje, depois de abraçá-la e perceber como ela me abraçou também, senti amor e saudade em seu abraço, mas aí a porra da Tamires me liga para foder tudo de novo. Sei que ela ainda se importa, só não sei como vou sair dessa situação e fazê-la acreditar que não tenho mais nada com Tamires e que não consegui ter justamente por causa dela.

Estamos de volta à loucura!

Que caralho! Eu só quero voltar a ter uma vida, só isso. Não suporto mais viver assim!

Volto para a sala de espera trinta minutos depois e a encontro. Está falando alguma coisa com a Lívia, em seguida se despede dela e sai da sala com o pai. Droga, será que foi embora?

Despeço-me do pessoal e digo que volto amanhã. Vou o mais rápido que consigo atrás dela. Quando chego ao estacionamento, já a vejo entrar em um carro junto com o pai. Ela está indo embora. Fico parado, olhando o veículo se afastar, me sentindo um nada e sem saber o que fazer. Essa mulher me domina totalmente e me tem por inteiro em suas mãos, mesmo que eu não queira.

Um mês depois...

Estou em uma festa de formatura, me sentindo totalmente sem ambiente e deslocado, mas havia prometido a Tamires que viria, então eis-me aqui. Mesmo sabendo do seu encantamento por mim, nos tornamos amigos, já que é a única coisa que posso lhe oferecer agora. Ela está se formando em Odontologia. Fiquei sem graça de negar seu pedido. Afinal, é muito legal, e me senti na obrigação de vir.

Estou esperando por Tamires, que vai receber o seu diploma agora. Observo-a subir no palco, feliz pelo sucesso conquistado. É muito bonita, mas não consigo gostar dela, pois a Clara ainda preenche todo o meu coração. Desde o dia do hospital, não tive mais notícias dela. Perguntei para o Michel se sabia, então ele me disse que Clara havia voltado para o Sul dois dias depois de ter vindo ver o Gustavo, já que entraria em período de provas. Justamente por isso me segurei para não entrar em um avião e ir atrás dela para resolver a questão; sei o quanto sua faculdade é importante e sabia que atrapalharia seu foco e não queria prejudicá-la, mas não desisti da ideia.

Saio dos meus pensamentos com a Tamires me abraçando, muito feliz. Sorrio e retribuo o abraço, e quando olho para o lado, meu sangue congela. Porra, é a Clara! Isso é possível? Está parada me encarando, seu rosto vermelho. Então me afasto da Tamires na hora, quase a derrubo pela forma rápida com que me desvencilho dela.

— O que foi, gato? Levou um choque? — Tamires pergunta parecendo confusa, mas ela está certa. Eu havia levado um choque. E que choque!

Olho para a Tamires e em seguida para a Clara, que está fazendo uma careta misturada com desprezo que eu conheço muito bem. O que ela está fazendo aqui?

Ela se vira com ímpeto e sai pisando firme. Conheço aquele andar, e sei que está com muita raiva.

— Desculpa, Tamires, mas eu preciso ir. Depois falo com você, agora tenho que resolver uma questão muito importante. — Nem espero por sua resposta, saio em disparada atrás da Clara.

— Clara! — chamo, mas não para e continua andando; eu seguro seu braço, fazendo-a parar. Ela se vira e me fulmina com os olhos. Sua expressão tão irada quanto no dia em que a infeliz da Jaqueline armou para nós.

— Me solta! — exige com o tom cheio de ódio e tenta tirar seu braço da minha mão.

— Eu não vou soltar, você vai me ouvir! Estou cansado dessa briga de gato e rato!

— Eu não tenho mais nada pra falar com você, e sei que nem você comigo, gato. — Sorri, mas sei que é de nervoso. — Agora me solta! — Seu tom é de deboche e sua respiração está muito alterada. Ela ainda me ama e constato seu ciúmes. Mesmo sem querer, sorrio.

— Mas nós vamos conversar, gata! Acho que já deu desse sofrimento todo — revido no mesmo tom e ela faz outra careta.

— Eu percebi como você está sofrendo! Agora me deixa em paz e volta para sua gata, porque eu não passei de apenas um lance.

Porra, de novo esse assunto?

— Você vai me ouvir, Clara! — Puxo-a pelo braço.

Essa droga está cheia e preciso de um lugar mais reservado para conversar com ela.

— Me larga, seu animal! Está me machucando! Não me interessa nada que tenha a me dizer.

Continuo a puxando, ela não vai fugir dessa vez.

Vejo um canto mais reservado e sigo para lá. Encosto na parede, a prendo com uma mão de cada lado e a olho nos olhos.

— Me escuta. Não é o que está pensando, a Tamires agora é só uma amiga, não temos nada.

— Sério? Não me diga! E qual é o próximo lance agora? — zomba irritada.

— O quê, Clara? Queria que eu virasse padre? Porra, você que me dispensou, lembra? Então não me venha cobrar nada, estou cansado disso, não sabe a merda que venho passando.

Ela arregala os olhos com minha atitude e minhas palavras.

— Ah, imagino! Deu pra ver como anda "deprimido", mas isso não faz diferença para mim. A única coisa que quero agora é que você me deixe ir. Não me interessa, pode comer o Rio de Janeiro todo, o Brasil e o mundo! Eu não ligo, que se dane! Agora sai da minha frente! Você não faz mais parte da minha vida, não farei mais papel de boba, e sei muito bem que não virou padre! Aliás, estou até surpresa, antes você variava bastante, tantos meses assim com a mesma? Vergonhoso para sua reputação, Sargento. — Exala sarcasmo.

— Clara, me escuta, não é o que...

— Que porra é essa?! — Escuto a voz do Gustavo. O que ele está fazendo aqui também? Era só o que me faltava. Olho para Clara e a vejo travada, olhando para ele.

— Está surdo, Carlos?! Pode tratar de me explicar que diabos você quer com a Clara!

É praga, só pode ser!

Viro-me para encarar o Gustavo, não vou baixar a cabeça. Eu amo a Clara e ele tem que aceitar isso.

— Gustavo, fica calmo. Não é nada disso que está pensando — Clara entra na minha frente e fala com o irmão antes de mim. Claro que era o que ele estava pensando, que merda ela está dizendo?

— Eu perguntei para o Carlos, Clara. Eu quero saber com que direito ele te arrasta pelo braço dessa maneira. O que existe entre vocês? E quando isso começou? No hospital? Você é muito velho para ela, não, Carlos? Minha irmã ainda é uma criança!

Ele está muito puto, mas terá que entender e aceitar que eu a amo, e se não estou com ela no momento, é por culpa dela e não minha.

— Eu não sou criança! Eu fiz 21 anos, esqueceu? E o Carlos tem vinte e sete, você devia se enxergar antes de acusar as pessoas.

Fico feliz com a defesa dela, mas eu tenho que dar uma explicação ao Gustavo. Ele só está preocupado com ela, sei disso.

Passo a mão no braço dela, para que me deixe falar.

— Olha, cara, eu e a Clara nos conhecemos em uma boate. Isso já tem uns dois anos, eu não sabia que ela era sua irmã a princípio, descobri um tempo depois, mas te garanto que minhas intenções com ela são as melhores, eu a amo. — Encaro-o nos olhos e sinto que leva um baque com minha revelação.

— Deu para perceber o quanto me ama quando te peguei com aquela piranha! — Sério que ela iria falar disso de novo e na frente do Gustavo?

— Coração, eu já te expliquei mil vezes. Acredita em mim, pelo amor de Deus! Eu te amo!

Ela trava, acho que não esperava que eu confirmasse meu amor na frente do Gustavo. Não ligo para quem estiver ouvindo, eu só a quero de volta. Não é possível que depois de todo esse tempo e sofrimento ela ainda ache que eu a traí!

— Como eu não fiquei sabendo disso, Carlos? Ela é minha irmã! — Gustavo pergunta, mas agora sinto que está mais tranquilo. Ainda confuso, mas calmo, e noto até um pouco de pena em seu olhar.

— Que fique claro, não é porque eu voltei que vou te perdoar, eu voltei por causa da minha família, não por sua causa.

Levo um susto com a declaração da Clara. Ela tinha voltado? Fecho os olhos e sinto um alívio sem igual. Ela está de volta, o meu amor voltou para perto de mim, e agora eu não a deixaria fugir mais. Ela seria minha de novo, nem que eu tivesse que ir até a lua para isso. Ela voltaria a ser minha.

— Eu converso com você depois, Carlos, e o mesmo vale para você, Clara.

Escuto a promessa de Gustavo, mas ainda estou em estado de êxtase com a notícia do retorno dela. Olho-a, que me devolve o olhar, sem graça. Acho que foi pelo Gustavo ter descoberto nosso envolvimento, sei lá, nem sei em que tipo de relação estávamos, mas sei que voltaríamos a ter uma. Pela sua reação há pouco ao me ver com a Tamires, sei que ainda me ama.

— Vamos para minha casa, meu amor? Nós temos muito que conversar — imploro, e ela arqueia as sobrancelhas.

— A única pessoa com que eu tenho algum tipo de conversa é com meu namorado. Aliás, já estou atrasada para encontrá-lo. — Que porra é essa de namorado? — Que foi, queria que eu virasse freira? — Não é possível.

Ela se vira, vai embora, e estou completamente sem ação. Essa notícia me pegou desprevenido. Claro que é possível, ela é linda, e burro seria quem não quisesse namorá-la. Meu desespero agora é real, esse era meu maior medo. Uma coisa é deduzir que isso esteja acontecendo, outra coisa é ter certeza.

Isso não vai ficar assim! Não mesmo!

CAPÍTULO 32

Clara

Saio de perto dele muito puta da vida. Que filho da mãe! Ainda tem coragem de ficar se declarando para mim na frente do Gustavo, que ódio! Sabia que estava seguindo muito bem com sua vida, ninguém me contou, eu vi. Sou tão idiota que mesmo sabendo quem ele é ainda continuo sofrendo!

Mas foi você que falou para ele seguir em frente, Clara.

E ele foi correndo, o canalha!

Eu que não iria lhe dar o gostinho de saber que não tive outra pessoa durante esse tempo, enquanto ele estava desfilando com aquela mulher. Ainda vem me dizer que não tem mais nada com ela. É claro que tem, senão não teria vindo à sua formatura. Cretino, continua safado como sempre. Não quero nem olhar na sua cara, ainda tem a cara de pau de me convidar para sua casa.

— Pai, eu já vou indo. Encontrei uma amiga e ela vai me dar uma carona. Tenho que passear com o Adônis, ele deve estar agoniado. Avisa a Lívia e o Gustavo que já fui, depois falo com eles.

Falo com o meu pai, com a dona Cláudia e saio. Não consigo mais ficar aqui, não quero esbarrar com o imbecil do Carlos de novo.

Estou em pé em frente ao salão onde está acontecendo a festa, esperando um táxi, com muita raiva! Só de imaginar que pensei em voltar para ele... Ainda bem que foi embora do meu apartamento antes que eu fizesse essa besteira. E ainda por cima fiquei me sentindo culpada esses cinco meses, achando que fui muito radical com ele quando foi para Porto Alegre atrás de mim.

Que trouxa que eu fui! Ele vai ver se vou sofrer mais por sua causa. Mas não vou mesmo!

— Oi.

Olho para trás para ver quem está falando comigo e vejo que é ela, a mulher que estava com aquele galinha ordinário. Fico a encarando, mas não digo nada. O que essa mulher quer comigo?

— Eu só queria te dizer que o Carlos está comprometido. Eu sei que

CRISTINA MELO

você é a ex dele, mas agora ele está comigo e estamos muito bem. Então, por favor, não fica andando atrás dele, estou te pedindo na boa.

O quê? Era só o que me faltava! Jura? Eu mereço!

Minha raiva vai além do limite agora. Quem essa periguete pensa que é para falar assim comigo? Olho-a de cima a baixo com meu olhar de desprezo.

— Em primeiro lugar, quem está atrás de mim é o seu namorado. Você deveria resolver isso com ele. Se não se garante, o problema não é meu. Em segundo lugar, quem o dispensou fui eu; e em terceiro lugar, eu não lhe perguntei nada e não lhe devo satisfações — esclareço com o tom bem baixo, encarando-a o tempo todo; minha raiva é mortal.

— Escuta aqui, garota, eu estou falando sério, não chega perto dele! — Agarra e aperta meu braço.

— Me solta, sua louca! — Puxo meu braço de sua mão e a empurro. — Você está sendo ridícula! Não encosta em mim! Já disse para resolver com ele.

Ela me encara com ódio. Eu não abaixo a cabeça e a encaro de igual.

— Eu estou falando sério, garota! Acabo com sua raça se chegar perto dele de novo! — ameaça com o dedo em riste para mim, com ira nos olhos.

— Que merda você está dizendo, Tamires? — Levo um susto com o grito do Carlos, que a puxa para longe de mim e fica ao meu lado, encarando-a. Tamires fica muda, piscando sem parar, com cara de assustada.

— Nada de mais, Carlos. Estou só conversando e conhecendo a Clara. Cínica, piranha, ordinária!

— Eu ouvi muito bem o que disse, Tamires! Juro que não esperava isso de você. Só quero deixar claro que quem não quer você perto da Clara sou eu, esteja avisada! E sabe muito bem que não temos nada um com o outro, eu já passei por isso uma vez e não vou passar de novo. Agora, você vai confirmar isso para a Clara — ele conclui, abraçando-me pela cintura.

Agora quem não entende nada sou eu. Estão aqui juntos, é a mesma que o ligou no hospital, não tenho dúvidas. Se é verdade que eles não tem mais nada, por que estava em sua formatura? Estou sem reação vendo a cena, mas confesso que estou gostando de vê-la toda sem graça.

— Fala logo, Tamires! — ele exige muito puto da vida e sinto a tensão em seus dedos que pressionam minha cintura.

— Eu... Nós somos amigos, Clara, só não quero vê-lo sofrer mais por sua causa. — Ele me olha com aquela cara de Madalena arrependida, mas sei que está fingindo. Sei que não era só amizade. Ou era? Estou mais confusa do que nunca, mas uma alegria enorme brota em meu peito.

— Isso não é da sua conta, Tamires. Eu amo a Clara e quero que isso fique bem claro.

Fico em estado de choque e êxtase com sua revelação. Ele ainda me ama, com certeza me ama. Há pouco, quando disse na frente do Gustavo, estranhei, mas achei que estava forçando a barra. Com certeza ele não diria na frente de uma mulher com quem está saindo se não fosse verdade.

Ela se vira e vai embora sem dizer mais nada, deve estar muito sem graça. Que sem-vergonha, dizer que era comprometida com o Carlos.

— Está tudo bem? — pergunta, passando a mão em minhas costas com um carinho que só ele sabe fazer.

— Está sim, eu já estou acostumada com esses tipinhos que você arruma. Fica tranquilo, agora preciso ir — digo quando vejo o táxi que chamei encostando.

— Amor, eu não tenho nada com ela. — Fica na minha frente. Caraca, toda a raiva que estava sentindo há pouco não existe mais. Minha vontade é de agarrá-lo, mas não posso fazer isso de jeito nenhum. É tão difícil resistir a ele. Como uma amiga me disse uma vez: " garrafão que já levou querosene, nunca mais perde o cheiro", por isso fui para tão longe dele. Ele é minha fraqueza.

— Isso não é da minha conta, Carlos. Agora eu tenho que ir, o meu táxi chegou. — Tento me afastar, mas ele não deixa.

— Deixa eu te levar? — pede com as mãos em meu rosto.

— Obrigada, mas é melhor não, meu namorado pode ficar chateado, ele já deve estar me esperando.

Ele arqueia as sobrancelhas e faz uma cara muito feia. Eu mordo os lábios para não sorrir.

— Você não pode estar falando sério. — Ele me encara indignado.

— Mas estou. Agora vou indo, antes que o táxi vá embora. Estou morrendo de saudades.

Afasto-me do Carlos, que está com cara de quem comeu e não gostou. Dou um sorrisinho antes de virar as costas. Como homem é bobo! Mesmo não querendo, eu estou, sim, com muitas saudades, mas é dele. Continuo caminhando para o táxi, mas minha vontade é de voltar e agarrá-lo. Quando abro a porta do carro, ouço a voz dele às minhas costas.

— Boa noite, amigo, mas a moça aqui já tem carona. Desculpa aí a confusão — Carlos fala para o motorista, me puxa e bate a porta do carro, que parte em seguida. Carlos sai andando, me arrastando pela rua atrás dele.

— Calma, estou de salto, vai devagar! — peço toda satisfeita, pois ele fez justamente o que eu esperava que fizesse. Mais uns metros à frente, chegamos ao seu carro. Estou me segurando muito para não sorrir. Sorrir da sua cara de bravo e da minha felicidade por descobrir que ainda me ama e que preferiu a mim do que a ela.

Ele me encosta na lateral do carro e se aproxima, colando seu corpo junto ao meu. Pela primeira vez em meses, me sinto completa novamente e todo aquele vazio se preencheu no mesmo instante, só por estar ao seu lado.

— Você quer ficar com esse cara? — pergunta com o rosto bem próximo do meu.

Que cara, gente? Eu nem sei mais do que se trata, por que não me beija logo?

— Pode ser que sim... — Ele arregala os olhos para mim, e eu vou para o seu pescoço, passo meu nariz por ele, sentindo seu cheiro delicioso, e em seguida dou um beijo ali. — Pode ser que não... — Dou outro beijo e sinto quando ele estremece. Continuo beijando todo o seu pescoço até chegar ao seu maxilar. — E aí, o que você acha? — pergunto com uma voz rouca de desejo. Eu não posso mais fugir, ele é o meu bom, o meu amor; preciso seguir em frente, mas com ele.

— Eu acho que você está me provocando — responde tranquilo, e eu sorrio em seu pescoço. — E se esse cara existe de verdade, é melhor você mandá-lo para a puta que o pariu! Porque você é minha! — Carlos me pega de jeito, como só ele sabe. Uma de suas mãos se agarra à minha nuca e a outra em minha bunda. Não demora nem um segundo para atacar minha boca com um beijo delicioso. Que saudades do meu deus da gostosura!

— Não sei, ele pode ficar chateado, e também não é de se jogar fora — falo, interrompendo um pouco nosso beijo para provocá-lo.

Carlos me olha e eu sorrio. Acho que aí ele percebe que não tem namorado nenhum, que nunca teve outro depois dele. Ele dá aquele sorriso de lado que eu amo e que agora tenho certeza que continua sendo meu.

— Eu vou fazer valer a pena, te garanto que não vai se arrepender pela troca. Agora é melhor entrar logo nesse carro, ou não vou me segurar mais. Preciso te provar que sou melhor do que ele o quanto antes.

Sorrio por ele ter entrado na brincadeira, com certeza sabe que não tenho ninguém, pois duvido que estaria assim se achasse que eu tinha.

— Sério, eu preciso ir para casa. — Ele muda a cara de novo. — Não tem namorado nenhum, você já sabe disso. Preciso mesmo é passear com o Adônis. Coitadinho, deve estar agoniado, me esperando.

Ele sorri e me abraça.

— Então vamos lá buscar esse pestinha, que depois você não me escapa.

Sorrio e entro no carro. Ele dá a volta e entra em seguida. Ao sentar, me beija de novo e só então liga o carro.

Após passarmos na minha casa para buscar o Adônis, nos dirigimos ao prédio onde Carlos mora. Eu nunca o vi dirigindo tão rápido. Entra na garagem, estaciona o carro, e descemos.

— Agora vê se se comporta, seu pestinha! — fala em tom de brincadeira quando entramos em seu apartamento.

— Não o chame de pestinha! — Finjo estar zangada.

— Tudo que você quiser, coração, só não fica brava comigo, pelo amor de Deus!

Eu sorrio. Ele me pega no colo e vai caminhando comigo em direção ao seu quarto. Olho para o lado antes de ele avançar pelo corredor e confirmo que minhas fotos ainda estão lá. Fico mais feliz ainda, se é que é possível.

Ele me deita na cama e vem por cima de mim, sedento. Nos ajoelhamos e começamos a tirar as roupas um do outro com pressa, em um desespero enorme! Muita saudade acumulada.

— Eu senti tanto sua falta, coração! Eu te amo tanto, nunca mais me deixa — pede com o tom carregado de desejo.

— Eu também te amo muito, e também senti muito a sua falta.

Ele sorri e volta a me beijar. Como fui burra em ficar tanto tempo longe desse homem. O importante é que nos amamos, e depois do que ele falou para a periguete, eu sei que é só a mim que ele quer e mais ninguém.

— Agora eu vou te mostrar que sou melhor do que qualquer um que você possa pensar em querer. — Ele me deita de costas na cama e vem me beijando delicadamente. Beija todo o meu corpo da mesma maneira, com muito amor e desejo.

— Você sempre foi o melhor, meu amor — confesso e o sinto sorrir sobre minha barriga.

— Quem é essa Clara? — pergunta em tom divertido.

— Essa é a sua Clara, meu amor, só sua.

Ele agora já está em meu centro, fazendo-me chegar rapidamente a um orgasmo libertador e maravilhoso. Enquanto gemo sem controle, ele

CRISTINA MELO

sobe em seguida e me olha com aquela cara sexy linda. Ele é meu, só meu, e nada e nem ninguém me separará desse homem de novo. Deixarei toda minha bagagem e fantasmas para trás, e ai da vagabunda que chegar perto dele. Ele se deita por cima de mim novamente, e como é bom sentir seu corpo sobre o meu.

— Eu te amo, coração. Amo de janeiro a janeiro, para sempre e sempre. Ninguém nunca vai ocupar o seu lugar em minha vida, em minha cama e em meu coração. Só você, meu amor.

Eu sorrio enquanto ele beija meu rosto e de repente começa a lamber meu pescoço e a fazer cócegas...

— Assim não, meu amor, para — peço, mas ele continua cada vez mais, e logo estou gargalhando. Ele lambe e lambe, e quando abro os olhos, dou de cara com o Adônis.

— Que merda é essa? — digo assustada ao perceber que estou em meu quarto, e não no do Carlos.

Sento na cama meio atordoada e vejo que ainda visto a mesma roupa com que saí para a formatura: um vestido preto. Balanço a cabeça para clarear as ideias, e em seguida fecho os olhos com as mãos na cabeça.

Tudo isso foi um sonho? Apenas um sonho?

Mas foi tão real e lindo...

Pena que minha realidade não tem nada de lindo, eu sabia que estava muito bom para ser verdade. Olho a hora e vejo que o relógio já marca 4 horas da manhã. Ele devia estar na cama com aquela vadia!

Meu ódio volta com força total, minha frustração por esse sonho não ser real é demais para mim e me entrego às lágrimas. Ele está com outra, e saber que eu o perdi me arrasa mais ainda. Carlos está certo, eu o mandei seguir em frente, e agora, que direito eu tenho em ficar desse jeito? Mas estou. A única coisa que queria era não amá-lo, mas meu coração é teimoso, parece gostar de sofrer.

Choro como uma criança, e o Adônis, coitadinho, coloca a cabeça em meu colo, acho que tentando me consolar.

Depois que me despedi do meu pai e da dona Cláudia, saí como uma bala daquele salão e entrei no primeiro táxi que vi. Cheguei em casa bastante chateada e angustiada. Ainda bem que minha tia Simoni já tinha passeado com o Adônis, já que ela me disse que ele estava chorando muito na porta.

Agradeci e fui direto para o meu quarto, tomei um comprimido e apaguei, só acordei agora depois desse sonho, para me destruir mais ainda.

Vou para o banheiro, tomo um banho, coloco um camisão de malha e volto a me deitar junto com o Adônis. Eu o abraço como se ele fosse o meu antigo cachorrinho de pelúcia. Ficaria nesse quarto até segunda ordem.

Meu Deus, me ajuda a esquecer esse homem, não aguento mais viver assim...

Eu o perdi, perdi o meu bem, o meu amor, preciso aceitar que a culpa foi mais minha do que dele. Tudo bem que tudo começou por sua traição idiota, mas o medo de sofrer e de me entregar nessa relação e todas as amarras que eu tinha mais os fatos de sua galinhagem não me deixaram ver que estava perdendo o amor da minha vida.

Infelizmente, agora já é tarde demais para mim. Para nós dois como um casal.

Alguém que conhecesse nossa história poderia perguntar por que eu tinha voltado para o Rio, então?

Voltei justamente por enxergar isso. Não estava feliz sem ele, e nada do que fiz para conseguir esquecê-lo pareceu adiantar. Ainda por cima, acontece uma desgraça dessas com meu irmão, que era minha única base sólida. Eu não poderia mais ficar longe, por isso e por tudo que deixei para trás ao partir, resolvi voltar. Fugir não foi a melhor saída e nunca será. Agora sei disso.

Estar em casa novamente, perto de pessoas que amo e que me amam, querendo ou não, me dá mais força para seguir em frente, já que nunca mais conseguirei ser a mesma pessoa de antes do Carlos – isso eu também já entendi.

Ele me marcou para sempre, e eu não tenho como mudar isso.

CAPÍTULO 33

CARLOS

Acordo com o interfone tocando. Minha cabeça está estourando, eu nem sei a hora que peguei no sono e nem que horas eram, minha noite foi uma merda. Não consegui parar de pensar que a Clara estava com outro; minha vontade era ir até a casa dela e esperar a hora que o imbecil aparecesse para acabar com a raça dele. Pensar em outra pessoa tocando na minha loirinha estava me deixando louco.

— Quem é? — pergunto mal-humorado ao atender o interfone.

— Bom dia, Sr. Carlos. Tem um amigo do senhor aqui embaixo, o nome dele é Gustavo, posso deixá-lo subir? — *Caralho! Logo hoje?*

— Pode sim, obrigado.

Em menos de cinco minutos, Gustavo toca a campainha.

— Agora, Carlos, você vai me explicar direitinho que merda é essa com você e minha irmã.

Aponto o sofá para ele, que se senta e fica me encarando.

— Eu amo a Clara, Gustavo. Como nunca amei ninguém. — Conto tudo a ele, até da nossa separação por causa da armação feita pela Jaqueline. Ele fica quieto o tempo todo me ouvindo, sem me interromper em nenhum momento; desabafo tudo com ele.

— É, cara, eu não queria estar no seu lugar, a Clara é dura na queda. Eu passei por isso há pouco e sei como está se sentindo, mas se você a ama de verdade, não desista, lute até suas últimas forças — diz com ar solidário, contrariando o que imaginei que diria. — Desculpa por ontem, é que fiquei irritado em ver a cena que vi, não imaginava que vocês tinham uma história como essa, mesmo ainda achando que você deveria ter me contado. Eu vou ficar muito feliz se vocês se entenderem, mas te aviso que não vai ser fácil. Conheço minha irmã, ela é muito orgulhosa e teimosa, mas pode contar comigo para o que precisar.

Fico aliviado ao ouvir isso do meu amigo. Saber do seu apoio me deu uma esperança mesmo que pequena, pois agora ela está com outro e isso não está me descendo.

— Obrigado, Gustavo, eu estou muito aliviado por você saber agora e por seu apoio. Tenho que concordar com você sobre a Clara, ela é dura na queda mesmo. Não sei mais o que fazer, até tentei seguir em frente como te falei, mas não tem jeito. Eu a amo e não vejo um futuro que não seja com ela.

— Bem-vindo ao clube! Sei muito bem como se sente, eu não me via sem a Lívia também, e quando ela voltou para mim foi a glória. Agora temos nosso filho a caminho e logo vou pedi-la em casamento, só peço a Deus que ela aceite — comenta muito feliz.

— Tenho certeza que ela vai aceitar. Deu para ver o quanto te ama, chegou muito desesperada ao hospital, ficamos com ela porque achamos que iria pirar a qualquer momento.

Ele sorri com ar de apaixonado. Conversamos mais uma meia hora. Ele se despede e vai embora, mas não antes de dizer que estava torcendo por mim para que tudo desse certo.

Olho a hora: já é quase meio-dia. Tomo um banho, sem tirar a Clara da cabeça. Eu tenho que tirar isso a limpo. Visto uma bermuda e uma camiseta, pego minha pistola, a chave da moto e saio.

Estou pilotando como um louco pelo túnel Zuzu Angel. Minha situação não tem como piorar mais, então vou atrás de quem está tirando meu juízo há muito tempo. Ela vai ouvir tudo que tenho para dizer, e se o Zé Ruela do namorado dela estiver lá, melhor ainda, vai sair na base da porrada.

Paro a moto em frente ao condomínio dela e sigo direto para a portaria. Nem me apresento; Gustavo me emprestou sua chave do portão de entrada, assim parecerei morador e não precisarei ser anunciado. Se anuncio, é capaz de ela não me receber. Toco a campainha, tenso. Gustavo também me ajudou com meu plano, chamando o pai para almoçar deixando a casa só para nós dois. Portanto, eu sabia que ela estava em casa, só espero que não esteja mal acompanhada, porque aí a merda vai ficar feia.

— Oi, boa tarde, eu sou o namorado da Clara. Ela marcou comigo aqui. — A senhora na porta me olha com uma cara de quem não está entendendo nada.

Porra, o imbecil está aqui, com certeza.

— Onde ela está? — pergunto sem paciência.

— Ela está no quarto dela, ainda não saiu de lá — responde confusa.

— E onde é o quarto dela? — Caralho, se ela estiver com o cara lá, ele vai tomar muita porrada!

— No final do corredor, mas...

Nem a espero terminar, invado a casa com tudo.

— Ei! Deixa eu avisá-la, espera na sala, por favor.

CRISTINA MELO

Finjo que nem escuto e continuo meu caminho até o quarto. Chego na porta, e quando a abro, a vejo deitada na cama com o Adônis, que levanta a cabeça na hora ao me ver e vem em minha direção, fazendo festa. Um alívio percorre todo o meu corpo.

— A senhora pode me dar licença? — peço para a senhora atrás de mim, dentro do quarto.

— Eu vou sair, mas vê lá o que vai fazer com minha menina, está cheio de seguranças lá embaixo, é só eu chamá-los — sussurra preocupada.

— Não se preocupa, eu sou da polícia e era da equipe do Gustavo, ele é meu amigo e ela — aponto para a cama —, meu amor.

Ela sorri e vejo que fica aliviada com minha resposta. Chama o pestinha e sai do quarto com ele.

Estou parado como uma estátua, olhando-a dormir profundamente. Tiro minha pistola e coloco em cima da mesa, junto com minhas chaves; retiro o tênis, as meias e minha camisa. Tranco a porta e me aproximo lentamente da cama, sentando ao seu lado. Ela está de costas para mim. Beijo seu rosto e acaricio suas costas por baixo da camisa que está vestindo. Claro, ela começa a se mexer e solta uns gemidinhos que me deixam louco.

— Acorda, meu amor, precisamos conversar — peço próximo ao seu ouvido.

Ela sorri ainda de olhos fechados e se vira para me abraçar, jogando uma perna por cima de mim e passa a acariciar meu braço e costas... Porra, eu sei que vou apanhar, mas não resisto, aprofundo mais e mais meu abraço e meus beijos. Para minha surpresa, ela se entrega, me agarrando mais ainda. Não acredito na minha sorte, a única coisa que queria agora era ter isso pelo resto da vida.

Começo a beijá-la e ela retribui, nossos corpos falando por si. Como senti falta disso! São mais de cinco meses longe! Deito-a de costas e vou por cima dela, tateando toda a lateral do seu corpo perfeito. Eu me coloco entre suas pernas e beijo seu pescoço. Minha mão direita aperta sua coxa, em seguida levanto sua camisa. Ela ainda não abriu os olhos, mas corresponde a todas as minhas carícias e toques.

Deixo a blusa dela na altura dos seus seios e me ajoelho rapidamente, tirando a bermuda e a cueca; estou mais do que pronto para ela. Volto ao ponto que tinha parado e continuo beijando sua barriga, subindo para os seios...

— Ahhh, Carlos! Isso, meu amor, continua... — implora com o tom carregado de desejo, e fico em estado de êxtase ao ouvi-la me chamando de meu amor.

Sugo cada um de seus seios, e ela se arqueia pedindo mais, as mãos em meu cabelo, puxando minha cabeça para si. Porra! Como isso é bom! Então a penetro, e no mesmo instante ela arregala os olhos.

— Ah, merda! Isso não é um sonho! — diz meio apavorada, e travo em meu lugar, sem saber o que fazer ou falar.

— Como você veio parar aqui? E como chegamos a isso? — pergunta assustada. — É um sonho, Clara. Só pode ser um sonho! — fala consigo mesma, fechando os olhos de novo. Como ela pode pensar que isso é um sonho?

Minha reação é recuar um pouco e penetrá-la com tudo, e na mesma hora ela me encara de novo, conectando nossos olhos, e começo meu vaivém do jeito que ela gosta.

— Ah, droga, isso é jogo sujo... — declara em meio aos gemidos e cruza as pernas em meu quadril, me permitindo ir mais fundo ainda, e eu vou o mais fundo que consigo. Clara é meu tudo, meu encaixe perfeito. Suas unhas começam a arranhar minhas costas, e sei que está perto.

— Goza pra mim, meu amor. Eu preciso ver isso, você não faz ideia de como senti falta.

Ela não se segura e goza com minhas palavras, e eu gozo em seguida.

Deito-me um pouco em cima dela e a beijo. Ela corresponde, me empurra e vem por cima de mim. Já estou pronto de novo, então ela começa o seu espetáculo: ora rebola, ora me beija, e logo chegamos ao clímax juntos.

Ela agora está deitada por cima de mim, e eu acaricio as suas costas. Não falou mais nada, mas estou esperando o momento em que vai me expulsar.

— Coração?

— Humm — responde de uma maneira preguiçosa que é só dela.

— Nós precisamos conversar.

Ergue o rosto do meu ombro e me encara.

— Você ainda tem algo com aquela mulher? Por favor, não minta — pergunta serena e com dor no olhar.

— Não tenho, meu amor, te garanto. Eu tive algo rápido com ela, não vou mentir, mas não passaram de alguns beijos, não fomos até o final, porque eu não conseguia parar de pensar em você. É você quem eu quero e amo, coração, só você. Não transei com outra mulher desde que saí do seu apartamento, eu juro.

Ela me encara como se estivesse com dúvidas sobre minhas palavras. Não podemos voltar à estaca zero, não suporto mais viver sem ela em minha vida.

— A foto dela é abraçada com você, isso não é tão casual ou é?

Será que pensa que estou esse tempo todo com a Tamires? Claro que não!

— Coração, eu saí com ela poucas vezes, eu juro, e foi apenas uma vez que rolaram os beijos que te disse. Ela fez uma *selfie* nossa e desde então usa como a foto de seu perfil, mas garanto que não estou interessado. Ela é só uma amiga. Acredita em mim, meu amor. — Encaro-a em seus olhos o tempo todo, não poderia ter mais essa dúvida entre nós. Ela me olha por mais uns segundos sem dizer nada, e isso me deixa angustiado.

— Sei que você vai me dizer que eu o mandei seguir em frente, mas isso nunca teve lógica, fui até sua casa antes de me mudar, precisava ouvir de você, meu coração me dizia que nossa separação não tinha nenhum cabimento, queria que me dissesse que tudo aquilo foi um erro, ou sei lá, só não achava justo ir sem te ouvir, mas aí quando chego, te vejo saindo de casa com uma mulher; aí descobri que já estava fazendo o que te pedi e isso me despedaçou mais ainda.

Aperto meu abraço em volta do seu corpo e beijo sua cabeça. Ela tinha vindo atrás de mim. Meu coração se enche de alegria e tristeza ao mesmo tempo. Podíamos ter evitado tantos meses de distância e sofrimento.

— Por que não falou comigo, meu amor?

Ela levanta a cabeça e me encara.

— Falar o quê? Você estava todo sorridente, bom, não consegui ver seu rosto, mas ela parecia estar bem feliz e satisfeita — diz irritada, e eu não me seguro. Viro-a de costas para o colchão e me deito por cima dela, em seguida seguro seu rosto entre as mãos, e olhando em seus olhos, digo:

— Você podia dizer que é minha dona, que eu sou seu e que só você tem meu coração e todo o resto que vem com ele. Eu te amo, minha loirinha, só você me domina, mais ninguém. Não levei mais ninguém à minha casa; com certeza está falando da Paula que comprou a casa, já disse para não tirar conclusões precipitadas, nem tudo é o que parece.

— Cresci em um lar onde traições tiveram consequências devastadoras, Carlos, não posso culpar meu pai, ou justificar seus erros, mas no fundo acredito que minha mãe nos deixou por não aguentar tanto sofrimento. Eu era apenas uma recém-nascida quando nos deixou, mas convivi por anos com sua falta e a revolta do meu irmão que acabou assumindo a responsabilidade que meus pais deixaram para trás. Não quero repetir isso, não quero construir um lar com alguém e vê-lo desmoronando em seguida. A confiança é a coisa mais importante do mundo para mim, não podia me tornar a minha mãe — declara e pela primeira vez eu realmente compreendo sua distância e me esforçarei para que não ficássemos mais, pois sabia que me amava e agora o quebra-cabeça se completa. Sinto sua dor como se fosse a minha e quero lhe provar e mostrar que nossa história nunca terá qualquer semelhança à de seus pais, prefiro morrer antes de feri-la dessa forma.

— Não te traí, Clara, juro por meus pais que não fiz aquilo e nunca farei.

Lágrimas escapam por seus olhos, enquanto dá um suspiro profundo.

— Sinto muito por tudo que passou, não serei como seu pai, lhe juro por tudo que é mais sagrado. — Ela assente e sua boca vem ao encontro da minha. Agora nosso beijo fala por nós. Mais uma vez estamos fazendo amor, só que agora lentamente, sentindo um ao outro em total entrega.

— Eu te amo, coração, acredita em mim? — peço ainda dentro dela.

— Eu sei que você me ama, Carlos, e eu também te amo. Esses meses que ficamos separados foram os piores da minha vida, não quero passar por isso nunca mais. Mas sei que não conseguiria passar por tudo tão rápido, a distância foi necessária, eu estava muito machucada, precisava me curar e entender que o amor verdadeiro é capaz de superar, de nos curar e que cada um de nós tem sua própria história. Eu te amo Carlos, só me promete que aquilo não vai mais acontecer?

— Nunca mais, amor, juro que ninguém mais vai nos separar — prometo tentando conter as lágrimas.

— Então, agora se prepara que temos muito atraso para tirar, depois conversamos sobre o que quiser.

Agora quem acha que está sonhando sou eu. Sorrio feito um bobo, não acreditando que consegui minha loirinha de volta. Ela começa a beijar meu pescoço de novo. Só ela sabe meu ponto fraco.

Claro, Carlos, seu ponto fraco é o seu coração, que é dela, só dela.

— Quem é essa Clara? — pergunto, e ela dá uma gargalhada. Eu fico com cara de bobo sem entender nada

— Essa é a sua Clara, meu amor, só sua — se declara, olhando dentro dos meus olhos. Levo um baque. Juro que não esperava essa resposta, mas ela não para de sorrir e não tira os olhos dos meus.

— Eu também sou seu, amor, só seu. — Beijo-a.

— De janeiro a janeiro? — pergunta ao interromper o nosso beijo.

— Até o mundo acabar — respondo a ela e voltamos a nos amar, e

CRISTINA MELO

assim ficamos durante um bom tempo, até que escutamos uma batida na porta e travamos.

— Clara! — chama uma voz masculina do lado de fora do quarto.

— Merda! É meu pai. Droga, Carlos, anda, levanta daí. — Ela se levanta e começa a recolher minhas roupas do chão. Sorrio do seu nervosismo, parece que cometemos algum crime.

— Anda, Carlos, toma, vai para o banheiro — diz me entregando as roupas e começa a colocar a camisa com que estava dormindo.

— Clara, abre a porta!

Eu começo a rir da situação e ela me bate.

— Já vou, pai! — grita. — Vai logo!

Eu não paro de sorrir, pois a vejo toda nervosa me empurrando.

— Eu não ligo se ele me obrigar a casar. — Ela trava ao ouvir isso. — Seria muito bom, aliás, se ele me obrigasse. E, amor, o seu rosto e estado não vão disfarçar muito o que fizemos, é melhor eu me entregar logo.

— Muito engraçado, anda logo!

Vou só para fazer sua vontade, mas sei que a situação do quarto não tem como esconder o que fizemos, sem contar o estado dela.

— Clara!

CAPÍTULO 34

Clara

Ai, meu Deus, e agora, com que cara vou olhar para o meu pai?

Sim, eu estou nervosa, pois nunca fiz isso antes. Nunca trouxe um namorado para casa. Na verdade, também não trouxe o Carlos, esse safado que se enfiou na minha cama, e eu, que pensei que estivesse sonhando, dei corda para o seu abuso e safadeza, mas depois do sonho que havia tido e da decepção ao acordar, não consegui resistir. Passo as mãos rapidamente pelo cabelo e abro a porta.

— Oi, pai, o que foi? — pergunto, tentando disfarçar, e ele me olha bem zangado; ele sabe que o Carlos está aqui.

— Olha, Clara, eu te disse que não queria...

— Eu posso explicar, pai. Me escuta, ele é diferente. — Como vou explicar que fiquei a tarde toda com o Carlos nesse quarto e quebrei a regra número um do santuário do Sr. Olavo, que era não dormir com namorados em casa? Na verdade, acho que era não dormir com namorados em lugar nenhum, só depois que casasse.

— Não, Clara, ele não é diferente! Comeu a minha pasta de projetos, por isso eu nunca quis ter um cachorro! E agora, me diz o que vou fazer? Trabalho de seis meses, Clara! Você me disse que ficaria de olho nele, e agora? Não consigo nem pisar no escritório, tem papel para todo lado, e pior que esses papéis são os meus *projetos, todos picados e babados*!! — Nossa, meu pai está uma fera.

Droga, Adônis! Tanta coisa para comer, e foi comer logo os projetos do Sr. Olavo...

— Eu vou resolver, pai. Não fica assim, vamos dar um jeito — prometo já saindo do quarto e indo em direção ao seu escritório, com meu pai me seguindo.

Meu Deus!!! Quase tenho uma síncope. Parece que passou um tsunami por aqui. É papel para todos os lados, e olha que o escritório do meu pai é enorme. Estou muito ferrada!! E o sem-vergonha está dormindo de barriga para cima no meio da bagunça. Foi pego em flagrante.

— Pai, o senhor não tem um arquivo desses projetos? Podemos imprimir novamente — contemporizo, sem saber mais o que dizer.

— É claro que deve ter, mas eu estou atolado de trabalho, Clara. Já

CRISTINA MELO

tinha assinado isso tudo e revisado também, alguns projetos estão com os prazos bem curtos — responde consternado. Eu estou me sentindo péssima por isso.

— Pai, já era para eu ter começado meu estágio, posso refazer tudo para o senhor, prometo que vou ser bem rápida! Nem que eu tenha que ficar no escritório até mais tarde, não tem problema, mas vamos resolver isso, e de quebra pego minhas horas de estágio. Então, o que me diz?

O semblante dele se transforma totalmente e até dá um sorriso.

— Nossa, filha, eu vou adorar ter você no escritório comigo, sei que é capaz de resolver tudo bem rápido. Agora, você precisa adestrar esse cachorro, ele não pode comer o que vê pela frente.

— Pode deixar que vou dar um jeito, pai. — Concordo com a cabeça e sorrio. — Isso não vai mais acontecer. Começo na construtora amanhã, pode ser?

— Eu vou ficar muito feliz com isso, minha filha. Agora, já que meu escritório está desse jeito, vou trabalhar no meu quarto, preciso dar uns telefonemas.

— Mas hoje é domingo, pai.

Ele arqueia a sobrancelha para mim.

— Vai se acostumando, filha. Nesse ramo, não temos dias totalmente livres. Tem um condomínio prestes a ser entregue, e a obra não pode parar, então deixa eu ligar para o responsável, para ver se está tudo certo. Aprenda uma coisa desde agora, filha: o olho do dono é que engorda o gado. Nunca esqueça disso, pois um dia aquela empresa será sua e do Gustavo. Agora eu preciso ir. Outra coisa: esse safado aí é muito abusado! Olha só onde está deitado. — Ele sorri para mim e sai do escritório.

Eu fico chocada com seu comentário. Ele chamando o Adônis de safado e na brincadeira, isso significa que o Adônis o tinha conquistado também, caso contrário, teria mandado eu sumir com ele depois dessa. Ou será que está assim por conta de eu ir trabalhar na construtora?

Ai, meu Deus, que eu não me arrependa disso, mas não tinha outra alternativa.

Começo a recolher os papéis picados do chão, espalhados em todo canto, que bagunça! Uns vinte minutos depois, já estou fechando o último saco quando me lembro do Carlos. Merda!!

— Vem, Adônis! Não vou te dar mole de novo, você vai ficar na minha vista. Saio do escritório e ele vem atrás de mim. Nossa, estou morrendo de fome. Caramba, o Carlos também deve estar, coitado. Dou meia-volta e sigo para a cozinha.

Constato que a tia Maria fez nhoque com carne assada, que meu pai ama. A travessa, porém, está intacta, ele não deve ter almoçado em casa. Pego uma bandeja, coloco em cima da bancada, sirvo dois pratos e os esquento no micro-ondas. Coloco-os na bandeja, junto com dois copos de suco de laranja.

Vou pelo corredor, morrendo de medo do meu pai sair e me ver com essa comida toda. Eu tenho que apresentar logo o Carlos a ele, mas não hoje, ainda tenho que conversar com o Carlos sobre isso.

Abro a porta com o cotovelo, encontrando-o sentado na cama, me esperando. Ele levanta para me ajudar, e o Adônis começa a pular nele e latir.

— Para, Adônis! Chega de encrenca por hoje! Amor, fecha a porta.

Ele faz o que pedi e volta para me ajudar.

— Desculpa a demora e por te deixar aqui sozinho, é que esse pestinha aí, como você diz, me enfiou em uma encrenca, e agora, por culpa dele, vou ter que trabalhar na empresa do meu pai, coisa que eu não queria. Trouxe o almoço, sei que está tarde, mais deve estar morrendo de fome, né? — falo com ele, arrumando os pratos na mesa.

— Hum... O cheiro está muito bom! — o safado diz, me abraçando por trás, cheirando meu pescoço, depois de colocar a bandeja na mesa.

— Para com isso! Precisamos comer, e tenho que dar um jeito de te tirar daqui sem que meu pai veja.

Carlos trava na hora.

— Negativo, Clara! — diz firme e me viro para encará-lo. Ele não pode ficar aqui desse jeito, parece maluco! — Eu só saio daqui depois de me apresentar para o seu pai como seu namorado, não vou ficar me escondendo de jeito nenhum.

— Mas nós não somos namorados! — Tento fazer uma cara séria enquanto ele cruza os braços e me encara.

— Eu não acredito que você vai fazer isso de novo, Clara! — diz muito chateado.

— É que você não refez o pedido, simplesmente saiu me agarrando e se aproveitou de uma sonâmbula.

Ele dá um sorriso safado, volta a me abraçar e começa a beijar meu pescoço do jeito que eu amo e como só ele sabe fazer.

— Não me lembro de você estar dormindo nas últimas cinco vezes, só me lembro de ouvir você pedindo mais e mais e dizendo que eu era seu deus da gostosura — diz com a boca em meu pescoço.

— Convencido! Você se acha!

Volta a me olhar e agora seu rosto está sério.

— Não, eu te amo e não suporto mais ficar longe de você. E você vai ligar para o idiota agora e dizer que voltou pra mim. Avise-o também para nem cruzar meu caminho, para o bem dele.

Respondo com um sorriso para ele, que continua me olhando com aquele olhar intenso que me desarma.

— Não existe namorado nenhum, seu bobo. Eu fiquei com muita raiva de te ver com aquela lá, minha vontade era te picar em pedacinhos, sabia?

Ele agora está com uma cara de felicidade absurda. Homens!!

— Mentir é feio, sabia? — Ela me puxa para si e dá um tapa em minha bunda.

— Ai! — reclamo.

— Eu quase fiquei louco, coração, só de imaginar que você estava com outro, não faz mais isso. Essa noite foi de total desespero. Agora, meu amor, nada e ninguém me separam de você. Foi muito tempo longe, agora chega.

Concordo com a cabeça e nos beijamos.

Nessa hora eu confirmo que, por mais que a dor da sua traição ainda doesse, me doía muito mais ficar sem ele, e ele já me provou de diversas maneiras que está arrependido. Sei que sofreu bastante, e espero que não faça novamente, mas sinto que não o fará.

Ele me ama, tenho certeza. Sinto que, apesar de tudo, posso confiar nele e no seu amor. Ele é meu bom, preciso parar de viver outras histórias e viver a minha, a nossa. Se me dissessem isso meses atrás, eu diria que seria impossível, que nunca o perdoaria e nem veria um futuro com ele, mas agora percebo que isso era inevitável, pois nunca serei completa sem ele.

— Agora vamos almoçar, e depois temos que encarar o Sr. Olavo.

Ele sorri, satisfeito com minha resposta. Amo esse homem cada vez mais, não dá mais para fugir disso.

CAPÍTULO 35

CARLOS

Estou no sofá da sala da Clara, esperando o seu pai, que ela foi chamar. Porra, nunca passei por isso antes, de ter que pedir permissão de namoro. Na verdade, eu iria comunicar a ele nosso relacionamento, pois mesmo que não concorde, vou ficar com a Clara e ninguém vai nos separar mais, nem o pai dela. Pelo menos a benção do Gustavo eu já tinha.

Minhas mãos estão suadas, o coração disparado, a adrenalina está lá em cima, estou mais tenso do que quando em uma operação. O medo de ele não me aceitar e não gostar de mim me domina. Não queria, mas domina, não quero que nada atrapalhe nossa felicidade. Nunca tive um relacionamento assim como manda o figurino, na verdade, nunca namorei ninguém mais a sério, a não ser a Clara, e se o pai dela encrencar comigo, será bem complicado, pois não abro mão da minha loirinha por nada.

— Boa noite. — Estou paralisado, sem saber como agir ou o que dizer ao pai da Clara, que está em pé na minha frente, com a mão estendida para mim.

— Boa noite, senhor, me chamo Carlos. — Ergo-me em um pulo e me apresento, muito constrangido.

— Pai, ele é meu namorado e queria conhecer o senhor — Clara toma a frente e fala logo com o pai, que olha de mim para ela.

— Muito prazer, sente-se aí, rapaz. Eu já o vi antes, não?

Sento no sofá, com a Clara ao meu lado, e ele senta em uma poltrona.

— Sim, senhor, no hospital. Sou amigo do Gustavo e era da equipe dele. Ele franze a testa e me olha.

— E você não pensa em sair da polícia? — pergunta.

— Não, senhor, não penso. Eu sei que o senhor ainda está assustado com o que aconteceu com o Gustavo, mas foi uma fatalidade. Já estou na polícia há quatro anos e não pretendo sair, gosto do que faço. — Sou sincero. Se ele me aceitar, tem que ser do jeito que eu sou.

— Bom, filho, eu não estou te impondo nada, só acho essa profissão muito arriscada e pouco valorizada, mas já cansei de dar conselhos ao Gustavo, e agora estou muito mais aliviado em saber que ele não está mais trabalhando nisso. Mas a questão aqui é você e Clara. O que posso te dizer? — Fica mudo por um tempo, e minhas mãos voltam a suar. Na verdade, ainda não pararam.

CRISTINA MELO

— Seja bem-vindo, Carlos. Clara nunca me apresentou um namorado, e se apresentou você, é porque é sério, acredito eu...

— Muito sério, senhor. Eu garanto, amo a Clara — o interrompo. Ele sorri para mim.

— Acho bom que seja verdade, Carlos. A Clara é minha princesa, só quero que ela seja feliz. Então, o único aviso que te dou é: faça minha filha feliz, assim estarei também.

Parece que uma tonelada saiu das minhas costas.

— Eu vou fazer, senhor, pode confiar — prometo. Ele se levanta da poltrona e eu me levanto também.

— Seja bem-vindo à família, filho. Agora, se me der licença, preciso voltar para o trabalho. — Ele me dá um tapa nas costas e sai.

Quando some de vista, ouço uma gargalhada. Volto a mim e olho para o lado. A Clara está vermelha de tanto rir.

— Posso saber qual é a graça? — Sento ao lado dela e a agarro.

— Eu vou fazer, senhor, pode confiar — me imita. — Você estava todo nervoso. — Continua a rir.

— Isso não tem graça, mas já que você quer rir, então está bom, vou te dar um motivo para rir. — Começo a fazer cócegas nela, que sorri e me pede para parar.

Aos poucos a brincadeira dá espaço para a seriedade, e logo estou por cima dela no sofá, olhando-a nos olhos durante uns segundos.

Seus olhos são minha perdição, tudo nela é minha perdição. Meu mundo agora está no seu devido lugar, tudo está perfeito, e não deixarei que ele saia de órbita novamente.

— Eu te amo, coração. Agora sou completo de novo, pois tenho você comigo.

— Eu também te amo, meu amor, e não quero ficar longe de você nunca mais.

Sorrio e a beijo, selando nossas promessas.

CAPÍTULO 36

CLARA

— Oi, amor, onde você está e a que horas chega aqui em casa? — pergunto para Carlos. Já estou pronta, e nada de ele chegar.

É o noivado do Paulo e da Ju, ele me falou que pediria a mão dela hoje, mas seria surpresa. Combinou com alguns amigos no mesmo barzinho em que se conheceram. Eles são tão lindos juntos! Estou ansiosa para ver a cara dela quando Paulo fizer o pedido.

— Coração, estou saindo do batalhão. Daqui a pouco estou chegando, juro que não demoro — diz apressado.

— Está bem, mas não vem correndo que nem um louco. Estou te esperando. Beijos, eu te amo.

— Pode deixar. Também te amo.

Há exatos dois meses nossa vida anda perfeita, dá até medo de pensar que poderia acabar, pois sofri tanto longe dele, mas agora está tudo maravilhoso.

Meu pai e ele se dão muito bem, o Sr. Olavo até está enchendo o saco dele, como fazia com o Gustavo, pedindo para ele sair da polícia, mas o Carlos não quer sair, e eu não vejo problema nenhum em ele ser policial e fazer o que ama.

O que aconteceu com o Gustavo foi um susto e uma fatalidade, mas ele já estava lá havia dez anos e nunca tinha acontecido nada. Sei como o Bope é bem treinado, eles não dão mole, chegam a ser desconfiados até demais. Carlos anda todo ligado na rua, qualquer coisa é suspeita para ele. Eu não tenho esse medo. Não adianta nada, acredito muito em destino, e cada um tem o seu marcado quando nasce.

A única coisa que me deixa possessa são essas periguetes que vivem dando em cima dele. Com o Gustavo era a mesma coisa, mas agora ele também entrou na linha. Minha cunhada o pegou de jeito, e daqui a pouco eu terei um sobrinho ou uma sobrinha linda. Ela está grávida e estou adorando isso, serei uma tia muito coruja. Eles se casarão no próximo fim de semana, e nunca vi meu irmão tão feliz, até pagou um mico gigantesco no pedido de casamento, mas foi lindo.

A Dani e o Vítor se casarão daqui a um mês. Parece que a temporada dos casamentos está aberta.

Eu e o Carlos ainda temos muito pela frente até chegar a esse ponto, pelo menos ele nunca disse nada, além daquela brincadeira de quando achei que meu pai tivesse pegado a gente no quarto. Mas não quero pensar nisso

CRISTINA MELO

agora, tenho um ano e meio de faculdade para concluir e ainda somos novos.

Ai, quem você quer enganar com essa ladainha, Clara? Bem que você gostaria de um pedido de casamento bem romântico!

Ah, quem não gostaria? Não imagino um futuro que não seja com Carlos, e casar seria maravilhoso. Ele seria todinho meu e eu dele; na verdade, já somos um do outro.

Meu celular apita com sinal de mensagem, olho e vejo uma mensagem do Carlos.

> Coração, estou aqui na garagem, pode descer.

Pego minha bolsa e saio. Estou morrendo de saudades, pois faz dois dias que não o vejo.

— Que saudades! — Ele me abraça na saída do elevador onde estava me esperando. Nunca vou me cansar do seu cheiro maravilhoso.

— Eu também, meu amor.

Ele me beija e ficamos assim por uns minutos. Não consigo desgrudar dele, mas preciso, já está bem tarde e não quero perder a cara da Ju quando o Paulo fizer o pedido. Só tenho a dizer que o anel é lindo, sei que vai amar, e eu que ajudei o Paulo a escolher.

— Vamos, amor. Já estamos atrasados, não quero perder o pedido — ele me olha e sorri.

— Ok, mas daqui a pouco você não me escapa, estou com muitas saudades e não vejo a hora de tirar sua roupa, que por sinal está linda.

Eu sorrio para ele enquanto caminhamos para o automóvel, o beijando em seguida. Ele liga o carro e saímos.

Chegamos ao barzinho, que está bem cheio. Avisto o Paulo e vamos em sua direção. Ele me abraça e cumprimenta o Carlos. Percebo como Paulo está nervoso.

— Poxa, amiga, quanto tempo! — Ju me abraça. Ela está linda em um vestido vermelho colado ao corpo, realçando mais ainda a sua beleza.

Estamos sentados em um bate-papo quando, de repente, a banda começa a cantar uma música, antes a oferecendo para a Ju e para o Paulo. Vejo como ela fica vermelha e como ele está nervoso, e acho que teremos um pedido a qualquer momento. A banda termina de tocar a música do

Jason Mraz, *I Won't Give Up*, e o silêncio paira entre nós. Nesse momento, Paulo se ajoelha ao lado da Ju, que o encara assustada, sem entender seu gesto. Olho para os lados e noto todos do bar olhando em nossa direção.

— Júlia Matias, eu te amo como nunca amei ninguém, você completa meus dias e dá sentido à minha vida. Amo seu sorriso, amo o jeito que me olha, amo seu cheiro, amo suas manias, amo até o jeito de como fica brava. Eu te amei na hora em que apertei sua mão neste mesmo local, e não me imagino um segundo sequer sem que esteja ao meu lado, pois você, meu amor, trouxe o sentido que faltava à minha vida, então... — Ele engole em seco.

A essa altura Ju está chorando enquanto o olha e ouve suas palavras, assim como eu observo a cena, sentada de costas para o Carlos, que está me abraçando e com a cabeça em meu ombro.

— Casa comigo, princesa, e me faça um homem muito mais feliz do que já sou? — Ele coloca a mão, que está tremendo horrores, no bolso na calça e retira a caixa de veludo preto e abrindo-a na frente da Ju. Ela coloca as mãos na boca, olhando para o anel que é um solitário em ouro branco com uma pedra de diamante enorme. É lindo! Eu escolhi para a minha amiga como se fosse para mim. Ela o encara e responde emocionada:

— Sim, meu amor! Claro que eu aceito!

Ele coloca o anel no dedo dela e a beija com muito amor. Todos nós aplaudimos, aliás, todos no bar. Eu me viro para olhar para o Carlos, encontrando-o também sorrindo. Não resisto e o beijo. Agora tudo está certo: meus amigos estão felizes e eu também.

A Ju está toda satisfeita com o seu anel. Uns vinte minutos depois ela ainda o admira e não para de beijar o Paulo. É visível que os dois foram feitos um para o outro, e fico muito feliz por ter sido eu a apresentá-los, pois sabia que eles dariam muito certo.

— Amor, eu vou ao banheiro, já volto — falo com o Carlos e ele assente.

Quando estou saindo do banheiro, dou de cara com a última pessoa que eu queria ver na face da Terra.

CAPÍTULO 37

JAQUELINE

Estou com duas amigas em um barzinho bem badalado, que fica próximo da minha casa. Voltei para o Rio há uns dias, estava com saudades dessa badalação daqui. Para mim, a noite está apenas começando.

Começo a olhar futuras presas. Infelizmente, os mais bonitos estão acompanhados; iria me dar um pouco mais de trabalho, mas sempre consigo o que quero. Às vezes tenho que esperar o cara se livrar da namorada ou seja lá o que seja, mas no geral sempre consigo.

Estava realmente precisando me distrair, fiquei muito decepcionada quando cheguei de Vitória, onde passei uns meses esperando a poeira baixar, e descobri que Carlos havia vendido sua casa e meus vizinhos agora eram um casal de apaixonados e grudentos.

Não tinha ideia para onde havia se mudado, só espero que a qualquer hora esbarre com ele por aí. Aquele condomínio não é mais o mesmo sem ele.

Paro um pouco de olhar ao redor e começo a prestar atenção no que as minhas duas amigas discutem. As duas tontas conversam sobre suas tentativas amorosas fracassadas. Pietra resolve de repente me envolver na conversa:

— Diz aí, Jaque, qual o pior fora que já recebeu? — pergunta, me olhando.

— Para, Pietra! Duvido que a Jaque já tenha levado um fora. Com essa cara e esse corpo, é ruim, hein! Mas, de qualquer forma, vamos ouvir o que ela tem a dizer — Elisa se intromete na pergunta, também me encarando.

Engulo em seco e me lembro do pior fora que já recebi e imediatamente minhas lembranças me transportam direto para aquele dia...

Estava há pouco mais de três meses sem ficar com o Carlos, e ele só fazia me evitar cada vez que eu tentava. Sabia que estava tentando ser um cara que não é, e logo sua máscara cairia, então que caísse comigo, porque eu estava sentindo muito sua falta.

Ele não é do tipo bom-moço, e eu o amava justamente por isso. Sei que estava fugindo de mim por medo de não resistir à tentação, tenho certeza que não esqueceu todas as minhas formas de enlouquecê-lo, por conta disso fugia.

Mas iria ver se teria a mesma força e autocontrole quando eu estivesse nua na sua cama ao seu dispor; sei que não resistiria, o conheço bem.

Não sabia mesmo que tipo de jogo ele tinha com aquela coisa aguada, mas eu o faria esquecer em segundos. Mas como entraria em sua casa para colocar meu plano em prática?

A resposta para isso veio bem rápido.

Assim que me aproximei da casa do Carlos, vi meu alvo: sua faxineira. Ela estava lavando a calçada em frente à casa do Carlos.

— Oi, tudo bem com a senhora?

— Tudo, minha filha, e você? — respondeu simpática.

— Eu queria combinar com a senhora, um dia, de me ajudar lá em casa, ela está uma bagunça, sabe.

Ela sorriu, me olhando.

— Só tenho as quintas livres, se servir.

— Ótimo! Perfeito! Essa quinta, então? — Ela confirmou, acertei o horário, me despedi e fui embora.

Na sexta-feira, eu estava sorrindo feito boba. A primeira parte do meu plano dera certo: eu tinha cometido um pequeno delito, nada absurdo, mas peguei o chaveiro da dona Maria e fiz cópias para mim da chave da casa do Carlos.

Só que as coisas não foram bem como pensei, ao me aproveitar da sua bebedeira e deitar na cama ao seu lado, nua, esperando que ele despertasse e fizesse sexo comigo.

Acabei jogada nua, no meio do condomínio, o mesmo onde nasci e fui criada. Jogada ali pelo cara que eu simplesmente venerei desde o primeiro momento em que o vi.

Sabe aquele cara que destrói cada célula de controle que existe no seu corpo? Aquele que lhe causa um arrepio só de imaginar que irá vê-lo? Aquele ideal de beleza e masculinidade? Aquele que lhe deixa com tremores por todo o corpo só de ouvir a voz ou sentir seu cheiro? Aquele por quem você é capaz de fazer qualquer loucura ou aceitar qualquer coisa?

Esse é o cara por quem me apaixonei, e esse também é o mesmo cara que me fez passar a maior vergonha da minha vida. Tudo isso por quê? Porque cometi o único erro de amar demais. Sim, eu o amava, e mesmo tendo aceitado tudo dele, ainda assim não foi suficiente para que enxergasse meu amor e visse que eu era a melhor mulher que poderia ter ao seu lado.

Como me senti? Pense em um aterro sanitário onde são despejados os lixos mais indesejáveis e podres. Senti-me muito pior do que isso.

CRISTINA MELO

Se me arrependi do que fiz? A resposta é não! A vergonha se tornou absolutamente insignificante diante do fato que ocorreu, contudo, a sorte esteve do meu lado. Se ele não fosse meu, não seria de mais ninguém, muito menos daquela patricinha sem sal e açúcar. Eu não o perderia para ela.

Levantei do chão sob os olhares dos vizinhos fofoqueiros, cheia de coragem, como se estivesse vestida e tudo estivesse normal. Algumas mulheres me olharam com despeito, já os homens chegaram a babar. Fazer o quê? Não tenho culpa de ser gostosa, e essas despeitadas que se danem.

Dois minutos depois já estava dentro da minha casa, não antes de um belo desfile nua pelo condomínio. Estava sorrindo pelo resultado magnífico que obtive. Mesmo sem querer, acabei acertando em cheio. Se tivesse armado, não teria dado tão certo. Ela nunca mais olharia para ele, parecia ser do tipo certinha e virgem, logo achei que ele me procuraria novamente, disso eu não tinha dúvidas.

Fique à vontade para me julgar; cada um joga com as armas que tem, e eu joguei com as minhas, não tenho culpa se a sorte estava do meu lado.

Tá, ok, alguém pode achar que não há sorte alguma em ser jogada nua no meio do condomínio, mas acredite, existe um lado bom para tudo, e apesar de ter me sentido humilhada e rejeitada na hora, sabia que não seria eu a levar a pior. Afinal, quem estava lá berrando e chorando não era eu, e sei que o Carlos não era o tipo de homem que ela queria e esperava, e que aturava esse tipo de cena que ela estava fazendo. Já, já, ele me procuraria novamente, mesmo tendo me dito à tarde que não faria isso. Sei que faria, essa patricinha sem graça não seria capaz de dar o que ele precisa.

Bom, meu plano não funcionou da maneira que planejei, e agora estou aqui sem saber dele e tendo tudo isso como a lembrança do pior fora que tive, e realmente foi o pior, mas pelo menos de uma coisa eu tinha certeza: eu poderia não saber para onde ele tinha se mudado, mas pelo menos não estava com aquela coisa sem graça. Como sei disso? Claro que investiguei com a Cátia, a única que falava comigo mais abertamente, e ela me disse que a loira aguada nunca mais pisou lá.

— Sinto muito em decepcioná-las, meninas, mas a resposta é não, nunca levei um fora. Fazer o quê, se todos me amam! — declaro confiante e levo o copo de chope à boca, dissipando os pensamentos ruins.

— Modesta você, amiga — comenta Pietra, e eu faço cara de *"eu sou foda"* e sorrio para elas, que me olham com uma cara estranha. Eu, hein, elas que perguntaram. Tudo bem que menti, mas não precisam saber disso.

— Meninas, vou ao banheiro, preciso ficar mais linda ainda, já volto. — Levanto com todo meu charme e sigo até o banheiro carregando alguns olhares desejosos pelo caminho. Pisco para um carinha que está com uma mulher que, pelo visto, não chega nem perto de satisfazê-lo, senão não estaria me olhando. Quer dizer, estaria sim, reconheço que sou um material de primeira, difícil não me olhar.

Volto meu olhar em direção ao banheiro, e quem vejo aqui? A loira azeda! Não posso acreditar. Gostou mesmo daqui, *patricinha* zona sul frequentando a zona oeste. Deve ser tão ruim de cama que os playboyzinhos metidos a besta que conhece não a querem. Viu que os caras daqui têm pegada e deve ter voltado por mais.

Coitada, tenho até pena, achou mesmo que ficaria com o Carlos? Só que não, querida! Vou esperá-la sair, preciso tirar uma onda com sua cara, essa chance não vou perder. Já estou sorrindo só de imaginar sua expressão ao sair e dar de cara comigo. Eu tenho que confessar que não presto.

Enfim ela sai, e não resisto, preparo meu melhor tom de deboche.

— Oi, lindinha! Quanto tempo! — Quero começar a gargalhar só com o olhar que me dá.

CAPÍTULO 38

Clara

Ela para bem na minha frente, bloqueando minha passagem, e me olha com deboche misturado com despeito. É ela, a galinha desgraçada da Jaqueline.

— Você pode sair da minha frente? — exijo, irritada. Só o fato de eu estar no mesmo ambiente que essa piranha me tira do sério.

— O que é isso, sem ressentimentos, eu não tenho nada contra você, só quis te avisar como o Carlos era, pois me pareceu que você não sabia onde estava entrando — responde com deboche e faz uma bola com sua goma de mascar. Minha vontade é de voar nessa vaca!

— Claro, seu aviso foi de grande ajuda, querida! — revido com ironia.

— Então, gracinha, já se passou tanto tempo, com certeza você já está em outra, já que o Carlos e eu continuamos com o nosso lance e ele, como eu te falei, continua do mesmo jeito. Vaso ruim não quebra, sabe? E pau que nasce torto nunca se endireita, mas eu não esquento, ninguém é de ninguém, sabe como é? Ele nunca mais tocou no seu nome.

Essa vagabunda está mentindo na caradura, é claro que ela nunca mais o viu, ele mesmo já me disse que não sabia onde ela estava. Tenho certeza que para ela dizer isso, nem imagina que estamos juntos, portanto, nem sequer sabe dele, quer dizer, de nós.

— Eu te avisei, lindinha, ele é assim, não se prende.

Vagabunda!

— É claro. Inclusive eu gostaria de te agradecer por sua armação barata, quando você fingiu ir para a cama com ele.

Ela me olha assustada, e aí eu percebo que *colhi maduro*.

Carlos me disse a verdade esse tempo todo, ele nunca me traiu. Essa piranha armou tudo. Ela é culpada por todo o nosso sofrimento e me fez acreditar que o Carlos foi um canalha. Eu vou matar essa vagabunda!

— Eu não sei do que está falando, querida — defende-se e tenta ir embora, mas seguro com toda minha força o seu braço.

— É claro que você sabe, sua piranha! Eu descobri tudo, pensou que eu fosse tão burra a ponto de não ver que aquilo era uma armação de uma puta invejosa? Você é uma vagabunda da pior espécie!

— Me respeita! Eu não estou te ofendendo, e se você não quer enxergar que o Carlos não é e nunca foi de uma mulher só, o problema não é meu! — Tenta puxar o braço do meu aperto.

Cínica, mentirosa! Como eu não vi isso antes?

— A única coisa que você merece é isso. — Dou um tapa em seu rosto com toda a força, virando-o com tudo para o lado.

— Sua louca! Quem você pensa que é? — Vira e me encara com ódio, e eu rapidamente dou outro tapa no outro lado.

— Sua piranha! Mexeu com a mulher errada! — aviso enquanto ela tenta reagir, mas eu não deixo, pego em seu pescoço e a encosto na parede, continuando minha sessão de tapas. Minha raiva é tremenda, só penso em todo o sofrimento que passei em vão e em toda a mudança em minha vida por culpa dela.

— Me solta, sua maluca! Socorro! Alguém me ajuda! — começa a gritar, mas não estou nem aí, ela irá pagar pelo que fez.

— Confessa, sua vagabunda! Só vou te soltar quando confessar, e se não for rápida, não vai sobrar rostinho bonitinho para separar mais ninguém, sua puta! Tenho certeza que é só isso o que sabe fazer — acuso-a enquanto se debate e eu apenas continuo batendo. Minha mão já dói, mas não irei parar enquanto ela não admitir sua armação.

— Você é louca! Socorro!

Só sinto ser puxada para longe dela.

— Coração, para com isso! Que loucura é essa? — Carlos me segura forte pela cintura, e vejo que tem uma galera olhando a cena. Que se dane!

— Me solta, Carlos! — exijo. Estou com muita raiva e minha vontade é deixar aquela filha da puta em pedacinhos.

— Calma, coração, não é assim que se resolvem as coisas. Vamos embora, não vale a pena. — Ele tenta me puxar, e eu começo a socar seus braços.

— Droga, Carlos! Me solta agora! — grito com muita raiva.

— Não, nós vamos embora, isso não importa mais.

O quê? Como não importa? Claro que importa!

Olho para a puta, percebo que ela está em choque por vê-lo. Claro, ela não imaginava que nós estivéssemos juntos, tanto que mentiu dizendo que ainda o via, e eu sei que é impossível.

— Eu achei que você já estivesse acostumada com o Carlos, querida. Agora eu entendo, você também é mais uma que ele pega de vez em quando, como eu. Não sabia que ele ainda te encontrava, mas se não o entendeu depois de todo esse tempo, não vai entender mais. Já te disse e vou repetir: ele não é homem de uma mulher só — fala com desprezo, ajeitando o ca-

CRISTINA MELO

belo no mesmo momento em que o Carlos me solta e se afasta para trás e eu vou com tudo para cima dela. Ela ainda tenta fugir, mas eu a pego pelo cabelo, a jogo no chão e monto em cima dela.

— Confessa, vagabunda! — Dou vários tapas em sua cara que já está toda vermelha e marcada com meus dedos.

— Sua louca! Sai de cima de mim! Alguém me ajuda! — grita em desespero, se debatendo, mas não vou parar ou deixá-la sair enquanto não confessar.

— Fala logo, sua piranha! Ou eu vou continuar até arrancar sua pele! Ela tenta sair de debaixo de mim, mas não consegue.

— Eu armei sim, sua patricinha de merda! Não consigo entender o que ele viu em você; eu aceitei tudo dele durante quatro anos e ele trocou toda a liberdade que tinha comigo por uma sem graça como você! — berra com ódio e despeito, seus gritos saem em meio às lágrimas.

Sou puxada de cima dela pelas mãos de Carlos. Não consigo dizer nada. Então era verdade mesmo, o amor da minha vida não tinha me traído, essa piranha conseguiu me enganar. Estou paralisada olhando para ela, que se levanta e ajeita a roupa sob o olhar de todos ali que a olham com desprezo, principalmente as mulheres.

— Você é digna de pena, Jaqueline. Por muito tempo eu tive ódio de você, até perceber que não era digna nem do meu ódio, você é um ser humano da pior espécie! E só mais uma coisa... — Carlos fala com o dedo em riste para ela, abraçado comigo enquanto fala: — Apesar de não ser da sua conta, eu faço questão de que saiba que sou de uma mulher só e vou ser durante toda a minha vida, e essa mulher é a Clara; eu a amo e a desejo cada segundo do meu dia. Já você, muito provavelmente será uma mal-amada o resto da sua vida. E só um aviso: se cruzar com a Clara de novo, mude a direção, mesmo porque já sabemos quem ficou no prejuízo aqui. Melhor pra você, vai evitar morrer cedo, já que inveja mata!

Carlos termina de falar cada palavra bem sério, olhando direto para ela. Ele puxa minha mão e saímos. A vagabunda fica lá com cara de puta arrependida.

Nem me despeço de ninguém, ele me arrasta até o carro, abre a porta do carona e me coloca lá dentro ainda calado; dá a volta e se senta ao meu lado e começa a me encarar, como que pedindo uma explicação.

— O que foi aquilo lá dentro, Clara? — pergunta sério, com o corpo virado em minha direção.

— Amor, juro que não ia fazer nada, mas aquela galinha ficou me provocando e ela mereceu cada tapa. Quando eu percebi que realmente tinha armado tudo, meu sangue subiu e não consegui mais me segurar. Não fica bravo comigo — peço, e ele dá uma gargalhada.

— Eu, bravo? Estou com medo de você! Quem é essa mulher? Eu até pensei que estivesse em uma operação, vendo você falando para ela falar logo ou iria arrancar a pele dela. Foi pesado, coração, nunca imaginei ouvir isso de você. Já vi que estou correndo risco de vida ao seu lado.

— Palhaço! Ela mereceu, e acho que vai demorar um bom tempo para tirar as marcas dos meus dedos do rosto dela, aquela piranha desclassificada! — Ele arregala os olhos quando a xingo.

— Vem cá, amor, eu juro que vou tentar uma vaguinha pra você no Bope, os bandidos vão se aposentar ou se entregar assim que souberem da sua fama — diz, me zoando e me puxa para o seu colo. — Me deixa ver suas mãos. — Começa a alisá-las e fazer uma massagem.

— Amor? — Ele levanta o rosto e me olha nos olhos. — Me perdoa? Eu fui muito burra em não acreditar em você, eu tinha que ter acreditado no seu amor, mas não, fui acreditar na farsa daquela...

— Shiuuu, esquece isso, coração — ele cala meus lábios com os dedos —, e você acreditou no meu amor, pois nós já estamos juntos e felizes e é isso o que importa agora. Esquece o que passou, vamos nos concentrar no nosso futuro. Eu te amo e vou te amar para sempre, de janeiro a janeiro.

— Eu também te amo, meu amor, e vou amar por toda a eternidade.

Ele me beija, e assim selamos nossas promessas.

CAPÍTULO 39

CARLOS

Paro o carro em minha vaga, descemos e seguimos até o elevador de mãos dadas. Eu ainda não consigo acreditar em como minha loirinha marrenta é boa de briga; a cara daquela escrota da Jaqueline foi a melhor.

Até que tentei separar, pois a Clara não tinha que passar por um vexame desses, mas quando aquela vagabunda começou com suas mentiras de novo, tive que soltar a fera de meus braços. Foi ela quem pediu, quem mandou falar merda?

Sei que não deveria incentivar a violência, mas ela mereceu cada tapa por tudo que nos fez, e minha loirinha mandou muito bem, deve ter sido também por conta de todo ódio e mágoa acumulada. Aquela vagabunda teve o que mereceu.

— Amor, você está muito quieto, o que foi? — fala ao mesmo tempo em que as portas do elevador se abrem.

— Eu estava pensando, nunca fizemos amor no elevador.

Ela me olha espantada e a empurro para dentro do elevador, já atacando sua boca com um beijo desesperado. Estou apenas há dois dias sem vê-la, mas parece uma eternidade, meu desejo por ela está nas alturas.

Imprenso seu corpo na parede do elevador, uma de minhas mãos segurando-a pela coxa e a outra em seu pescoço. Eu a seguro com força para que sua boca não desgrude da minha. Estou com fome dela, que é a mulher da minha vida.

— Amor... Chegamos... já estamos em seu andar... — diz com a voz rouca, cheia de desejo.

Eu não respondo, só a suspendo e caminho com ela, que cruza as pernas em volta do meu quadril. Ainda a beijando, pego a chave em meu bolso, abro a porta e entro em meu apartamento com ela nos braços. Bato a porta com o pé e começo a retirar sua blusa, recebendo sua ajuda ao erguer os braços. Coloco-a no chão para que possa retirar sua calça, retiro tudo até que fica totalmente nua em minha frente, com a respiração acelerada. Olho cada pedacinho do seu corpo, sem acreditar na sorte que eu tenho por tê-la.

Retiro minha blusa, pistola, tênis e calça, e ela permanece com aquele olhar de desejo que é só dela. Vou para cima com tudo e começo beijando seu pescoço bem devagar. Beijo a boca dessa mulher que tem o poder de me enlouquecer.

— Vamos inaugurar a mesa, coração! — Suspendo-a de novo e a coloco deitada em cima da mesa da sala, e ali eu beijo todo seu corpo que venero. Ela começa a se contorcer de prazer e seus gemidos saem sem controle. Adoro deixá-la dessa maneira.

— Ahhh... Amor... Isso é... torturaaaa...

Eu continuo onde estou, beijando o interior de suas coxas bem devagar. Chego à minha parte favorita, continuo lentamente, querendo prolongar ao máximo esse momento.

— Isso, amor! Aí, bem aí... Ahhhh — geme mais e mais, e isso me deixa mais louco ainda. Saber que sou o dono do seu prazer me deixa em êxtase. Paro ao perceber que ela está chegando lá, e não quero que goze sem que eu possa olhar em seus olhos, não hoje.

— Não para, amor, por que parou?!

Sorrio e fico em pé entre suas pernas, a penetrando em seguida.

— Porque eu quero olhar nos seus olhos, meu amor, e mais uma vez ter certeza de que você é minha e de mais ninguém.

Levanta a cabeça e beija meu pescoço do jeito que só ela sabe.

— Sempre, meu amor. Até quando eu não queria, eu era sua, só sua — começa falando em meu pescoço e termina olhando em meus olhos, e isso tira o pouco controle que me resta. Começo meu vaivém, a penetrando cada vez mais fundo, fazendo-a gritar loucamente e demonstrar todo o seu prazer, as pernas cruzadas em minhas costas e suas unhas arranhando-as, me fazendo ir ao meu limite.

— Goza comigo, coração. — Bastam essas palavras e ela chega ao seu orgasmo, e eu, que não consigo me segurar mais, a sigo.

Estamos nos olhando a todo o momento, e nunca em minha vida senti ou vivi nada parecido como quando estou fazendo amor com ela. Eu sou seu da cabeça aos pés, e o melhor é que ela também é minha.

Nunca imaginei viver isso um dia, mas desde aquele dia, em que acordei em minha cama depois da boate e a vi deitada em meu sofá, percebi que algo em mim estava diferente e que a culpa era dela. O amor que sinto me transformou e me fez ser o homem que sou hoje, um homem totalmente apaixonado e que não conseguiria mais viver um dia sequer sem que ela estivesse ao meu lado.

Todo o tempo que ficamos separados me provou isso, e se não tivéssemos voltado, eu seguiria a minha vida inteira com um buraco em meu peito, pois tenho certeza que ninguém ocuparia o lugar que era dela.

Hoje, ver o Paulo pedir a mão da Júlia em casamento foi como um estopim para mim. Agora, olhando para Clara, tudo faz sentido: é isso. Eu preciso dela em minha vida completamente, preciso dela como minha esposa! Nunca imaginei que esse dia chegaria, logo eu, que sempre fui um solteiro convicto. Mas nada fará mais sentido do que tê-la ao meu lado durante os próximos anos, até que a nossa vida se finde. Chegou a hora de formar a minha família.

— Amor, está tudo bem? — Ouço a voz da Clara, que interrompe meus pensamentos.

— Nunca estive melhor! — respondo, beijando-a em seguida.

— O que foi? Você estava paralisado me olhando.

Sorrio para ela.

— Só admirando a loira mais linda e briguenta do mundo, que ainda por cima é minha namorada. Sou ou não sou um homem de sorte?

— Muita sorte! — Ela sorri, não resisto e a beijo.

Pego-a no colo e a levo para nossa cama, e ali continuamos um bom tempo ainda nos amando, pois eu não me canso dela de jeito nenhum; quanto mais a tenho, mais a quero.

Uma semana depois...

Estou a caminho da casa da Clara. Fiquei de encontrá-la agora à tarde para buscar a roupa que usarei no casamento do Gustavo, que será amanhã, e nós seremos os padrinhos.

Enquanto dirijo, a vejo no calçadão da praia, com um cara que está com a mão em seu braço e bem próximo a ela. Meu sangue ferve na hora. Que caralho é esse?!

Faço o retorno logo à frente e paro o carro na primeira vaga que avisto. Desço e atravesso a rua. Já estou bem perto quando o vejo passando a mão no cabelo dela. Eu vou fazer picadinho desse bosta!

— Que porra é essa?! — grito, assustando os dois e empurrando o playboyzinho metido a malandro.

— Está maluco? Quem você pensa que é para me empurrar dessa forma? — diz o bosta para mim e vem em minha direção, me encarando, e eu não deixo por menos. Também o encaro, pronto para quebrá-lo na porrada.

— Amor, para com isso. Não é nada disso, o Diego é só um amigo, estávamos apenas conversando, não é, Diego?

Ele arqueia as sobrancelhas para ela, inquisidor. Meu maxilar está cerrado, estou tentando controlar a raiva e não dar um soco bem no meio da cara dele.

— Nós não somos apenas amigos, né, Clara? — Ele pisca para ela.

— Como é que é, seu bosta? Perdeu a noção do perigo? Ela é minha mulher! — Dou o primeiro soco que atinge em cheio a sua boca, fazendo-o cair em seguida.

Estou prestes a ir para cima dele e acabar de deixar a cara dele destruída, para aprender a respeitar a mulher dos outros, quando sou puxado pela camisa.

— Para com isso, Carlos! Você está louco?! Estamos no meio da rua, pirou?

— Que porra é essa, Clara? — Viro para ela com muita raiva. — O que você tem com esse cara? — grito direto para ela, que me olha assustada.

— Eu não vou ficar discutindo isso com você no meio da rua. — Se vira e vai em direção ao bosta, que está sentado no chão com a mão na boca. Olho para a cena e realmente não acredito no que estou vendo.

— Está tudo bem, Diego? Precisa de um hospital? Ai, meu Deus, você está sangrando muito! — Abre a bolsa e retira um pacote de lenços descartáveis, tira um do pacote e o coloca sobre a boca dele, que apoia a mão em sua coxa. Minha raiva vai ao limite ao ver isso, me abaixo e puxo-a pelo braço.

— Para com isso, Carlos! Olha a cena, já não basta a merda que fez? Eu não estou ouvindo isso.

— É isso mesmo que você acha? Que estou fazendo cena? — pergunto olhando em seus olhos.

— É, não é assim que funcionam as coisas. Se porrada resolvesse, tinha muito bandido recuperado, você deveria ser o primeiro a saber disso — fala, dona de si, se achando.

— Tudo bem, então, já vi que quem está sobrando aqui sou eu. Só acho que esse pensamento vindo de você agora é meio contraditório, não? Mas não quero mais atrapalhar. — Viro e vou embora, atravessando a rua em direção ao meu carro.

— Carlos! — Escuto-a me chamar, mas não olho para trás, entro no carro e saio com tudo. Se ela pensa que porque estou apaixonado serei idiota, está muito enganada. O mínimo que devemos um ao outro é respeito;

tenho certeza de que se fosse ela a me ver com essa intimidade toda com uma mulher, ficaria possessa.

O que ela tem com esse cara? Ele disse que não eram só amigos na cara dela. Será que a Clara está me fazendo de palhaço? Não é possível! Caralho, e eu aqui pensando em uma forma de pedir sua mão em casamento.

Depois de tudo que sofri e fiz para ficar com ela, ela me faz isso! Realmente, o amor cega as pessoas, não acredito que ela está me enganando bem debaixo do meu nariz.

Chego em casa muito revoltado, nem sei como agir dessa vez, isso é novidade para mim.

— Porra! — grito chutando a cadeira da minha sala, muito puto da vida, no mesmo instante em que meu celular começa a tocar. Eu olho e vejo que é uma ligação do Michel.

— Fala aí, Michel — atendo ainda com raiva.

— Oi, cara, tudo certo? — pergunta desconfiado.

— Tudo indo, o que manda? — pergunto tentando parecer normal.

— Eu queria te perguntar se podia me fazer um favor de buscar minha roupa também, é que estou enrolado aqui na empresa. — Puta merda, eu me esqueci completamente da roupa. Nem sei se eu iria mais a esse casamento.

Claro que você vai, Carlos, você é o padrinho, e o Gustavo é um grande amigo. Independentemente de qualquer coisa, você tem que ir.

— Ok, cara, daqui a pouco chego lá e te ligo. Pego pra você, pode deixar.

Ele agradece e desliga em seguida.

Chego em casa uma hora depois de ter saído. Eu olhava o celular a todo minuto e nada de uma ligação da Clara ou mensagem. Não vou atrás dela dessa vez; se está pensando isso, vai cair do cavalo, ela que me deve explicações.

Estou andando de um lado para o outro, impaciente. Já são 22 horas e ela nem sequer tinha me ligado. Será que estava com aquele cara? Não, não quero nem pensar nisso, ainda sou o namorado dela e me deve uma explicação, ah, deve.

Mas dessa vez, dona Clara, o idiota aqui não vai atrás de você, não mesmo!

CAPÍTULO 40

CLARA

Eu ainda não acredito que o Carlos saiu daqui ontem daquele jeito e nem ao menos me ligou. Ele não tem o direito de agir dessa forma, afinal, não viu nada suspeito.

Você sabe o que ele viu. Se fosse você, Clara, não iria gostar nem um pouco, e sabemos que faria muito pior do que ele fez.

Ok, ok, eu admito, mas daí não me ligar... Isso não é adulto, fugir daquela maneira sem me deixar explicar ou conversar sobre o ocorrido.

Claro, depois que você defendeu o cara na frente dele, queria o quê?

Ai, eu já roí todas as minhas unhas, e estão um desastre para o casamento. Também não dormi a noite inteira, me segurando para não ir até ele e pedir desculpas, mas eu não fiz nada.

Está bem, sei que fui grossa com ele e que o Diego provocou. Eu dei um baita esporro nele por isso. Mas o Diego é assim mesmo, leva tudo no deboche. Ele me pediu desculpas, disse que não sabia que eu estava em um relacionamento sério. Quer dizer, agora nem eu sei se estou mais, depois dessa atitude do Carlos e de seu sumiço. Não sei de mais nada.

— Clara! — Escuto meu pai chamar, pego minha bolsa e saio do quarto.

— Vamos, filha, ou podemos nos atrasar. Já está tarde, cadê o Carlos? Não vai com a gente? — Até meu pai tinha virado um puxa-saco do Carlos.

— Não sei dele, pai, vamos?

Meu pai cruza os braços e me encara com um olhar inquisitivo.

— O que aconteceu? Vocês brigaram? Minha filha, ele me parece ser um rapaz muito bom pra você, te fez alguma coisa? — Só me faltava essa, meu pai entrar na história.

— Ele é um idiota, pai, só isso, vamos?

Ele balança a cabeça de um lado para o outro.

— Filha, eu conheço você e sei como é geniosa e orgulhosa, tem a quem puxar. Não faz isso, eu sei que vocês se amam e ele é um bom rapaz. Orgulho não nos leva a nada, liga pra ele, fala que estamos esperando por ele. Hoje é o casamento do seu irmão, acredite em mim, minha filha, certas coisas não valem a pena; quando for mais velha, vai entender isso. E não cometa o mesmo erro do seu pai: não deixe que uma briga boba tome uma proporção tão grande que depois não terá como voltar atrás, mesmo que queira.

       CRISTINA MELO

O quê? Meu pai agora virou advogado do Carlos? E o que ele quer dizer com não cometer o mesmo erro que ele?

— Eu não vou ligar nada, pai. Vamos embora, ele sabe o caminho.

Ele respira fundo e começa a andar para a porta de saída.

— Clara, Clara, vocês vivem dizendo que nós velhos somos cabeças--duras, mas às vezes dá vontade de abrir a cabeça de vocês e enfiar o certo lá dentro. Mas já que quer assim, assim seja. Vamos, então.

Reviro os olhos e dou um sorriso fraco. Depois que fui trabalhar com ele, estávamos mais próximos, nem parece o mesmo com quem convivi durante toda minha vida. Por incrível que pareça, só agora eu começava a conhecer meu pai, e estava sendo uma boa surpresa.

Estamos a caminho de Cabo Frio, e eu não paro de pensar no Carlos. *Será que ele não irá ao casamento? Como será isso?*

Ele é meu par. Não, o Carlos não faria isso, o Gustavo é seu amigo, e não vai fazer isso com ele. Pelo menos é o que eu acho.

— Pai? — Ele está ao meu lado, no banco de trás do carro. — O que quis dizer quando disse que tem coisas que não tem como voltar atrás, mesmo que se queira?

— Tem certeza que quer saber? — Ele dá um sorriso tímido para mim. — A história é um pouco longa.

Agora eu estava mais curiosa ainda, e seria bom para me distrair do Carlos um pouco.

— Gostaria muito, pai, e afinal, temos tempo, ainda demora para chegar.

Ele ergue as sobrancelhas e meneia a cabeça.

— Sabe, Clara, pode não parecer, mas eu também já fui jovem e tão impulsivo ou mais que você. Na verdade, acho que mais. — Ele ri, nostálgico.

Rio de Janeiro, 13 de maio de 1981.

— Luísa, você não vai fazer isso comigo, não é? — exijo, e ela cruza os braços e começa a bater o pé, do jeito que faz quando está irritada.

— É só um curso, Olavo. Minha mãe insiste que eu vá, e só vou ficar em Nova Iorque por três meses, você sabe como minha mãe é.

Eu não quero saber da bruxa da mãe dela, tenho certeza que está fazendo isso de propósito!

— Droga, Luísa! É só você falar que não vai e pronto! Faz a merda do curso aqui, você já fala inglês fluentemente, não quero e não vou me separar de você por três meses!

— Eu não posso fazer isso, Olavo. — Ela balança a cabeça em negativa. — Não vou contrariar minha mãe, sei que ela só quer meu bem.

— O quê? Você não pode contrariar sua mãe, mas a mim, sim? Isso quer dizer que você acha que eu não quero o seu bem? É isso? Se você pensa assim, é porque realmente não me ama como eu te amo — acuso. Ela joga as mãos para o alto e sai andando, batendo o pé, sem me responder.

— Não foge da resposta não, volta aqui. — Puxo seu braço e a faço me encarar de novo.

— Para com isso, Olavo! Você está sendo egoísta e infantil! Já está cansado de saber o que sinto por você, e três meses não vão mudar nada, passam rápido.

Agora eu balanço a cabeça em negativa.

— Eu não posso ir com você, sabe que acabei de começar a faculdade, Lu, só adia isso mais um pouco, é só o que te peço, aí quem sabe eu não dou um jeito de ir com você.

Ela dá aquele sorriso debochado que eu conhecia muito bem.

— Agora chegou aonde eu queria! Você começou a faculdade esse ano e eu começo no ano que vem. Sua faculdade vai durar cinco anos e só temos um mês de férias, então não tem como adiar, tem que ser agora. Entende logo, Olavo!

— Eu não vou entender, você só tem 17 anos! Sua mãe não tem juízo? Enviá-la para outro país e ainda ficar esse tempo todo.

— Falou o senhor maduro de 18 anos! Eu vou, quer você queira ou não. Já está decidido, e você não é meu dono — diz cheia de determinação. Ela não pode fazer isso, eu não vou aguentar ficar três meses sem vê-la.

— Tudo bem... — Sorri e me abraça antes que eu termine de falar. — Se você realmente for, fique sabendo que está tudo acabado entre nós — aviso bem sério, olhando em seus olhos. Seu sorriso morre na hora.

— Você não pode fazer isso, Olavo! Isso não é amor, é posse!!

— Entenda como quiser, eu estou falando muito sério. É uma promessa. Você vai jogar fora todos os nossos sonhos e planos para o futuro por causa disso? Pensa bem.

Ela balança a cabeça e vejo quando lágrimas se acumulam em seus olhos, mas continuo com minha postura, bem sério, olhando para ela.

— Para com isso, amor. Não faz isso, pelo amor de Deus, me entenda, você não pode terminar comigo por isso. Eu que pergunto pra você: vai jogar uma vida inteira juntos fora por causa de três meses?

Encaro-a, muito determinado sobre minha decisão:

— Isso só você pode decidir...

Hoje

— E o que ela decidiu, pai? — pergunto curiosa.

— Ela resolveu que não iria passar por cima da mãe. Acho que, no fundo, achou que eu mudaria de ideia, pois o nosso amor era mais forte do que três meses separados — diz, e sinto muita tristeza em seu tom.

— E o senhor mudou? — pergunto angustiada.

— O meu orgulho não me permitiu, minha filha. Fiquei muito magoado, achei que ela não me amava, e sabe como é jovem e ainda por cima orgulhoso? Logo eu achei que não tinha que aceitar o que ela fez e que foi uma traição de sua parte.

— Mas ela só foi estudar, pai — defendo, e ele assente.

— Hoje eu sei disso, filha. Quer dizer, caiu minha ficha um tempo depois, mas já era tarde. Assim que ela voltou, ficou correndo atrás de mim por quase um ano, e eu a esnobando. Achava que assim me vingaria dela, entende? — Eu afirmo com a cabeça. — Depois disso, ela saiu do país e eu nunca mais a vi. Quando dei por mim que a tinha perdido para sempre, sofri como um louco, mas já era tarde demais. Então, uns anos depois, conheci sua mãe e logo nos casamos. — Sinto tristeza em seu tom novamente.

— Mas o senhor nunca amou a mamãe como a amava, não é?

Ele ergue as sobrancelhas.

— Eu amei muito a sua mãe, Clara, de uma maneira diferente, mas eu a amei, e dessa união eu tive meus maiores presentes, que são você e seu irmão. — Sorri para mim e eu para ele.

Estou para aproveitar e perguntar mais da mamãe, mas sou interrompida.

— Chegamos, senhor — o motorista informa, parando o carro em seguida.

Meu coração agora está acelerado. Desço e não faço outra coisa a não ser olhar em todas as direções para ver se avisto o Carlos, mas não o vejo e nem seu carro.

Será que ele não virá? Será que meu orgulho de não o procurar ontem, ou hoje, afastará o amor da minha vida para sempre? Depois de tudo o que passamos para ficar juntos, não é possível que tudo termine dessa forma.

CAPÍTULO 41

CLARA

Olho para a praia e admiro a decoração, que já está pronta e linda. Meu pai fala alguma coisa com o motorista, e eu sigo em direção à casa, na esperança de encontrá-lo lá. Eu não acredito que ele não virá.

— Pronto, falando nela, olha ela aí, até que enfim. Cadê o papai? — pergunta Gustavo, todo animado.

— Oi, gente, ele está lá fora — respondo, olhando em cada canto que meus olhos conseguem alcançar, mas não o vejo.

— Quer um suco, filha? — pergunta a dona Cláudia.

— Agradeço. — Eu preciso beber algo mesmo, pois minha garganta está com aquela sensação de ranhura, mas sei que não é sede. Quem sabe beber alguma coisa ajude.

Olho ao redor. A sala é bem grande e nela já se encontram quase todos, faltando apenas a Bia e a noiva. Dos que eu conheço, tem o Michel, o André e a Isa, que era esposa do Guilherme, que infelizmente foi morto em uma emboscada. Coitada, deve estar muito triste ainda, mas mesmo assim aceitou o convite do Gu. Todos estão em uma conversa, o clima está bem descontraído, menos para mim.

— Aqui, filha. — Dona Cláudia, me entrega o copo bem na hora em que o meu pai entra na sala. — A Bia e a Lívia estão no quarto, vai lá. — Eu sorrio e confirmo com a cabeça. Ela aponta a direção e vou até o quarto.

— Meninas, posso entrar? — pergunto batendo na porta.

— Claro que pode, Clara. Entra — Lívia responde.

Fico ali com elas por quase duas horas, e é o que me distrai. Eu não falei nada do Carlos com elas, pois não queria preocupar a noiva antecipadamente, e, se for o caso, eu entrarei sozinha. Só saio do quarto quando a cerimonialista bate à porta avisando que começará a entrada dos padrinhos e do noivo. Não tem jeito, agora será a prova dos nove. Um misto de sentimentos me invade: medo, saudade, raiva, arrependimento, tudo isso junto. Sim, estou arrependida por não ter ido atrás dele ou ligado, sabe-se lá o que ele está pensando agora.

Sigo até a porta de entrada, a sala está vazia, a não ser por um senhor sentado no sofá, acho que será ele a entrar com a Lívia. Chego na varanda e todos já estão se organizando onde se inicia o tapete vermelho. Estou parada ainda na varanda, olhando todos ali, mas o Carlos não se encontra. Fecho os olhos e me bate uma tristeza absurda. Minha vontade é ir embora, mas não posso, eu tenho que encarar, pelo Gustavo.

Levanto a cabeça e abro os olhos devagar, deparando-me com o Carlos, ao pé da escada, com as mãos no bolso, me olhando. Respiro muito aliviada, dando um sorriso sem graça, mas ele não corresponde, continua sério me encarando, e esse olhar paralisa cada músculo do meu corpo.

— Carlos e Clara, só faltam vocês, vamos! — pede a cerimonialista, impaciente.

Desço as escadas e ele não desvia o olhar em nenhum momento, acompanhando cada passo meu. Chego ao seu lado, querendo tanto abraçá-lo e beijá-lo, mas não consigo, estou sem ação. Ele também não o faz e continua em silêncio. Estávamos tão bem, como chegamos a isso? Caminhamos lado a lado e o silêncio é mortal. Somos o último casal da fila, pego a mão dele e entrelaço meus dedos aos seus. Ele não desfaz, mas continua parado sem me olhar agora.

Vejo como está tenso, por causa do seu maxilar e de como ele pisca várias vezes. Não me controlo, beijo seu braço e olho para ele, que engole em seco, mas não diz nada, permanecendo na mesma posição. Continuo olhando para ele, fico na ponta dos pés e beijo seu pescoço bem do jeito que ele gosta. Paro um pouco e o olho; ele está com os olhos fechados e respirando rapidamente. Solto minha mão da sua, colocando-a em suas costas, beijo seu rosto, e ele me olha com um misto de raiva e desejo. Nossos olhos se conectam, e sussurro baixinho só para ele ouvir:

— Me desculpa?

Ele continua tenso, me observando fixamente, sem pronunciar nada. O momento tenso é quebrado pela cerimonialista:

— Tudo certo. Vamos começar, posições. — A chata da mulher nos coloca lado a lado de novo, e uma música invade meus ouvidos.

Eu dou a mão para o Carlos de novo e logo chega nossa vez. Começamos a andar por aquele tapete, e sem que eu espere, penso em como será quando chegar o dia do nosso casamento. Tudo está tão lindo que não consigo deixar de pensar nisso.

Aperto um pouco mais a mão dele, que me olha. Não seguro o sorriso quando nossos olhos se encontram, mas ele não retribui e volta a olhar para a frente.

Mas que merda é essa?

Agora ele está me deixando muito irritada com essa atitude. Poxa, estamos em um casamento, o que custa melhorar um pouco a cara? Estou tentando me redimir e me aproximar, mas ele continua lá na sua pose de macho alfa.

Que saco! Parei! Agora quem vai ter que procurar é ele.

Chegamos embaixo da tenda que simboliza o altar, já que estamos em uma praia. Parado ao meu lado, Carlos nem me olha mais. Resolvo fazer como ele e finjo que ele não está ali.

Parou a palhaçada! Muito infantil para o meu gosto, será que ele não sabe agir normal e esperar terminar a cerimônia para conversarmos? Então que fique de bico, problema dele.

A cerimônia termina juntamente com minhas lágrimas. Na verdade, eu ainda estou chorando; foi tão lindo, meu irmão está tão feliz e a Lívia, radiante. O amor deles é lindo. Parada, fico admirando a felicidade dos dois, e quando olho para o lado, noto que Carlos já saiu, e caminha para onde estão as mesas.

Como ele pôde fazer isso? Não acredito, estou sendo completamente ignorada, que idiota!

Quase uma hora depois, já estou na sexta taça ou mais de Prosecco. Estou sentada em uma cadeira, olhando aquele filho da mãe que continua fingindo que não existo. Não pode me tratar assim, ainda somos namorados. Bem, pelo menos ele não teve a capacidade de terminar oficialmente; se não quer mais, por que não fala?

Ou ele está magoado com sua atitude de ontem, né, Clara? Já parou para pensar que foi muito grossa com ele e que não o respeitou e nem teve consideração? Acho que você deve desculpas a ele dessa vez.

Não vou pedir mais desculpas, droga nenhuma. Bem que tentei, e ele me ignorou completamente, que se dane!

O garçom passa e pego mais duas taças, coloco-as em cima da mesa e não o perco de vista. Conversa normalmente com os amigos do batalhão. Viro mais uma taça de uma só vez enquanto começa a tocar outra música.

Por que em festas de casamentos só tocam esse tipo de música?

O que só piora a situação de pessoas como eu. Abaixo a cabeça, derrotada. Todos parecem muitos felizes e alheios ao que está acontecendo comigo. Começo a prestar atenção na letra e minha situação não melhora em nada ao ouvir *Amor eterno*, do Jeito Moleque.

Quero Amor Eterno!
Sabe, o meu coração

Guarda um tanto de amor
É o fruto do que você semeou
Você pode regar
Que o que der é só teu
Benza a Deus que você apareceu... (...)

Pego a outra taça, e quando vou colocar na boca, sinto-a sendo tirada de mim.

— Você já bebeu demais, agora chega! — *Ah, agora ele resolveu falar comigo?*

— O que você tem com isso? — pergunto irritada.

Ele me olha ainda mais sério do que já estava e se mantém assim, com um olhar mortal sobre mim. Pega uma cadeira e coloca à minha frente, chegando o mais próximo que consegue, a ponto de minhas pernas ficarem entre as suas. Seu olhar não sai do meu, os cotovelos estão sobre as próprias coxas e as mãos cruzadas sob o queixo. Ele continua sem falar nada por uns longos segundos.

— Que foi? Vai continuar desse jeito por quanto tempo?

— Me diz você — responde num tom de voz tão baixo que quase não escuto.

— Eu não vou dizer nada. Você que está sendo ridículo e me ignorando desde a hora que chegou, então vai lá, pode voltar para onde estava que estou muito bem aqui sem você.

Ele ergue as sobrancelhas, passa a mão na cabeça e assente.

— Ok. — É só o que diz e começa a se levantar.

— Amor, para com isso, você sabe que eu te amo, não faz isso. — Estou com as mãos em suas coxas, o impedindo de levantar. Ele me olha e eu começo a passar as mãos em seu rosto e me inclino mais ainda, aproximando minha boca da sua.

— O Diego é só um amigo de infância. Ele foi meu primeiro namorado, por isso disse aquilo, mas há muito tempo que terminamos e somos só amigos mesmo. Não estávamos fazendo nada de mais, eu juro, ele só estava comentando do corte do meu cabelo. Me desculpa pelo jeito que falei com você, é que fiquei nervosa com a situação.

Carlos continua calado me olhando, e isso está me matando.

— Fala alguma coisa!

— Quando você iria me contar desse Diego? — me pergunta sério.

— Amor, por favor, ele não faz a menor diferença pra mim. Eu não falei nada porque não tinha nada para dizer. Agora para com isso, você sabe que eu te amo, não acredito que tenha dúvidas. — Eu me aproximo de novo e começo a beijar o canto da sua boca e logo dou um selinho em seus lábios. Ele enfim reage e me segura pela nuca com uma mão e com a outra me abraça. Começo a sorrir em seus braços.

— Eu te amo tanto, coração! Fiquei louco ontem quando vi aquele cara perto de você daquele jeito. Não posso nem imaginar minha vida sem você, não conseguiria passar por tudo de novo.

Sorrio e o beijo, que também retribui.

— Não vai, meu amor. Não tem porquê, nós nos amamos e eu te garanto que também não consigo passar por tudo aquilo de novo. E não se preocupa que ainda vamos brigar muito, durante muitos anos, acho que até velhinhos vamos brigar, porque você é muito orgulhoso e genioso.

Ele dá uma gargalhada.

— Eu, né, Clara? — debocha com o tom divertido.

— É, você! E não contrarie uma bêbada! — Sorrimos juntos dessa vez e nos beijamos de novo.

— Então vamos embora que eu tenho um jeito muito bom para curar bebedeira — fala com aquela cara de safado e pisca para mim.

— Sei, a última vez que fiquei bêbada, a única coisa que fez foi me dar um banho gelado, isso eu posso fazer sozinha — provoco, fazendo bico.

— Mas dessa vez juro que vou compensar, você não perde por esperar — promete em meu pescoço, me provocando, e eu não via a hora.

— Vamos, quero ver do que você é capaz — desafio, e ele beija o canto da minha boca e vai levando seu beijo até minha orelha.

— Acho que você já sabe, coração, mas será um prazer te mostrar mais uma vez.

CAPÍTULO 42

CLARA

Uma semana depois...

— Oi, amor — atendo o telefone.

— Eu estou te esperando aqui na portaria — diz, e percebo pelo tom da sua voz uma certa tensão.

— Amor, aconteceu alguma coisa? Nós tínhamos combinado à noite, eu estou estudando, não quer subir?

— Não dá, coração, por favor, desce logo. Preciso te mostrar uma coisa.

Eu, hein, o que deu nele? Agora fiquei curiosa.

— Tudo bem, dois minutos e já desço. — Concorda, e eu desligo o telefone. Dou uma ajeitada no cabelo, fazendo um rabo de cavalo, e desço.

Chego à portaria e o encontro estalando os dedos e andando de um lado para o outro, parece nervoso.

— Oi — falo o beijando, e ele por sua vez corresponde e me abraça forte.

— Está tudo bem, amor? — pergunto. Ele está muito estranho.

— Tudo ótimo, coração, vamos?

Vamos para onde?

— Mas você não disse que iríamos sair, eu nem me arrumei.

Carlos me olha de cima a baixo. Eu estou com um short jeans e uma camiseta rosa.

— Você está linda como sempre, coração, e para onde vamos, está perfeita. — Pisca para mim e dá um selinho rápido, logo em seguida sai andando, puxando minha mão.

— Para onde vamos? — pergunto enquanto ele me entrega o capacete.

— Surpresa. — Dá um sorriso, montando em sua moto. O que deu nele? Subo na garupa, ele liga a moto em seguida e saímos.

Uns quinze minutos depois, estamos subindo em uma estrada estreita. Mais algum tempo e ele para a moto. Quando vejo onde estou, eu simplesmente paraliso em meu lugar.

— O que estamos fazendo aqui, Carlos? — pergunto meio desesperada.

— Não é lindo, amor? — responde com outra pergunta e um sorriso lindo estampado no rosto.

— Pode ser lindo do jeito que for, mas eu não quero ficar aqui, por favor, vamos embora?

Seu sorriso se esvai.

— Tenho certeza que se for até aquele ponto ali e olhar a vista, vai se apaixonar, vem. — Ele me puxa delicadamente.

— Não, Carlos. É sério, isso não é pra mim, eu sei que você gosta e é até sócio desse lugar, mas eu não quero, não entendo como as pessoas têm coragem de fazer isso, é loucura!

— Então você está me chamando de louco? — Faz uma careta ao me perguntar, e eu sorrio para ele.

— Imagina, eu estou falando das outras pessoas; já você, eu tenho certeza que é. — Sorrimos juntos e ele me abraça.

— Por favor, coração, eu queria muito fazer isso com você.

O quê?

— Não, não... Não me pede isso, Carlos.

Estamos na Pedra da Gávea, onde se realizam voos livres de asa delta e parapente. Eu nunca tinha vindo até aqui, pois nunca tive curiosidade e nem vontade de fazer esse tipo de coisa, já que acho muita loucura! Eu já sabia que ele praticava e até tinha montado uma sociedade com seu tio — um negócio muito rentável, pelo que me disse. Mas essa é uma das coisas que eu ficaria mais do que feliz em não experimentar.

— Eu tenho certeza que vai amar, a vista é linda e você vai ver como é bom, a sensação de liberdade é única. Eu garanto que não vai se arrepender. Por favor, diz que sim? – pede com uma cara de pobre coitado absurda, e eu não sei como vou dizer que não vou fazer isso de jeito nenhum.

Fico olhando para ele com a esperança de convencê-lo com o olhar.

— Por favor, eu nunca voei com ninguém, e esse voo será mais do que especial para mim, não me negue isso.

Ai, meu Deus! Coragem, Clara!!

— Ok, eu vou fazer isso, mas não esqueça que você está me devendo um pedido especial também. Minha vez vai chegar e você não vai poder me dizer não.

Ele me abraça muito feliz, me suspendendo. Já valeu a pena, só por ver essa alegria em seu rosto.

— Obrigado, coração! Eu sei que vai amar, pelo menos a vista e o voo tenho certeza que vai gostar. Já o resto, só você pode me dizer depois. — Ele, hoje, não está normal.

— Então vamos logo com isso, antes que eu me arrependa.

Carlos puxa minha mão com um sorriso de orelha a orelha.

CRISTINA MELO

— Não sei se essa é uma boa ideia, amor — falo quando chego à rampa; estou tremendo dos pés à cabeça.

— Tarde demais, você já disse sim. Pelo menos para isso... Agora vista isso aqui. — Ele começa a vestir uma espécie de roupa acolchoada com faixas e travas, coloca um capacete em mim, seguido por uma espécie de joelheira acolchoada também.

Ai, eu não consigo falar nada, o nervoso e a adrenalina me dominam, meu Deus! Tem gente que paga para fazer isso! Como podem? Eu olho para a rampa e vejo um homem saltando.

— Uhuuuuuu!! — ele grita ao saltar. Meus olhos com certeza estão arregalados.

— Vem, somos os próximos. Fica calma, quando estiver no ar vai se perguntar como não fez isso antes — diz bem tranquilo. Como consegue? Ele me puxa e faz um gesto de cabeça para um cara que está com um rádio transmissor.

Ele me passa algumas informações sobre como devo agir assim que chegarmos ao solo, e a única coisa que eu espero agora é que realmente isso aconteça e em segurança, e seja o que Deus quiser! Faço o sinal da cruz.

Estamos a ponto de saltar agora. Ele está à minha frente e eu um pouco mais atrás, na sua lateral, quase em suas costas. Juro que meu coração vai sair pela boca, nunca senti nada parecido.

— No três, amor. Pronta? — pergunta animado.

— Nãããooo! — grito para ele, que me olha sorrindo.

— Vamos nessa! Um... dois... e três... — Ele começa a correr e eu não tenho o que fazer a não ser acompanhá-lo, e exatamente três segundos depois ele grita: — Vamos voar, meu amor!!!

Perco o ar.

Uau!!! Isso é... fantástico! Simplesmente espetacular.

Eu estou voando, e a sensação de liberdade é indescritível, me sinto um pássaro, e a vista é realmente maravilhosa!

— E então, coração, o que achou? — pergunta, me encarando. Na verdade, eu acho que já estava me olhando há um tempo, pelo jeito que sorri.

— Maravilhoso, meu amor! Obrigada por isso, obrigada por me convencer, é demais!!

Ele assente, satisfeito com minha resposta.

— Eu te disse que era sensacional!

Estou admirando a vista lindíssima, com certeza eu faria isso de novo.

— Se prepara para o pouso! — Eu estou olhando para o mar quando ele pede. — Vamos aterrissar bem ali.

E ao olhar na direção em que ele aponta, meu coração para. Vou precisar de um desfibrilador, pois terei um mal súbito! Carlos ergue as sobrancelhas para mim e assente sorrindo, enquanto eu começo a chorar, emocionada. Olho para a areia de novo, sem acreditar ainda no que vejo ali. Uma faixa branca enorme diz:

> CLARA ALBUQUERQUE TORRES, QUER SER MINHA PARA SEMPRE???
> ME FAÇA O HOMEM MAIS FELIZ DO MUNDO. DIGA SIM!!!

Encaro-o, e me olha com muita expectativa, mas continuo sem fala; nunca imaginei que esse sábado me reservaria isso, foi muita emoção para um só dia.

É isso mesmo? Ele está me pedindo em casamento e dessa maneira linda?

— Se prepara, coração, estamos chegando.

Se alguém me perguntar como cheguei aqui na areia e estou em pé, de frente para essa faixa, eu juro que não vou saber responder. Estou totalmente paralisada olhando para a frase mais linda que já li na vida.

— E então? O que me diz? Aceita se casar comigo? — pergunta e já está ajoelhado à minha frente, com uma caixa de veludo contendo o anel mais lindo do mundo.

— Claro que sim, meu amor! Sim... sim... Sim... Mil vezes SIM!

Ele coloca o anel em meu dedo e se levanta. Nos beijamos ao som de assobios e aplausos. Só agora me dou conta de que existe uma pequena plateia.

— Eu te amo para sempre, meu amor — declaro para ele.

— De janeiro a janeiro — responde.

— Até o mundo acabar — revido para ele e voltamos a nos beijar.

Eu não consigo parar de chorar, não poderia imaginar um jeito mais lindo e romântico para ser pedida em casamento. Esse é o meu momento, quer dizer, nosso momento, e com certeza eu o guardarei para sempre, até o dia da minha morte.

CAPÍTULO 43

OLAVO

Um ano depois...

Estou em frente ao espelho, ajeitando o nó da minha gravata. Encaro minha imagem e me pergunto: onde foi parar aquele Olavo de anos atrás? Aquele jovem cheio de planos e apaixonado? O cara que achava que tudo era possível?

Pois é, quando somos jovens, nos achamos capazes de dominar o mundo e conquistar o que quisermos. E não se engane: o jovem é capaz, podemos ser o que quisermos. Eu sou prova disso, conquistei tudo o que tenho com muito trabalho e força de vontade. Pena que o mesmo pensamento que te leva a ser e conquistar o que quiser, pode vir junto com orgulho e vaidade, e na maioria das vezes descobrimos isso tarde demais.

Olho agora para o homem que me tornei. Ultimamente, a única coisa que faço é me questionar.

Como foi que o tempo passou tão rápido? E como fui um péssimo marido e um pai tão relapso? Mesmo tendo trabalhado cada dia da minha vida pensando nos meus filhos e tendo conquistado o que conquistei graças ao amor que sentia e sinto por eles, hoje eu tenho plena consciência de que perdi momentos inestimáveis e insubstituíveis da vida dos dois, e isso só os afastou de mim.

O amor não se pode comprar. Sempre tentei suprir minha ausência com bens materiais e viagens. Agora eu entendo que, na maioria das vezes, a única coisa que o filho espera é um abraço, um beijo de boa-noite, jogar bola em uma tarde de domingo, e outros pequenos gestos que sempre neguei aos meus filhos.

Sei que muito disso também foi graças à imensa culpa que sentia pela morte da Elza, mas as crianças não tinham que pagar por nossos erros. E ter me afastado dos meus filhos foi o pior erro que cometi na vida, já que meu único pensamento desde sempre era ser o melhor pai que um filho poderia ter, pois não tive o meu pai ao meu lado, e esse foi o único motivo que me fez casar com a Elza.

Quando, três meses depois que estávamos saindo, ela me revelou estar grávida, não tive como tomar outra atitude a não ser ficar ao lado do meu filho. Ela se casou por amor, tenho certeza; quanto a mim, casei pelo

Gustavo. Logo um tempo após o Gustavo nascer, começaram as brigas, e eu a trabalhar mais e mais, pois queria uma vida melhor para o meu filho.

Ela, por sua vez, me cobrava mais amor e também minha presença. Eu, por outro lado, toda vez que entrava em casa e a olhava, só pensava na Luísa. Era ela que deveria estar ali, vivendo ao meu lado.

Daí, passei a culpar a Elza em minha cabeça, por minhas frustrações. E as brigas tornaram-se constantes, culpava-a por minhas decisões erradas, e ela me culpava por não a amar.

Eu pensava na Luísa cada segundo do meu dia e em como me arrependia de tê-la perdido, embora não me arrependesse pelo nascimento do Gustavo. Ele era a única coisa que me mantinha de pé e com forças para lutar, e ao mesmo tempo que pensava na Luísa todos os dias, também pensava nele, e assim fui conquistando tudo o que queria.

Quando Gustavo fez 3 anos, a Elza me pediu o divórcio. Eu não iria ficar longe do meu filho, assim comecei a ser o marido que ela queria, reparando como era uma boa mãe e em algumas de suas qualidades. Depois de um tempo, porém, eu não consegui segurar a farsa e passei a inventar reuniões cada vez mais tarde, e as brigas recomeçaram.

Buscava em outras mulheres o que não achava nela, na verdade, não achava em nenhuma mulher, pois buscava pelo único amor da minha vida, que era a Luísa. Fazia isso cada vez com mais frequência, até que a Elza me pediu a separação mais uma vez, e eu, egoísta, neguei isso de novo. Então ela engravidou da Clara, e eu finalmente entendi que o tempo não voltaria, que ela era minha família, junto com meu filho e minha filha que chegaria.

Resolvi esquecer tudo e tentar de verdade, mas justamente nesse período as coisas na empresa passaram a exigir mais minha presença, e Elza começou a ficar mais neurótica do que nunca, sem acreditar que dessa vez eu estivesse realmente em reuniões. Sabia que a culpa era minha, que fui o causador de toda essa desconfiança com minhas mentiras e traições, mas naquele momento eu realmente queria ser o marido que sempre quis.

Quando a Clara nasceu e olhei para aquele rostinho, eu jurei que tudo seria diferente e que teríamos uma família de verdade, mas a Elza não acreditava. Então, em uma noite, depois de tantas acusações que não tinham mais sentido, eu saí e acabei bebendo e me envolvendo com uma mulher que estava no bar. Ao voltar para casa, encontrei minha esposa morta, com a Clara chorando ao seu lado.

Aquilo foi a pior coisa que me aconteceu; minha vida se partiu naquele

CRISTINA MELO

momento, a culpa foi como uma flecha que penetrou minha alma e ainda hoje está lá. Agora mais arrefecida, pois meus filhos me perdoaram e me entenderam. Mas eu tentarei recuperar o tempo perdido, amo-os e não quero ficar longe deles nunca mais. Agora tenho a chance de recomeçar, meu neto está aí e eu serei o melhor avô do mundo e um pai muito melhor.

— Pai! Vamos! Sabe como os japoneses são pontuais, nós vamos nos atrasar desse jeito, o senhor já está lindo.

Sorrio com o desespero da Clara. Ela me lembra eu mesmo na sua idade.

— Já estou pronto, filha. Vai dar tempo, vamos lá ver o que eles têm a nos dizer. — Dou o braço para ela e saímos.

Chegamos vinte minutos adiantados, nos sentamos e aguardamos o grupo que fará a reunião. Escolhemos esse restaurante para que fosse uma coisa mais informal, pois o negócio está praticamente fechado.

— Bebe algo, filha?

Ela mexe as mãos em cima da mesa o tempo todo, sei que está apreensiva com a reunião, será um grande negócio se fecharmos esse contrato. Eu não tenho mais essa preocupação toda, não quero mais só pensar nos negócios; já a Clara anda cheia de expectativas e planos, e isso me deixa muito orgulhoso.

— Só uma água, papai.

Gesticulo para o garçom, e ele logo traz a água para ela e um vinho para mim.

— Oi, boa noite — cumprimenta o grupo ao chegar. Nós fazemos o mesmo, e eles se sentam; são quatro no total.

Trinta minutos depois, ainda não chegamos a um ponto comum; eles querem uma diminuição de vinte por cento no contrato, e a Clara debate diretamente com eles. Eu já saí da conversa tem um tempo e só observo como a Clara negocia, defendendo nosso ponto de vista de uma maneira brilhante.

— Ora, senhores, não existe a menor possibilidade em conceder mais esse desconto de vinte por cento, todos nós sabemos que nossa empresa é o melhor negócio para os senhores e que nenhuma outra no mesmo segmento lhes proporcionará o que oferecemos. Já chegamos ao nosso limite — ela diz imponente, me enchendo de orgulho.

— O que me diz de quinze por cento? — pergunta um dos homens.

— Infelizmente não podemos conceder mais do que já concedemos, é nossa última palavra — reforça, e eu fico tentado a me intrometer, pois o negócio é muito grande para se perder, mas resolvo deixar que ela conclua da maneira que acha que deve, e mesmo que percamos o negócio, será uma experiência e tanto.

— É, realmente, a senhorita está nos deixando sem opções.

Ela mantém a postura e eles olham entre si.

— Tudo bem, senhorita Clara. Vamos fechar o contrato original. — Ele aperta a mão de Clara, que dá um sorriso contido para ele.

— Só tenho a dizer obrigada e tenho certeza de que não se arrependerão.

Eles se levantam, e nós com eles. Nos despedimos com aperto de mãos e eles se retiram.

— Minha filha! Eu realmente estou muito orgulhoso de você! Meus parabéns, você se saiu extremamente bem.

— Que medo, pai, eu quase cedi, mas percebi pelo olhar deles que fechariam de qualquer maneira, estavam só querendo melhorar as vantagens, que já são muitas.

— Muito bem, minha filha. Já vi que tem o olhar de uma boa negociadora, e melhor, sabe usá-lo na hora certa. Confesso que eles me enganaram, e se eu estivesse sozinho cederia, mas você foi incrível! Estou muito orgulhoso mesmo.

— Obrigada, papai, mas aprendi com o melhor: o senhor. — Meu coração se enche de alegria ao escutar suas palavras.

Ficamos ali mais uns vinte minutos, falando sobre a negociação, então peço a conta. Estamos saindo do restaurante, muito felizes, quando esbarro em alguém. Ao levantar o olhar para pedir desculpas, me falta o ar.

— Olavo?

Estou atônito olhando para ela; não pode ser. Continuo encarando-a sem conseguir dizer nada, meu coração está descompassado.

— Pai? Está tudo bem? — Ouço a voz da Clara e a olho, mas ainda não consigo responder nada, meu olhar se volta novamente para a Luísa, que está parada me olhando.

— Tudo bem, filha. — Coloco a mão em seu ombro, mas sem tirar os olhos da Luísa.

— Luísa, é você mesmo? — Eu sabia que era, mas foi a única coisa que me veio à cabeça no momento.

— Sou eu sim, Olavo, há quanto tempo! — diz sorrindo, e é o mesmo sorriso de que me lembrava todos os dias, durante todos esses anos.

— Não tanto tempo assim, não me chame de velho — respondo sorrindo e ela retribui.

— Não estou chamando, você está ótimo — diz, colocando uma mão em meu braço, e nesse momento parece que retrocedi no tempo e voltei a ter 18 anos.

— E você está muito melhor do que eu me lembrava — declaro, e ela sorri mais ainda.

— Para com isso, Olavo. Não tenho mais 17 anos há muito tempo.

Assinto, e nossos olhos se conectam. Agora realmente parece que o tempo não passou.

— Ah, pai, eu vou indo. O Carlos está me esperando. — Clara me chama de volta para a realidade.

— Desculpa, filha, essa é a Luísa; Luísa, essa é a minha princesa.

Elas se cumprimentam com dois beijos no rosto.

— Pai, eu já sou bem crescida para me apresentar assim — retruca, sorrindo, e a Luísa também sorri.

— Foi um prazer, Luísa, mas estou atrasada, meu noivo está me esperando. Espero que possamos nos encontrar novamente, meu pai me falou de você com muito carinho. Bom, eu vou indo. Tchau, pai, fica tranquilo que vou dormir na casa do Carlos hoje. Beijos, Luísa, até qualquer hora. — Clara simplesmente se vira e sai.

Não tinha me dito nada sobre o Carlos antes. Olho para a Luísa, que está um tanto sem graça.

— Filhos! Creio que sabe como eles são — comento, erguendo a mão na direção da Clara, e olho para Luísa, que está com um semblante meio triste. O que eu disse?

— Infelizmente, eu não sei, Olavo, não tive o privilégio de tê-los — responde com um tom carregado de tristeza, e isso parte meu coração.

— Bom, já vi que temos muito o que descobrir da vida um do outro. Sozinha? — pergunto com medo da sua resposta.

— Completamente sozinha, Olavo. — Nem acredito na minha sorte quando ela responde isso.

— Então, o que acha de uma taça de vinho? Mas não aqui, na minha casa. A não ser pelos meus filhos e um netinho lindo, eu também estou completamente sozinho e há muito tempo.

Ela sorri para mim e saímos do restaurante.

Dirigimo-nos ao estacionamento, uma de minhas mãos está na base de sua coluna. Pareço estar em meu primeiro encontro com ela, me sentindo como um adolescente de novo e ainda com aquela sensação de que tudo isso é um sonho e que vou acordar a qualquer momento. Chegamos ao carro e abro a porta do carona para ela.

— Estou vendo que os anos te fizeram muito bem, até se transformou em um cavalheiro — comenta, quebrando o silêncio.

— Algum benefício tem que se ter ao ficar velho — respondo assim que entro em meu lugar.

— Você está muito bem, e sabemos que não está velho coisa nenhuma.

Sorrio do seu comentário e ligo o carro.

— Digamos então que estou mais experiente. Já você, conseguiu ficar mais linda ainda.

— Já vi que continua sedutor.

— Mas só existiu uma pessoa até hoje que fez com que a sedução valesse a pena. — É a mais pura verdade.

— Ah, por favor, Olavo, não temos mais idade para isso — retruca no seu tom autoritário, e acabamos sorrindo juntos.

— Tem muito tempo que voltou para o Brasil?

— Na verdade eu não voltei, continuo morando em Paris. Fazia uns dois anos que não visitava o Brasil, cheguei há dois dias, preciso cuidar de alguns negócios aqui.

Ela não mora aqui, e isso me causa certa dor e desânimo, pois sei que não poderei acompanhá-la. Não ficaria longe dos meus filhos e meu neto.

— Não pensa em voltar? — pergunto de uma vez. Com a idade, percebemos que ser direto é o melhor caminho.

— Por um bom motivo, quem sabe — responde olhando em meus olhos quando paro o carro em minha vaga.

Entramos no elevador em silêncio, mas logo ela o interrompe. Não era sua característica ficar muito tempo calada, pelo jeito ainda não mudou.

— Divorciado ou viúvo? — pergunta pela segunda vez, achando que eu não ouvi da primeira.

A questão é que estou tão extasiado por ela estar dentro desse elevador comigo que não consegui responder, é como se eu tivesse recebido o poder de voltar no tempo. Uma cena tão simples e corriqueira, mas que desejei toda a minha vida: poder viver cada momento corriqueiro com ela, poder chegar a nossa casa juntos, conversar sobre nosso dia e filhos. Essa é apenas uma das cenas que sempre passearam por minha imaginação, e nada fazia mais sentido do que isso.

— Viúvo — respondo assim que entramos em minha casa.

Não resisto mais e a puxo para um beijo, que ela apaixonadamente corresponde.

— Meu amor, só você, sempre foi você. Eu ainda te amo, Luísa, me perdoa, fui um inconsequente e paguei pelo meu erro cada dia da minha vida. Me diz que ainda dá tempo, que ainda podemos recomeçar. Eu sei que agora será um pouco diferente, mas eu ainda te amo, nunca deixei de amar.

— Cala a boca, Olavo! Você, como sempre, fala demais. Agora me beija, depois me pede em namoro de novo.

Não penso nem mais um segundo e volto a beijá-la. Ela, por sua vez, continua da mesma maneira também: muito mandona! Meu coração parece que irá explodir de tanta felicidade, parece que minha penitência chegou ao fim.

Chegamos ao meu quarto e, como dois adolescentes, tiramos nossas roupas com desespero. Agora estamos completamente nus. Eu a deito na cama e começo a admirá-la. Tenho plena consciência de que não é mais aquela menina, mas ainda é linda, e o seu corpo continua lindo e perfeito. Perfeito para mim. Meu amor, meu único e verdadeiro amor.

— Eu te amo, Lu, te amo e te amo — declaro olhando em seus olhos.

— Eu também te amo, Olavo, sempre amei. Houve um tempo em que te odiei por ter feito aquilo com a gente, com o nosso amor, mas meu amor foi muito mais forte que o ódio, e quando descobri que não poderia te dar uma família como a que você tem agora, eu entendi que foi melhor assim. Você sempre falou que queria ser pai.

— Shiuuu, não fala isso, não adianta mais. O que passou, passou, e agora temos um futuro pela frente. Se eu só tivesse mais um dia ao seu lado já valeria a pena, eu morreria feliz. Sei que vamos nos conhecer de novo, mas eu juro que estou disposto a tudo por você. Pois se não fosse por meus filhos, não sei se teria suportado viver todos esses anos sem você.

Ela me beija e ali ficamos nos amando a noite inteira, tentando recuperar um pouco do tempo perdido. Eu não a deixaria mais partir, pois meu coração voltou a bater e só irá parar quando eu morrer – e morrer é a única coisa que não está em questão no momento. Vou recuperar cada dia, semana, mês e ano que fiquei sem ela. Agora, sim, eu posso dizer que sou um homem completo e feliz.

CAPÍTULO 44

CLARA

— E então, o que me diz?

Ai, meu Deus, o Carlos não me entende.

— Carlos, eu estou te contando o que acabou de acontecer no restaurante, e você está mudando de assunto — digo, tentando adiar minha resposta.

— Eu sei o que aconteceu, Clara. Você já me contou duas vezes, é sério, eu estou torcendo muito pelo seu pai, ele merece encontrar a felicidade de novo. Tomara mesmo que dê certo, fico me imaginando no lugar dele, como teria sido minha vida se não tivesse voltado pra mim, com certeza eu viveria com um vazio eterno. Juro que torço muito por ele, mas a questão aqui somos nós e você, que vive adiando marcar a data do casamento.

E agora? Ele não entende que preciso terminar a faculdade primeiro.

Cheguei aqui há pouco, tão feliz pelo meu pai ter reencontrado a Luísa, e nem eu acreditei em como o destino nos revela cada surpresa. Eu olhava de um para o outro e via tanto amor ali. Meu pai merece ser feliz, depois de tantos anos ele realmente merece, eu só quero que dê certo. Vai dar, tem que dar, vi como ela também ficou abalada com ele. Ai, foi tão lindo! Parecia cena de final feliz. É bonito ver como o amor verdadeiro resiste ao tempo e a qualquer barreira imposta.

Depois que meu pai revelou toda a verdade para mim e para o Gustavo, eu comecei a entender toda a minha vida e tudo começou a fazer sentido; todas as suas atitudes, seu distanciamento, tudo foi explicado. Não estou dizendo que achei sua atitude certa, mas que compreendo todo o seu desespero e não posso julgá-lo. Nenhum de nós é capaz de saber quais medidas e atitudes tomará na hora de desespero. Infelizmente, minha mãe agiu de forma contrária, só pensou em si própria e em amenizar suas aflições, não pensou que, assim, causaria sofrimento em duas pessoas que deveriam ser mais importantes do que tudo em sua vida. Eu e meu irmão éramos um pedaço dela, então, como teve coragem de fazer isso tendo dois filhos, sendo uma ainda totalmente indefesa e dependente dela? Isso não é amor. Então, com tudo isso, cheguei à única conclusão que poderia: a única a ser relapsa e sem sentimentos foi a mulher que me colocou no mundo.

Eu não perderia meu tempo alimentando mágoas ou culpando meu pai. Sim, ele falhou em não fazer um maior esforço para se dedicar a cons-

CRISTINA MELO

truir um ambiente familiar para seus filhos junto com a mulher, mas não podia carregar a culpa pela morte dela, pois não tinha como prever o que aconteceria. Da sua maneira, ele nunca nos abandonou, então agora era colocar uma pedra em cima de tudo isso e vivermos as muitas coisas boas que ainda temos pela frente. Enfim, seríamos uma família normal e feliz. É só o que desejo daqui para frente.

— Amor, eu não estou adiando nada.

— Como não, Clara? Já tem um ano que estamos noivos, caramba! — reclama exaltado, e me levanto da cadeira, sentando em seu colo.

— Falta só mais um ano para a faculdade, e estou com tantos projetos na empresa, me dá só o próximo ano e aí eu juro que marcamos a data. E, além do mais, nós estamos tão bem, o casamento não vai mudar nada, é só um papel, amor — tento convencê-lo. Ele me olha bem sério, vejo mágoa em seu olhar.

— Se você não queria se casar, deveria ter dito não quando te pedi em casamento — revida chateado, e me arrependo imediatamente pelo o que eu disse.

— Amor, para com isso. Não é nada disso, eu já te expliquei.

— E eu entendi. — Beija meu rosto, bem seco. — Prometo que não toco mais no assunto. Quando você estiver com tudo resolvido, é só me avisar e eu vou estar esperando. Agora deixa eu tomar um banho? — Ele me retira do seu colo e vai em direção ao quarto, e eu fico sentada sem ter o que dizer.

— Só queria saber do que você tem medo, Clara? — pergunto baixinho a mim mesma.

Eu não sei responder a essa pergunta. Eu amo o Carlos e tenho certeza de que ele também me ama, apenas fico com medo de não dar conta de tudo. Tem a faculdade, tem o trabalho na construtora, e agora estou sendo o braço direito do meu pai. Sei lá, na verdade acho que tenho medo de ser uma péssima esposa. De repente bateu uma neura que não sei explicar. A única coisa que sei é que quero passar o resto da minha vida com ele.

Então você acaba de ter sua resposta, Clara, para que adiar o inevitável?

Corro para o quarto do Carlos, para lhe dizer que podemos marcar a data, que estou pronta, que na verdade sempre estive, desde o dia em que o conheci. Ali eu soube que aquele estranho, que hoje é o meu amor, afetaria minha vida para sempre. Ele teria uma grande surpresa!

Paro bruscamente no corredor na hora em que penso isso, e um sorriso surge em meu rosto, juntamente com uma ideia maluca que acabei de ter agora. É uma loucura, mas ele merece. Não sei como conseguirei armar isso, mas eu irei, ou não me chamo Clara Albuquerque Torres.

— Oi — digo entrando no boxe. Ele ainda está embaixo do chuveiro, a cabeça sob a ducha e as mãos espalmadas no azulejo. Abraço-o por trás e começo a beijar suas costas. Ele não demora nem um segundo para se virar e me abraçar.

— Me perdoa, coração. Eu espero o tempo que for preciso, a única coisa que importa é que estamos juntos. Você tem razão; é que não vejo a hora de ter você aqui todos os dias e te chamar de minha esposa, mas juro que serei mais paciente e vou esperar até estar pronta. Esquece tudo o que disse lá na sala, eu te amo e vou tentar não te pressionar mais, prometo. Será no seu tempo, coração, no seu tempo — diz com o olhar cheio de culpa.

— Depois falamos disso, meu amor, agora só o que quero é matar a saudade do meu noivo gostoso.

Ele sorri e fazemos amor com paixão, entrega e muito sentimento, como era em todas as vezes que estávamos juntos, o que só me deu a certeza de que tinha tomado a decisão certa e que minha ideia era a melhor que já tive na vida.

Acordo, e o Carlos ainda dorme feito pedra, então aproveito e me levanto bem devagar.

Coloco meu robe e vou para a sala. Preciso colocar meu plano em ação, pois só tenho três meses para organizar tudo que é necessário.

— Oi, Ju, preciso muito da sua ajuda — digo assim que ela atende o telefone.

— Oi, Clara, está tudo bem? São 7 horas da manhã de domingo — responde com voz de sono.

— Está tudo mais do que bem, amiga. Você está em casa ou na casa do Paulo? — pergunto ansiosa.

— Estou na casa do Paulo. O que está acontecendo, Clara? Você está muito estranha.

Sorrio com sua preocupação.

— Daqui a pouco chego aí. Por favor, diz que vai me esperar, preciso mesmo falar com você.

Ela confirma e assim que nos despedimos, corro para me arrumar, pois preciso sair antes que Carlos acorde. Sei que ele vai surtar quando não me vir aqui, mas não tem outro jeito.

Trinta minutos depois, estou parada na frente da porta do Paulo e aperto a campainha, ansiosa. Eu tinha deixado um bilhete para o Carlos, dizendo que o Adônis não estava bem e por isso fui para casa. Sei que, assim que acordar e ler o bilhete, virá correndo para cá. Não gosto de mentiras, mas foi por uma causa justa. Preciso ser rápida e explicar meu plano para a Ju e o Paulo.

— Isso não vai dar certo, Clara — diz como se eu fosse louca.

— Claro que vai, Ju, é só confirmar se ele te perguntar, só isso — peço, olhando para ela com cara de cachorro pidão.

— Mas nosso casamento está marcado para maio, Clara. — Tenta me convencer de que o que eu estou pedindo é loucura.

— Mas ele não sabe disso. Por favor, eu preciso fazer isso.

Ela passa as mãos pelo cabelo e fica um tempo me encarando.

— Ok, tudo bem, isso é loucura, mas eu topo...

— Ah, você é a melhor amiga do mundo! Muito obrigada!

Ela está sorrindo e o Paulo também.

— Só não me coloca para falar nada com ele, porque eu sou uma péssima mentirosa.

Abraço-a, muito feliz, pois a primeira parte do meu plano já está fechada.

— Eu vou resolver tudo, Ju, fica tranquila. Agora deixa eu correr ou meu plano vai desandar hoje mesmo. Vou te informando e já adianto que vou precisar muito da sua ajuda e dicas, pois tenho pouco tempo.

Despeço-me e vou para casa, torcendo para o Carlos não ter ligado ou aparecido, mas como não me ligou no celular, fico mais tranquila.

Entro em casa e o Adônis vem me receber na porta, com a felicidade de sempre, parecendo que não me vê há um mês, no mínimo.

— Oi, filho, sentiu falta da mamãe? Eu sei que sim, na próxima eu te levo, tá? — falo enquanto ele pula em mim e me lambe.

Vou para o quarto com ele me seguindo, e quando estou quase chegando, vejo a porta do quarto do meu pai se abrir e em seguida ele sai com a Luísa. Eles travam diante de mim, mas eu fico muito feliz. Confesso que é estranho ver meu pai assim, nunca o vi com uma mulher, ainda mais aqui em casa.

— Bom dia, filha. — Ele parece muito sem graça. Eu quero sorrir da situação, mas me contenho.

— Bom dia, papai, bom dia, Luísa.

Ela me olha e vejo que está vermelha.

— Bom dia, querida, desculpa por isso, é que... nós... — Não sabe nem o que dizer, coitada.

— Não esquenta a cabeça, Luísa, mas meu pai é um homem de família e agora, sabe como é, né? Você vai ter que casar. — Não consigo mais segurar o riso ao ver meu pai de olhos arregalados. Ela respira aliviada e me segue sorrindo, também. Já vi que seremos grandes amigas.

— Eu pretendo reparar meu erro, Clara, só depende do seu pai agora.

Eu sorrio, muito feliz mesmo pelo meu pai e também por ela. Ele a olha, encantado. *Que lindo!*

— Me desculpa pela brincadeira, Luísa, não resisti. E, papai? — Ele me olha ainda calado. — Não vai deixá-la escapar dessa vez.

— Com certeza não, filha!

Mando um beijo para os dois e vou para o meu quarto para começar a segunda parte do plano.

Estou fazendo umas pesquisas na internet e terminando de fazer uma lista por alto quando meu celular toca. É Carlos.

— Oi, amor, bom dia. — Atendo o telefone tentando ser o mais natural possível.

— Onde você está, coração? O que houve com o Adônis?

Ai, eu tinha me esquecido da minha pequena mentira no bilhete.

— Eu estou em casa, amor, e esse sem-vergonha está bem, acho que devia estar sentindo minha falta, só isso.

Fica mudo um tempo. Será que desconfiou de alguma coisa?

— Você podia ter me acordado, meu amor, eu iria com você — diz preocupado.

— Você estava dormindo tão bem, amor, e eu sabia que estava cansado, por conta do plantão de 24 horas. — Tomara que ele entenda, pois não sei mentir muito bem.

— Que bom que não era nada, que alívio. Eu vou tomar um banho e já te pego para almoçarmos.

Ufa! Ainda bem que não desconfiou de nada.

— Te espero, amor, te amo, beijos.

— Daqui a pouco chego aí, coração, também te amo, beijos.

Dois dias depois...

— Poxa, Gu, eu preciso que você me ajude — imploro enquanto estou com o Arthur no colo. *Como eu amo esse menino!! Ele está a cara do Gu.*

— Clara, eu não estou mais no Bope, esqueceu? Não tenho como fazer nada, e, além do mais, o que você está querendo fazer é uma loucura, para que isso?

Homens!

— Caramba! Você conhece todo mundo lá, é só ir e tentar, só isso — digo já sem paciência.

— Ele vai, Clara, fica tranquila, tudo vai dar certo — Lívia intercede, fazendo com que Gustavo se vire para ela e a encare.

— Anjo, não me diz que você também concorda com essa loucura? — diz, jogando as mãos para o alto.

— Não é loucura, é lindo, e você vai ajudar. Afinal, você era capitão, e pelo que eu sei, se dá muito bem com o comandante, então acho que ele não vai negar um pedido seu.

Ele balança a cabeça em negativa, mas sei que já se convenceu e que fará o que eu pedi.

— Cara, eu não entendo o porquê de vocês mulheres serem tão complicadas! Ok, Clara, eu vou ver o que consigo, amanhã dou um pulo no batalhão.

Eu fico muito feliz com sua resposta e começo a dar pulos com o Arthur no colo. Gustavo não aguenta e começa a sorrir junto com a Lívia.

— Obrigada, Lívia! — Abraço minha cunhada, muito feliz.

— "Obrigada, Lívia?" Essa eu não entendi — reclama Gustavo de braços cruzados, se fazendo de coitado.

— Obrigada também, Gu, mas sei que a influência dela foi mais forte que a minha.

Dá um sorriso de lado e balança a cabeça.

— Agora eu preciso ir para a empresa. Amanhã eu te ligo, sua pestinha! — Ele beija a Lívia, me dá um beijo também, um no Arthur e sai.

Fico ali com a Lívia por mais um tempo, ainda contando os detalhes do que ando planejando, e ela me ouve superempolgada.

Três meses depois...

Estamos no carro a caminho de Itaipava, região serrana do Rio, que mudará nossas vidas para sempre. Espero que tudo dê certo, porém estou nervosa, ansiosa e feliz ao mesmo tempo. Esses três meses foram uma loucura, e ainda não sei como consegui organizar tantas coisas em tão pouco tempo, e como o Carlos não desconfiou de nada. Enfim, chegou o grande dia!

— Coração, até agora eu ainda não entendi o porquê do Paulo me chamar para ser seu padrinho. Nós até nos falamos agora, ok, mas não somos amigos a esse ponto. O cara não deve ter amigos, não é possível.

Ai, meu Deus, não é possível que ele vá começar o questionamento aos 45 minutos do segundo tempo.

— Não sei, Carlos, vai ver ele te considera amigo dele, já parou para pensar nisso?

Faz uma careta para mim e fica pensativo. Eu começo a mexer no rádio e coloco uma música que adoro: *Vagalumes*, do Pollo, que fazia um tempo que não ouvia. Não demora muito, Carlos começa a cantar para mim.

Ele canta a letra inteira, como sempre fazia quando escutávamos essa música, e a única coisa que quero é que o tempo passe logo. A cada dia tenho mais certeza de que tudo que fiz até agora foi a melhor atitude que eu poderia ter tomado. Amo esse homem com todas as minhas forças, e a única coisa que quero é viver ao seu lado por toda a minha vida.

CRISTINA MELO

CAPÍTULO 45

CARLOS

Chegamos à entrada do que mais parece um sítio, passamos pela cancela e... nossa! O lugar é lindo mesmo! Realmente, um ótimo lugar para se casar, ficaria na memória para sempre. Os noivos tiveram muito bom gosto ao escolhê-lo, eu acho que seria exatamente o local que eu escolheria. Seria perfeito me casar com minha loirinha num lugar como esse, em meio a essa paisagem linda.

Eu não vejo a hora de esse dia chegar, o dia que a Clara será minha para sempre. Mas tenho que esperar, prometi para mim mesmo que não cobraria mais nada dela. Ela tem que sentir isso também em relação ao casamento, como eu me sinto, só assim será perfeito e não vou forçar mais a barra. Tudo vai acontecer no momento certo. Não vou dizer que é fácil, só eu sei o quanto tenho que me segurar para não cobrar mais nada dela. Mas o importante mesmo é que estamos juntos.

Paro o carro e olho para a Clara, que se encontra há um bom tempo em silêncio, apertando os dedos e mordendo o lábio, coisa que só faz quando está nervosa. O que ela tem?

— Tudo bem, coração?

Ela se sobressalta com a pergunta e me olha assustada.

— Tudo ótimo, amor! O que achou do lugar? — pergunta ansiosa.

— Achei realmente lindo, não vi tudo ainda, mas parece perfeito casar em meio a essa paisagem, eles fizeram uma boa escolha.

Ela sorri.

— Graças a Deus! — Solta o ar com força e parece mais aliviada.

— Clara, você está bem mesmo? — pergunto, pois ela está muito estranha.

— Não poderia estar melhor, amor. Agora vamos ou iremos atrasar tudo. — Ela sai do carro.

Eu, a cada dia, entendo menos as mulheres, principalmente a Clara.

Saio do carro também, mal travo as portas e ela já está me puxando pela mão andando apressada. Não vejo nenhum convidado ainda, sem ser as pessoas que parecem estar trabalhando na organização do casamento.

Sou puxado pela Clara, enquanto vou observando o que posso. O lugar está todo decorado com flores, apesar de eu achar que o próprio local já é uma decoração em si e não precisar de mais nada. Estamos andando por um caminho de pedras com corações bem pequenos fincados ao chão, que nos guia pelo trajeto que devemos seguir. Paramos ao chegar em uma casa amarela grande. A mão da Clara segura a minha com uma força além do normal. Ela realmente não está bem, deve estar ansiosa pela amiga.

— Cadê todo mundo? Acho que chegamos adiantados demais, coração, a que horas está marcado o casamento?

Ela parece não escutar minhas perguntas, olha para os lados, como se procurasse alguém.

— Clara! Você está me ouvindo? — Aliso seu braço, e ela me olha piscando sem parar.

— Oi, amor, eu só estou vendo se acho alguém conhecido, só isso. Fica calmo, vai dar tudo certo — pede com as mãos no meu rosto, e eu sorrio da maneira que ela fala.

— Eu estou calmo, você que não parece bem.

Clara me olha com uma intensidade que me assusta.

— Eu estou mais do que bem, amor, pode ter certeza do que eu te digo, nunca estive tão bem em toda a minha vida.

— Te achei, Clara, vamos? Está na hora. E, Carlos, não sai daqui, por favor, eu já volto para te buscar. — Uma mulher aparentando seus quarenta anos nos interrompe, puxando a Clara para longe de mim.

Sou deixado sozinho ali, e eu fico sem entender nada.

CRISTINA MELO

CAPÍTULO 46

CLARA

Sigo com a Valéria para a suíte onde me arrumarei, e o Carlos ficou em pé, com uma cara mais confusa do que nunca. A Valéria chegou na hora exata. Eu estava quase revelando tudo a ele. Esses últimos três meses foram uma tortura... não poder dizer nada. Ainda não sei como consegui segurar tudo até aqui.

Entro na suíte, e quando vejo meu vestido pendurado, meu nervosismo aumenta. E se ele ficar chateado pela maneira que armei tudo e for embora? E se não me quiser mais por causa disso? Começo a pensar no que Gustavo me disse sobre isso ser loucura.

Ai, meu Deus! Será que o Carlos pensará como o Gustavo, que é uma loucura, e irá embora?

Estou paralisada de frente para o meu vestido de noiva, me fazendo todas essas perguntas, e agora a dúvida e o desespero me encontram.

— Vai dar tudo certo, filha! Fica calma, o Carlos te ama, e tenho certeza que vai adorar a surpresa. Qual homem apaixonado, como ele, não adoraria?

Sinto a mão do meu pai no meu ombro, me viro e o abraço, respirando fundo. Ele leu meus pensamentos? Na verdade, acho que meu rosto deve ter entregado exatamente como estou me sentindo.

Isso porque ele é pai, Clara, os pais nos conhecem como ninguém. Bom, e você ainda tem o Gustavo como bônus.

— Você acha mesmo, pai? — pergunto ainda abraçada a ele.

— Tenho certeza, filha. O que você fez, tudo isso, foi lindo, não existe prova de amor mais bonita que essa, e eu prometo para você que se ele não reconhecer isso e te abandonar naquele altar, a coisa vai ficar feia para ele, e o bicho vai pegar.

Eu não aguento a maneira como o meu pai fala e começo a rir sem parar.

— Vamos, minha filha, está na hora. Você vai ser a noiva mais linda que qualquer pessoa nesse casamento já viu — diz Luísa, toda carinhosa.

Nós nos tornamos bem próximas, já que agora mora na nossa casa, e ela e meu pai se casarão daqui a dois meses. Estou muito feliz pelos dois, ela é muito amorosa comigo, e a cada dia nossa afinidade aumenta.

— Olavo, você precisa sair que agora ela tem que se arrumar. Vai lá ver se está tudo certo e pede para a cabeleireira e a maquiadora entrarem.

Ele assente, me dá um beijo na testa, um selinho na Luísa, e sai.

A maquiadora está finalizando a maquiagem quando escuto uma voz muito conhecida invadir a suíte.

— É sério, Clara, precisamos ter certeza de que aquela ambulância lá na entrada do sítio está bem equipada com um desfibrilador, porque o Carlos vai surtar e, se bobear, desmaiar quando souber que na verdade vai se casar hoje — comenta um furacão chamado Ana.

— Ai, meu Deus, Ana, não fala isso, pelo amor de Deus!

Ela começa a rir e se senta em uma poltrona ao meu lado. Essa suíte já foi visitada por quase todos. O Gu e a Lívia, a Bia, a Ju, a Dani... Quase todo mundo já entrou aqui para falar algo. Como uma noiva ficaria tranquila assim?

— E seus avós, Ana? — pergunto, para me informar se tudo está indo de acordo com o plano.

— Tudo certo. Minha avó já foi para a porta da suíte do Carlos, e meu avô, para a área da cerimônia. Está tudo correndo como o combinado. Fica tranquila, vai dar tudo certo.

Eu assinto, sorrindo para ela.

— Agora, deixa eu voltar pra lá. Você está ficando mais linda ainda, Clara. — Ela sai do quarto como um furacão de novo.

— Prontinho, terminamos! — diz Silvia, a maquiadora.

Olho-me no espelho me sentindo uma noiva, mesmo sem o vestido – só a maquiagem e o penteado, que se constitui em somente duas mechas grossas do cabelo para trás, presas com uma presilha de pedras, deixando o resto do cabelo solto. Já me sinto linda e pronta.

Coloco meu vestido, que é em estilo sereia, todo branco, de um ombro só, com um decote que deixa as costas nuas, a não ser por uma tira de pedrarias que vem da única alça que atravessa as costas. Coloco minha sandália pink e me sinto pronta; pronta como nunca estive, pronta para meu futuro ao lado do homem que amo, pronta para encarar qualquer coisa que vier, pronta para ser feliz!

Trinta minutos depois, estou em pé embaixo da tenda que armaram para simbolizar o altar, segurando o buquê de lírios brancos, esperando meu noivo e futuro marido, se Deus quiser!

Eu admiro a decoração, que está perfeita e é um sonho realizado. Atrás da tenda há um lindo lago; à minha frente, um corredor com um tapete branco bem longo. Ladeando esse tapete, bambus cortados servem de

CRISTINA MELO

apoio para pequenos buquês de rosas brancas. Entre esses bambus há cestos de vime com margaridas brancas bem pequenas, e nas laterais se encontram as cadeiras com nossos convidados. Todos me olham apreensivos.

Ao meu lado, no altar, estão meu pai e a Luísa. Os meus padrinhos são o Gustavo e Lívia, Bia e Michel, Ju e Paulo, e a Dani e o Vítor. Para padrinhos do Carlos, eu chamei a Ana e com a sua ajuda dela, o avô, o tio dele e a esposa, o André e a namorada, e mais um casal de amigos dele. Estamos todos ali aguardando sua resposta e sua reação. Torço muito para que seja a que eu espero. A avó dele ainda o aguarda para entrar com ele por esse tapete, e cada segundo que passa, parece eterno.

CAPÍTULO 47

CARLOS

Uns quinze minutos depois estou no mesmo lugar, ainda esperando a tal mulher ou a Clara voltar. Olho de um lado e ao outro e só vejo funcionários correndo de lá para cá e nada de convidados.

Que porra de casamento-fantasma é esse? Parece que só eu e a Clara viemos, cara, será? Que decepção será para os noivos se não aparecer ninguém.

— Vamos, Carlos! Você precisa se arrumar, seu terno, como a Clara já te falou, está na suíte. Ela está se arrumando também com as madrinhas.

Sigo a mulher que não para de falar. Dá a impressão de que todos os funcionários nesse casamento estão atrasados, pois só vejo gente correndo o tempo todo, e ela não é diferente.

— Ok, onde estão as outras pessoas ou padrinhos? Parece que só eu e a Clara chegamos.

Ela para, já abrindo uma porta, e aponta para que eu entre, e a obedeço. Essa mulher é estranha, parece bem brava.

— Não se preocupe, temos outra entrada, e já estão todos aí, o lugar é bem grande. Seu terno é aquele ali, pendurado. Se precisar de ajuda, é só ligar 105, que alguém vem ajudar o senhor.

Concordo com a cabeça sem querer contrariá-la e ela sai fechando a porta.

Sigo para o banheiro, tomo uma ducha rápida e começo a me vestir. A Clara tinha pegado minhas medidas, pois disse que o Paulo queria fazer o terno de todos os padrinhos no mesmo local, e que no dia estaria aqui, e realmente aqui está. Abro a capa e vejo um terno grafite bem cortado. Visto a calça, a camisa branca, coloco a gravata cinza no colarinho, sento e coloco os sapatos.

Já estou pronto há meia hora mais ou menos quando ouço uma batida; deve ser a Clara. Levanto, vou abrir a porta e me deparo com um rapaz que me entrega um envelope. Pego-o, agradeço e fecho a porta de novo. Abro o envelope e retiro de dentro um cartão.

> *Abra a primeira gaveta da cômoda, pegue um tablet que está lá e dê o play...*

Que merda é essa? Abro a gaveta, pego o aparelho e clico no play, curioso...

CRISTINA MELO

◁ Play

"21 de janeiro de 2015."

É o texto que aparece na tela, logo sucedido por:

"É o dia em que nossas vidas tomarão um rumo totalmente diferente e novo para nós dois."

Mas o que isso quer dizer? O que está acontecendo? Que rumo diferente é esse? Eu estou paralisado olhando a tela, e dois segundos depois aparece um vídeo. É na sala da Clara, conheço bem o lugar, ela está com várias revistas, papéis espalhados na mesa de centro da sala. Estão o Gustavo, a Lívia, Michel, Bia, minha irmã.

Minha irmã?! Como assim? A Ana no Rio, e eu não fiquei sabendo de nada? O que significa isso?

Meu coração está acelerado. Logo em seguida aparecem também o Paulo, a amiga dela e a mulher baixinha e brava que me colocou dentro desse quarto. Parece que estão organizando algo, mas o quê?

Estou assistindo e começam a passar fotos da Clara em vários lugares diferentes. Uma floricultura, uma loja de ternos, sapataria, e uma loja de vestidos de noiva por último. Agora paro de respirar. Minhas mãos estão tremendo, quase deixo o aparelho cair no chão. E logo surge ela de novo, mas agora em um vídeo.

"— Oi, amor. Foi aqui que você me fez a surpresa mais linda da minha vida e me pediu para ser sua por toda a vida. Bom, o que responder a uma pergunta como essa? Eu só tinha uma resposta a te dar, e era sim, pois eu já era sua e sou sua..."

Ela dá aquele sorriso lindo para mim, as lágrimas já rolam por meu rosto. Ela está na praia onde a pedi em casamento, e linda! Ela é linda!

"— Eu sou sua, desde que esbarrei em você e derrubei todo o seu almoço, aliás, eu ainda lhe devo um almoço."

Ela sorri e eu também, estou sorrindo em meio às lágrimas.

"— Você é o meu Amor Súbito, e eu quero esse amor por toda a minha vida, de janeiro a janeiro, até o mundo acabar. Então, vamos fazer diferente? Estou te esperando para ser e te fazer mais feliz ainda! Ah, tem uma pessoa na porta para te trazer até onde estou, assim, anda logo e não demora. Eu te amo!"

◁ Vídeo encerrado

Coloco o tablet na poltrona, tento limpar um pouco das lágrimas, abro a porta correndo e me deparo com a minha avó sorrindo para mim. Eu a abraço ainda sem entender muito bem o que está acontecendo. Como a Clara tinha feito isso tudo? E o que exatamente ela tinha feito?

— Vamos, meu filho, o noivo não pode se atrasar, sua noiva já está te esperando. — Minha avó me dá a mão, e eu ainda não consegui dizer uma palavra sequer.

Ela vai me guiando por um corredor, até que saímos em uma área aberta, toda decorada. Pessoas nos olham, e começo a notar rostos conhecidos. São alguns amigos e parentes, três caras tiram fotos e outros dois filmam cada passo que eu dou. Olho para minha avó de forma inquisitiva. Eu devo estar sonhando, isso não é real.

— É isso mesmo, meu filho! Hoje é o seu casamento, e sua noiva o espera no altar. — Quando minha avó fala altar, eu instintivamente olho para frente e lá está minha loirinha, a mulher da minha vida sorrindo para mim. Vestida de noiva, ela me aguarda, e é a noiva mais linda que já vi. As lágrimas voltam a cair no mesmo instante que a nossa música, *Janeiro a Janeiro*, invade meus ouvidos.

Eu começo a andar com a minha avó em sua direção. Não sei se choro ou sorrio, não poderia estar mais feliz. Com certeza, sou o homem mais feliz do mundo nesse exato momento; é o dia mais feliz de toda a minha vida. Chego até ela e a abraço ainda chorando, assim como ela.

— Isso significa que você aceita se casar comigo, amor? — ela pergunta, olhando em meus olhos.

— Mil vezes sim, coração. Sou o homem mais feliz do mundo e mais sortudo também. Eu te amo muito, e me casar com você é só o que desejo. Obrigado por isso, por tudo isso. — Beijo-a e limpo suas lágrimas, e ela faz o mesmo comigo, como se só estivéssemos nós dois ali.

— Bom, vamos deixar o beijo para depois, que agora precisamos realizar esse casamento — pede um homem e acredito que seja um juiz de paz.

Nós nos viramos de frente para ele, que inicia a cerimônia. Eu ainda não acredito que isso está acontecendo, e que daqui a alguns minutos minha loirinha marrenta será minha esposa. Pelo que estou vivendo agora, fez tudo valer a pena. Todo e qualquer sofrimento que vivemos, toda distância, tudo o que passamos ficou muito pequeno diante desse momento. Eu estou olhando para ela a todo segundo, e ela para mim. Meu único medo é de acordar a qualquer minuto e isso não ser real, pois é perfeito demais.

Um tempo depois, chega o momento das alianças, e só aí tenho certeza de não estar sonhando.

— Ai, amor, olha como ele está lindo! — Clara fala enquanto esperamos o Adônis, que está entrando vestido com um colete que parece um fraque e segurando um cestinho na boca.

Todos estão achando lindo, até mesmo eu. Mas, como é de se esperar, o bom comportamento do pestinha não dura muito. Ele avista algo e começa a desviar seu caminho, mas um homem que não conheço assobia e ele trava em seu lugar, sentando em seguida no meio do corredor.

— Vem com a mamãe, filho! — Clara o chama e ele continua seu caminho, chegando com o cesto até nós.

— Bom garoto! — Pego o cesto que contém um par de alianças.

— Muito bem, filho, arrasou! — Eu e a Clara fazemos carinho nele, que se esfrega em nós enquanto escutamos palmas e vários elogios dirigidos a ele.

Nos viramos novamente de frente para o juiz de paz. Pego a aliança e me inclino para a Clara.

— Carlos Mendes Novaes, você aceita Clara Albuquerque Torres como sua legítima esposa? — pergunta o juiz.

— Sim — respondo apressado.

— Clara Albuquerque Torres, você aceita Carlos Mendes Novaes como seu legítimo esposo?

— Sim — ela responde me olhando, e eu não consigo parar de sorrir.

— Clara, eu a recebo como minha esposa, para amá-la e respeitá-la, na saúde, na doença, na alegria e na tristeza, até que a morte nos separe, ou de janeiro a janeiro até o mundo acabar. — Termino de colocar a aliança em seu dedo e a beijo enquanto ela sorri para mim. Ela pega a outra aliança e segura minha mão esquerda.

— Carlos, eu o recebo como meu esposo, para amá-lo e respeitá-lo, na saúde, na doença, na alegria e na tristeza até que a morte nos separe, ou de janeiro a janeiro até o mundo acabar. — Beija meu dedo como fiz com ela.

Meu sorriso está congelado no rosto e não consigo parar de sorrir. Nós damos as mãos de novo sem parar de nos olhar e sorrir.

— Sendo assim, com os poderes investidos a mim, eu os declaro marido e mulher. Pode beijar a noiva. — Ele não precisa pedir duas vezes. Beijo minha loirinha, meu coração, minha mulher, ao som de aplausos, assobios e gritos. Eu sou o cara mais feliz e sortudo do mundo e não posso acreditar que estamos casados agora!

Andamos juntos pelo tapete enquanto recebemos uma chuva de arroz na cabeça. Ao término do tapete, começam os cumprimentos e felicitações. Minha família está toda aqui, Clara planejou tudo muito bem, e realmente me fez o homem mais feliz do mundo. Eu não imaginaria um casamento melhor do que esse, essa foi a melhor surpresa e o melhor dia da minha vida até aqui, com certeza!

CAPÍTULO 48

CLARA

Estamos na pista de dança há uns quarenta minutos, e eu já cansada e louca para aproveitar meu marido.

— Amor, nós poderíamos fugir daqui, o que acha? Não vejo a hora de ter você só para mim — sussurro em seu ouvido, e ele me aperta mais ao seu corpo.

— Coração, eu acho que deveríamos ter feito isso há mais tempo, também estou louco para ficar sozinho com minha mulher, só minha! — diz todo convencido e me beija mais uma vez. Tudo foi mais que perfeito, muito mais do que poderia imaginar. Eu sou dele e ele é meu, e tenho certeza que nosso amor será para sempre.

Ele começa a puxar a minha mão e saímos mesmo à francesa, escondidos no nosso próprio casamento. Já havíamos feito as honras como se deve, eu já tinha jogado o buquê, e quem pegou foi a namorada do André. É, daqui a pouco não teria mais solteiros no Bope; eu que não sou boba, já fisguei o meu.

— E agora? Para onde vamos? Bem, você planejou tudo, estou nas suas mãos, juro que vou tentar, mas surpresa igual a essa não sei se consegue superar — pergunta quando chegamos próximos ao estacionamento.

— Bom, eu tenho tudo planejado mesmo, e a melhor surpresa para mim foi você e o amor que sinto por você, meu amor — declaro com as mãos em seu pescoço, beijando-o em seguida.

— Desse jeito não vou conseguir esperar até o destino final. Estou vendo a suíte em que me arrumei, está logo ali, podíamos ficar um tempo lá, o que acha? — Suas mãos estão em minha bunda e já sinto sua ereção pressionando minha barriga.

— Eu acho uma ótima ideia, amor, mas não podemos, ou vamos perder o voo que sai daqui a quatro horas. Então, nós vamos entrar naquela porta ali... — Aponto para uma suíte que está preparada com nossas roupas para nos trocarmos. — E temos que ser bem rápidos, pois o motorista está esperando.

— Do jeito que estou aqui, coração, eu vou ser bem rápido, pode ter certeza!

— Ahhh! — grito quando ele me pega no colo sem que eu espere e caminha comigo alguns metros até chegarmos à porta que eu tinha apontado há pouco. Ele a abre com o cotovelo e entra comigo ainda em seus braços, me levando direto para a cama. Carlos me coloca ali e já vem com tudo para cima de mim.

— Amor, não podemos...

Ele não responde, só me beija, e eu não tenho como dizer mais nada e nem resistir a isso. Retira seu terno correndo, seguido da gravata. Eu o ajudo com a blusa e, em seguida, o cinto. Ele agora está só de cueca e me olhando com aquela cara de safado que eu amo.

— Eu te amo tanto, você não sabe como me fez mais feliz ainda do que eu já era, minha esposa... Meu amor... Eu te amo, te amo, te amo, te amo... — repete "eu te amo" a cada beijo que dá no meu corpo, enquanto desce o meu vestido com muito carinho.

— Eu também te amo, meu amor, e vou amar para sempre enquanto eu viver.

Não demora muito e estamos fazendo amor, nosso momento perfeito, e esse é só o começo. O começo de uma vida inteira juntos, começo de uma família, e eu não poderia estar mais feliz. Sei que ainda temos muito pela frente, mas também tenho certeza de que nosso amor é capaz de resistir a qualquer barreira que possa nos alcançar.

Ele ataca minha boca com um beijo delicioso no momento em que penso isso.

É, eu tenho certeza!

CAPÍTULO 49

CLARA

Dez dias depois...

— E então, meu amor, o que achou da viagem? — pergunto para Carlos, que está com a cabeça em meu ombro no banco de trás do táxi.

— Perfeita, coração! Tudo mais que perfeito, eu não acredito que você planejou tudo isso sozinha, e não desconfiei de nada — diz beijando meu pescoço.

— Eu só me arrependo de não ter planejado antes — respondo no segundo em que o táxi encosta em frente ao prédio do Carlos, onde nós passaremos a morar. Descemos e ele está com um sorriso congelado no rosto.

Quando chegamos à porta do seu apartamento, ele me surpreende ao me pegar no colo. Dou um grito de surpresa com seu gesto repentino.

— Vamos seguir o ritual: eu devo entrar em casa com minha esposa nos braços. — Ele me beija enquanto empurra a porta e passamos por ela.

— Foi o que você disse no hotel em Noronha, achei que o ritual tinha acontecido lá — digo olhando-o e sorrindo.

— Na verdade, lá foi só o treinamento. Nós, policiais, treinamos muito antes de encarar uma operação de verdade.

— Ah, entendi... Então, na verdade, tudo que veio antes foi só um treinamento? — pergunto em tom de brincadeira, ainda em seu colo.

— Exatamente, meu amor, agora é que o bicho vai pegar de verdade! — ele fala sério, eu não aguento e solto uma gargalhada, fazendo-o rir junto. Não poderia estar mais feliz. Ele segue comigo nos braços até a cama.

— Enfim sós, coração! — Carlos me deita na cama e logo estamos fazendo amor em total entrega. Ele conhece e sabe o que fazer em cada pedacinho do meu corpo.

Um tempo depois, Carlos está dormindo abraçado a mim. Fico bem quietinha para não o acordar, sei o quanto está cansado. Nossa lua de mel tinha sido linda, mas muito cansativa.

Carlos ficou louco quando soube que passaríamos dez dias em Fernando de Noronha. Eu desconfiei que gostaria, sabia do seu espírito aventureiro, e não deu outra: ele quis conhecer cada canto daquela ilha, fizemos cada trilha que podíamos, mergulhos maravilhosos, até escalada ele me fez encarar, sem contar o voo livre que fizemos, que confesso ser agora um dos meus hobbies. Fizemos também algumas peripécias em alguns cantos da ilha – ainda bem que ela não fala, senão estaríamos encrencados. Sorrio em pensamento, lembrando das nossas loucuras.

Por conta de tudo isso, ele está exausto, e como já tem que voltar ao trabalho amanhã, sei que precisa descansar. Dez dias, foi só o que o Gustavo conseguiu com o comandante, e ele me disse que foi com muito custo. Mas foram dez dias maravilhosos e inesquecíveis.

Saio da cama lentamente para não o acordar, preciso ligar para o meu pai e saber como o Adônis se comportou esses dias. Espero que não tenha aprontado nada grave, porque aprontar eu sei que aprontou.

— Oi, papai!

Depois de uns quinze minutos de conversa me inteirando das novidades, desligo o telefone surpresa com o fato de o Adônis não ter feito bagunça em excesso. Bom, pelo menos nada que meu pai tenha ficado sabendo. Estou louca para buscá-lo.

Um mês depois...

— Oi, amor, pode falar agora. — Ouço sua respiração pesada do outro lado.

— Coração, estou te ligando há meia hora e você não atende, o que está acontecendo? — pergunta meio irritado.

— Amor, eu tive uma reunião de última hora, desculpa, não podia atender mesmo, ficaria chato se o fizesse.

Ele dá uma meia gargalhada. Conheço essa risada.

— Agora fica chato atender ao seu marido?

— Não é isso, amor, eu estava no meio de um argumento e não tinha como...

— Tudo bem, Clara, eu liguei para te convidar para almoçar, mas já vi que está muito ocupada e estou te incomodando. — Agora percebo pelo seu tom que está muito chateado.

— Amor, eu adorei a ideia. Na verdade, acho que você poderia me levar àquele restaurante na Lagoa. O que acha? — pergunto com a voz bem tranquila.

— Chego aí em vinte minutos. Eu te amo — diz mais calmo.

— Também te amo, amor, te espero lá na portaria, beijos.

Quarenta minutos depois, ele para a moto no estacionamento do restaurante. Nós descemos de mãos dadas e logo entramos. O local é bem aconchegante, em estilo colonial, tem um bom tamanho e está com suas mesas em madeira escura quase todas ocupadas.

— Eu vou ao banheiro, coração, escolhe a mesa.

O garçom indica a direção dos banheiros, já que eu também digo que preciso usá-lo.

Seguimos na mesma direção, Carlos vai atrás me seguindo com a mão na minha cintura. Os banheiros ficam na direção oposta do salão com as mesas, e uma parede de pedras esconde a visão das portas de entrada.

Saio e ele já está encostado na parede, me esperando.

— Por que não foi para a mesa, amor? Já podia ir pedindo as bebidas. Ele arqueia as sobrancelhas com um ar de questionamento.

— Eu preferi esperar uma loira linda que estava nesse banheiro. Já disse que não vai mais fugir de mim, e nesse truque do banheiro eu não caio mais. — Ele pisca para mim com um sorriso lindo e me puxa pela mão em sua direção.

— Bobo! Eu não...

Nos assustamos com o barulho de gritos e coisas se quebrando dentro do restaurante. Carlos praticamente me cola à parede e fica de frente para mim, com o dedo indicador nos lábios em sinal para que eu fique quieta. Ele olha de um lado para o outro, e logo em seguida saca sua pistola e a destrava. Eu estou tremendo da cabeça aos pés, sem saber o que fazer.

— *Todo mundo com a mão na cabeça! Ninguém se mexe nessa porra ou vai morrer! Ninguém aqui tá brincando!*

Eu me assusto com os gritos. Fico congelada em meu lugar, sem saber que atitude tomar.

— Amor, olha pra mim — Carlos pede sussurrando. — Isso é um assalto, eu quero que você entre naquele banheiro e tranque a porta e não abra por nada, ouviu bem?

Apenas nego com a cabeça, em total desespero.

— Eu não vou entrar em lugar nenhum sem você! Não vai ficar aqui fora com esses bandidos; nem sabemos do que se trata realmente, e quantos são. Você vai comigo.

Ele nega com a cabeça e não para de olhar para os lados.

— Coração, eu não posso, tenho que impedi-los, sou policial, é isso que faço. Tem crianças lá, entenda que não sou policial só quando estou de plantão, mas 24 horas por dia. Agora entra na porra do banheiro, não tenho muito tempo.

— *Eu quero bolsas, celulares, joias, tudo em cima das mesas agora! Se tentarem me enganar, eu vou matar, ouviu bem? Não temos nada a perder, seus playboyzinhos de merda!*

Escuto os gritos mais perto, e Carlos simplesmente me empurra para dentro do banheiro.

— Tranca a porta! — Nego com a cabeça, já chorando, mas ele nem espera o que tenho a dizer e puxa a maçaneta da porta me fechando e tirando minha visão. Eu não tenho o que fazer, a não ser passar a tranca na porta como ele pediu.

CAPÍTULO 50

CARLOS

Estou na contingência, espreitando pela única parede que me separa da real situação. Não sei quantos são e onde estão, mas tenho que dar um jeito de descobrir. Olho mais uma vez para a porta do banheiro, e graças a Deus a Clara não tentou abri-la.

O desespero é grande no salão, os infelizes não param de gritar e assustar as pessoas. Desgraçados! Chego à beirada da parede e coloco a cabeça para olhar bem devagar. Visualizo três elementos com fuzis apontados para as pessoas nas mesas, e recolhendo os pertences delas. Esses eu consigo acertar, mas preciso ter certeza se são só eles. Volto a ficar atrás da parede, preciso estar seguro antes de agir, pois se um deles disparar algum fuzil aqui dentro, com certeza o negócio vai ser feio.

— Você quer morrer? Quer ver sua filhinha morrer? Passa a porra da aliança logo!

Olho mais uma vez ao escutar os gritos. O negócio está saindo do controle, esses desgraçados não estão para brincadeira. Observo que tem mais um, são quatro no total, agora eu tenho certeza. Se tiver mais, não está aqui dentro.

Eles meio que se reúnem e ficam os quatro juntos discutindo algo, três estão com as armas para baixo e apenas um deles mira em todas as direções.

— Eu não vou dar o meu cordão, é presente da minha mãe, e ela morreu, por favor, me deixem em paz! — uma mulher pede desesperada, e o maldito coloca o fuzil na cabeça dela.

— Sua piranha! Me dá essa porra agora ou vai fazer companhia para a vagabunda da sua mãe no inferno.

— Não! Por favor! — ela grita enquanto ele tenta puxar seu cordão.

— Manda logo essa piranha *pro* inferno! — diz outro desgraçado, e sei que não vão hesitar em atirar, então não tenho como esperar mais.

Miro no desgraçado que segura o fuzil e o acerto na cabeça, em seguida acerto o que está ao seu lado; os outros dois não conseguem nem levantar as armas que estão para baixo, são abatidos na sequência. Derrubo os quatro em segundos. Começa uma gritaria desordenada e o desespero toma conta do local.

— Eu sou policial! Estão todos bem? Não saiam dos seus lugares, por

CRISTINA MELO

favor, ainda não sei se é seguro.

Eu me abaixo e recolho a arma do infeliz à minha frente e faço o mesmo com os outros. Esses aí não assaltarão nunca mais!

— Obrigada, meu filho, muito obrigada! — diz um casal de idosos.

— Só cumpri com minha obrigação.

Logo um silêncio se acomoda no ambiente e só quebrado pelas sirenes do lado de fora, seguido por uma salva de palmas. Eu continuo com minha arma em punho e em posição até que alguns policiais adentram o restaurante.

Depois de trocar algumas palavras com o Comandante da equipe de policiais militares que havia chegado, lembro-me da Clara e peço licença por um minuto.

Bato na porta do banheiro e me identifico para que ela saia.

— Oi, coração, fica calma, já passou, agora está tudo bem. — Tento acalmá-la, pois ela não para de chorar e passar as mãos por todos os lugares do meu corpo. — Eu não estou ferido, amor, estou bem — digo com as mãos em seu rosto e olho nos seus olhos para tentar convencê-la.

— Você está bem mesmo? Eu nunca senti tanto medo, meu amor, esses foram os piores minutos de toda a minha vida — comenta, agarrada a mim e beijando cada parte que ela pode alcançar.

— Agora vamos, eu preciso voltar pra lá, infelizmente seu marido terá longas horas em uma delegacia até que tudo fique esclarecido.

Ela concorda e saímos abraçados do banheiro.

CAPÍTULO 51

CARLOS

Um pouco mais de dois anos...

Chego ao vestiário com o único objetivo: ser bem rápido. Estou morrendo de saudades da esposa mais gostosa e maravilhosa que qualquer homem nesse mundo gostaria de ter, e eu sou o cara mais sortudo do mundo por tê-la. Além do mais, hoje é nosso aniversário de casamento e quero buscá-la no trabalho para dar início a toda surpresa que preparei para festejar nosso dia.

Nem acredito que já estamos casados há dois anos, e só posso dizer que foram os melhores da minha vida! Eu sou realmente feliz. Sorrio feito um bobo com esse pensamento. Minha vida não poderia estar mais perfeita.

— Será que você pode me ouvir um minuto, Cecília? A gente precisa conversar e esclarecer as coisas, só isso, será que isso é tão complicado? — Estou terminando de calçar o tênis quando escuto a voz do Capitão Fernando, ele está bem exaltado ao telefone. — E quando é que pode falar? Se eu ligo à noite está de plantão, se ligo de dia está atendendo. Será que vou ter que comprar um cachorro e marcar uma consulta para poder falar com você?

Ih, o negócio está ruim para ele. Ainda nem notou que estou aqui, está de costas para mim, com a mão em seu armário. Nunca o vi assim, sempre foi muito tranquilo e passivo, mas agora parece fora de si.

— Cecília? — Ele olha para o aparelho e em seguida dá um soco no armário, encostando a cabeça ali. Segundos depois, parece se recompor e se vira.

— Tenente. — Cumprimenta-me com um gesto de cabeça, sem graça ao perceber que não está sozinho. Pois é, eu agora sou Tenente, ganhei uma promoção pelo Ato de Bravura, por conta do assalto em que intervim no restaurante.

— Capitão — respondo, e ele segue para a área dos chuveiros. O cara está visivelmente abalado. Mesmo sem querer, lembro-me de todo meu desespero ao me separar da minha loirinha. Pelo jeito, ele está em uma situação parecida, só posso desejar que dê tudo certo para ele, como deu para mim. Não posso nem lhe dar conselhos, já que não comentou nada. Bom, está na minha hora. Meu celular vibra no bolso quando estou deixando o vestiário.

— Oi, Sr. Olavo, tudo bem? — *Por que ele está me ligando?*

— Oi, Carlos, não está muito bem não, meu filho.

Eu paraliso em meu lugar e um gelo me percorre da cabeça aos pés.

— O que houve? — pergunto com muito medo da sua resposta.

CRISTINA MELO

— É a Clara, filho. — O mundo para de girar no instante em que escuto isso.

Desligo o telefone, e já estou no carro a caminho do hospital que ele me indicou ao telefone. Não consigo controlar o medo que estou sentindo.

Chego ao hospital alguns minutos após ter encerrado a chamada, entro na emergência igual a um louco. Preciso vê-la e saber como está.

— Cadê ela? — pergunto em total desespero ao Sr. Olavo, que anda de um lado para o outro.

— Não deram nenhuma notícia, filho. Ainda está lá dentro fazendo exames.

— Mas isso não é possível, eles têm que nos falar o que está acontecendo. E o que houve? Ela estava bem.

— Ela...

— Por favor, o acompanhante de Clara Novaes?

Voo em direção ao médico.

— Eu sou o marido dela, doutor, eu quero ver minha mulher! — exijo com desespero.

— Ela está bem agora e já foi medicada, o senhor pode entrar, está no quarto 504.

Eu assinto e corro para a direção que ele indica. Assim que encontro o quarto, abro a porta com tudo.

— Coração, o que houve, meu amor? — pergunto já sentando na cama ao seu lado, abraçando-a e a beijando.

— Não foi nada de mais, meu amor, meu pai que é exagerado!

— Nunca vi ninguém desmaiar à toa, Clara, e eu prefiro ser exagerado e ter certeza de que está bem. — Escutamos a voz do Sr. Olavo, e a Clara faz uma careta.

— Seu pai está certo, coração, isso não é normal e temos que...

— Bom, está tudo normal com os exames da senhora Clara, e esses desmaios são comuns no início da gravidez...

— Quê?? — Clara interrompe o médico; já eu, acabo de entrar em choque com a palavra que acabo de ouvir.

— Bom, a senhora está grávida, por isso ocorreu o desmaio. O fluxo de sangue aumenta, fazendo com que o coração trabalhe mais...

— Eu estou grávida! Amor, você vai ser papai! E o senhor vai ser vovô mais uma vez, Sr. Olavo! — Clara interrompe o médico de novo, radiante, e eu continuo parado, sem reação e sem saber o que dizer. Ela abraça o pai, que já está do outro lado da cama, enquanto eu continuo no mesmo lugar.

Eu serei pai?!

— Já que não sabiam da gravidez, vou pedir então para que lhe façam um ultra agora mesmo, para vermos o estado do bebê e de quantas semanas está.

O médico sai da sala, e o Sr. Olavo me abraça.

— Parabéns, meu filho!

— Amor? Está tudo bem? — Clara me pergunta, e eu só a olho, sem saber o que dizer.

— Grávida? Você está grávida! — Continuo olhando para ela, ainda em choque.

— Sim, amor, nós vamos ter um filho ou filha, estamos começando nossa família — diz radiante, e eu a abraço. Nós não tínhamos programado ter um filho agora, por isso minha surpresa.

— Parabéns, coração, eu... — Sou interrompido por um médico que entra no quarto empurrando um aparelho.

— Então, vamos descobrir de quantas semanas está e como vai esse bebê — o médico termina de falar, e uns cinco minutos depois a luz já está apagada e ele, com um aparelho dentro da Clara.

Concentro-me no monitor, para não pensar muito no fato de ele ter um aparelho dentro da minha mulher. Ele ainda não disse nada, só está olhando para a tela do computador com uma cara esquisita.

— Está tudo bem, doutor? — pergunto agoniado; o cara não fala nada. Estou em pé olhando a tela, tentando entender alguma coisa, mas só vejo borrões.

— Tudo ótimo! — ele responde, enfim.

— E aí, como está o bebê e de quanto tempo ele está?

Clara me olha fazendo careta, como se eu estivesse sendo chato, mas o cara fica lá, igual a um pateta, parece não saber o que está fazendo.

— A gestação está de 10 semanas...

— Nossa! Como não descobri antes? — Clara diz assustada.

— E temos dois corações batendo. — Eu estou dizendo que esse cara é idiota!

— É o normal, já que ela está grávida! Temos que somar dois corações, o dela e o do bebê — revido e faço gestos com as mãos, para atestar a burrice dele, e ele me olha balançando a cabeça em negativa, acho que viu a burrice que disse.

— Vocês terão gêmeos! Parabéns! Vejo dois embriões e um saco gesta...

Não consigo ouvir a conclusão do médico, pois tudo de repente ficou escuro.

CRISTINA MELO

CAPÍTULO 52

CLARA

— Ai, meu Deus! Carlos! Amor! Pai! Ajude-o! O que aconteceu? — pergunto desesperada, já que não posso me mexer, devido ao aparelho ainda estar dentro de mim.

Carlos simplesmente desabou no chão ao ouvir a palavra *gêmeos*. Ai, meu Deus! Nós teríamos gêmeos?! Isso é demais! E esses filhos irão precisar de um pai. Alô, meu marido está desmaiado!

— Amor! — grito da cama, enquanto meu pai, o médico e a enfermeira tentam reanimá-lo no chão. Não acredito que o Carlos desmaiou!

Uns minutos depois, ele começa a recobrar a consciência. Meu pai e o médico estão ajudando a levantá-lo e o colocam sentado no sofá.

— Gêmeos, gêmeos, ela vai ter gêmeos, quer dizer, nós vamos ter gêmeos. Isso significa dois filhos de uma só vez — comenta sem muita coerência.

— Isso aí, meu filho, vocês foram muito abençoados! — meu pai fala batendo no ombro do Carlos, e este olha para ele com uma cara muito engraçada, seu olhar é de desespero.

E eu estou me controlando muito para não soltar uma gargalhada. E justamente nesse instante ele me encara por uns segundos, sem piscar.

— Gêmeos, coração? — pergunta com cara de bobo e assustado ao mesmo tempo.

— Não seríamos nós se fôssemos convencionais. É perfeito, meu amor! Estamos dando início à nossa família de maneira perfeita! Coisas de Carlos e Clara.

Ele sorri e vem em minha direção

— Perfeito, coração! Mais que perfeito; eu agora terei mais dois corações para chamar de meu. Eu te amo, meu amor, obrigado por isso. Você, como sempre, me fazendo as melhores surpresas. Feliz aniversário de casamento! — deseja abraçado a mim, e eu me encosto a ele, sentindo as batidas do seu coração, muito fortes e descompassadas.

— Feliz aniversário de casamento. Eu também te amo muito, meu amor, mas da próxima vez vê se não desmaia, não pega muito bem para um Tenente do Bope fazer isso.

— Próxima vez?? — pergunta com os olhos arregalados.

— Já disse que estamos começando, e também já te disse que quero uma família bem grande. Então, vai se preparando, Tenente: missão dada é missão cumprida!

— Positivo e operante, amor! Nunca fujo de uma missão! — responde todo sério, prestando continência, e logo em seguida caímos na gargalhada em meio a beijos e abraços, claro.

CAPÍTULO 53

CLARA

Alguns meses depois...

Estou no quarto das minhas princesas, sentada na poltrona onde daqui a alguns dias, se Deus quiser, eu as amamentarei. Estou admirando cada detalhe e tudo parece um sonho, mas não: é a minha realidade, quer dizer, a nossa realidade. Estou tão feliz! Não tenho mais palavras para agradecer a Deus, serei a melhor mãe do mundo. Minha barriga está enorme, minha ansiedade em poder pegar minhas filhas nos braços, maior ainda.

Nem nos meus melhores sonhos eu poderia imaginar tanta felicidade! Carlos é o marido perfeito, e já está sendo um pai perfeito, apesar do susto que teve quando descobrimos a gravidez. Só de me lembrar da cena, começo a sorrir. Gustavo e o Michel não param com as *zoações* por conta do seu desmaio; ele nem liga.

Minha vida agora é tão diferente, nossa família está unida como nunca foi. Meu pai é um avô coruja, nunca o imaginaria assim, ele enfim se aposentou e está muito feliz com a Luísa – eles são almas gêmeas, com certeza. Quanto a Gustavo e à Lívia, é mágico o amor daqueles dois; meu irmão é um homem realizado e feliz, meus sobrinhos só falam nas priminhas Sofia e Alice, que estão para chegar. E como foi difícil escolher os nomes, até que chegamos a um acordo: Carlos escolheu Sofia e eu, Alice, e agora estou aqui contando os segundos para elas nascerem.

Começo a cantarolar uma canção, fazendo uma promessa às minhas filhas. Elas ficam agitadas na barriga quando termino de cantar.

— Meus amores, eu sei que vocês também estão ansiosas para conhecer a mamãe e o papai. Agora falta muito pouco, a mamãe também está louca para ver o rostinho de vocês e sentir o cheirinho de cada uma, e sei que o papai também. Não reparem se ele desmaiar, é que ele é muito emotivo...

— É só que o papai é um homem apaixonado, e a sua mãe vive querendo testar meu coração, não tem nada de emotivo nisso. — Levanto a cabeça, sorrindo, no mesmo instante em que ele se ajoelha à minha frente e beija minha barriga e depois me beija.

— Chegou cedo, amor.

Ele me dá mais um beijo, fazendo um carinho em minha barriga.

— Bem a tempo de me defender. Estava morrendo de saudades das mulheres da minha vida. — Beija minha barriga de novo e se levanta.

— Com fome, coração? — Eu só o olho diante da pergunta. — Claro que está, você sempre está com fome.

— Você não sabe o que é comer por três! — defendo-me, me fingindo chateada.

— Ah, eu sei sim, você não me deixa esquecer isso, coração.

Pego um ursinho de pelúcia, mas quando o arremesso, Carlos já está correndo e sai do quarto sorrindo. Sem-vergonha!

Ao chegar na sala, ele não está, deve ter ido tomar banho. Olho para a mesa e vejo quatro embalagens em cima dela, do meu restaurante favorito. Fico tentada a sentar e começar a comer, mas vou esperá-lo. Ele realmente pensa em tudo, é sem dúvida o melhor marido do mundo, e como é possível eu amá-lo cada dia mais? Mas amo, e muito. Ele sempre será meu amor súbito e meu deus da gostosura.

Sento-me no sofá para esperá-lo, olho para minha enorme barriga e penso em como a vida nos reserva boas surpresas. Lembro-me do dia em que o conheci e como um simples esbarrão mudou minha vida para sempre. Penso em tudo o que vivemos e que ainda vamos viver, e que para ser felizes, às vezes temos que passar por momentos difíceis e dolorosos, mas que depois é como se não tivessem acontecido – tornam-se até pequenos diante de tanta felicidade e amor. Era isso que eu sentia, como se nada daquele sofrimento tivesse existido. Sei que a vida é uma grande escola e que aprendemos com os erros, e também sei que vou continuar errando e aprendendo, mas no final vale muito a pena. Uma nova etapa está começando, e não há como me sentir mais realizada do que estou. Não mesmo.

— Nós vamos dar conta, não vamos? — Carlos pergunta, já sentando ao meu lado, me abraçando.

— Com certeza, meu amor. Vai ser difícil, às vezes duvidaremos disso, mas daremos conta e seremos os melhores pais do mundo. Afinal, não existe melhor manual do que o amor, e isso nós temos de sobra.

Ele assente, e vejo quando uma lágrima escapa por seu rosto antes de voltar a me abraçar. Sei que ele está apavorado, pois eu também estou, mas tenho certeza de que vamos conseguir.

— Eu te amo, coração, e te prometo que vou fazer tudo que estiver e o que não estiver ao meu alcance para ser o melhor pai do mundo. Eu só quero que minhas filhas saibam que vou estar sempre ao lado delas e que vão poder contar comigo para qualquer coisa, começando pelas trocas de fraldas.

CRISTINA MELO

Eu não me seguro e começo a sorrir.

— Eu sei que será um ótimo pai, meu amor. Não sei se será um bom sogro, mas...

— Ei, para com esse lance de sogro... Pera aí, vamos com calma! Quando elas chegarem aos 30, resolvemos como será essa parte, e quero ver quem vai ser o engraçadinho que vai ter coragem de me encarar! — diz, como se a situação já estivesse acontecendo.

— Está bom, amor, vamos deixar para pensar nisso lá na frente, agora vamos nos concentrar nas fraldas e nas mamadeiras.

Ele me olha sério.

— E você, coração, não vai me esconder nada. Deixa esses moleques de calça colorida e cueca aparecendo baterem na minha porta para eles verem só.

— Calma, amor, isso só daqui a uns doze anos.

Ele arregala os olhos para mim.

— Trinta, trinta anos!

Começo a beijá-lo, ainda sorrindo.

— Tudo bem, trinta, então — concordo, pois ele está ficando zangado de verdade.

Oito meses depois...

— Amor, pega a Sofia, ela já está pronta.

Ele não demora e a pega. Ela para na hora com a pirraça que estava fazendo. Carlos definitivamente tem superpoderes, como ele faz isso? É só pegá-las que elas ficam quietas no mesmo instante. É assim desde o dia em que nasceram, simplesmente são encantadas com o pai, e ele com elas. Acho que ele ficou tão encantado e apaixonado pelas filhas que até esqueceu de desmaiar. Juro que achei que ele iria desmaiar a qualquer momento, mas assim que as meninas nasceram, ele só chorava e as seguia com os olhos para onde quer que a levassem. Gente, ele conseguiu identificá-las antes de mim, sabe exatamente quem é quem. Eu confesso que, no início, só sabia por conta de um sinal que a Alice tinha no rosto. Mas ele soube de cara.

— Cadê a princesa do papai? — pergunta fazendo caras e bocas, enquanto ela mantém as mãozinhas em seu rosto.

Estamos em Valença, na casa dos avós do Carlos. Hoje é o batizado delas, e a avó dele fez questão que fossem batizadas na mesma igreja em que o Carlos e a irmã foram. Então, aqui nos encontramos. A casa está lotada, com a família toda reunida – vieram todos. Depois do batizado teremos um almoço especial. A avó do Carlos preparou um cozido, disse que era tradição de família.

Tudo está perfeito, muito melhor do que sempre desejei. Eu tenho a minha família, minhas filhas são lindas e saudáveis, Carlos é um pai fantástico e um marido maravilhoso, sou uma engenheira de sucesso e administro a empresa agora. Claro, com a ajuda do Gustavo e do Carlos, todos que eu amo estão felizes.

A Júlia e o Paulo estão radiantes com a chegada do primeiro filho, e a Dani e o Vítor planejam o segundo. Meus amigos serão os padrinhos das meninas: Ju e Paulo, da Sofia; e Dani e Vítor, da Alice.

Ana está feliz também, pois será a protagonista de uma das próximas novelas da maior emissora do país. E eu sei que ela irá longe, pois além de muito talentosa, merece.

Termino de vestir o vestidinho branco na Alice também e a pego em meu colo. Olho para o Carlos e fico assim por uns segundos. Ele ainda não notou, pois está entretido olhando para a Sofia, e cada vez que eu vejo esse olhar que é de admiração, de proteção, de amor, só consigo pensar: nós conseguimos, até aqui conseguimos, e sei que vamos superar cada barreira pela frente, pois nós temos o principal: o amor.

CRISTINA MELO

EPÍLOGO

OLAVO

Vinte anos depois...

Estamos sentados na varanda de nossa casa de praia em Búzios, Luísa e eu. Ela em sua poltrona ao lado da minha, lendo um de seus romances, gênero que é o seu preferido, e eu lendo alguns relatórios da empresa que pedi à Clara. Já me aposentei há muitos anos, mas gosto de ver como meus filhos levam tão bem o negócio que construí com muito esforço e anos de trabalho a fio. Eu tenho tanto orgulho deles, do que se tornaram, da família que cada um formou, dos meus netos que são minha alegria, mas é tanto orgulho que não cabe no meu peito tanta felicidade.

Coloco os papéis sobre o colo, e agora estou olhando a Luísa e admirando como ainda é linda e como o simples fato de olhá-la me deixa em paz.

Esses quase 25 anos juntos foram a realização de uma vida. Agradeço a Deus todos os dias por ter me concedido essa segunda chance. De ver como ela ama meus filhos e é uma avó muito coruja para nossos netos.

Esses, com certeza, foram os melhores anos da minha vida, pois consegui recomeçar. A vida nos revela surpresas maravilhosas; por muitas vezes achei que essa felicidade plena nunca me alcançaria, mas alcançou.

Agarrei minha segunda chance com todas as forças. Esse período compensou cada ano de sofrimento e angústia. Enfim consegui me perdoar, e a cada novo dia que Deus me concede é motivo de muitos agradecimentos e dedicação. Dedico à Luísa e à minha família cada segundo do meu dia, e será assim até que chegue a hora de eu partir. Espero que ainda demore, mas se esse dia fosse hoje, eu morreria feliz: sou um homem realizado em todos os sentidos.

Estendo a mão e pego na mão do amor da minha vida, beijo-a no mesmo instante em que um furacão loiro invade a varanda.

— Vó, vô, pelo amor de Deus! Será que vocês podem falar para minha mãe que eu já tenho quase 21 anos? Porque ela acha que sou bebê, só pode! — Sofia está bem vermelha e irritada, parada à nossa frente.

Luísa abandona o livro que estava lendo para lhe dar atenção, e eu também estou pronto a ouvir.

— Eu não acho que você é um bebê, Sofia, mas não é por isso que vou te deixar correr riscos desnecessários — Clara argumenta, encostada nas portas francesas que dão para a varanda.

— Vó, cara, olha como minha mãe é neurótica! Uma festa, eu não posso ir a uma festa, tenho que ficar presa dentro de casa.

Luísa a olha com pena e eu também.

— Clara, minha filha, deixe-a ir, ela é jovem, precisa se divertir — Luísa começa a interceder antes de mim.

— É por isso que essa menina está assim, vocês dois a mimam demais! Têm noção de onde é a festa que ela quer ir?

Luísa e eu negamos, mas estamos muito compadecidos da menina.

— Mãe, é uma festa na praia, o que é que tem? Você é mais velha que meus avós! — Sofia está bem exaltada.

— Então tudo resolvido, Sofia, se é a praia que você quer, estamos em Búzios. O que mais tem aqui é praia, não precisa ir para uma praia de Arraial do Cabo, a quilômetros de distância. Você acha mesmo que sou boba, não é, Sofia? Não nasci ontem. Enquanto estiver morando embaixo do meu teto, vai ter que me obedecer e ponto final.

— Está vendo, vô? Essa é minha vida!

Meu coração fica partido, não sei o que dizer. A Luísa também me olha com o mesmo olhar de coração partido.

— Deixa seus avós em paz, Sofia, viemos pra cá para aproveitar o feriado de Páscoa em família, e é isso que vamos fazer.

Olho de uma para outra sem saber o que dizer. Sofia me lembra muito a Clara na sua idade.

— Por favor, mãe, prometo que antes das 23 horas estou de volta.

— Pede ao seu pai, Sofia, se ele deixar, você pode ir — Clara fala com toda a calma.

— Meu pai foi pescar com o tio Gustavo e o tio Michel. Além do mais, sei que ele não vai deixar de jeito nenhum.

Clara sorri.

— Se sabe que ele não vai deixar, é sinal que também sabe que não deve ir.

Sofia está chorosa.

— Filha, deixa a menina se divertir — Luísa, como sempre, não aguenta e intercede mais uma vez pela Sofia.

— Deixa ela ir, Clarinha, ela é jovem, não veio para ficar trancada em casa.

Clara sorri com meu comentário.

— Ok, Sofia, eu deixo. — Sofia imediatamente corre e abraça a mãe toda satisfeita. — Mas não sozinha, leva sua irmã com você.

CRISTINA MELO

— Quê?! Mãe, a Alice é uma nerd! Ela está trancada no quarto em pleno feriado e com um sol desses, estudando. Ela nunca vai querer ir. Não é justo!

— Bom, sozinha não vai, e você deveria estar estudando como ela, acabou de entrar na faculdade, tem que se dedicar, não vou permitir que abandone mais um curso. — Clara continua tranquila ao falar, já Sofia está com os braços cruzados.

— Mãe, ela faz medicina e eu, moda, e eu disse à senhora que administração e eu não combinávamos. Moda é diferente, amo — argumenta com a mãe, que faz um gesto com as mãos e se senta também em uma das cadeiras da varanda, abrindo um jornal.

— Arthur, vamos comigo? — Sofia implora ao primo, que está na sala assistindo TV. Ele é muito tranquilo e na dele, um menino bem-centrado.

— Eu não posso, Sofia, a Eva já deve estar chegando.

Sofia revira os olhos. Eva é a namorada do Arthur.

— Você é patético, Arthur, melhor casar logo!

Ele sorri, sem se importar com o comentário da prima.

— Quem tem que casar logo? — pergunta a Eva, entrando na varanda. Arthur não demora a ir abraçá-la. Eu, Luísa e Clara sorrimos com a cena. O amor dos dois é lindo de se ver, sei que não demorará muito a se casarem. Bom, ainda quero ver meus bisnetos. Audacioso, eu sei, mas não custa sonhar. Arthur a carrega para a sala e ficam por lá.

— Bom dia! — fala a Isabella, chegando à varanda.

— Bella, está a fim de uma festa? — Ela ainda não desistiu, essa é igual à mãe mesmo.

— Oba! Onde? — Ela se anima, e a Sofia fica radiante e explica a ela onde é, num cochicho que quase não ouvimos.

— Vai rolar não, Sofi, meu pai come meu fígado se eu for numa festa dessas.

— Que festa, meninas? — Lívia pergunta ao entrar na varanda com a Bia.

— É uma *minirrave*, mãe — Bella explica para a mãe, e eu continuo sem entender de que festa elas estão falando.

— É uma festa na praia, Bella, é diferente! — Essa festa, ou seja lá o que for, já virou o assunto do dia. Bella a olha e faz uma cara de *é a mesma coisa* e se senta na rede.

— Por que não chama o Davi, Sofia? Daqui a pouco deve estar chegando, e tenho certeza que ele vai com você — sugere Bia.

— Claro que não, tia! — ela responde à Bia, exaltada.

— E por que não? — Bia pergunta.

— Por que ela é gamadinha nele, tia, só você que ainda não sabe disso! — Caíque grita da sala.

— Cala a boca, seu pirralho, vai tirar essa fralda! — Sofia grita com o irmão.

— Posso até ser pirralho, *dona adulta que não pode ir a uma festa sozinha*, mas não sou cego — Caíque rebate.

— Vai crescer, Caíque, me esquece!

— Não fala assim com seu irmão, Sofia, você não vai e está acabado! Quer dizer, até pode ir, mas se o Davi for com você.

— O que tem o Davi? — pergunta o próprio Davi ao chegar, e Sofia, que estava de costas para a entrada, se vira na hora em direção à voz que adentra o ambiente, e seu rosto muda de raiva para encanto, ficando totalmente ruborizada.

Bia, Clara e Lívia se olham sorrindo. Aproveito para me levantar, chamando a Luísa em seguida. Passamos por Sofia e Davi, que parecem estar num mundo só deles e continuam se olhando. Ah, o amor!

— Vamos dar nossa caminhada na praia, meu amor — convido Luísa, que entrelaça os dedos aos meus, e logo levo sua mão aos lábios e a beijo.

— É, meu amor, parece que nossos netos cresceram e vão começar a contar suas próprias histórias — diz enquanto caminhamos na praia de mãos dadas.

— Sim, querida, e que sejam histórias lindas, com muita coisa bonita para contar e com um lindo final feliz, como deve ser.

— Tenho certeza de que será, querido, e sei que cada um deles cumprirá sua missão. A nossa, nós já cumprimos, mas vamos ficando por aqui enquanto pudermos. — Ela me olha com aquele sorriso que ainda é o mesmo de quando a conheci.

— Enquanto pudermos, meu amor. — Abraço-a, parando no meio da praia. Ela é meu final feliz e será para todo o sempre, até a eternidade, pois é minha alma gêmea, tenho certeza.

FIM

CRISTINA MELO

AGRADECIMENTOS

Primeiro de tudo agradeço a Deus, pois sem Ele em minha vida eu nada seria.

Depois agradeço ao meu melhor amigo, meu porto seguro e o amor da minha vida, meu marido. Ele foi o maior responsável por eu ter chegado até aqui, pois sem seu apoio e incentivo, muito provavelmente eu não conseguiria ou permaneceria. Te amo, meu amor.

Gostaria de agradecer algumas pessoas que começaram como leitoras e se tornaram betas e amigas: Jacqueline Ribeiro, Cristiane Fernandes, Tainá Antunes, Paty Oliveira, Lilian Amaral, Malú Loyola, Sury Fernandes, Maria Rosa Morais, Thárcyla Pradine, já disse o quanto vocês são incríveis e demais? Muito, muito obrigada pelo empenho e por me ajudarem a tornar Amor Súbito, muito mais lindo. Eternamente grata por seu carinho e dedicação. Beijos, amo vocês.

Um agradecimento mais que especial à Ana Luiza Cunha Peixoto, que me apoiou e acreditou na história desses dois.

Gostaria de agradecer muito a todo meu grupo: Romances Cristina Melo, por todo carinho e apoio. Vocês são o melhor grupo que existe! Amo vocês!

Agradeço a Claudia Barbosa que nunca deixou de me apoiar e acreditar que era possível. Sabe o quanto é importante e o quanto te amo.

Obrigada a The Gift Box e a Roberta Teixeira, por tornar meu trabalho muito mais lindo, principalmente por acreditar, serei sempre muito grata por tudo.

A cada blog literário que me ajuda na divulgação e acredita no meu trabalho; sem vocês a caminhada seria muito mais difícil, então, o meu muito obrigada.

E não poderia deixar de agradecer a cada leitor. Espero muito que a história de Carlos e Clara e nossa Missão Bope 2, conquiste seu coração e te encante, que você descubra com eles, que para o amor verdadeiro, não existe tempo ou distância, que seja capaz de apagá-lo.

CRISTINA MELO

A The Gift Box é uma editora brasileira, com publicações de autores nacionais e estrangeiros, que surgiu no mercado em janeiro de 2018. Nossos livros estão sempre entre os mais vendidos da Amazon e já receberam diversos destaques em blogs literários e na própria Amazon.

Somos uma empresa jovem, cheia de energia e paixão pela literatura de romance e queremos incentivar cada vez mais a leitura e o crescimento de nossos autores e parceiros.

Acompanhe a The Gift Box nas redes sociais para ficar por dentro de todas as novidades.

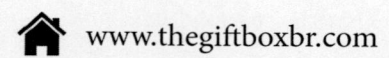 www.thegiftboxbr.com

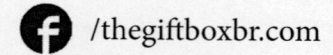 /thegiftboxbr.com

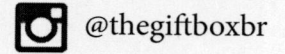 @thegiftboxbr

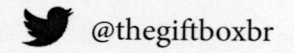 @thegiftboxbr

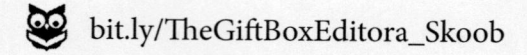 bit.ly/TheGiftBoxEditora_Skoob

Impressão e acabamento